ASSOCIAÇÃO JUDAICA DE POLÍCIA

MICHAEL CHABON

Associação Judaica de Polícia

Tradução
Luiz A. de Araújo

Glossário e revisão técnica
George Schlesinger

COMPANHIA DAS LETRAS

Título original
The Yiddish Policemen's Union

Capa
Flávia Castanheira

Preparação
Otávio Marques da Costa

Revisão
Ana Luiza Couto
Carmen S. da Costa

Dados Internacionais de Catalogação na Publicação (CIP)
(Câmara Brasileira do Livro, SP, Brasil)

Chabon, Michael
Associação Judaica de Polícia / Michael Chabon ; glossário e revisão técnica George Schlesinger ; tradução Luiz A. de Araújo. — São Paulo : Companhia das Letras, 2009.

Título original: The Yiddish Policemen's Union.
ISBN 978-85-359-1384-2

1. Romance norte-americano I. Schlesinger, George II. Título.

08-11808 CDD-813

Índice para catálogo sistemático:
1. Romances : Literatura norte-americana 813

[2009]

EDITORA SCHWARCZ LTDA.
Rua Bandeira Paulista, 702, cj. 32
04532-002 — São Paulo — SP
Telefone: (11) 3707-3500
Fax: (11) 3707-3501
www.companhiadasletras.com.br

A *Ayelet*,
bashert

E entraram no mar numa Peneira

—EDWARD LEAR

1.

Landsman passou nove meses enfurnado no hotel Zamenhof sem que um único residente conseguisse ser assassinado. Mas eis que acabavam de estourar os miolos do ocupante do quarto 208, um *yid* que se apresentava como Emanuel Lasker.

"Ele não atendia ao telefone, não abria a porta", explica Tenenboym, o gerente noturno, logo depois de tirar Landsman da cama. Landsman mora no 505, com vista para o letreiro de neon do hotel do outro lado da rua Max Nordau: o Blackpool, um nome que povoa seus pesadelos. "Eu fui obrigado a entrar no quarto."

O gerente noturno é um antigo fuzileiro que se livrou da heroína nos anos 60, depois de voltar da carnificina da guerra cubana. Tem uma preocupação maternal com a população adicta do Zamenhof. Dá-lhes crédito e garante que sejam deixados sozinhos quando é disso que precisam.

"Você mexeu em alguma coisa?"

Tenenboym responde: "Só no dinheiro e nas jóias".

Landsman põe a calça e os sapatos, enfia os suspensórios. A seguir, ambos olham para a maçaneta, na qual está pendurada uma gravata vermelha com uma grossa listra marrom, o nó já pronto para evitar perda de tempo. O próximo turno de Landsman é só daqui a oito horas. Oito longas horas de solitária vadiagem, enxugando a garrafa no seu cantinho. Ele exala um suspiro e pega a gravata. Mete-a na cabeça e ajusta o nó no colarinho. Veste o paletó, apalpa-o em busca da carteira e do distintivo no bolso do peito, bate no *sholem* que traz no coldre debaixo do braço, um Smith & Wesson cano curto, modelo 39.

"Desculpe te acordar, detetive", diz Tenenboym. "É que eu reparei que, no fundo, você não dorme."

"Durmo, sim", diz Landsman. Pega o seu inseparável copinho, um suvenir da Feira Mundial de 1977. "Mas é que eu durmo de cueca e camisa." Ergue um brinde aos trinta anos da Feira Mundial de Sitka. O supra-sumo da civilização judaica no norte, dizem, e quem se atreve a duvidar? Naquele verão, Meyer Landsman tinha catorze anos e estava começando a descobrir as glórias da mulher judia, para as quais 1977 também deve ter sido uma espécie de supra-sumo. "Sentado numa cadeira." Esvazia o copo. "E sempre com o *sholem* ao alcance da mão."

Segundo os médicos, os terapeutas e inclusive sua ex-mulher, Landsman bebe para se medicar, para sintonizar os tubos e os cristais de seus estados de espírito com a martelada brutal de uma excelente aguardente de ameixa. Mas a verdade é que ele só tem dois estados de espírito: trabalhando e morto. Meyer Landsman é o *shammes* mais badalado do distrito de Sitka, o homem que desvendou o assassinato da bela Froma Lefkowitz pelo marido peleteiro e que capturou Podolsky, o Estripador Hospitalar. Seu depoimento mandou Hyman Tsharny para o presídio federal até o fim da vida, a primeira e última vez em que acusações criminais contra um verbôver insolente renderam condenação. Ele tem memória de presidiário, colhões de bombeiro e visão de assaltante. Quando se trata de combater o crime,

Landsman percorre Sitka feito um homem com a perna da calça presa num foguete. É como se uma trilha sonora vivesse tocando atrás dele, com uma enorme bateria de castanholas. Os problemas aparecem nas horas em que Landsman não está trabalhando, quando as idéias irrompem pela janela aberta de seu cérebro como as páginas de um volumoso boletim de ocorrências. Às vezes, é preciso um robustíssimo peso de papéis para segurá-las.

"Desculpe te dar mais trabalho ainda", murmura Tenenboym.

Na época em que estava lotado no Narcóticos, Landsman prendeu Tenenboym cinco vezes. Essa é a base da suposta amizade entre eles. Quase suficiente.

"Não é trabalho, Tenenboym. Eu faço isso por amor."

"Eu também posso dizer o mesmo", diz o gerente noturno. "De ser gerente noturno de um hotelzinho vagabundo."

Landsman pousa a mão no ombro de Tenenboym, e eles descem para examinar o falecido, espremendo-se no único elevador do Zamenhof, ou melhor, ELEVATORO, como outrora anunciava uma plaquinha de latão na porta. Cinqüenta anos atrás, quando o hotel foi inaugurado, todos os avisos, indicações, informações e advertências eram gravados em esperanto em placas de latão. A maioria delas desapareceu há muito tempo, vítimas do descuido, do vandalismo e do código de incêndio.

A porta e o batente do apartamento 208 não apresentam sinais de arrombamento. Landsman cobre a maçaneta com o lenço e empurra delicadamente a porta com a ponta do sapato.

"Eu tive uma sensação esquisita", diz Tenenboym ao entrar no quarto atrás dele. "Na primeira vez em que vi o cara. Sabe, aquela expressão de 'homem fracassado'."

Sei, Landsman sabe muito bem.

"A maioria das pessoas a que ela se aplica não a merece", diz Tenenboym. "Para começar, acho que a maioria dos homens não tem muito no que fracassar. Mas o tal Lasker. Era como esses gravetos que você quebra e eles pegam fogo. Sabe como é? Queimam por algumas horas. E você chega a ouvir o vidro quebrado crepitar dentro dele. Não sei, deixa pra lá. É só uma sensação esquisita."

"Hoje em dia, todo mundo tem sensações esquisitas", diz Landsman, fazendo algumas anotações em seu bloco preto sobre a situação do quarto, muito embora tais anotações sejam supérfluas, pois raramente se esquece de qualquer detalhe da cena do crime. Aquela mesma confederação informal composta por seus médicos, psicólogos e pela sua ex já tinha lhe dito que o álcool iria acabar lhe arruinando o dom da memória, mas até agora, para sua infelicidade, a afirmação vinha se revelando falsa. Sua visão do passado continua intacta. "Nós tivemos de instalar uma linha telefônica separada só para atender as chamadas."

"É uma época estranha para ser judeu", concorda Tenenboym. "Quanto a isso, não há dúvida."

Há uma pequena pilha de brochuras sobre a cômoda laminada. No criado-mudo de Lasker, um tabuleiro de xadrez. Parece que ele estava em plena partida, um meio-jogo bagunçado, o rei preto sendo atacado no centro do tabuleiro e o branco com vantagem de algumas peças. Material de segunda: o tabuleiro é um quadrado de papelão dobrável no meio; as peças, ocas, com saliências de plástico no lugar em que foram prensadas.

Uma luz continua acesa numa luminária de chão perto do televisor. Todas as outras lâmpadas do quarto, com exceção da do banheiro, foram retiradas ou estão queimadas. No peitoril da janela, uma caixinha de laxante de marca conhecida. A janela está entreaberta, não mais que dois centímetros, e as persianas metálicas, empurradas pelo vento teimoso que chega do Golfo do Alasca, batem a intervalos de segundos. O vento traz um ranço azedo de madeira compensada, um cheiro de diesel de barco e de matança e enlatamento de salmão. Segundo "Noch Amol", uma canção que Landsman e todos os outros judeus alasquianos de sua geração aprenderam na escola, o cheiro do vento do golfo enche as narinas judias de uma sensação de promessa, de oportunidade, de chance de recomeço. "Noch Amol" data da época do Urso Polar, o começo da década de 1940, e é considerada uma expressão de gratidão por mais uma libertação miraculosa: "Outra vez". Atualmente, os judeus do distrito de Sitka tendem mais a ouvir o lado irônico que nela sempre esteve presente.

"Eu conheci um bocado de jogadores de xadrez *yids* que usavam heroína", diz Tenenboym.

"Este aqui também." Landsman olha para o defunto e se dá conta de que já viu aquele *yid* no Zamenhof. Cara de passarinho. Olhos brilhantes, bico arrebitado. Um pouco de corado nas bochechas e na garganta, o que bem podia ser acne rosácea. Não um caso grave, não um sujeito repugnante, não um pobre coitado. Um *yid* talvez não muito diferente de Landsman, a não ser na escolha da droga. Unhas limpas. Sempre de gravata e chapéu. Chegou a ler um livro com notas de rodapé. Agora se acha em decúbito ventral na cama embutida, o rosto virado para a parede, vestindo apenas a imprescindível cueca branca. Cabelo castanho e sardas castanhas, barba dourada de três dias. Um vestígio de queixo duplo induz Landsman a se referir ao morto como "gorducho". Olhos esbugalhados nas órbitas escuras. Na nuca, um pequeno orifício chamuscado, uma pérola de sangue. Nenhum sinal de luta. Nada indica que Lasker tenha sentido o golpe ou ao menos registrado o último momento de sua existência. O travesseiro, Landsman repara, não está na cama. "Se eu soubesse, talvez o tivesse convidado para uma ou duas partidas."

"Eu não sabia que você jogava xadrez."

"Jogo mal", diz Landsman. Perto do *closet*, no carpete felpudo de um verde-amarelo de pastilha para tosse, ele avista uma pluminha branca. Abrindo a porta do armário, dá com o travesseiro no chão, baleado no coração para silenciar a concussão de gases expandindo-se dentro de uma concha. "Eu me atrapalho um pouco no meio-jogo."

"Pela minha experiência, detetive", diz Tenenboym, "o meio-jogo é tudo."

"Disso eu sei."

Landsman liga para acordar o parceiro Berko Shemets.

"Detetive Shemets", diz ao celular, um Shoyfer AT de loja de departamentos. "Aqui é o seu parceiro."

"Eu já te pedi para não fazer mais isso, Meyer", resmunga Berko. Desnecessário dizer que ele também só estará de plantão daqui a oito horas.

"Tem razão de ficar bravo", reconhece Landsman. "Eu pensei que talvez você ainda estivesse acordado."

"Eu *estava* acordado."

Ao contrário de Landsman, Berko Shemets não transformou o casamento e a vida pessoal numa mixórdia. Dorme toda noite nos braços da excelente esposa, cujo amor por ele é merecido, correspondido e valorizado pelo marido fiel que nunca lhe dá motivos de tristeza ou sobressalto.

"Que maldição, Meyer", diz Berko e, a seguir, em legítimo americano, "puta que o pariu."

"Eu estou com um aparente homicídio aqui no hotel. Um morador. Tiro na nuca. Abafado pelo travesseiro. Muito preciso."

"Na mosca."

"É por isso que estou te incomodando. Pelo inusitado do crime."

Com uma população de três milhões e duzentas mil na longa faixa irregular da região metropolitana, Sitka tem em média uns setenta e cinco homicídios por ano. Alguns são cometidos por quadrilhas: *shtarkers* russos a se dilacerarem mutuamente. O resto dos assassinatos são os chamados crimes passionais, maneira taquigráfica de expressar o produto matemático do álcool com as armas de fogo. As execuções a sangue-frio são tão raras que dificilmente saem do grande quadro branco da sala dos investigadores, no qual afixam a lista de casos em aberto.

"Você está de folga, Meyer. Passa isso pra frente. Tabatchnik e Karpas que se encarreguem."

Tabatchnik e Karpas, os outros dois detetives que formam a Equipe B do Setor de Homicídios da polícia distrital, a Delegacia Central de Sitka, estão fazendo o plantão noturno neste mês. Landsman é obrigado a reconhecer certo encanto na idéia de deixar esse cocô de pomba cair no chapéu dos dois.

"Até que não seria ruim", diz. "Mas acontece que eu moro aqui."

"Você conhecia o *yid*?", pergunta Berko, abrandando a voz.

"Não. Conhecer, não conhecia."

Ele desvia a vista do lívido firmamento sardento do morto estendido na cama embutida. Às vezes não consegue deixar de sentir pena deles, mas é melhor não criar o hábito.

"Olha, volta pra cama. Amanhã a gente fala nisso. Desculpa o incômodo. Boa noite. Pede desculpas a Ester-Malke."

"Parece que você não está muito bem, Meyer. Algum problema?"

Nos últimos meses, Landsman deu para telefonar para o parceiro nos horários mais impróprios da madrugada e discursar no etílico dialeto da dor, lamentando o fim de seu casamento, que fracassara havia cerca de dois anos, e a triste sina de sua irmãzinha caçula, esborrachada com seu monomotor Piper Super Cub contra o flanco do Monte Dunkelblum, em abril passado. Mas agora ele não está pensando na morte de Naomi nem no vexame do divórcio. Está é tomado por uma visão: ele sentado num sofá outrora branco, no encardido saguão do hotel Zamenhof, jogando xadrez com Emanuel Lasker, ou fosse qual fosse o nome verdadeiro do defunto. Um a projetar no outro o pouco que restava de seu brilho e a escutar o suave repique de vidro quebrado dentro de si. O fato de Landsman detestar xadrez não tornaria o quadro menos comovente.

"O cara jogava xadrez, Berko. E eu nem sabia. Só isso."

"Por favor, Meyer, eu te peço pelo amor de Deus, não vem com choradeira."

"Eu estou bem, eu estou bem. Boa noite."

Landsman liga para a delegacia, pedindo que o designem investigador encarregado do caso Lasker. Um caso de merda a mais ou a menos não há de comprometer sua avaliação como detetive encarregado. Não que isso tenha tanta importância assim. No dia 1º de janeiro, a soberania da totalidade do distrito federal de Sitka, um tortuoso parêntese na costa rochosa ao longo da borda ocidental das ilhas Baranof e Chicagof, será revertida ao estado do Alasca. A polícia distrital, à qual durante vinte anos Landsman dedicou a pele, a cabeça e a alma, se dissolverá. Não está claro se ele, Berko Shemets e os outros continuarão em suas funções. Aliás, nada está claro no tocante à reversão iminente, por isso esta é uma época estranha para ser judeu.

2.

Enquanto espera a chegada do *latke* fardado, Landsman bate nas portas. A maioria dos moradores do Zamenhof passa a noite fora, de corpo ou de alma. Se bem que, pelo que estava conseguindo obter dos poucos presentes, daria no mesmo ir bater na porta da Escola Hishkovits de Surdos-mudos. Os moradores do hotel Zamenhof não passam de um punhado de *yids* maltrapilhos, atrapalhados, malcheirosos e desmiolados, mas hoje nenhum deles se mostra mais perturbado que de costume. E nenhum parece ser do tipo capaz de encostar uma arma de grosso calibre na base do crânio de um sujeito e despachá-lo a sangue-frio.

"Eu estou perdendo tempo com essas cavalgaduras", diz Landsman a Tenenboym. "E você? Tem certeza de que não viu ninguém nem nada fora do normal?"

"Sinto muito, detetive."

"Você também é uma cavalgadura."

"Isso eu não discuto."

"E a entrada de serviço?"

"Estava sendo usado pelos traficantes. Foi preciso pôr alarme. Eu teria ouvido."

Landsman manda Tenenboym telefonar para o gerente diurno e para o homem dos fins de semana, ambos recolhidos no aconchego do lar, debaixo das cobertas. Tal como Tenenboym, esses cavalheiros confirmam que, pelo que soubessem, ninguém telefonava para o morto nem o visitava. Nunca. Nem uma única vez durante toda a sua estada no Zamenhof. Nem uma visita, nem um amigo, nem mesmo o entregador do Pérola de Manila. De modo que, conclui Landsman, há uma diferença fundamental entre ele e Lasker: a visita ocasional de Romel, trazendo um saco pardo de *lumpia*, aqueles rolinhos primavera.

"Vou checar o telhado", anuncia. "Não deixe ninguém sair, e me chame quando o *latke* resolver dar as caras."

Sobe de *elevatoro* ao oitavo andar e, a seguir, vence ruidosamente o lance de escada de concreto com arestas de aço que dá no telhado do Zamenhof. Percorre o perímetro da laje, olhando para o telhado do Blackpool, no outro lado da rua Max Nordau. Por cima das cornijas norte, leste e sul, observa os prédios baixos ao redor, todos uns seis ou sete andares mais baixos do que o hotel. A noite é uma mancha alaranjada sobre Sitka, uma combinação de bruma com a luz das lâmpadas de sódio dos postes. Tem a translucidez de cebola cozida em banha de galinha. As luzes dos judeus estendem-se da encosta do monte Edgecumbe, a oeste, passando pelas setenta e duas ilhas com prédios novos do Sound, até o Shvartsn-Yam, Halibut Point, South Sitka e o Nachtasyl, até o Harkavy e o Untershtat, e enfim são tragadas a leste pela serra de Baranof. Na ilha de Oysshtelung, o farol no alto do Alfinete de Segurança — único remanescente da Feira Mundial — pisca o seu alerta aos aviões ou aos *yids*. Landsman sente o cheiro de peixe estragado da fábrica de conservas, da gordura queimando nas fritadeiras do Pérola de Manila, do escapamento dos táxis e do intoxicante buquê de chapéu novo da Feltragem Grinspoon a dois quarteirões.

"Até que é bonito lá em cima", diz ao retornar ao saguão cujo charme de cinzeiro provém dos sofás amarelecidos, das cadeiras cobertas de cicatrizes e das mesas às quais por vezes se vê um par de hóspedes matando o tempo com um joguinho de baralho. "Eu devia subir mais vezes."

"E o porão?", indaga Tenenboym. "Não vai dar uma olhada?"

"O porão", diz Landsman, e seu coração descreve um súbito movimento de cavalo de xadrez. "Acho que devia conferir o porão."

À sua maneira, Landsman é um cara valente, disposto a enfrentar qualquer risco. Já o chamaram de durão e de temerário, de *momzer* e até de maluco. Ele enfrentou *shtarkers* e psicopatas, levou tiro, foi espancado, congelado, queimado. Perseguiu suspeitos entre as coriscantes paredes dos tiroteios urbanos e não hesitou em se embrenhar na terra dos ursos. Alturas, multidões, serpentes, incêndios, cães adestrados para detestar o cheiro da polícia, tudo isso Landsman costuma repelir. Ou, pelo menos, consegue se virar ante todas essas adversidades. Mas, quando ele se vê em espaços sem luz ou muito confinados, alguma coisa se convulsiona em seu imo animal. Ninguém sabe, com exceção de sua ex, mas a grande verdade é que o detetive Meyer Landsman morre de medo do escuro.

"Quer que eu vá junto?", pergunta Tenenboym com candura, mas nunca se sabe quando se trata de um antigo viciado sensível como o gerente.

Landsman finge zombar da oferta. "O que eu quero é que você me arranje uma lanterna, só isso", diz.

O porão exala um hálito de cânfora, diesel de calefação e poeira fria. Ele puxa o cordão que acende uma lâmpada nua, prende a respiração e desce.

Lá embaixo, passa pela sala de achados e perdidos, forrada de cortiça e mobiliada com prateleiras e nichos com milhares de objetos abandonados ou esquecidos no hotel. Sapatos sem par, chapéus de pele, um trompete, um zepelim de corda. Uma coleção de cilindros de cera de gramofone com toda a produção gravada da Orquestra Orfeônica de Istambul. Um machado de lenhador, duas bicicletas, uma ponte protética num copo do hotel. Perucas, bengalas, um olho de vidro, mãos de vitrine esquecidas por um vendedor de manequins. Livros de oração, mantos de oração nas respectivas bolsas de veludo com zíper, um estranho ídolo de corpo gorducho de bebê e cabeça de elefante. Há um engradado de refrigerante repleto de chaves, outro com toda a variedade de instrumentos de cabeleireiro, desde os bobes até os curvex. Fotografias emolduradas de famílias em dias melhores. Uma misteriosa espiral de borracha que pode ser um *sex toy*, um dispositivo contraceptivo ou o segredo patenteado de uma espécie de corpete. Um *yid* teve a pachorra de deixar uma fuinha empalhada, esguia e desconfiada, com uma dura conta retinta no lugar do olho.

Landsman remexe a caixa de chaves com um lápis. Olha o interior de cada chapéu, tateia ao longo das prateleiras por trás dos livros abandonados. Chega a ouvir o próprio coração e a sentir o cheiro de seu hálito aldeídico. Ao cabo de alguns minutos de silêncio, o ruído do sangue em seus ouvidos começa a sugerir a voz de alguém falando incessantemente. Olha atrás dos aquecedores de água, cada qual preso ao vizinho com correias de aço, feito companheiros numa desgraçada aventura.

Segue-se a lavanderia. Quando ele puxa o cordão para acender a luz, nada acontece. Ali está dez graus mais escuro, mas não há nada mesmo para ver além de paredes vazias, conexões partidas, ralos no chão. O Zamenhof não lava roupa há anos. Landsman examina os ralos e, dentro deles, a escuridão é oleosa e densa. Sente um frio na barriga, um remexer-se de lombriga. Flexiona os dedos e estala os ossos do pescoço. Na extremidade da lavanderia, uma porta que não passa de três tabuinhas unidas por uma quarta em diagonal tapa um vão baixíssimo. O trinco da tal portinhola é uma corda enganchada num prego.

Um alçapão. Só a palavra já o assusta.

Ele calcula a possibilidade de que um assassino — não um profissional, tampouco um mero amador, nem mesmo um maníaco normal — esteja escondido lá dentro. Nada é impossível; mas seria uma proeza e tanto o maluco conseguir enganchar a corda no prego pelo lado de dentro. Essa lógica quase o convence a não dar bola para o alçapão. No fim, ele acende a lanterna e a prende entre os dentes. Puxa as pernas da calça e se ajoelha. Só para ser do contra, porque contestar a si mesmo, aos outros e ao mundo todo é o passatempo predileto e o único patrimônio de Landsman e de seu povo. Com uma mão, tira do coldre o grandioso e minúsculo S&W e, com a outra, solta a corda. Abre a porta do alçapão.

"Sai daí", ordena com lábios secos, ásperos como um peido tímido.

O entusiasmo que sentiu no telhado esfriou como um filamento partido. Suas noites são desperdiçadas; sua vida e sua carreira, uma série de equívocos; mesmo sua cidade, uma lâmpada prestes a se apagar.

Ele enfia a parte superior do corpo no alçapão. O ar é gelado, impregnado de um cheiro amargo de cocô de rato. O facho da lanterna passa por tudo, projetando mais sombra que luz. Tijolos de cimento, chão de terra, um detestável emaranhado de fios e espuma isolante no teto. No meio do chão de terra, lá no fundo, há um disco de tosca madeira compensada encaixado numa moldura circular de metal, nivelada com o chão. Landsman prende a respiração e começa a nadar em seu pavor rumo ao buraco no chão, decidido a ficar mergulhado o máximo que agüentar. A terra ao redor da moldura está intacta. Uma camada uniforme de poeira cobre igualmente a madeira e o metal: nenhum sinal, nenhum rastro. Não há por que pensar que alguém tenha mexido neles. Landsman crava as unhas entre a madeira compensada e a moldura e puxa a grosseira tampa. A lanterna revela um tubo estriado de alumínio atarraxado na terra, calçado com cunhas de aço. A moldura não é senão a própria borda do cano. Largo o suficiente para que nele caiba um psicopata adulto. Ou um policial judeu com menos fobias do que Landsman. Ele agarra o *sholem* como se fosse um salva-vidas, lutando com uma necessidade insana de meter bala na goela da escuridão. Joga com estrondo o disco de madeira de volta no lugar. Não entra lá nem que a vaca tussa.

A escuridão persegue-o até o alto da escada, até o saguão, segurando-lhe o colarinho, puxando-lhe a manga.

"Nada", diz ele a Tenenboym, tratando de se recompor. Chega a dar um tom alegre à palavra. Pode ser o prognóstico do que a investigação do assassinato de Emanuel Lasker há de revelar, a afirmação da coisa pela qual ele acredita que Lasker viveu e morreu, a percepção do que vai restar da cidade de Landsman após a reversão. "Nada."

"Sabe o que Kohn diz?", pergunta Tenenboym. "Kohn diz que aqui tem fantasma." Kohn é o gerente diurno. "Fazendo e acontecendo. Ele acha que é o fantasma do professor Zamenhof."

"Se dessem o meu nome a um lixo destes", diz Landsman, "eu também viria assombrá-lo."

"Nunca se sabe", observa Tenenboym. "Principalmente hoje em dia."

Hoje em dia, não se sabe mesmo. Em Povorotny, um gato cruzou com uma lebre e engendrou monstrinhos adoráveis cujas fotografias foram a alegria da primeira página do *Sitka Tog*. Em fevereiro, quinhentas testemunhas de todo o distrito juraram ter visto na luz difusa da aurora boreal, durante duas noites seguidas, o contorno de um rosto humano de barba e *peót*. Seguiram-se violentas discussões acerca da identidade do sábio barbudo no céu — e se estava sorrindo ou não (ou simplesmente à mercê de um modesto ataque de gases) — e do significado do esquisito fenômeno. Outro dia mesmo, na semana passada, em meio ao pânico e às penas de um matadouro *kosher* da avenida Zhitlovsky, uma galinha virou para o *shochet*, que estava erguendo a faca ritual, e anunciou em aramaico o iminente advento do Messias. Segundo o *Tog*, a transcendental penosa ainda fez diversas previsões surpreendentes, embora tenha se eximido de mencionar a sopa de que iria participar quando voltasse a se calar como o Próprio Deus. Mesmo o estudo mais descuidado do relato, conclui Landsman, mostraria que quase todas as épocas foram estranhas não só para ser judeu, mas também para ser galinha.

3.

Na rua, o vento sacode a chuva da barra do casaco de Landsman, que se abriga na entrada do hotel. Dois homens, um com um estojo de violoncelo nas costas, o outro a ninar um violino ou viola, enfrentam o clima inclemente a caminho do Pérola de Manila, do outro lado da rua. O teatro sinfônico fica a dez quadras e a um mundo de distância desta parte da rua Max Nordau, mas a voracidade que todo judeu tem pela carne de porco, particularmente se for frita em imersão, é uma força maior do que a noite, a distância ou as glaciais rajadas do Golfo do Alasca. Neste momento, Landsman luta contra a ânsia de voltar ao quarto 505, à sua garrafa de *slivovitz* e ao seu copinho lembrança da Feira Mundial.

Em vez disso, contenta-se em acender um *papiros* ali mesmo. Depois de uma década de abstinência, fazia menos de três anos que voltara a fumar. Nessa época, sua esposa estava grávida. Foi uma gravidez muito discutida e, em certos recintos, ansiosamente esperada — a primeira de Bina —, mas não planejada. Como em toda gravidez debatida durante muito tempo, havia um histórico de ambivalência no futuro pai. Com dezessete semanas e um dia — justamente no dia em que Landsman comprou seu primeiro maço de Broadway em dez anos —, receberam uma triste notícia. Algumas células, mas não todas, que constituíam o feto, já então apelidado de Django, tinham um cromossomo a mais no vigésimo par. Um caso de mosaicismo, explicaram. Podia causar graves anormalidades. Podia não ter efeito nenhum. Na literatura disponível, uma pessoa com fé era capaz de encontrar estímulo; e uma descrente, todos os motivos para desanimar. Prevaleceu a visão de Landsman: ambígua, desanimada e totalmente ímpia. Com meia dúzia de dilatadores Laminaria, um médico rompeu o selo da vida de Django Landsman. Três meses depois, Landsman e seus cigarros saíram da casa na ilha Tshernovits, na qual morara com Bina durante seus quase quinze anos de casado. Não que ele não pudesse viver com a culpa. Não podia era viver com ela e Bina ao mesmo tempo.

Um velho que avança feito um carrinho desconjuntado roga uma praga à porta do hotel. Baixinho de um metro e meio, arrasta uma mala enorme. Landsman observa o comprido casaco branco aberto sobre um terno branco com colete, o chapéu de aba larga, também branco, afundado até as orelhas. Barba branca e brancos *peót*, ao mesmo tempo ralos e densos. A mala é uma antiga quimera de brocado manchado e couro cru arranhado. O lado direito do corpo do velhote se inclina uns cinco graus abaixo do esquerdo, no qual pesa a mala que deve conter toda a sua coleção de lingotes de chumbo. Ele pára e ergue o dedo como para fazer uma pergunta a Landsman. O vento brinca com suas mechas e com a aba do chapéu. Na barba, nas axilas, no hálito e na pele do homem, o vento colhe um ranço forte de fumo, flanela molhada e suor de gente que mora na rua. Landsman repara na cor das botas antiquadas do velho, marfim amarelado, tal como a da barba, bico fino e botões laterais.

Landsman se lembra de ter visto aquele maluco muitas vezes na época em que prendia Tenenboym por pequenos furtos e posse de droga. O *yid* não era mais jovem então e nem parece mais velho agora. As pessoas o chamavam de Eliyah porque ele aparecia inesperadamente em todos os lugares imagináveis, com sua *pushke* e um ar indefinido de quem tinha uma coisa importante a dizer.

"Querido", diz ele agora. "Esse aí é o hotel Zamenhof, não?"

Seu iídiche tem um não-sei-quê exótico para Landsman, condimentado com um pouco de holandês, quem sabe. Ele é alquebrado e frágil, mas seu rosto, com exceção dos pés-de-galinha em torno dos olhos azuis, é juvenil e liso. Os olhos guardam uma chama de entusiasmo que deixa Landsman intrigado. A possibilidade de uma noite no Zamenhof raramente inspira tanta expectativa.

"Exatamente." Landsman oferece um Broadway a Eliyah, o profeta, e o homenzinho pega dois e guarda um no relicário do bolso interno do casaco. "Água quente e fria. *Shammes* oficial no próprio estabelecimento."

"Você é o gerente, meu bem?"

Landsman sorri ao ouvir isso. Põe-se de lado e aponta para a porta. "O gerente está lá dentro", informa.

Mas o velhinho continua no mesmo lugar, debaixo de chuva, a barba a tremular qual uma bandeira branca. Examina a inexpressiva fachada do Zamenhof, cinzenta à luz fraca do poste. Espremida pilha de sujos tijolos brancos e janelas estreitas, a três ou quatro quarteirões do trecho mais cafona da rua Monastir, o prédio tem todo o charme de um desumidificador. Seu letreiro de neon pisca sem parar, atormentando os sonhos dos pobres-diabos do hotel em frente, o Blackpool.

"O Zamenhof", diz o velho, ecoando as letras intermitentes do letreiro. "Não o Zamenhof O Zamenhof."

Eis que o *latke*, um novato chamado Netsky, chega correndo, segurando as abas largas de seu redondo e achatado chapéu de patrulheiro.

"Detetive", resfolega; dirige uma piscadela ao velho e um breve cumprimento com a cabeça. "Boa noite, vovô. Pois é, ahn, detetive, desculpe, eu acabo de receber o telefonema, me atrasei um minuto lá." Netsky tem café no hálito e um pouco de açúcar na manga direita do casaco azul. "Cadê o *yid* morto?"

"No 208", responde Landsman, abrindo a porta para ele e tornando a olhar para o velho. "Vai entrar, vovô?"

"Não", diz Eliyah com um quê de suave emoção que Landsman não consegue interpretar. Pode ser remorso ou alívio ou a cruel satisfação de um homem propenso a decepcionar. O brilho de seu olhar é substituído por uma película de lágrimas. "Era só curiosidade. Obrigado, policial Landsman."

"Agora eu sou detetive", informa Landsman, surpreso que o velho se recordasse de seu nome. "*Lembra* de mim, vovô?"

"Eu lembro de tudo, querido." Eliyah enfia a mão no bolso lateral do desbotado casaco amarelo e tira uma *pushke*, um estojo preto de madeira mais ou menos do tamanho de uma caixa de fichas. Na frente estão pintadas as palavras hebraicas L'ERETZ YISROEL. No alto, abre-se uma fenda para moedas ou uma nota dobrada. "Uma pequena doação?", pede.

A Terra Santa nunca foi tão remota ou inalcançável como para os judeus de Sitka. Fica do outro lado do planeta, um lugar horrendo governado por homens unidos unicamente na determinação de manter todos a distância, com exceção de um punhadinho de judeus inexpressivos. Há meio século, tiranos árabes e guerrilheiros muçulmanos, persas e egípcios, socialistas, nacionalistas e monarquistas, pan-arabistas e pan-islamitas, tradicionalistas e o Partido de Ali cravaram os dentes em Eretz Yisroel, a terra de Israel, e a corroeram até os ossos e o tutano. Jerusalém é uma cidade de sangue e de *slogans* pichados nos muros, de cabeças espetadas nos postes telefônicos. Os judeus praticantes de todo o mundo não perderam a esperança de um dia ir morar na terra de Sião. Mas acontece que eles foram expulsos de lá nada menos que três vezes — em 586 a. C., em 70 d. C. e, com caráter ferozmente definitivo, em 1948. Até mesmo os mais religiosos não têm muita fé em suas chances de um dia voltar a pôr o pé por ali.

Landsman tira a carteira do bolso, dobra uma nota de vinte e a enfia na *pushke* de Eliyah. "Muita sorte", diz este.

O homenzinho pega a pesada mala e começa a se afastar com passos trôpegos. Landsman agarra-lhe a manga, uma pergunta a se formular no coração, uma pergunta de criança acerca do atávico desejo de seu povo por uma terra. Eliyah pousa nele um olhar de experimentada sensatez. Talvez Landsman seja uma espécie de arruaceiro. O detetive sente a pergunta se dissolver como a nicotina em sua corrente sanguínea.

"O que é isso aí na mala, vovô?", pergunta. "Pesa, hein?"

"Um livro."

"Um livro?"

"Dos grandes."

"Uma história muito comprida?"

"Compridíssima."

"Sobre o quê?"

"Sobre o Messias", responde Eliyah. "Agora tira a mão de cima de mim."

Landsman o solta. O velho endireita as costas e levanta a cabeça. As nuvens se dissipam de seus olhos, e ele parece zangado, altivo; em nada lembra um velho.

"O Messias vem vindo", diz. O vaticínio não chega a ser uma advertência, mas também não tem o calor de uma promessa de redenção.

"Que bom", diz Landsman, apontando o polegar para o saguão do hotel. "Se ele vier hoje, tem um quarto vago."

Eliyah fica ofendido ou talvez apenas enojado. Abre a caixa preta e lhe examina o interior. Tira a nota de vinte dólares que Landsman acabara de lhe dar e a devolve. A seguir, pega a mala, ajeita o mole chapéu branco na cabeça e segue seu caminho na chuva.

Landsman amassa o dinheiro e o guarda no bolso. Esmaga o *papiros* com o sapato e entra no hotel.

"Quem é esse pirado?", pergunta Netsky.

"Chama-se Eliyah. É inofensivo", responde Tenenboym por trás da tela de aço do guichê da recepção. "Anda por aí de vez em quando. Sempre cafetinando o Messias." Cutuca os molares com um palito banhado a ouro. "Olha, detetive, não era pra contar para ninguém, mas eu vou contar. Amanhã vocês vão receber uma carta da administração."

"Não agüento de ansiedade para saber o que diz."

"Os proprietários venderam o hotel para um conglomerado de Kansas City."

"Vão botar a gente no olho da rua."

"Pode ser que sim. Pode ser que não. A situação de ninguém está clara. Mas não é impossível que vocês tenham de sair."

"É isso que a carta diz?"

Tenenboym dá de ombros. "Foi um advogado que escreveu."

Landsman manda Netsky, o *latke*, para a porta da rua. "Não pergunte o que eles ouviram ou viram", recomenda. "E não os pressione muito, por mais que pareçam agüentar a pressão."

Menashe Shpringer, o perito criminal do período noturno, irrompe no saguão de casaco preto e gorro de pele. Quando anda, faz um barulhinho de chuvisco. Empunha um guarda-chuva todo molhado. Com a outra mão, arrasta uma espécie de baú cromado, ao qual estão atados, com um cordão elástico, sua caixa de instrumentos preta de vinil e um estojo plástico com buracos para as alças. Shpringer é um hidrante de pernas arqueadas e braços simiescos presos ao pescoço sem a medição de um par de ombros. A maior parte de seu rosto é pura mandíbula, e a testa engrouvinhada parece aquelas colméias abobadadas que representavam a Indústria nas xilogravuras medievais. A caixa tem a palavra INDÍCIOS gravada em letras azuis, como um brasão.

"Você também vai deixar a cidade?", indaga Shpringer. Essa não é uma pergunta incomum hoje em dia. Muita gente se foi nos últimos anos, deixou o distrito rumo à escassa lista de lugares dispostos a recebê-los ou àqueles desejosos de organizar os próprios *pogroms*, cansados de ouvir falar nos dos outros. Landsman responde que, até onde saiba, não vai a lugar nenhum. A maior parte dos lugares que acolhem judeus exige um parente próximo já residente. Os parentes próximos de Landsman ou morreram ou também estão enfrentando a reversão.

"Então vou me despedir de você para sempre", diz Shpringer. "Amanhã a essas horas estarei tomando banho de sol em Saskatchewan."

"Em Saskatoon?"

"Hoje fez trinta abaixo de zero lá. Temperatura máxima."

"Veja a coisa por outro ângulo", propõe Landsman. "Você podia morar aqui neste lixo."

"No Zamenhof." Em sua memória, Shpringer abre o arquivo da vida de Landsman e torce a cara diante do conteúdo. "Tem razão. Lar, doce lar, hein?"

"Combina com o meu estilo de vida atual."

Shpringer esboça um sorriso já quase desprovido de pena.

"E o defunto onde é que está?", pergunta.

4.

Antes de qualquer outra coisa, Shpringer atarraxa todas as lâmpadas do quarto. A seguir, põe os óculos de segurança e começa a trabalhar. Com zelo de manicure, examina as unhas das mãos e dos pés do cadáver, depois investiga o interior de sua boca à procura de um dedo decepado ou de uma antiga moeda de bronze. Colhe impressões digitais com um pó e um pincel. Tira trezentos e dezessete fotografias Polaroid da vítima, do quarto, do travesseiro perfurado, das impressões digitais que colheu. Fotografa o tabuleiro de xadrez.

"Uma para mim também", pede Landsman.

Shpringer mais uma vez enquadra o tabuleiro que o assassino obrigou Lasker a abandonar. Com uma sobrancelha arqueada, entrega a foto a Landsman.

"Dica importante", diz este.

Peça por peça, Shpringer desfaz a defesa nimzo croata ou qualquer outra jogada que Lasker estivesse armando; guarda cada uma delas num saquinho separado.

"Onde foi que você se sujou assim?", pergunta, sem olhar para Landsman.

O detetive nota a poeira parda que lhe cobre os sapatos, as mangas, os joelhos da calça. "Eu fui dar uma olhada no porão. Lá embaixo tem um, sei lá, um cano enorme." Sente o sangue afluir às bochechas. "Tive de checar."

"Um dos túneis de Varsóvia", diz Shpringer. "Eles atravessam toda esta parte da Untershtat."

"Você acredita nisso?"

"Quando os primeiros chegaram aqui logo depois da guerra, os que estiveram no gueto de Varsóvia. Em Bialystok. Os ex-guerrilheiros. Acho que não confiavam muito nos ianques. Por isso cavaram uma rede de galerias subterrâneas. Caso tivessem de lutar outra vez. É por isso que o bairro ficou chamando Untershtat."

"Isso é boato, Shpringer. Uma lenda urbana. Aquilo lá não passa de um cano de esgoto."

Shpringer resmunga alguma coisa. Recolhe a toalha de banho, a de rosto e um sabonete usado. Conta os ruivos pêlos pubianos grudados no assento da privada e os guarda, um a um, no saco plástico. "Falando em boato", diz, "o que foi que o Felsenfeld te disse?"

Felsenfeld é o inspetor Felsenfeld, o comandante da equipe. "Como assim o que ele me disse? Estive com Felsenfeld hoje à tarde", diz Landsman. "Ele não me disse nada, o cara não pronunciou três palavras seguidas em dez anos. Que diabo de pergunta é essa? Que boato?"

Com os dedos protegidos pela luva de látex, Shpringer examina a pele sardenta do braço esquerdo de Lasker. Distingue picadas de agulha e leves marcas no lugar em que o falecido prendia o garrote.

"Felsenfeld passou o dia todo com a mão na barriga", prossegue Landsman, refletindo. "Acho que eu o ouvi dizer 'refluxo'." Então: "O que você achou?".

Shpringer faz uma careta ao olhar para a carne acima do cotovelo de Lasker, onde as marcas do garrote estão inchadas. "Parece que esse cara usou uma cinta", diz. "Mas a cinta dele é muito larga para ter deixado essas marcas." Já pôs num saco de papel pardo a cinta de Lasker, assim como duas calças cinzentas e dois paletós azuis.

"As coisas dele estão na gaveta, num estojo preto", informa Landsman. "Eu não olhei direito."

Shpringer abre a gaveta do criado-mudo e apanha o estojo preto de toalete. Abre o zíper e deixa escapar um esquisito som gutural. Landsman consegue ver o interior do estojo, mas de início não entende o que tanto chamou a atenção do perito.

"O que você sabe de Lasker?", pergunta Shpringer.

"Eu arriscaria dizer que ele jogava xadrez de vez em quando", responde Landsman. Um dos três livros no quarto é um surrado volume de *Trezentas partidas de xadrez* de Siegbert Tarrasch. Tem um envelope de papel manilha colado na contracapa, com um cartão de devolução mostrando que foi retirado da sede central da Biblioteca Pública de Sitka em julho de 1986. Landsman não pode deixar de recordar que a primeira vez que fez amor com sua então futura ex-esposa foi justamente em julho de 1986. Bina tinha vinte anos na época, e ele, vinte e três. Era o auge do verão setentrional. Julho de 1986 é a data carimbada no cartão do envelope das ilusões de Landsman. Os outros dois livros são suspenses iídiches ordinários. "Fora isso, não sei picas."

Como Shpringer deduziu a partir das marcas no braço de Lasker, o tal garrote improvisado era uma correia preta de couro de um centímetro e meio de largura. Ele a tira do estojo e a segura entre dois dedos como se ela fosse capaz de mordê-lo. Do meio da correia pende uma caixinha de couro que serve para guardar um pedaço de papel no qual um escriba copiou, com tinta e pena, quatro passagens da Torá. Toda manhã, o judeu devoto enrola um troço desses no braço esquerdo, amarra outro na testa e reza para entender que Deus é esse, afinal, que obriga uma pessoa a passar a vida fazendo tal maluquice todo santo dia. Mas não há nada na caixa do filactério de Emanuel Lasker. É apenas a coisa que ele usava para dilatar a veia do braço.

"Essa é boa", diz Shpringer. "Fazer torniquete com *tefillin*."

"Pensando bem", diz Landsman, "até que ele levava jeito de viciado mesmo. Tinha cara de urubu. Eles adquirem uma espécie de... Sei lá. Eles parecem desprendidos de tudo."

Landsman calça uma luva e, segurando o queixo do defunto, vira para os dois lados a cabeça com sua inchada máscara de vasos sanguíneos. "Caso ele tenha tido barba, já faz tempo que a raspou", diz. "O tom da pele da cara é uniforme."

Solta o rosto morto e se afasta. Na verdade ele não tem muita certeza de que Lasker tinha cara de urubu. Com aquele queixo de garoto gordo e seu ar de ruminação, Landsman imagina que, em outros tempos, Lasker era mais do que um pobre drogado num hotelzinho de terceira classe. Ele suspira. "O que eu não daria para estar nas praias ensolaradas de Saskatoon."

Ouve-se barulho no corredor, um tilintar de metal e faixas e, pouco depois, dois funcionários do necrotério entram com uma padiola desmontável. Shpringer manda-os levar a caixa de indícios e os sacos plásticos que ele encheu e então sai pesadamente, as rodinhas do baú a chiarem atrás dele.

"Grande merda", informa Landsman aos rapazes do necrotério, referindo-se ao caso, não à vítima. Tal juízo não os surpreende nem lhes parece novidade. Landsman torna a subir ao seu quarto a fim de matar a saudade da garrafa de *slivovitz* e do copinho da Feira Mundial a que se afeiçoara. Senta-se numa cadeira à escrivaninha de compensado, com uma camisa suja fazendo as vezes de almofada. Tira a fotografia do bolso e estuda o jogo que Lasker deixou interrompido, tentando descobrir se o lance seguinte era das brancas ou das pretas e ainda qual seria o movimento depois desse. Mas há muitas peças, e é difícil guardar as jogadas na memória, e Landsman não possui nada parecido com um jogo de xadrez para simulá-las. Passados alguns minutos, começa a cochilar. Mas não, não pode fazer isso, pois sabe que o que o aguarda são sonhos como os desenhos de Escher, de tabuleiros surreais e torres gigantescas a projetarem sombras fálicas.

Ele se despe, entra no chuveiro e passa meia hora deitado, de olhos arregalados, tirando lembranças dos respectivos saquinhos plásticos — de sua irmãzinha no Super Cub, de Bina no verão de 1986. Examina-as como se fossem transcrições num livro poeirento roubado da biblioteca de pretéritos xeques-mate e fulgores. Depois dessa meia hora de útil busca, levanta-se, põe uma camisa e uma gravata limpas e vai à Delegacia Central de Sitka apresentar seu relatório.

5.

Landsman aprendeu a detestar xadrez com o pai e o tio Hertz. Os cunhados eram amigos de infância em Lodz, membros do Clube Juvenil de Xadrez Makkabi. Ele se lembra muito dos dois falando no dia em que o grande Tartakower foi fazer uma demonstração para os meninos do Makkabi. Foi no verão de 1939. Savielly Tartakower era cidadão polonês, um grande mestre e uma personalidade famosa por ter declarado: "As besteiras estão todas aí no tabuleiro, esperando quem as faça". Chegara de Paris a fim de cobrir um torneio para um jornal especializado francês e também com o intuito de visitar o diretor do Clube Juvenil de Xadrez Makkabi, um velho camarada dos tempos do exército de Francisco José na frente de batalha russa. A pedido do diretor, dispôs-se a jogar uma partida com o melhor enxadrista juvenil do clube: Isidor Landsman.

Os dois ficaram frente a frente, o corpulento veterano de guerra com seu terno sob medida e seu ríspido bom humor, e o balbuciante garoto de quinze anos com um acentuado estrabismo, entradas precoces e um bigodinho muitas vezes confundido com sujeira. Tartakower ficou com as pretas, e o pai de Landsman optou pela abertura inglesa. Na primeira hora, o jogo do campeão polonês foi desatento, automático até. Deixando seu grandioso motor de xadrez em ponto morto, ele se limitou a jogar conforme o figurino. Após trinta e quatro jogadas, com genial desdém, propôs empate ao garoto. Apertado para fazer xixi e com um zumbido no ouvido, o pai de Landsman não fazia senão tentar evitar o inevitável. Mesmo assim, decidiu prosseguir. A essa altura, seu jogo se baseava exclusivamente na intuição e no desespero. Ele reagiu, recusou trocas; seus únicos recursos eram a obstinação e uma noção feroz do tabuleiro. Depois de setenta lances e quatro horas e dez minutos de jogo, Tartakower, agora já bem menos genial, reiterou a oferta. Acometido de *tinnitus* e prestes a molhar a calça, o pai de Landsman aceitou. Muitos anos depois, ele às vezes dizia que seu cérebro, um órgão suspeitíssimo, nunca se recuperara totalmente da aflição daquela partida. Mas é claro que aflições bem maiores o aguardavam.

"Não teve a menor graça", Tartakower teria dito ao pai de Landsman ao se levantar. O jovem Hertz Shemets, com seu olho de lince para as fraquezas humanas, detectou um tremor na mão do ilustre mestre ao pegar o copo de Tokay, providenciado às pressas. Então o mestre apontou para o crânio de Isidor Landsman. "Mas antes isso a ser obrigado a morar aí dentro."

Menos de dois anos depois, Hertz Shemets desembarcou na ilha Baranof, no Alasca, na companhia da mãe e da irmãzinha Freydl, na primeira leva de imigrantes galícios. Viajou no famoso *Diamond*, um transportador de tropas do tempo da Primeira Guerra Mundial. Reza a lenda que o navio foi exumado e rebatizado, por ordem do secretário Ickes, numa canhestra homenagem ao falecido Anthony Dimond, o deputado sem direito a voto do território do Alasca. (Até a intervenção fatal, numa esquina de Washington, de um taxista louco e embriagado chamado Denny

Lanning — eterno herói dos judeus de Sitka —, o deputado Dimond fez o que pôde para que a Lei de Colonização do Alasca não fosse aprovada.) Magro, pálido, atônito, Hertz Shemets saiu do *Diamond*, da escuridão e do ranço de sopa e ferrugem, para mergulhar no puríssimo e gélido aroma dos pinheirais de Sitka. Com a família e os compatriotas, foi numerado, vacinado, espiolhado e etiquetado feito ave migratória, tudo conforme as disposições da Lei de Colonização do Alasca de 1940. Dentro de um livro de bolso, trazia um "passaporte Ickes", um visto especial de emergência impresso num papel vagabundo com uma tinta que borrava facilmente.

Não tinha mais para onde ir. E isso estava escrito em letras garrafais na capa do passaporte Ickes. Não podia viajar a Seattle, nem a San Francisco, nem mesmo a Juneau ou Ketchikan. As cotas regulares de imigração judaica continuavam em pleno vigor nos Estados Unidos. Apesar da oportuna morte de Dimond, a Lei de Colonização foi só com muito custo imposta ao corpo político norte-americano, e restrições ao movimento judaico continuaram figurando no acordo.

Tal como os judeus da Alemanha e da Áustria, a família Shemets foi jogada com seus compatriotas galícios no Campo Slattery, um pântano turfoso a quinze quilômetros da rústica e semidecrépita cidadezinha de Sitka, a capital da antiga colônia russa no Alasca. Em cabanas e barracões de teto de zinco castigados pelo vento, eles se sujeitaram a seis meses de aclimatação intensiva com o auxílio de uma excelente equipe de quinze bilhões de mosquitos contratados pela Secretaria do Interior norte-americana. Hertz foi obrigado a trabalhar com construção civil, primeiro estradas, depois o campo de pouso de Sitka. Perdeu dois molares ao ser atingido por uma pá quando operava uma ensacadeira mergulhada na lama do porto da cidade. Em anos mais recentes, sempre que passava de carro pela ponte Tschernovits, esfregava o maxilar, e seus olhos duros no rosto severo assumiam um ar triste e pensativo. Freydl foi estudar num celeiro gelado cujo teto ressoava com a chuva incessante. À mãe deles, ensinaram rudimentos de agricultura, o uso do arado, do adubo e da mangueira de irrigação. Livros e pôsteres apresentavam a breve estação de cultivo do Alasca como uma alegoria da sua curta permanência por lá. A sra. Shemetz certamente encarava a Colônia de Sitka como um porão ou estufa no qual ela e os filhos, como bulbos de flor, iam ficar guardados no inverno até que, no seu solo nativo, a neve derretesse o suficiente para que pudessem ser replantados. Ninguém imaginou que tanto sal e cinza seriam semeados no chão da Europa.

Apesar das promessas de incremento da atividade agrícola, as modestas cooperativas rurais propostas pela Corporação da Colônia de Sitka nunca se materializaram. O Japão atacou Pearl Harbor. A atenção da Secretaria do Interior voltou-se para assuntos estratégicos mais prementes, como as reservas de petróleo e a mineração. Uma vez concluído o curso na "Faculdade Ickes", a família Shemets, como a maioria de seus companheiros refugiados, ficou largada no mundo e teve de se virar. Tal como havia previsto o deputado Dimond, todos foram parar na fria e agora próspera cidadezinha de Sitka. Hertz estudou justiça forense no recém-fundado Instituto Técnico de Sitka e, quando se formou em 1948, foi contratado assistente do primeiro grande escritório de advocacia norte-americano que lá abriu filial. Sua irmã Freydl, a mãe de Landsman, foi uma das primeiras bandeirantes da colônia.

Mil novecentos e quarenta e oito: estranha época para ser judeu. Em agosto, a defesa de Jerusalém sucumbiu e a minoria judaica da república de Israel, então com três meses de idade, foi fragorosamente derrotada, massacrada e empurrada para o mar. Quando Hertz estava começando a trabalhar no Foehn, Harmattan & Buran, a Comissão Parlamentar de Assuntos Territoriais e Insulares iniciou a eternamente adiada reversão do *status* exigida pela Lei de Colonização de Sitka. Tal como o resto do Congresso, tal como a maioria dos norte-americanos, a comissão parlamentar despertou diante de sombrias revelações: o extermínio de dois milhões de judeus na Europa, o bárbaro colapso do sionismo, a situação terrível dos refugiados da Palestina e da Europa. Mas nem por isso a comissão parlamentar perdeu o espírito prático. A população da Colônia de Sitka já chegava a dois milhões. Numa transgressão flagrante da lei, os judeus se haviam espalhado por todo o litoral oeste da ilha Baranof, até Kruzof e até a distante ilha de Chichagof Ocidental. A economia estava em pleno *boom*. O *lobby* judaico norte-americano era vigoroso. De modo que o Congresso acabou concedendo à Colônia de Sitka o "*status* provisório" de território federal. Mas a possibilidade de constituição de um estado autônomo foi explicitamente descartada. NADA DE JUDEIALASCA, PROMETEM OS LEGISLADORES, proclamou a manchete do *Daily Times*. A ênfase sempre recaía na palavra "provisório". Em sessenta anos, esse *status* seria revertido, e os judeus de Sitka ficariam uma vez mais ao deus-dará.

Numa tarde quente de setembro, não muito tempo depois disso, Hertz Shemets estava prolongando o intervalo do almoço na rua Seward quando topou com o velho amigo Isidor Landsman, de Lodz. O pai de Landsman acabara de chegar a Sitka sozinho, a bordo do *Williwaw*, após um longo percurso pela morte e os campos de refugiados da Europa. Aos vinte e cinco anos, perdera o cabelo e quase todos os dentes. Com um metro e oitenta de altura, pesava cinqüenta e seis quilos. Tinha um cheiro esquisito, não dizia coisa com coisa e sobrevivera a toda a família. Alheio à turbulenta energia de cidade pioneira a pairar no centro de Sitka, não reparava nos grupos de trabalho de judias de turbante azul a cantarem *negro-spirituals* com versos iídiches que parafraseavam Lincoln e Marx. O cheiro forte de peixe, de árvore abatida e de terra revolvida, o estrondo das dragas e escavadeiras aplanando montanhas e aterrando Sitka Sound, nada lhe despertava o interesse. Ele andava de cabeça baixa, ombros arqueados, como se só lhe restasse encafuar-se neste mundo, à sua maneira inexplicável, indo de uma estranha dimensão a outra. Nada penetrava nem iluminava o túnel escuro da sua passagem. Mas, ao se dar conta de que o homem sorridente, de cabelo penteado e sapatos que pareciam um par de automóveis Kaiser, ainda cheirando ao *cheeseburger* acebolado que acabava de comer no Woolworth's, era ninguém menos que o seu velho amigo Hertz Shemets do Clube Juvenil de Xadrez Makkabi, Isidor Landsman ergueu a vista. A eterna curvatura de seus ombros endireitou-se. Ele abriu a boca e tornou a fechá-la, mudo de ultraje, alegria e assombro. E começou a chorar.

Hertz levou o pai de Landsman ao Woolworth's, pagou-lhe o almoço (um sanduíche de ovo, seu primeiro *milk-shake*, picles decentes) e, a seguir, fez questão de apresentá-lo ao novo hotel Einstein, na rua Lincoln, em cujo café os grandes exilados do xadrez judaico todo dia se encontravam para impiedosos duelos. O pai de Landsman, àquela altura semi-enlouquecido pela gordura, o açúcar e as seqüelas do tifo, devastou a sala. Jogou com todos os presentes, e alguns saíram do Einstein tão aniquilados que nunca o perdoaram.

Mesmo nessa ocasião, jogou com o estilo macambúzio, agoniado, que fez do pequeno Landsman um péssimo enxadrista. "O seu pai jogava", disse Hertz Shemets certa vez, "como um sujeito com dor de dente, hemorróida e gases." Ele suspirava, gemia. Puxava o pouco que lhe restava do cabelo castanho ou então nele esfregava os dedos, para lá e para cá, feito um confeiteiro a espalhar farinha no mármore. Cada erro dos adversários era uma cãibra no abdômen. Suas próprias jogadas, por mais ousadas, por mais admiráveis, originais e fortes que fossem, abalavam-no como uma sucessão de péssimas notícias, fazendo com que tapasse a boca e revirasse os olhos quando as concluía.

O estilo do tio Hertz era totalmente diferente. Ele jogava serenamente, com ar despreocupado, mantendo o corpo num leve ângulo em relação ao tabuleiro, como se estivesse esperando que lhe servissem uma refeição ou que uma bela moça se sentasse em seu colo. Mas seus olhos viam tudo, assim como tinham visto o revelador tremor na mão de Tartakower naquele dia remoto no Clube Juvenil de Xadrez Makkabi. Acolhia os reveses sem susto, e com ar irreverente as oportunidades. Acendendo um Broadway atrás do outro, observou o velho amigo retorcer-se e resmungar enquanto estraçalhava a congregação de gênios do Einstein. Depois, quando a sala ficou reduzida a escombros, Hertz fez o gesto necessário. Convidou Isidor Landsman à sua casa.

No verão de 1948, a família Shemets morava num apartamento de dois cômodos num prédio novo em folha numa ilha nova em folha. No prédio residiam duas dúzias de famílias, todas elas de "ursos polares": esse era o apelido que os refugiados da primeira leva haviam escolhido para si. A mãe dormia no quarto; Freydl, no sofá; e Hertz, no chão. Agora os três já eram vigorosos judeus alasquianos, o que significava que eram utópicos, que punham defeito em tudo quanto viam. Uma família briguenta e de língua viperina, especialmente Freydl Shemets, que aos catorze anos já tinha um metro e setenta e pesava cento e dez quilos. Ela olhou para o pai de Landsman, parado, inseguro, à porta do apartamento, e o avaliou corretamente como tão indomável e inacessível quanto aquela terra agreste que ela agora considerava sua casa. Foi amor à primeira vista.

Em anos posteriores, Landsman sempre teve dificuldade para fazer que o pai lhe contasse o que, afinal de contas, ele tinha visto em Freydl Shemets, se é que tinha visto alguma coisa. Ela não chegava a ser feia. De olhos egípcios, pele azeitonada, shorts, botinhas de caminhada e com as mangas da camisa xadrez arregaçadas, exalava o antigo espírito do movimento Makkabi: *mens sana in corpore sano*. Ficou com muita pena de Isidor Landsman pela perda da família e pelo sofrimento por que ele passara nos campos. Mas ela era uma daquelas crias de urso polar que lidavam com o sentimento de culpa por ter escapado à imundície, à fome, às valas comuns e à indústria de extermínio oferecendo aos sobreviventes um fluxo constante de conselhos, informações e críticas disfarçadas de estímulo moral. Como se uma enxerida cheia de determinação pudesse anular o pálio negro e pesado da destruição.

Naquela primeira noite, o pai de Landsman dormiu com Hertz no chão do apartamento dos Shemets. No dia seguinte, Freydl levou-o para comprar roupas e as pagou com o dinheirinho que ganhara no *bat mitzvah*. Ajudou-o a alugar um quarto de uma viúva recente que morava no prédio. Massageou-lhe a cabeça com cebola na esperança de que isso fizesse nascer cabelo. Obrigou-o a comer fígado de vitela para fortificar o sangue cansado. Nos cinco anos seguintes, cutucou-o, instigou-o e maltratou-o até que ele se sentasse com o corpo aprumado, olhasse nos olhos do interlocutor quando estava conversando, aprendesse americano, pusesse dentadura. Casou-se com ele no dia seguinte ao seu décimo oitavo aniversário e arrumou emprego no *Sitka Tog*, fazendo carreira no suplemento feminino até chegar a chefe de reportagem. Trabalhava de sessenta a setenta e cinco horas semanais, cinco dias por semana; por fim, morreu de câncer quando Landsman estava na faculdade. Nesse meio-tempo, Hertz Shemets impressionou de tal modo os advogados americanos do Foehn Harmattan que eles coletaram um abaixo-assinado e mexeram todos os pauzinhos necessários para matriculá-lo numa faculdade de direito de Seattle. Graças a isso, Hertz foi o primeiro judeu contratado pela seção de Sitka do FBI, o primeiro diretor distrital e, enfim, tendo caído nas graças de Hoover, chegou a diretor do departamento regional do programa de contra-inteligência.

Já o pai de Landsman preferia jogar xadrez.

Toda manhã, com chuva, neve ou neblina, percorria a pé os três quilômetros até o café do hotel Einstein, sentava-se a uma mesa de tampo de alumínio, no fundo, de frente para a porta, e sacava um conjunto de peças de xadrez de bordo e cerejeira, presente do cunhado. À noite, sentava-se no banco do quintal da casinha da rua Adler, na qual Landsman foi criado, em Halibut Point, e examinava os oito ou nove jogos por correspondência que sempre mantinha em andamento. Escrevia notas para a *Chess Review*. Revisava uma biografia de Tartakower que nunca chegou a concluir nem a abandonar. Recebia pensão do governo alemão. E, com a ajuda do cunhado, ensinava o filho a detestar o jogo que ele tanto adorava.

"Não é isso que você quer fazer", dizia o pai de Landsman quando este, com dedos indolentes, largava o cavalo ou o peão à mercê do destino que era sempre uma surpresa para ele, por mais que estudasse ou praticasse xadrez. "Coma o meu."

"É isso, sim."

"Não, não é."

Mas, alimentando o orgulho ferido, Landsman também sabia ser teimoso. Satisfeito, ardendo de vergonha, observava o desdobramento do triste destino que ele não conseguira prever. E seu pai demolia-o, descompunha-o, dissecava-o vivo, olhando o tempo todo para o filho por trás do desabado pórtico de seu semblante.

Depois de alguns anos praticando o esporte, Landsman sentou-se diante da máquina de escrever da mãe e redigiu uma carta ao pai, confessando sua ojeriza pelo xadrez e suplicando-lhe que nunca mais o obrigasse a jogar. Levou-a na mochila escolar uma semana inteira, durante a qual sofreu mais três impiedosas derrotas, e então a enviou pelo correio de Untershtat. Dois dias depois, Isidor Landsman se suicidou, no quarto 21 do hotel Einstein, com uma *overdose* de Nembutal.

A partir daí, Landsman começou a ter problemas. Passou a urinar na cama, engordou, parou de falar. Sua mãe o mandou fazer terapia com um médico extraordinariamente gentil e incompetente chamado Melamed. Só vinte e três anos depois da morte do pai foi que ele redescobriu a carta fatal numa caixa que também continha uma cópia da biografia inacabada de Tartakower. Seu pai nem sequer chegou a abri-la, muito menos a lê-la. Quando o carteiro a entregou, o velho Landsman já tinha morrido.

6.

Landsman sai para buscar Berko. No caminho, vai ruminando a lembrança daqueles velhos enxadristas *yids* aboletados no fundo do café Einstein. Seu relógio marca seis e quinze da manhã. O céu escuro, a avenida deserta e a apreensão a lhe embrulhar o estômago fazem crer que ainda é noite. Tão perto do círculo ártico e do solstício de inverno, o amanhecer vai tardar pelo menos duas horas.

Ele está ao volante do Chevrolet Chevelle Super Sport 1971 que comprou dez anos atrás, num acesso de otimismo nostálgico, e cujos defeitos secretos, depois de tanto tempo, se confundem com os seus. O modelo 71 foi o primeiro a contar com apenas um par de faróis — os Chevelle anteriores tinham dois. No momento, um dos faróis está queimado. Qual um ciclope, Landsman avança meio às cegas ao longo da avenida. À sua frente, erguem-se os quarteirões de arranha-céus do Shvartsn-Yam numa ponta de terra artificial no centro de Sitka Sound, todos aglomerados na escuridão feito prisioneiros acorrentados.

Shtarkers russos implantaram o aterro de Shvartsn-Yam, na metade da década de 1980, nos primeiros e impetuosos dias da legalização dos cassinos. *Time-shares*, casas de veraneio e residências de solteiro, essa era a idéia, com o cassino Grand Yalta e suas mesas de aposta no centro da ação. Mas a Lei dos Valores Tradicionais acabou proibindo os jogos de azar, e agora o prédio do cassino abriga um KosherMart, uma farmácia Walgreens e uma loja de fábrica Big Macher. Os *shtarkers* retomaram o investimento em jogos e apostas ilegais. Os festeiros e os turistas foram substituídos por uma população de vigaristas bem-sucedidos, imigrantes russos, alguns judeus ultra-ortodoxos e um punhado de boêmios semiprofissionais que apreciam a atmosfera de fadada festividade que perdura no bairro qual lantejoulas pelo chão de um salão de baile vazio.

A família Taytsh-Shemets reside no vigésimo quarto andar do Dnyeper. O Dnyeper é mais redondo que uma pilha de formas de bolo. Indiferentes ao lindo panorama do cume erodido do monte Edgecumbe, do fulgurante Alfinete de Segurança ou das luzes de Untershtat, muitos moradores preferiram vedar o terraço curvo com vidraças e persianas a fim de obter um cômodo a mais. Foi o que fizeram os Taytsh-Shemets quando o bebê chegou: o primeiro deles. Agora, os dois Taytsh-Shemets dormem ali, escondidos no terraço como esquis sem serventia.

Landsman estaciona o Super Sport atrás das lixeiras, na vaga que ele praticamente considera sua, embora ache que não vale a pena sentir tanta ternura assim por um estacionamento. No coração do homem, o mero fato de ter um lugar onde deixar o carro, vinte andares abaixo de um convite permanente para o café-da-manhã, não deve se confundir com uma volta ao lar.

É pouco mais do que seis e meia e, embora tenha certeza de que toda a família Taytsh-Shemets já está acordada, resolve subir a pé. A escada do Dnyeper cheira a maresia, a repolho, a cimento frio. Ao chegar lá em cima, acende um *papiros* para recompensar seu esforço e pára no capacho dos Taytsh-Shemets, fazendo companhia para o mezuzá. Landsman acaba de expectorar o conteúdo de um pulmão e se prepara para esvaziar o outro quando Ester-Malke Taytsh abre a porta. Traz na mão um cilindro de teste de gravidez em cuja ponta brilha uma gota que deve ser de urina. Ao reparar que Landsman reparou nisso, esconde-o no bolso do roupão.

"Você sabe para que serve a campainha, não sabe?", diz por trás de uma emaranhada cortina de cabelo cor de tijolo, muito fino para o bobe que ela insiste em usar. Este fica pendurado diante de seu rosto, principalmente quando ela resolve bancar a esperta. "Se bem que tossir também funciona."

Ester-Malke larga a porta aberta e deixa Landsman do lado de fora, postado no grosso capacho de fibra de coco que diz PERCA-SE. Ao entrar, ele passa dois dedos no mezuzá e neles estala um beijo perfunctório. É o que fazem os crentes como Berko e os sacanas zombeteiros como ele. Pendura o chapéu e o sobretudo num cabide de chifre de alce junto à porta. No corredor, segue o magro traseiro de Ester-Malke, envolto no roupão branco de algodão, até a cozinha. A acanhada cozinha parece a de um barco: o fogão, a pia e a geladeira alinhados de um lado, os armários do outro. No fundo, uma bancada para refeições ligeiras dá para a sala de estar e a de jantar. No balcão, espirais de fumaça sobem de uma forma de *waffle* em tufos de locomotiva de desenho animado. A cafeteira elétrica pigarreia e cospe como um decrépito policial judeu que acaba de subir dez lances de escada.

Landsman se esgueira até sua poltrona favorita e se detém. Tira do bolso do paletó de tweed um minijogo de xadrez e o desembrulha. Comprou-o na loja de conveniência da praça Korczak. "O gordão ainda está de pijama?", pergunta.

“Se vestindo.”

“E o gordinho?”

“Foi pegar a gravata.”

“E o outro, como ele se chama mesmo?” O nome do garoto, graças à moda recente de dar aos filhos nomes da família, é Feingold Taytsh-Shemets. Todos o chamam de Goldy. Há quatro anos, Landsman teve a honra de segurar as pernas finas de Goldy para que um judeu vetusto, de faca em punho, se encarregasse de lhe talhar o prepúcio. “Sua Majestade.”

À guisa de resposta, ela aponta com o queixo para a sala de estar.

“Continua doente?”, pergunta Landsman.

“Hoje está melhor.”

Ele contorna a bancada, passa pela mesa de jantar de tampo de vidro e se acerca do grande sofá modular branco para ver o que a televisão anda fazendo com seu afilhado. “Olha só quem chegou”, diz.

Goldy está de pijama de urso polar, o cúmulo do chic retrô para um judeuzinho alasquiano. Ursos polares, flocos de neve, iglus, o tão ubíquo imaginário setentrional do tempo em que Landsman era menino está em voga outra vez. Mas agora parece ter um matiz irônico. Flocos de neve, sim, os judeus os encontraram ali, embora as nevascas tenham diminuído bastante com o efeito estufa. Mas não há ursos polares. Nem iglus. Nem renas. Via de regra, muitos índios bravos, neblina, chuva e meio século de uma sensação de equívoco tão intensa, tão profundamente arraigada no organismo dos judeus, que se manifesta em toda parte, até mesmo no pijama das crianças.

“Já está pronto para ir trabalhar, Goldele?”, pergunta Landsman. Roça o dorso da mão na testa do garoto. Está fresca. O *yarmulke* do cachorro Shnapish de Goldy está torto, e ele o alisa e endireita o grampo que o prende no lugar. “Pronto para combater o crime?”

“Claro, tio.”

Landsman estende a mão para apertar a de Goldy, que, sem se dignar a olhar para o padrinho, oferece-lhe a mão seca. Um fugaz retângulo de luz azulada flutua na película lacrimal de seus olhos castanhos. Landsman já assistiu a esse programa com o afilhado no canal educativo. Como noventa por cento do que se vê na televisão, trata-se de uma produção do sul dublada em iídiche. Narra as aventuras de duas crianças de nome judeu que parecem ser meio índias e não têm pais visíveis. Mas têm é uma cristalina escama de dragão mágico, à qual fazem pedidos como viajar a uma terra de dragões de tom pastel, cada qual caracterizado pela cor e pelo tipo particular de imbecilidade. Pouco a pouco, elas passam cada vez mais tempo com a tal escama de dragão até que, um dia, partem para a terra encantada da idiotice para nunca mais voltar; o gerente noturno da pensão barata em que moram encontra seus corpos, ambos com uma bala na nuca. Vai ver que é um erro de tradução, pensa Landsman.

“Continua querendo ser *noz* quando crescer?”, pergunta ele. “Como o papai e o tio Meyer?”

“Continuo”, responde Goldy sem entusiasmo. “Pode crer.”

“Isso aí, garotão.”

Trocam mais um aperto de mão. Essa conversa equivale ao beijo de Landsman no mezuzá, o tipo da coisa que começa como uma brincadeira e termina como um cacoete.

“O quê? Agora você deu para jogar xadrez?” pergunta Ester-Malke quando ele volta à cozinha.

“Deus me livre”, responde Landsman. Joga-se na poltrona e fica às voltas com os minúsculos peões, cavalos e reis do jogo de viagem, dispondo-os de modo a refletir o tabuleiro deixado pelo tal Emanuel Lasker. Tem dificuldade para distinguir as peças, mas, toda vez que aproxima uma do rosto para vê-la melhor, deixa-a cair.

"Pare de me olhar assim", diz ele a Ester-Malke, adivinhando-lhe o olhar. "Eu não gosto."

"Que horror, Meyer", retruca ela, examinando-lhe as mãos. "Você está tremendo."

"Eu passei a noite em claro."

"Hum-hum."

Antes de voltar a estudar, cursar a faculdade de assistência social e se casar com Berko, Ester-Malke Taytsh fez uma breve mas notável carreira de porra-louca em South Sitka. Tem um par de delinqüentes pés-de-chinelo em seu passado, uma tatuagem na barriga de que muito se arrepende e uma ponte na boca, lembrança do último homem que a esmurrou. Landsman a conhece há mais tempo que Berko, da época em que a prendeu por vandalismo, quando ela ainda estava no colegial. Ester-Malke sabe lidar com um fracassado por intuição e por hábito, e poupa-lhe das reprimendas que reserva para si por conta da juventude perdida. Abre a geladeira, pega uma garrafa de Bruner Adler, destampa-a e a entrega a Landsman. Ele a encosta nas têmporas insones, depois toma um bom gole.

"Pronto", diz, sentindo-se melhor instantaneamente. "Você está atrasada?"

Ester-Malke faz uma expressão semiteatral de culpa, enfia a mão no bolso, segura o cilindro do teste de gravidez, mas não chega a tirá-lo. Landsman sabe, pois ela tocou mais de uma vez no assunto, que Ester-Malke receia que ele inveje a fertilidade dela e de Berko, assim como seus dois lindos filhos. Landsman às vezes os inveja mesmo, com amargura. Mas, quando Ester menciona o fato, geralmente nega tudo.

"Merda", diz quando um bispo quica no chão e desaparece debaixo do balcão.

"Era branca ou preta?"

"Preta. Um bispo. Merda. Sumiu."

Ester-Malke se aproxima da prateleira de condimentos, aperta o cinto do roupão, estuda suas opções. "Toma", diz. Tira um vidro de chocolate granulado, destampa-o, coloca um grão na palma da mão e entrega o vidro a Landsman. "Usa isso."

Landsman está de quatro sob o balcão. Acha o bispo perdido e consegue espetá-lo no buraco da casa h6. Ester-Malke recoloca o vidro no armário e torna a enfiar a mão direita no bolso do roupão de banho.

Landsman come o grão de chocolate. "Berko já sabe?", pergunta.

Ela sacode a cabeça, escondendo-se atrás da cabeleira. "Não é nada", diz.

"Nada oficialmente?"

Ester dá de ombros.

"Você não viu o teste?"

"Estou com medo de ver."

"Medo do quê?", indaga Berko, aparecendo à porta da cozinha com o pequeno Pinchas Taytsh-Shemets — inevitavelmente Pinky — aninhado na dobra do braço direito. Faz um mês que deram uma festa para o filho, com bolo, velinhas e tudo. De modo que, calcula Landsman, o terceiro Taytsh-Shemets, se vier, vai chegar vinte e um ou vinte e dois meses depois do segundo. E sete meses após a reversão. Sete meses adentro no mundo desconhecido que há de vir. Mais um pequenino prisioneiro da história e do destino, mais um Messias potencial — pois, segundo os peritos, o Messias nasce em qualquer geração — a inflar as velas da desvairada nau de sonhos de Eliyah, o profeta. Ester-Malke tira do bolso a mão vazia, sem o teste de gravidez, e, erguendo a sobrancelha, endereça a Landsman um sinal típico de South Sitka.

"Medo de ouvir o que comi na noite de ontem", responde Landsman. E, para tirar um sarro, saca do bolso do paletó o exemplar de *Trezentas partidas de xadrez* de Lasker e o deposita no balcão, ao lado do tabuleiro.

"Isso aí é do tal drogado que bateu as botas?", pergunta Berko, mostrando o tabuleiro.

"Emanuel Lasker", diz Landsman. "Mas esse era só o nome na portaria. A gente não achou nenhum documento de identidade. Ainda não dá para saber quem ele era."

"Emanuel Lasker. Eu tenho a impressão de já ter ouvido esse nome." Berko entra de lado na cozinha, trajando a calça do terno e em mangas de camisa. A calça é de lã cinzenta, barra italiana; a camisa, branca. No pescoço, com o nó muito bem-feito, uma gravata azul-marinho de bolinhas alaranjadas. A gravata é bem comprida; a calça, larga e presa por um suspensório azul-marinho que acompanha a dimensão e o arco de sua barriga. Sob a camisa, o *tzitzit*, e, no reluzente e preto matagal de sua cabeça, assenta-se um bonito *yarmulke* azul — mas ele não usa barba. Não há barba no rosto de nenhum homem de sua família materna, mesmo que se recue até o tempo em que o Corvo tudo criou (menos o sol, que ele roubou). Berko Shemets é religioso, mas à sua maneira e por motivos próprios. É um minotauro; e o mundo dos judeus, seu labirinto.

Ele foi morar com os Landsman, na casa da rua Adler, num dia no fim da primavera de 1981, um menino gigante a arrastar os pés, conhecido no Clã do Monstro Marinho da Cabilda do Corvo da Tribo dos Cabelos-longos como Johnny Urso, "o judeu". Aos treze anos, media um metro e setenta e cinco nos seus *mukluks*, só dois centímetros menos que Landsman aos dezoito. Até aquele momento, ninguém jamais falara dele a Landsman nem à sua irmã. Agora o garoto passaria a dormir no quarto que antes servia de garrafa de Klein ao pai de Meyer e Naomi durante suas longas noites insones.

"Quem é você afinal?", perguntou Landsman quando o rapaz se esgueirou meio de través na sala de visitas. Retorcendo um boné bicudo nas mãos, devorando tudo com os ávidos olhos escuros. Hertz e Freydl estavam lá fora na calçada, aos berros. Aparentemente, o tio de Landsman tinha se esquecido de contar à irmã que seu filho ia morar na casa dela.

"Meu nome é Johnny Urso", disse Berko. "Faço parte da coleção Shemets."

Hertz Shemets continua sendo um notável especialista em arte e artesanato tlingits. Houve uma época em que esse *hobby* ou passatempo o levava a se embrenhar nos territórios indígenas mais profundamente do que qualquer judeu da sua geração. De modo que, sim, o estudo da cultura nativa e as viagens às terras indígenas eram uma fachada para o seu trabalho no programa de contra-informação na década de 1960. Mas não *só* uma fachada. Hertz Shemets ficou encantado com o estilo de vida dos índios. Aprendeu a matar focas com um gancho de aço, pelo olho, a abater ursos e preparar a carne, a apreciar o gosto da banha de *eulachon* tanto quanto o do *schmaltz*. E fez um filho na srta. Laurie Jo Ursa de Hoonah. Quando a mataram durante a chamada Revolta da Sinagoga, seu filho meio judeu, objeto de tormento e escárnio na cabilda dos corvos, pediu socorro ao pai que ele mal conhecia. Foi um *zwischenzug*, uma jogada inesperada no ordenado andamento do jogo. Pegou o tio Hertz desprevenido.

"O que você pretende fazer? Jogá-lo na rua?", gritou ele para a mãe de Landsman. "Estão fazendo da vida desse menino um inferno. A mãe dele morreu. Assassinada por judeus."

De fato, foram onze os alasquianos autóctones mortos na revolta que se seguiu ao incêndio na casa de oração erigida por um grupo judeu no território em litígio. Nessas ilhas, há bolsões em que o mapa traçado por Harold Ickes titubeia e claudica, trechos de linha pontilhada. Na maior parte, são demasiado longínquos ou montanhosos para a ocupação humana; ficam o ano todo congelados ou alagados. Mas alguns desses pedaços hachurados são quentes, planos, agradáveis, e portanto irresistíveis para milhões de judeus. Os judeus querem territórios habitáveis. Nos anos setenta, alguns deles, geralmente membros de pequenas seitas ortodoxas, começaram a ocupá-los.

A construção de uma casa de oração em St. Cyril pelo cisma do cisma de uma seita de Lisianski foi a gota de água para muitos nativos. Essa nova afronta à paz e à paridade perpetrada por judeus do Norte provocou passeatas, comícios, ações na Justiça e uma grande polêmica no Congresso. Dois dias antes da consagração, alguém — ninguém nunca se apresentou nem foi acusado — jogou um coquetel molotov duplo pela janela, incendiando a casa de oração e reduzindo-a ao piso de concreto. Os membros da congregação e seus aliados invadiram em massa a pequena cidade de St. Cyril, destruindo armadilhas de caranguejo, quebrando as janelas da sede da Fraternidade Nativa do Alasca e provocando um incêndio espetacular num barracão repleto de rojões e bombinhas. O motorista de um caminhão lotado de *yids* enfurecidos perdeu a direção e acabou entrando na mercearia em que trabalhava Laurie Jo, matando-a instantaneamente. Até hoje, a Revolta da Sinagoga continua sendo o pior momento das infensas relações tlingit-judaicas.

"E a culpa é minha por acaso? Por acaso o problema é meu?", retrucou a mãe de Landsman, também aos berros. "Um índio dentro de casa, era só o que me faltava!"

As crianças ficaram escutando, Johnny Urso parado no vão da porta, chutando a bolsa de lona com o bico do tênis.

"Ainda bem que você não fala iídiche", disse-lhe Landsman.

"Não preciso, panaca", respondeu Johnny Judeu. "Eu passei a vida inteira ouvindo essa merda."

Quando tudo ficou decidido — o que ocorreu muito antes que a mãe de Landsman iniciasse a gritaria —, Hertz entrou para se despedir. Era cinco centímetros mais baixo que o filho. Quando ele envolveu o rapazinho num abraço rápido e tenso, parecia uma cadeira abraçando um sofá. Então retrocedeu um passo.

"Lamento, John", disse. Agarrando as orelhas do filho, segurou-as com força. Examinou-lhe o rosto como se fosse um telegrama. "Tem uma coisa que você precisa saber. Estou muito, muito triste, é assim que me sinto, não quero que um dia olhe para mim e pense que não estou me sentindo triste."

"Eu quero morar com você", pediu o garoto friamente.

"Você não sabe o que está falando." As palavras foram duras, e o modo de falar, rude, mas, de repente — e isso foi um choque para Landsman —, o tio Hertz ficou com os olhos cheios de lágrimas. "John, eu sou conhecido como um grande filho da puta. Comigo, a sua situação ia ser pior do que a de quem mora na rua." Olhou para a sala de estar da irmã, para a mobília com capa de plástico, arames farpados decorativos, o menorá abstrato. "Só Deus sabe o que vão fazer de você aqui."

"Um judeu", balbuciou Johnny Urso, e ninguém soube dizer se estava se vangloriando ou prevendo a sua ruína. "Que nem você."

"Duvido", disse Hertz. "Quero só ver se eles conseguem. Adeus, John."

Deu um tapinha na cabeça de Naomi. Antes de sair, parou para apertar a mão de Landsman. "Ajude o seu primo, Meyerle, ele vai precisar."

"Não parece."

"É, não parece, né? Pelo menos isso ele puxou de mim."

Ber Shemets foi se moldando com a vida e com o tempo, e agora vive como judeu, usa quipá e *tzitzit* de judeu. Pensa como judeu, reza como judeu, tem filhos, ama a esposa e serve a comunidade como judeu. Urde a teoria com as mãos, alimenta-se de comida *kosher* e ostenta um corte diagonal no pênis (coisa que seu pai providenciou antes de abandonar o pequeno Urso). Mas, na aparência, ele é um tlingit puro. Olhos de tártaro, cabelo preto muito denso, cara redonda feita para a alegria, mas treinada no ofício da melancolia. Os ursos são um povo grandalhão, e Berko mede dois metros e pesa cento e dez quilos. Tem cabeça grande, pés grandes, barriga e mãos grandes. Tudo nele é grande, a não ser o bebê em seus braços, que, com o telhado de duro cabelo preto eriçado como limalha de ferro imantado, sorri timidamente para Landsman. Lindo como um botão de rosa, Landsman seria o primeiro a admiti-lo; no entanto, mesmo depois de um ano, a presença de Pinky crava um espinho naquela coisa mole que ele tem atrás do esterno. Com dois anos de diferença, Pinky nasceu exatamente na data prevista para Django: o dia 22 de setembro.

"Emanuel Lasker era um jogador de xadrez famoso", Landsman informa a Berko, que pega uma caneca de café da mão de Ester-Malke e faz uma careta ao inalar a fumaça. "Judeu alemão. Da década de 1910 ou 1920." Entre cinco e seis horas da manhã, ele ficou pesquisando no computador da erma sala dos investigadores. "Um matemático. Perdeu para Capablanca como todo mundo naquela época. O livro estava no quarto. E um tabuleiro de xadrez disposto assim."

Berko tem pálpebras pesadas, de aspecto emotivo, ferido. Seu olhar parece um facho de luz saindo por uma fresta; é tão glacial e cético que leva o mais inocente dos homens a duvidar de seus próprios álibis.

"E você sente o quê?", diz ele, lançando um olhar fugaz mas expressivo em direção à cerveja na mão de Landsman. "Que a configuração das peças no tabuleiro", a fresta fica ainda mais estreita; o facho de luz, mais forte, "codifica o nome do assassino?"

"No alfabeto de Atlântida."

"Hum-hum."

"O judeu jogava xadrez. E dilatava a veia com *tefillin*. E o mataram com muito cuidado e discrição. Sei lá. Pode ser que não haja nada no prisma do xadrez. Eu não consigo tirar nada dele. Li o livro de cabo a rabo, mas não consegui imaginar a partida que ele estava jogando. Se é que estava. Esses diagramas, sei lá, eu fico com dor de cabeça só de olhar para eles. Até olhar para o tabuleiro já me dá dor de cabeça, porra."

A voz lhe sai tão oca e desalentada quanto ele próprio se sente, embora isso não seja de modo algum intencional. Olhando por cima da cabeça de Pinky, Berko procura os olhos da esposa para ver se é o caso de se preocupar com Landsman.

"Sabe de uma coisa, Meyer? Se você largar essa cerveja", diz, tentando em vão não falar com voz de policial, "eu te deixo carregar este bebezinho lindo. O que você acha? Olha para ele. Olha só para essas coxas, vem. Precisa apertá-las. Larga a cerveja, tá? E pega essa criança linda no colo um minuto."

"Linda mesmo", concorda Landsman. Sorve mais dois ou três centímetros da cerveja. Então larga a garrafa e, calado, pega o bebê. Cheira-o e sente a dor habitual no coração. Pinky cheira a iogurte e a sabão em pó. Com um vestígio da loção de barba do pai. Landsman o leva até a porta da cozinha, tentando não inalar, e vê Ester-Malke tirar um *waffle* da forma. É uma velha Westinghouse com cabos de baquelita em forma de folha. Faz quatro crocantes *waffles* por vez.

"*Buttermilk*?", pergunta Berko, agora examinando o tabuleiro, roçando o dedo no grosso lábio superior.

"O que haveria de ser?", resmunga Ester-Malke.

"De verdade ou leite com vinagre?"

"A gente já fez o teste no escuro, Berko." Ester-Malke entrega a Landsman um prato de *waffles* em troca de seu caçula.

Ainda que sem apetite, ele fica satisfeito com a permuta. "Você não conseguiu distinguir um do outro, lembra?"

"Ora, ele também não sabe jogar xadrez", observa Landsman. "Mas fica olhando para o jogo como se soubesse."

"À merda, Meyer", diz Berko. "Ok, falando a sério, qual peça é o navio de guerra?"

A família já estava curada da obsessão pelo xadrez quando Berko foi morar com Landsman e sua mãe. Fazia seis anos que Isidor tinha morrido, e Hertz Shemets transferira seus conhecimentos táticos para um tabuleiro muito maior. De modo que o único que podia ensinar o jogo a Berko era Landsman, dever ao qual ele fez questão de se furtar.

"Manteiga?", oferece Ester-Malke. Põe mais uma concha de massa nas divisões da forma de *waffle* enquanto Pinky, em seu colo, dá conselhos não solicitados.

"Manteiga não."

"Geléia?"

"Geléia não."

"Você não está a fim de comer *waffle*, está, Meyer?", diz Berko. Desiste de fingir estudar o tabuleiro e volta a atenção para o livro de Siegbert Tarrasch, como se pudesse entender minimamente alguma coisa.

"Para ser franco, não", responde Landsman. "Mas sei que devo comer um pouco."

Ester-Malke fecha a tampa da forma sobre a massa. "Eu estou grávida", comunica com doçura.

"O quê?", diz Berko, tirando os olhos do livro com controlada surpresa. "Puta que pariu!" Essas palavras são proferidas em americano, seu idioma preferido para xingar e praguejar. Começa a mascar o chiclete imaginário que aparece em sua boca sempre que se transforma numa pilha de nervos. "Que ótimo, Es. Que maravilha. Sabe? Será que nesta merda de apartamento ainda tem uma gaveta em que caiba um bebê?"

Então ergue no ar o *Trezentas partidas de xadrez* e se prepara, lentamente, para atirá-lo por cima da bancada da cozinha em direção à sala. É o seu lado Shemets se manifestando. A mãe de Landsman também adorava arremessar objetos quando se zangava, mas os surtos histriônicos do tio Hertz, aquele sujeito tão moderado, embora raros, são lendários.

"Indício", lembra Landsman. Berko ergue ainda mais o livro, e Landsman insiste: "Isso aí é um indício, porra!", e então Berko o joga com força. O livro atravessa o ar, as páginas a se agitarem, e se choca com uma coisa tilintante, provavelmente a pimenteira de prata na mesa de tampo de vidro. O bebê projeta o lábio inferior, estica-o um pouco mais, então vacila, olhando para o pai, para a mãe, para o pai outra vez. E cai num pranto desolado. Berko olha para Pinky como se tivesse sido traído. Contorna a bancada a fim de pegar o maltratado indício.

"O que foi que Tath fez?", diz Ester-Malke ao bebê, beijando-lhe as bochechas e fazendo uma careta para as costas de Berko. "O detetive Super-esperma jogou o livro? Que malvado."

"Que *waffle* gostoso!", diz Landsman, empurrando o prato intacto. Ergue a voz. "Berko, eu vou, ahn, acho que eu vou esperar lá embaixo no carro." Estala um beijo na bochecha de Ester-Malke. "Diga àquele fulaninho que o tio Meyerle mandou dizer tchau."

Landsman vai para o hall esperar o elevador, em cujo poço o vento uiva. O vizinho Fried sai com seu comprido casaco preto, o cabelo branco penteado para trás e enroscado no colarinho. Fried é cantor de ópera, e os Taythsh-Shemets dizem que ele os esnoba. Mas é só porque Fried se acha melhor do que eles. Os habitantes de Sitka costumam ter essa impressão dos vizinhos, particularmente dos nativos e de todos os que moram no Sul.

Fried e Landsman entram juntos no elevador. Fried lhe pergunta se ele encontrou algum cadáver ultimamente, e Landsman lhe pergunta se ele fez algum compositor morto se revirar na sepultura ultimamente. Depois disso, ninguém pergunta mais nada. Landsman volta ao estacionamento e entra no carro. Liga o motor para se esquentar. Com o cheiro de Pinky na gola e o fantasma frio e seco da mão de Goldy na sua, banca o goleiro enquanto um esquadrão de inúteis aflições desencadeia um ataque constante à sua capacidade de passar um dia sem sentir nada. Sai do carro e fuma um *papiros* na chuva. Volta o olhar para o norte, do outro lado da marina, para a recurvada ponta de alumínio em sua ilha açoitada pelo vento. Uma vez mais, emociona-se ao pensar na feira, na heróica engenharia judaica do Alfinete de Segurança (oficialmente, a Torre da Promessa do Santuário, mas ninguém usa esse nome), e do rego entre os seios da moça uniformizada que rasgava o ingresso na viagem de elevador ao restaurante no alto do Alfinete. Ele volta para o carro. Minutos depois, Berko sai do prédio e, feito um tambor a rolar, entra no Super Sport. Está com o livro e o jogo de xadrez na mão, equilibrando-os na coxa esquerda.

"Desculpe o mau jeito", diz. "Que merda, né?"

"Não esquenta."

"Vou ter de arranjar um apartamento maior."

"É."

"Sei lá onde."

"Pois é."

"É uma bênção."

"Claro que sim. *Mazel tov*, Berko."

As felicitações de Landsman são tão irônicas que chegam a ser sinceras e tão sinceras que só podem parecer insinceras, e ele e o parceiro ficam algum tempo ali sentados, sem ir a lugar nenhum, ouvindo-se congelar.

"Ester-Malke diz que está tão cansada que nem se lembra de ter transado comigo", suspira Berko.

"Vai ver que não transou."

"Bem, então é um milagre. Como a galinha falante do matadouro."

"Hum-hum."

"Um sinal e uma profecia."

"Uma maneira de encarar a coisa."

"Por falar em sinal", diz Berko. Abre a contracapa do exemplar de *Trezentas partidas de xadrez* há muito tempo roubado da Biblioteca Pública de Sitka e tira o cartão de devolução. Atrás do cartão há uma fotografia, uma três por quatro colorida, de acabamento brilhante, com bordas brancas. É o retrato de uma placa, um retângulo de plástico preto no qual se estampam cinco letras romanas, com uma seta branca embaixo, apontando para a esquerda. A placa pende de duas correntes finas presas a um encardido quadrado branco de telha acústica.

"TORTA", lê Landsman.

"Parece que isso apareceu durante o meu vigoroso exame do indício", diz Berko. "Devem tê-la enfiado no bolso da contracapa, do contrário, você, com a sua aguçada visão de *shammes*, teria reparado. Reconhece?"

"Sim", diz Landsman. "Eu a conheço."

No aeroporto da tosca cidade nortista de Yakovy — de cujo terminal partem os judeus à procura de uma aventura modesta no modesto bosque do distrito —, escondido na extremidade mais longínqua do prédio principal, um modesto estabelecimento oferece torta, e só torta, de estilo americano. O lugar não passa de uma janela que dá para uma cozinha equipada com quatro fornos reluzentes. Perto da janela há uma tabuleta branca, e, todo dia, os proprietários — um casal de klondikes hostis e sua misteriosa filha — escrevem a lista de ofertas do dia: amora-preta, maçã e ruibarbo, pêssego, creme de banana. A torta é gostosa, famosa até, ainda que modestamente. Qualquer um que passa pelo aeroporto de Yakovy a conhece, e, segundo os boatos, não falta quem voe de Juneau ou Fairbanks ou até de mais longe só para comê-la. A irmãzinha de Landsman adorava a de creme de coco.

"E aí?", pergunta Berko. "O que você acha?"

"Logo vi", diz Landsman. "No instante em que entrei naquele quarto e vi Lasker morto, eu disse com os meus botões, Landsman, este caso vai acabar se reduzindo a uma questão de torta."

"Então você acha que a foto não significa nada."

"Nada significa nada", retruca Landsman e, subitamente, sente-se asfixiado, a garganta inchada, os olhos ardendo de lágrimas. Talvez seja o sono atrasado ou o muito tempo passado em companhia do seu copinho. Ou talvez seja a repentina imagem de Naomi encostada numa parede daquela loja de tortas inominável e inexplicável, comendo um pedaço de torta de creme de coco num pratinho de papelão com um garfo de plástico, os olhos fechados, os lábios apertados e manchados de branco, mastigando um bocado de creme, massa e recheio de maneira intensa e animal. "Puta merda, Berko. Eu queria comer um pedaço dessa torta agora mesmo."

"Eu estava pensando a mesma coisa", diz Berko.

7.

Faz vinte e sete anos que a Delegacia Central de Sitka está provisoriamente instalada em onze pré-fabricados erigidos num terreno baldio atrás do orfanato russo. Reza a lenda que os tais pré-fabricados iniciaram a vida como uma escola bíblica em Slidell, Louisiana. Sem janelas, são baixos, frágeis e atravancados. Enfiados no módulo do Setor de Homicídios, o visitante encontra uma área de recepção, um escritório para cada um dos dois inspetores, um boxe de chuveiro com pia e privada, a sala dos investigadores (quatro cubículos, quatro cadeiras, quatro telefones, um quadro-negro e uma fileira de escaninhos de correspondência), uma saleta de interrogatório e uma copa, guarnecida de uma cafeteira e uma geladeira pequena. A copa também abriga, há muito tempo, uma próspera colônia de esporos que, num passado remoto, desenvolveu a forma e a aparência de um sofá de dois lugares. Mas, ao entrar no terreno de pedrisco junto ao módulo do Homicídios, Landsman e Berko dão com uma dupla de guardas filipinos arrastando o monstruoso fungo para fora.

"Está de mudança", diz Berko.

Há anos que o pessoal ameaça se livrar do sofá, mas Landsman fica chocado quando o vê sendo finalmente removido. Tanto que demora um ou dois segundos para registrar a presença de uma mulher perto da escada. Ela segura um guarda-chuva preto e traja uma vistosa parca laranja com um verdíssimo aplique de pele sintética na gola e nas bordas do gorro. Com o braço direito erguido, o dedo apontado para as latas de lixo, parece uma pintura do anjo Miguel expulsando Adão e Eva do paraíso. Um cacho ruivo que escapou do gorro cobre parte de seu rosto. Problema, aliás, que a persegue cronicamente. Quando se ajoelha para examinar uma mancha suspeita no chão do local de um crime ou estuda uma fotografia com a lupa, ela costuma assoprar esse cacho com uma súbita e irritada bufadela.

Agora olha feio para o Super Sport que acaba de estacionar. Baixa a mão ameaçadora. De longe, Landsman tem a impressão de que duas ou três xícaras de café bem forte não farão mal à moça e que alguém já a irritou uma ou talvez duas vezes nessa manhã. Landsman ficou doze anos casado com ela, e trabalharam por outros cinco na mesma equipe do Homicídios. Ele é sensível aos seus estados de espírito.

"Jura que você não sabia disso", diz ele a Berko, desligando o motor.

"E continuo sem saber. A minha esperança é que, se eu fechar os olhos um segundo e depois abri-los, comprove que não é verdade."

Landsman experimenta. "Não adianta", constata com tristeza, e sai do carro. "Por favor, me dá um minuto."

"À vontade, o tempo que quiser."

Landsman leva dez segundos para atravessar o terreno de pedrisco. Durante os três primeiros, Bina dá a impressão de estar contente em vê-lo; nos dois seguintes, mostra-se ansiosa e meiga. Mas nos cinco restantes parece disposta a se engalfinhar com ele se necessário.

"O que é isso afinal?", pergunta Landsman, lamentando decepcioná-la.

"Dois meses aturando a ex-mulher", responde Bina. "Depois disso, só Deus sabe."

Logo depois do divórcio, Bina passou um ano no Sul, participando de um programa de treinamento de liderança para investigadores de polícia. Ao retornar, aceitou o importante cargo de inspetora do Setor de Homicídios de Yakovy. Lá teve uma experiência estimulante e gratificante chefiando a investigação da morte por hipotermia de pescadores de salmão desempregados em meio aos canais de drenagem da sereníssima ilha de Northwest Chichagof. Landsman não a vê desde o enterro da irmã. Pelo olhar de piedade que ela lhe endereça, o detetive percebe que ele continuou rolando ladeira abaixo nos meses decorridos desde então.

"Não está contente de me ver, Meyer?", pergunta ela. "Não vai dizer o que acha da minha parca?"

"Meio espalhafatosa."

"Lá a gente precisa ser visível. Na floresta. Do contrário, te confundem com um urso e mandam bala."

"Até que o laranja fica bem em você", Landsman consegue dizer. "Combina com seus olhos."

Bina aceita o elogio como se fosse lata de refrigerante que parece ter sido sacudida. "Quer dizer que você está surpreso?"

"Eu estou surpreso."

"Já soube de Felsenfeld?"

"Felsenfeld. Soube o quê?" Ele se lembra de Shpringer lhe fazendo praticamente a mesma pergunta na véspera, e agora lhe ocorre uma idéia digna da argúcia do homem que capturou Podolsky, o Estripador Hospitalar. "Felsenfeld deve ter tirado o time."

"Entregou o cargo há dois dias. Ontem à noite foi para Melbourne, na Austrália. A irmã da mulher dele mora lá."

"Quer dizer que agora eu vou trabalhar para você?" Ele sabe que isso não pode ter sido idéia de Bina; e que a mudança, ainda que seja só por dois meses, é inquestionavelmente uma promoção para ela. Mas custa-lhe acreditar que Bina tenha aceitado tal coisa — que seja capaz de suportá-lo. "É impossível."

"Hoje em dia, tudo é possível. Eu fiquei sabendo pelo jornal."

De pronto, todas as rugas de sua face se atenuam, e Landsman vê o quanto é duro para ela estar na sua presença, o quanto fica aliviada quando Berko Shemets se aproxima.

"Está todo mundo aqui", diz Bina.

Landsman se vira e dá com o parceiro bem às suas costas. Berko tem uma capacidade tremenda de ser furtivo, a qual, naturalmente, ele atribui aos ancestrais índios. Landsman prefere atribuí-la à poderosa força de tensão telúrica, ao modo como suas enormes patas de urso corrompem a terra.

"Ora, ora, ora", diz Berko com afabilidade. Já na primeira vez em que Landsman levou Bina para casa, ela e Berko pareciam partilhar um modo e um ângulo peculiares de encará-lo, um jeito de rir à sua custa, aquele sujeitinho genioso, no último quadrinho de uma HQ, com um charuto explosivo pendurado na boca. Os dois trocam um aperto de mão.

"Seja bem-vinda, detetive Landsman", diz ele, meio sem jeito.

"Inspetora", corrige Bina, "e o meu nome é Gelbfish. Voltou a ser."

Berko rumina cautelosamente os fatos que ela acaba de expor. "Desculpe", diz. "Como foi em Yakovy?"

"Bem."

"Gostou da cidade?"

"Não sei dizer ao certo."

"Conheceu gente nova?"

Bina sacode a cabeça, corando, e cora ainda mais por saber que corou. "A única coisa que eu fiz foi trabalhar", diz. "Você me conhece."

A pesada massa rosada do velho sofá desaparece ao ser levada para longe do módulo, e Landsman vive mais um momento de revelação.

"A agência funerária está chegando", diz. Refere-se à força-tarefa de transição da Secretaria do Interior dos Estados Unidos, a vanguarda da reversão incumbida de controlar e arrumar o cadáver para o sepultamento na tumba da história. Faz mais ou menos um ano que esses homens murmuram seu *kaddish* burocrático em todos os cantos da burocracia distrital, fazendo levantamentos e recomendações. Lançando a pedra fundamental, imagina Landsman, de modo que, se depois alguma coisa sair errada ou se deteriorar, a culpa seja plausivelmente atribuída aos judeus.

"Um cavalheiro chamado Spade", diz ela. "Deve aparecer aqui na segunda-feira ou, ao mais tardar, na terça."

"*Felsenfeld*", resmunga Landsman com raiva. Nada mais típico do que ele sumir três dias antes da chegada de um *shomer* da agência funerária. "Anos negros para ele."

Dois outros guardas saem do trailer carregando a biblioteca pornográfica divisional e uma fotografia em papelão do presidente da República em tamanho natural, com o furinho no queixo, o bronzeado de jogador de golfe e a discreta arrogância de *quarter-back*. Os detetives adoram vestir calcinha de renda no presidente de papelão e bombardeá-lo com bolinhas de papel higiênico molhado.

"Chegou a hora de tirar as medidas da Delegacia Central de Sitka", diz Berko, ao observar o boneco sendo levado para longe. "Para o caixão."

"Vocês estão completamente por fora", diz Bina, e Landsman compreende logo, por um funesto matiz em sua voz, que ela prefere omitir uma parte das péssimas notícias. Então diz: "Para dentro, rapazes", tal como qualquer outro superior hierárquico que ele já foi obrigado a obedecer. Há um instante, a idéia de trabalhar sob o comando da ex-mulher, ainda que só por dois meses, era simplesmente inconcebível, mas o modo como Bina aponta com o beiço para o módulo, mandando-os entrar, dá-lhe motivo suficiente para esperar que seus sentimentos por ela — não que Landsman os tenha, é claro — se convertam no cinzento universal da disciplina.

Conforme a clássica tradição do exílio, o escritório está exatamente como Felsenfeld o deixou: retratos, plantas moribundas, garrafas de água mineral com gás no armário de arquivo, uma embalagem tamanho família de antiácidos mastigáveis.

"Sentem-se", ordena Bina, dirigindo-se à cadeira de aço revestida de borracha e nela se instalando com descuidada determinação. Tira a parca laranja e revela apenas um terninho marrom sobre uma blusa branca, indumentária que corresponde melhor à idéia que Landsman faz do gosto de Bina para se vestir. Ele tenta e consegue observar seus volumosos seios pressionarem o decote e os bolsos da blusa, seios cujas pintas e sardas continuam sendo constelações projetadas na cúpula do planetário da sua imaginação. Ele e Berko penduram o casaco no cabide atrás da porta e, chapéu na mão, sentam-se nas cadeiras restantes. Nas respectivas fotografias, a esposa e os filhos de Felsenfeld não adquiriram nenhum pingo de naturalidade desde a última vez em que Landsman os viu. O salmão e o halibute continuam assombrados por terem acabado no anzol de Felsenfeld.

"Ok, rapazes, escutem", diz Bina. É a mulher perfeita para pendurar guizo em gato e pegar touro a unha. "A gente sabe muito bem como é difícil a nossa situação. Já seria complicado se eu simplesmente fosse da equipe de vocês. O fato de um dos dois ter sido meu marido; e o outro, ahn, meu primo, bom, é de foder." Estas palavrinhas foram ditas num americano perfeito, tanto quanto as seis seguintes: "Entendem o que eu quero dizer?".

Faz uma pausa, como que à espera de uma reação. Landsman olha para Berko. "O primo é você, certo?"

Bina sorri, deixando claro que não achou a menor graça. Vira-se e tira do armário uma pilha de pastas azul-claras, cada uma com pelo menos três centímetros de grossura e todas encapadas com plástico vermelho-groselha. Ao vê-las, Landsman sente uma pontada no coração, tal como quando dá com seu próprio reflexo no espelho.

"Estão vendo?"

"Sim, inspetora Gelbfish", responde Berko num tom curiosamente hipócrita. "Estamos."

"Sabem o que é isto?"

"Não vai me dizer que são nossos casos em aberto", diz Landsman. "Tudo empilhadinho aí na sua escrivaninha."

"Sabe de uma coisa boa em Yakovy?", pergunta Bina.

Eles aguardam o relato de viagem da superior.

Ela prossegue: "É a chuva. Seis mil milímetros cúbicos por ano. Ferra muita gente. Inclusive os *yids*".

"É chuva a dar com o pau", comenta Berko.

"Agora escutem. Mas escutem bem porque eu vou falar muita merda. Daqui a dois meses, um xerife americano vai entrar nesta porcaria de módulo, com um terninho ordinário e um discurso de pastor, e vai querer que eu entregue a chave do circo de horrores que é o arquivo da Equipe B, a qual eu tenho a honra de comandar a partir de hoje." São falantes os Gelbfish, adoram discursar, argumentar, discutir. Por pouco o pai de Bina não dissuadiu Landsman de se casar com ela. Na véspera do casamento. “E, francamente, é verdade mesmo. Vocês dois sabem muito bem que eu trabalhei toda a minha vida adulta na esperança de um dia ter a felicidade de me instalar nesta cadeira, atrás desta escrivaninha, e tentar manter a grande tradição da Delegacia Central de Sitka de pegar um assassino de vez em quando e metê-lo na cadeia. E agora eu estou aqui. Até o dia 1º de janeiro.”

“A gente concorda com você, Bina”, diz Berko, parecendo mais sincero dessa vez. “Inclusive na parte do circo de horrores.”

Landsman faz suas as palavras de Berko.

“Eu agradeço”, diz ela. “E sei que vocês se sentem mal com... isto.”

Pousa a mão comprida e sardenta na pilha de pastas. Se organizadas com precisão, devem compreender onze arquivos, sendo que os mais antigos têm mais de dois anos. Há três outras duplas de investigadores no Setor de Homicídios, e nenhuma delas pode ostentar uma tão bela e alta pilha de casos não solucionados.

“A gente está quase terminando o Feytel”, diz Berko. “Só falta o promotor distrital de lá se manifestar. E o Pinsky. E o negócio do Zilberblat. A mãe de Zilberblat...”

Bina o interrompe com um gesto peremptório. Landsman permanece calado. Está muito envergonhado para falar. No que lhe diz respeito, essa pilha de pastas é um monumento ao seu recente declínio. E o fato de que ela não esteja uns vinte centímetros mais alta atesta a fidelidade com que seu priminho grandalhão Berko o tem carregado nas costas.

“Pare”, diz Bina. “Pode ir parando por aí mesmo. E preste atenção, porque agora é que eu vou mostrar como vamos lidar com esta merda.”

Vira-se e pega uma folha de papel na caixa de entrada, assim como outra pasta bem mais fina, a qual Landsman reconhece de pronto, já que ele mesmo a criou às quatro e meia da madrugada. Ela tira do bolso interno do terninho um par de óculos de leitura que Landsman nunca viu na vida. Ela está ficando velha; ele está ficando velho. No entanto, enquanto o tempo os arruína, eles estranhamente já não estão casados.

"Os sábios judeus que supervisionam o nosso destino na qualidade de policiais da Delegacia Central de Sitka formularam uma política", diz Bina. Examina a folha de papel com ar agitado, desacorçoado até. "Essa política parte do princípio admirável de que a transferência de autoridade para o xerife ianque designado para Sitka vai ser uma coisa ótima para todos, sem contar o que isso nos dará em termos de cobertura posterior, se não houver nenhum caso ativo em aberto."

"Tenha a santa paciência, Bina", diz Berko em americano. Sabe desde o começo aonde a inspetora Gelbfish pretende chegar. Landsman ainda demora um minuto a entender.

"Nenhum caso ativo em aberto", repete com uma mentecapta serenidade.

"Essa política", prossegue Bina, "recebeu o belo nome de 'resolução efetiva'. Essencialmente, significa que, para solucionar os casos em aberto, vocês irão dedicar exatamente o tempo que lhes resta no cargo de detetives de homicídio portadores das credenciais do distrito. Mais ou menos nove semanas. São onze casos não solucionados. Vocês sabem que podem dividi-los da maneira que bem entenderem. No entanto, vão trabalhar nisso para valer. É o que eu quero."

"Em suma", diz Berko. "Você está querendo dizer que..."

"Você sabe muito bem o que eu estou querendo dizer, detetive", dispara Bina. Não há nenhuma emoção em sua voz, nenhuma expressão legível em seu rosto. "Atribuam todos eles a qualquer um a que seja possível atribuí-los, e, se não for possível, virem-se. Quanto ao resto" — há algo de capcioso em sua voz — "a única saída é expulsá-los de campo e guardá-los no armário nove."

O nove é o armário do arquivo morto. Arquivar um caso no nove, embora economize menos espaço, equivale a incinerá-lo e levar as cinzas a dar uma volta na ventania.

"Enterrá-los?", diz Berko, adotando a entonação interrogativa somente no fim.

"Façam um esforço de boa-fé dentro dos limites desta nova política com esse nome bonitinho e, se não der certo, façam um esforço de má-fé mesmo." Bina fica olhando para o peso de papel abobadado na escrivaninha de Felsenfeld. Dentro do peso, há uma esculturinha, uma reprodução em plástico ordinário do horizonte de Sitka. Um aglomerado de altas montanhas ao redor do Alfinete de Segurança, o dedo solitário que aponta para o céu como que a acusá-lo. "E cartão vermelho neles."

"Você disse onze", arrisca Landsman.

"Isso mesmo."

"Acontece que, desde ontem, com o devido respeito, inspetora, por embaraçoso que seja. Bem. Acontece que são doze. Não onze. Doze casos não solucionados para Shemets e Landsman."

Bina pega a fina pasta azul que ele pariu na madrugada. "Este aqui?" Abre-a e lê, ou finge ler, o relatório de Landsman sobre o aparente assassinato com um tiro à queima-roupa do homem que atendia por Emanuel Lasker. "Sim. Tudo bem. Agora eu vou mostrar como é que se faz."

Abre a primeira gaveta da escrivaninha de Felsenfeld, que pelo menos nos próximos dois meses será dela. Vasculha-a, torcendo a cara como se tivesse encontrado uma pilha de tampões de ouvido, o que de fato lá havia da última vez em que Landsman bisbilhotou as coisas do chefe. Saca um marcador de plástico preto. Retira o marcador vermelho que Landsman prendeu na pasta de Lasker e o substitui pelo preto, quase tapando o nariz, como se estivesse limpando uma ferida nojenta ou esfregando uma mancha horrorosa no tapete. Ela envelhece dez anos, acredita Landsman, nos dez segundos que tarda para fazer a troca. Então afasta do corpo o novo arquivo morto, pinçando-o entre dois dedos.

"Resolução efetiva", diz.

8.

O Noz, como o nome sugere, é o bar dos homens da lei. Os donos são uma dupla de ex-*nozzes*, e o lugar é impregnado de queixas e fofocas de *noz*. Não fecha nunca, e lá jamais faltam policiais de folga para apoiar os cotovelos no enorme balcão de carvalho. O Noz é o lugar perfeito para quem quer dar vazão ao ultraje diante da última obra-prima de estupidez baixada pelos manda-chuvas departamentais. Portanto, Landsman e Berko passam longe do Noz. Tampouco entram no Pérola de Manila, embora suas reluzentes e açucaradas rosquinhas sino-filipinas guardem a promessa de uma existência melhor. Evitam o Feter Shnayer e o Karlinsky's, assim como o Passagem Secreta e o Nyu-Yorker Grill. Àquela hora da manhã, quase todos estão fechados, e os poucos estabelecimentos abertos tendem a servir tiras, bombeiros e paramédicos.

De ombros encolhidos para se proteger do frio, eles apertam o passo, o homenzarrão e o homúnculo, colidindo um com o outro. A respiração lhes sai do corpo em espiraladas ondas que logo são absorvidas pela grandiosa bruma que paira sobre

Untershtat. Grossos lençóis de neblina se retorcem ao longo das ruas, manchando os faróis e o neon, obnubilando o porto, deixando um rastro de oleosas contas prateadas na gola dos casacos e na copa dos chapéus.

"Ninguém vai ao Nyu-Yorker", diz Berko. "Lá a gente pode ficar numa boa."

"Uma vez eu vi Tabatchnik lá."

"Tenho certeza de que Tabatchnik não tem a menor intenção de roubar os planos da sua arma secreta, Meyer."

Landsman queria mesmo era planejar um raio mortal ou que fosse capaz de controlar a mente, qualquer coisa que sacudisse os bastidores do poder. Incutir um pouco de genuíno temor a Deus nos americanos. Conter, só durante um ano, uma década, um século, a vaga do exílio judeu.

Estão prestes a encarar o sombrio Primeira Página, com seu leite coalhado e seu café que parece o resíduo de um clister de bário do Hospital Geral de Sitka, quando Landsman avista o velho traseiro cáqui de Dennis Brennan tomando posse de um banquinho ao balcão. A imprensa quase abandonou o Primeira Página anos atrás, quando o *Blat* faliu e o *Tog* transferiu sua sede para um prédio novo perto do aeroporto. Mas já faz um bom tempo que Brennan se foi de Sitka em busca de fortuna e glória. Deve ter retornado à cidade muito recentemente. Tudo indica que ninguém lhe contou que o Primeira Página está morto e enterrado.

"Tarde demais", diz Berko. "O filho da puta já viu a gente."

No primeiro momento, Landsman duvida que o filho da puta os tenha visto. Brennan está de costas para a porta, estudando a página de finanças do importante jornal americano cuja sucursal de Sitka ele fundou antes de sua grande despedida. Landsman agarra o casaco de Berko e começa a arrastá-lo para a rua. Acaba de pensar no lugar perfeito para eles conversarem, talvez mastigarem alguma coisa, sem que ninguém os ouça.

"Detetive Shemets. Um momento."

"Tarde demais", reconhece Landsman.

Volta-se e dá com Brennan, aquele homem de cabeça grande, sem chapéu e sem casaco, a gravata jogada no ombro pelo vento, um ar de quem não tem onde cair morto. O paletó de tweed, de um prático matiz de mancha de molho de carne, tem remendos nos cotovelos. O jornalista está com a barba por fazer, e sua cabeça precisa de uma nova camada de cera. Talvez as coisas não tenham ido tão bem assim para Dennis Brennan lá no grande mundo.

"Olha só a cabeça desse *sheygets*, tem atmosfera própria", diz Landsman. "Tem até calotas polares."

"Verdade, a cabeça do cara é enorme."

"Toda vez que eu a vejo, fico com dó do pescoço."

"Quem sabe não seria o caso de enlaçar o dele, só para dar um pouco de apoio."

Brennan ergue os brancos dedos vermiformes e pisca os olhinhos de um azul desbotado de leite desnatado. Abre um ensaiado sorriso triste, mas Landsman repara que ele toma o cuidado de manter mais de um metro de rua entre os dois.

"Não existe a menor necessidade de reiterar suas brutais ameaças, detetive Shemets, isso eu posso lhe assegurar", diz o jornalista em seu iídiche rápido e absurdo. "Exuberantes e maduras com a seiva de sua violência original elas se conservam."

Brennan estudou alemão na faculdade e aprendeu iídiche com um alemão velho e pomposo do Instituto, de modo que fala, alguém já observou, "como uma receita de salsicha com notas de rodapé". Um grande beberrão, avesso por temperamento a longos crepúsculos e à chuva. Passa a falsa impressão de ser impassível e moroso para compreender as coisas, de certo modo comum aos detetives e aos jornalistas. Mas nem por isso deixa de ser um *shlemiel*. Ninguém parece mais assombrado com o impacto de Dennis Brennan sobre Sitka do que ele próprio.

"Receio que seu rancor nos faça concordar de antemão, detetive. E que, agora há pouco, eu tenha fingido não o ver passar por esta desolada furna cuja única qualidade, à parte o fato de que a administração tenha esquecido, durante a minha prolongada ausência, a situação do meu crédito, é a ausência total de profissionais da imprensa. Não obstante, eu soubesse que, com a minha sorte, tal estratégia provavelmente retornaria num momento posterior e me morderia a bunda."

"Não existe nada que tenha tanta fome assim, Brennan", diz Landsman. "Esse perigo você não corre."

Brennan parece magoado. Uma alma sensível, esse gói macrocéfalo, cultor da indiferença, imune às provocações e à ironia. Seu modo empolado de falar faz que tudo quanto diga pareça piada, fato que só serve para aumentar sua necessidade de ser levado a sério.

"Dennis J. Brennan", diz Berko. "Voltou a ser correspondente em Sitka?"

"Por mal dos meus pecados, detetive Shemets, por mal dos meus pecados."

Isso é óbvio. Ser designado para Sitka por qualquer jornal ou rede dos Estados Unidos que se disponha a manter sucursal aqui é um castigo proverbial por incompetência ou fracasso. O reenvio de Brennan só pode ser o resultado de uma cagada monumental.

"Achei que tivesse sido justamente por isso que foi mandado embora daqui, Brennan", diz Berko, e agora é ele que não está brincando. Com olhos mortiços, começa a mascar o tal chiclete de hortelã imaginário ou uma bola de banha de foca ou uma lasca cartilaginosa do coração de Brennan. "Por causa dos seus pecados."

"A motivação, detetive, para que eu tenha abandonado uma xícara de café horrível e um malogrado encontro com um informante que, em todo caso, nada tem que se pareça com uma informação, para sair e arriscar sofrer a sua possível cólera."

"Por favor, Brennan, fala americano, eu suplico. O que é que você quer?"

"Quero uma matéria", responde Brennan. "Que mais podia ser? E sei que nunca a obterei de você, a menos que eu elucide o mal-entendido. Portanto. Que fique registrado." Uma vez mais, lança-se ao cultivo de sua versão Holandês Voador da língua-mãe. "Careço da intenção de desfazer ou retirar o que quer que seja. Inflija sofrimento a este meu mui dilatado crânio se quiser, mas eu hei de sustentar, palavra por palavra, tudo quanto escrevi até o dia de hoje. Porquanto foi tudo preciso, fundamentado e fiel às fontes. Sem embargo, não titubeio em dizer que o deplorável episódio me deixou um gosto ruim na boca..."

"Que gosto tem a sua bunda?", sugere Landsman, com ar irreverente. "Vai ver que você andou mordendo o próprio rabo."

Brennan continua à deriva. Landsman tem a sensação de que esse seu discurso já está preparado há muito tempo. Talvez queira tirar de Berko mais do que uma mera notícia.

"Decerto foi bom para a minha carreira, por assim dizer. Durante alguns anos. Tirou-me do meio do nada, com o perdão da expressão, e me levou a Los Angeles, a Salt Lake, a Kansas City." À medida que Brennan cita as estações de sua decadência, sua voz vai ficando mais baixa e fraca. "Spokane. Mas eu sei que foi uma coisa dolorosa para você e sua família, detetive. De modo que, com a sua autorização, eu gostaria de apresentar o meu pedido de desculpas pelo transtorno que porventura tenha causado."

Pouco depois das eleições que conduziram a atual administração ao primeiro mandato, Dennis J. Brennan escreveu uma série de artigos para o jornal em que trabalhava. Apresentou, com cuidadosa e obstinada riqueza de detalhes, a sórdida história de corrupção, prevaricação e trapaça inconstitucional praticadas por Hertz Shemets nos seus quarenta anos de FBI. O programa de contra-informação foi cancelado; suas atividades, transferidas para outras repartições, e ao tio Hertz não restou senão a aposentadoria e a desonra. Landsman, que não se chocava diante de nada, teve dificuldade para sair da cama nos dois dias que se seguiram à publicação do primeiro artigo. Sabia tanto quanto qualquer um e mais do que quase todo o mundo que o tio tinha defeitos horrendos, fosse como homem fosse como agente da lei. Mas, para quem quer saber o que leva um garoto a ser *noz* na vida, quase sempre vale a pena procurar um ou dois galhos acima na sua árvore genealógica. Com todos os seus defeitos, o tio Hertz era um herói para Landsman. Sagaz, valente, persistente, paciente, metódico, seguro de seus atos. Se a tendência a empurrar com a barriga, o mau gênio e a discrição não o tornavam um herói, sem dúvida nenhuma, faziam dele um *noz*.

"Eu vou ser bem delicado, Dennis", diz Berko, "porque você é gente fina. Trabalha muito, é um jornalista decente, além de ser o único cara que eu conheço que faz o meu parceiro parecer o supra-sumo da elegância: vai tomar no cu."

Brennan balança a cabeça. "Eu imaginei que você fosse dizer isso", responde com tristeza, em americano.

"O meu pai virou um eremita, porra", diz Berko. "É um cogumelo, mora debaixo de um tronco com as lacraias e os bichos. Se ele fez alguma coisa execrável, foi unicamente porque achava que ia ser bom para os judeus. E sabe de uma coisa? Estava coberto de *razão*: basta dar uma olhada na merda em que a gente ficou sem ele."

"Puxa vida, Shemets, como é ruim ouvir isso. E como é horrível pensar que a matéria que escrevi tenha a ver com — que eu haja provocado isso, seja lá como for — a desventura em que vocês *yids* se encontram... Ah, merda. Deixa pra lá."

"Ok", diz Landsman. Torna a puxar Berko pela manga. "Vamos."

"Ei, ahn, pois é. Mas aonde vocês vão? O que é que está rolando?"

"Vamos combater o crime, só isso", responde Landsman. "Exatamente como da última vez em que você deu o ar da sua graça por aqui."

Mas agora que se livrou da aflição, o perdigueiro dentro de Brennan consegue farejar alguma coisa em Berko e Landsman. Talvez conseguisse farejá-la a um quarteirão de distância e vê-la pela vidraça, um leve capengar nos passos pesados de Berko, um quilinho a mais de curvatura no ombro de Landsman. Talvez todo o ritual do pedido de desculpas tenha convergido para a pergunta que ele formula em sua língua-mãe, nua e crua:

"Quem morreu?"

"Um *yid* desafortunado", conta-lhe Berko. "Cachorro morde homem."

9.

Eles largam Brennan na calçada do Primeira Página, a gravata a lhe castigar a testa com palmadas cheias de remorso, e vão até a esquina da Seward, seguem pela Peretz e, então, pouco depois do Teatro Palatz, junto ao Baranof Castle Hill, dirigem-se a uma porta preta, numa fachada de mármore preto, com uma janela panorâmica toda pintada de preto.

"Você pirou de vez", resmunga Berko.

"Em quinze anos, eu nunca topei com um *shammes* no Vorsht."

"São nove e meia da manhã de uma sexta-feira, Meyer. Não tem ninguém aí, só ratos."

"Mentira", diz Landsman. Leva Berko até a porta lateral e bate duas vezes com os nós dos dedos. "Eu sempre achei que este era o lugar ideal para planejar os meus crimes caso um dia fosse cometer crimes que precisassem de planejamento."

A pesada porta de aço se abre com um grunhido, e a sra. Kalushiner aparece vestida como para ir à sinagoga ou trabalhar no banco: *tailleur* cinza e sapatos pretos, o cabelo enrolado em bobes de espuma rosada. Segura um copo de papel com um líquido que parece café ou talvez suco de ameixa. É que ela masca fumo. O copo é sua companhia constante, senão única.

"Você", diz a sra. Kalushiner, fazendo cara de quem acaba de sentir gosto de cera de ouvido na ponta do dedo. Então, à sua maneira sofisticada, cospe no copo. Por força do hábito, olha para os dois lados da rua para ver que tipo de encrenca eles traziam consigo. Faz um estudo sumário e brutal do índio gigante de *yarmulke* na cabeça que quer entrar no seu negócio. Antigamente, as pessoas que Landsman trazia àquela hora do dia eram sempre *shtinker* nervosos, cheios de cacoetes, de olhinhos pequenos como Benny "Shpilkes" Plotner e Zigmund Landau, o Heifetz dos dedos-duros. Ninguém podia ter menos cara de *shtinker* do que Berko Shemets. E, com o devido respeito ao quipá e às franjas, parecia impossível que ele fosse informante ou mesmo um mafiosinho mequetrefe, não com aquela cara de bugre. Então, após cautelosa reflexão, incapaz de encaixar Berko na sua taxonomia do submundo, a sra. Kalushiner torna a cuspir no copo. A seguir, põe os olhos em Landsman e suspira. De uma certa perspectiva, ela lhe deve dezessete favores; de outra, devia era lhe dar um murro na boca do estômago. Prefere se colocar de lado para lhes dar passagem.

O local está tão deserto quanto um ônibus quebrado e fede duas vezes mais. Parece que despejaram desinfetante por todos os cantos para tentar esconder as reminiscências de suor velho e os vapores nauseabundos que emanam dos urinóis do Vorsht. O olfato mais aguçado também detecta, acima ou abaixo disso tudo, um cheiro de cédulas velhas e sujas de um dólar.

"Sentem ali", diz a sra. Kalushiner, sem indicar onde deseja que eles se instalem. As mesas redondas em volta do palco estão cercadas de cadeiras viradas de ponta-cabeça, feito chifres de alce. Landsman endireita duas delas, e se senta com Berko longe do palco, junto à pesada porta arqueada da frente. A sra. Kalushiner se recolhe na sala dos fundos, e, às suas costas, a cortina de contas chocalha como dentes soltos num balde.

"Que gracinha", comenta Berko.

"Um amor", concorda Landsman. "Ela só vem aqui de manhã. Para não ver a clientela." O Vorsht é o lugar em que os músicos de Sitka vão beber quando os teatros e os outros bares fecham. Muito depois da meia-noite, entram em grupos, neve no chapéu, chuva nas mangas, e se aglomeram no palco com seus clarinetes e violinos, travando violentos duelos. Como sói acontecer quando os anjos se congregam, eles atraem um cortejo de demônios: gângsteres, *ganefs* e mulheres da vida. "Ela não gosta de músicos."

"O marido dela era... Ah. Já entendi."

Até a morte, além de proprietário do Vorsht, Nathan Kalushiner foi o rei do clarinete soprano em dó. Era jogador, drogado, um sujeito abominável em muitos aspectos, mas tocava como se tivesse um *dybbuk* no corpo. Amante da música, Landsman costumava cuidar daquele pequeno *shkotz* amalucado e fazia o possível para tirá-lo das situações complicadíssimas em que a falta de juízo e a alma atormentada o metiam. Então, um dia, Kalushiner fugiu com a mulher de um conhecido *shtarker* russo, deixando para a sra. Kalushiner unicamente o Vorsht e a boa vontade dos credores. Tempos depois, acharam pedaços de Nathan Kalushiner no cais de Yakovy, mas não seu clarinete soprano em dó.

"E aquele era o cachorro do cara?", pergunta Berko, apontando para o palco. No lugar em que Kalushiner costumava tocar toda noite, há um vira-lata meio *terrier* branco sarapintado de marrom e com uma mancha preta ao redor do olho. Está sentado, de orelhas em pé, como que a escutar o eco de uma voz ou de uma música no cérebro. Uma corrente frouxa prende-o a uma alça de ferro chumbada na parede.

"Esse é Hershel", diz Landsman. A atitude paciente do bichinho, seu ar canino de serena obstinação, o entristece. Ele desvia a vista. "Faz cinco anos que não sai desse lugar."

"Comovente."

"É mesmo. Esse bichinho, na verdade, me deixa um pouco nervoso."

A sra. Kalushiner reaparece com uma travessa metálica cheia de tomates e pepinos em conserva, um cesto de pãezinhos de semente de papoula e uma tigela de creme azedo. Tudo isso vem equilibrado em seu braço esquerdo. Na mão direita, como não podia deixar de ser, ela traz a escarradeira de papel.

"Ótimo tira-gosto", arrisca Berko e, como não obtém resultado, experimenta: "Lindo cachorrinho".

Comovente mesmo, pensa Landsman, é o esforço que Berko Shemets sempre se dispõe a fazer para puxar conversa com os outros. Quanto mais o interlocutor se cala, mais empenhado ele fica. Ele é assim desde menino. Nunca lhe faltou essa determinação em se relacionar com as pessoas, especialmente com Meyer, seu primo embalado a vácuo.

"Cachorro é cachorro", diz a sra. Kalushiner, com seu peculiar amargor. Então joga na mesa a conserva, o creme azedo e o cesto de pão, e volta a se refugiar na sala do fundo, agitando as contas da cortina.

"Vou te pedir um favor", avisa Landsman com os olhos pregados no cão, que, com os joelhos artríticos, acaba de se deitar no palco, pousando a cabeça nas patas dianteiras. "E torço para que você diga não."

"Por acaso esse favor tem a ver com a 'resolução efetiva'?"

"Você está avacalhando o conceito?"

"Não necessariamente. O conceito já é uma avacalhação." Berko pega um tomate, mergulha-o no creme azedo e, a seguir, com a ajuda do indicador, enfia-o alinhadamente na boca. Contrai o rosto de prazer com o resultante jato azedo de polpa e salmoura. "Bina está bonita."

"Para mim, ela *é* bonita."

"Um pouco masculinizada."

"Isso você sempre disse."

"Bina, Bina." Berko sacode a cabeça com desânimo, mas nem por isso deixa de parecer afetuoso. "Na vida passada, ela deve ter sido uma biruta."

"Acho que você está enganado", diz Landsman. "Tem toda razão, mas está redondamente enganado."

"Está dizendo que Bina não é carreirista?"

"Não é isso que eu estou dizendo."

"Ela é, Meyer, e sempre foi. Taí uma coisa que eu sempre admirei na Bina. Ela é inteligente. Decidida. Muito política. É considerada leal nos dois sentidos, para cima e para baixo, e isso é o tipo da coisa difícil de conseguir. Ela tem tudo para ser inspetora. Em qualquer polícia, em qualquer país do mundo."

"Era a primeira da classe", diz Landsman. "Na academia."

"Mas você tirou notas mais altas no exame de admissão."

"É verdade. Tirei. Por acaso eu cheguei a comentar isso?"

"Até os xerifes americanos sabem que vale a pena prestar atenção em Bina Gelbfish", prossegue Berko. "Se ela estiver tentando garantir um lugarzinho na polícia de Sitka depois da reversão, não sou eu que vou criticá-la."

"Isso é o que você pensa. Não eu. Não foi por isso que ela assumiu o cargo. Pelo menos não só por isso."

"Foi por que então?"

Landsman dá de ombros. "Sei lá. Vai ver que não achou coisa melhor para fazer na vida."

"Tomara que não. Do contrário, a próxima que ela vai fazer é voltar com você."

"Deus me livre."

"Deus te livre e guarde."

Landsman finge cuspir três vezes por cima do ombro. Então, bem quando ele se pergunta se esse costume não tem relação com o hábito de mascar fumo, a sra. Kalushiner retorna, arrastando o grande grilhão de sua vida.

"Tem ovos cozidos", anuncia em tom ameaçador. "Tem *bagel*. Tem pernil congelado."

"Só uma bebidinha, senhora K", pede Landsman. "E você?"

"Água mineral", escolhe Berko. "Com um pouquinho de limão."

"Não quer comer", diz ela. Não é uma pergunta.

"Como não? Pode me trazer dois ovos."

A sra. Kalushiner se volta para Landsman, que sente os olhos de Berko nos seus, desafiando-o, certo de que ele vai pedir um *slivovitz*. Chega a sentir o cansaço de Berko, sua impaciência e irritação para com ele e seus problemas. Já está na hora de ele levantar a cabeça, não? De achar alguma coisa pela qual valha a pena viver e levantar a cabeça.

"Coca-Cola", pede Landsman. "Por favor."

É bem possível que essa tenha sido a primeira coisa, em toda a vida, que surpreendeu a viúva de Nathan Kalushiner. Erguendo uma sobrancelha cinza-chumbo, ela dá meia-volta. Berko se serve de um pepino, não sem antes sacudir as partículas de pimenta-do-reino e cravo grudadas na casca verde. Tritura-o entre os dentes e franze a testa com satisfação.

"Só uma mulher azeda consegue fazer um bom picles", diz e, em seguida, como quem não quer nada, joga suas farpas: "Tem certeza de que não quer mais uma cervejinha?".

Landsman daria tudo por uma cerveja. Chega a sentir na língua o amargo caramelo. Entrementes, a que Ester-Malke lhe serviu ainda não saiu de seu corpo, mas ele está recebendo indicações de que a ditacuja já fez as malas e está pronta para dar o fora. Agora a proposição ou pedido que pretende fazer ao parceiro parece ser a idéia mais idiota que lhe ocorreu na vida, pela qual decerto não vale a pena viver. Mas vai ter de servir.

"Vai à merda", diz, levantando-se. "Vou mijar."

No banheiro, dá de cara com o corpo de um guitarrista. Sentado a uma mesa do fundo do Vorsht, Landsman já admirou mais de uma vez aquele *yid* e sua música. Ele foi um dos primeiros a importar as técnicas e atitudes dos roqueiros americanos e ingleses para os *bulgars* e *freylekhs* da música de baile judaica. Deve ter mais ou menos a idade e origem de Landsman — foi criado em Halibut Point — e, nos momentos de vanglória, Landsman se compara, ou melhor, compara seu trabalho de detetive com o jeitão intuitivo e espalhafatoso de tocar desse homem que parece morto ou desmaiado no retrete, a mão mergulhada no vaso sanitário. Está de terno preto de couro com colete e gravata-borboleta vermelha. Seus celebrados dedos foram despojados dos anéis, os quais deixaram sulcos espectrais. A carteira jogada no piso de cerâmica parece vazia.

O artista deixa escapar um ronco. Recorrendo ao seu talento intuitivo e espalhafatoso, Landsman apalpa-lhe a carótida para sentir o pulso. Está estável. Nas proximidades do músico, a etílica radiação do ar só falta zumbir e queimar. A carteira parece ter sido despojada de todo o dinheiro e documentos. Landsman o revista e encontra uma garrafinha de vodca canadense no bolso esquerdo do paletó de couro. Levaram o dinheiro do homem, mas deixaram o mé. Landsman não quer beber. Aliás, sente uma contração no corpo ante a idéia de verter aquele lixo no estômago, uma espécie de músculo moral a se retesar. Arrisca uma breve olhadela no bagunçado porão de sua alma. E não deixa de notar que esse sentimento de repulsa por uma conhecida marca de vodca canadense tem a ver com sua ex-mulher, com o fato de Bina estar de volta a Sitka e com sua aparência tão forte, tão suculenta, tão sua. Vai ser um tormento vê-la diariamente, como Deus a torturar Moisés com um relance de Sião no alto do monte Pisgah cada dia de sua vida.

Landsman destampa a garrafa de vodka e toma um trago prolongado e resoluto, que queima mais do que uma mistura de solvente com detergente. Deixa vários centímetros da bebida na garrafa, mas o ardor do remorso lhe invade o corpo e a alma. Todos os antigos paralelos que outrora gostava de estabelecer entre si e o guitarrista voltam-se contra ele. Após rápida mas intensa reflexão, resolve não jogar a garrafa no lixo, onde não terá utilidade para ninguém. Transfere-a para o apertado bolso de seu declínio. Puxa o músico para fora do retrete e lhe enxuga cuidadosamente a mão direita. Por fim, faz o que veio fazer: urinar. A melodia do xixi de Landsman na porcelana e na água convida o músico a abrir os olhos.

"Eu estou ótimo", diz ele, ainda no chão.

"Claro que está, coração."

"Só não chame a minha mulher."

"Não vou chamar", promete Landsman, mas o *yid* volta a perder os sentidos. Landsman o arrasta até o corredor do fundo e deixa-o no chão, uma lista telefônica sob a cabeça à guisa de travesseiro. Então retorna à mesa e a Berko Shemets, e toma um bem-comportado gole do copo de bolhas e xarope.

"Hum, Coca."

"E aí? E o tal favor que você quer?"

"Pois é", diz Landsman. Tem ciência de que a renascida confiança em si e em suas intenções, a sensação de bem-estar, é claramente uma ilusão produzida por um trago daquela vodca ordinária. Mas essa constatação é relativa, pondera Landsman — afinal, do ponto de vista de Deus, por exemplo, toda a confiança humana é uma ilusão, e toda intenção não passa de uma piada. "Um grande favor."

Berko sabe aonde Landsman quer chegar. Mas ele ainda não está totalmente disposto a chegar lá.

"Você e Ester-Malke solicitaram visto de residência?"

"Essa é que é a sua grande pergunta?"

"Não, é só o preâmbulo."

"A gente solicitou o *green card*, sim. Todo mundo no distrito solicitou visto de residência, a não ser os que vão para o Canadá, a Argentina ou sei lá aonde. Porra, Meyer, você não solicitou?"

"Eu sei que pretendia solicitar. Acho que solicitei. Não lembro."

A resposta é chocante demais para que Berko possa processá-la, e não é essa a conversa que ele esperava ter naquele momento.

"Solicitei, sim, tá legal?", dispara Landsman. "Agora me lembrei. Claro. Preenchi o meu I-999 e tudo."

Berko acena a cabeça como se acreditasse na mentira do parceiro.

"Bom", diz Landsman. "Quer dizer que vocês pretendem ficar por aqui. Em Sitka."

"Se a gente conseguir a documentação."

"Algum motivo para achar que não vão conseguir?"

"Os números. Dizem que serão menos de quarenta por cento." Berko sacode a cabeça, gesto agora nacional quando se trata de indagar qual há de ser o destino dos outros judeus de Sitka ou o que fazer depois da reversão. A verdade é que não há garantia nenhuma — a cifra quarenta por cento é apenas um dos boatos do fim dos tempos —, e não faltam radicais descabelados a afirmarem que os judeus autorizados a permanecer como residentes legais do ampliado estado do Alasca, quando a reversão finalmente for implementada, provavelmente corresponderão a dez ou mesmo a cinco por cento do total. São esses mesmos extremistas que andam conclamando os judeus à resistência armada, à secessão, à declaração de independência etc. Landsman não dá a mínima para as controvérsias e os boatos, não liga para a questão mais importante neste universo local.

"E o velho?", pergunta. "Não deixou nada engatilhado?"

Há quarenta anos — como denunciou a série de Denny Brennan —, Hertz Shemets valeu-se do posto de diretor local do programa de vigilância doméstica do FBI para empreender sua manobra particular contra os ianques. Na década de 1950, o FBI o recrutou para combater os comunistas e a Esquerda Iídiche, a qual, apesar das dissidências, era forte, calejada, rancorosa, desconfiada dos americanos, e — no caso dos ex-israelenses — não se mostrava muito satisfeita em estar ali. A missão de Hertz Shemets era monitorar a população esquerdista local e nela se infiltrar; ele a exterminou. Deu de comer os socialistas aos comunistas, os stalinistas aos trotskistas e os sionistas hebreus aos sionistas iídiches. Quando a comilança terminou, limpou a boca dos que ainda restavam e fez com que se comessem entre si. No fim dos anos 60, foi incumbido de liquidar o incipiente movimento radical entre os tlingits e não tardou a lhe arrancar os dentes e as garras.

Mas, como demonstrou Brennan, essas atividades eram apenas a fachada do verdadeiro plano de Hertz: obter o *status* permanente para o distrito ou, nos seus sonhos mais delirantes, até mesmo a autonomia. "Chega de diáspora", Landsman se lembra de ter ouvido o tio dizer ao seu pai, cuja alma conservou até a morte um laivo de sionismo romântico. "Chega de expulsões, de migrações e dos sonhos de mudança para a terra dos camelos. É hora de pegar o que dá para pegar e tratar de ficar aqui mesmo."

E, com isso em mente, todo ano o tio Hertz desviava até a metade de sua verba operacional para corromper as próprias pessoas que a autorizavam. Comprou senadores, fisgou xoxotas parlamentares e, acima de tudo, seduziu os judeus americanos ricos cuja influência ele considerava crucial para o seu plano. Três projetos de Lei do Status Permanente foram apresentados e acabaram vencidos, dois na comissão e um numa feroz e amarga batalha no plenário. Um ano depois desse episódio, o então presidente da República disputou e ganhou as eleições com uma plataforma que incluía a longamente adiada implementação da reversão, prometendo restaurar "o Alasca para os alasquianos, selvagem e limpo". E Dennis Brennan se incumbiu de correr Hertz para debaixo de um tronco.

"O velho?", repete Berko. "Lá naquela minúscula reserva indígena? Com a sua cabra? E o congelador entupido de carne de alce? Sim, ele é uma eminência parda nos bastidores do poder. Mas, apesar de tudo, a coisa até que vai indo bem."

"É mesmo?"

"Ester-Malke e eu já conseguimos autorização de trabalho de três anos."

"Bom sinal."

"É o que dizem."

"Neste caso, é óbvio que você não pretende fazer nada que ameace a sua situação."

"Não."

"Desobedecer às ordens. Pisar no calo de alguém. Faltar ao cumprimento do dever."

"Nem pensar."

"Então tudo bem." Landsman enfia a mão no bolso do paletó e tira o jogo de xadrez. "Eu já falei no bilhete que meu pai deixou quando se matou?"

"Ouvi dizer que era um poema."

“Bem ruinzinho aliás. Seis linhas de verso iídiche dirigidas a uma mulher anônima.”

“Epa.”

“Não, não. Não tinha nada de erótico. Era, sei lá, era uma espécie de lamento pela sua inadequação neste mundo. Mágoa pelo fracasso. Uma confissão de devoção e respeito. Uma sentida manifestação de gratidão pelo conforto que ela lhe deu e, acima de tudo, pelo grau de esquecimento que a sua companhia lhe proporcionou no longo e triste passar dos anos.”

“Você decorou tudo.”

“Decorei. Mas havia uma coisa nele que me incomodava. Por isso eu tratei de esquecê-lo.”

“O que é que te incomodava?”

Landsman não responde; a sra. Kalushiner acaba de chegar com meia dúzia de ovos, todos descascados e dispostos num prato com seis espaços do tamanho da parte mais larga do ovo. Sal. Pimenta-do-reino. Um vidro de mostarda.

“Se tirassem a corrente dele”, diz Berko, apontando para Hershel com o polegar, “é bem capaz que esse cachorro desse uma saidinha para comer um sanduíche ou sei lá.”

“Ele gosta da corrente”, retruca a sra. Kalushiner. “Não dorme sem ela.” E torna a se afastar.

“Isso me incomoda”, confessa Berko, observando Hershel.

“Eu entendo perfeitamente.”

Berko põe um pouco de sal num ovo e dá uma mordida. Seus dentes deixam marcas na clara cozida. “Bom, e aí?”, pergunta. “O poema.”

“Pois é, pois é”, diz Landsman. “Todo mundo achou que os versos do meu pai eram para a minha mãe. A começar pela minha mãe.”

“Até que ela combina com a descrição.”

"É a opinião geral. Por isso eu não contei a ninguém a conclusão a que cheguei. No meu primeiro caso oficial de aspirante a *shammes*."

"E qual foi?"

"Se você juntar as primeiras letras de cada um dos seis versos do poema, elas formam um nome. Caissa."

"Caissa? Que diabo de nome é esse?"

"Acho que é latino. Caissa é a deusa dos jogadores de xadrez."

Landsman abre a tampa do xadrez de bolso comprado na loja de conveniência da praça Korczak. As peças continuam como ele as dispôs no apartamento dos Taytsh-Shemets naquela manhã, tal como as deixou o homem que atendia por Emanuel Lasker. Ou seu assassino, ou a pálida Caissa, a deusa dos enxadristas, que lá esteve para se despedir de mais um de seus desventurados adoradores. As pretas reduzidas a três peões, um par de cavalos, um bispo e uma torre. As brancas ainda com todas as peças importantes, além de uma dupla de peões, um deles prestes a fazer dama. Uma situação estranha e desordenada; para chegar àquele ponto, o jogo deve ter sido um caos.

"Se fosse qualquer outra coisa, Berko", diz Landsman, virando as mãos para cima num gesto de desculpas. "Um baralho. Um jogo de palavras cruzadas. Um cartão de bingo."

"Entendo."

"Mas tinha de ser uma maldita partida de xadrez interrompida."

Berko gira o tabuleiro, examina-o um ou dois segundos e então encara Landsman. *Chegou a hora de você me pedir o favor*, diz com seus olhos grandes e pretos.

"Bom. Como eu disse. Preciso te pedir um favor."

"Não", diz Berko. "Não precisa."

"Você ouviu o que madame disse. Viu ela pôr a tarja preta na pasta. Aquele negócio já era uma merda. Ela o tornou oficial."

"Não é isso que você pensa."

"Por favor, Berko, não me venha com essa de ter respeito pela minha opinião. Não depois de tudo o que eu fiz para queimar o meu filme."

Faz algum tempo que Berko está olhando cada vez mais fixamente para o cachorro. Súbito, levanta-se e vai para o palco. Sobe ruidosamente os três degraus de madeira e fica mirando Hershel. Depois estende a mão para que ele a fareje. O cãozinho se senta e se põe a ler com o nariz os sinais no dorso daquela mão: bebês, *waffles* e o interior de um Super Sport 1971. Berko se agacha pesadamente ao lado do animal e desengancha a trela da coleira. Segura-lhe a cabeça entre as mãos enormes e fita-o nos olhos. "Agora chega", diz. "Ele não vai mais voltar."

O cachorro o encara, mostrando-se sinceramente interessado pela novidade. A seguir, levanta-se, anda tropegamente até a escadinha e desce com cautela. Estalando as unhas no piso de concreto, atravessa o salão até a mesa a que Landsman está sentado e ergue os olhos para ele, como que a pedir confirmação.

"Isso mesmo, Hershel", diz-lhe Landsman. "Eles o identificaram pela arcada dentária."

O cão parece refletir sobre o que acaba de ouvir; depois, para grande surpresa de Landsman, aproxima-se da porta da rua. Berko endereça ao parceiro um olhar de censura: *Eu não disse?* Ele olha rapidamente para a cortina de contas, puxa a tranca, gira a chave e abre a porta. Sem esperar um instante, o cachorrinho sai trotando como se tivesse assuntos urgentíssimos a tratar em outra freguesia.

Berko volta à mesa com ar de quem acaba de libertar uma alma da roda do carma. "Você ouviu o que madame disse. Ela nos deu nove semanas", diz. "É pegar ou largar. A gente pode, quando muito, perder um ou dois dias fingindo-se muito ocupados enquanto fuça a morte do drogado do seu hotel."

"Você vai ter mais um filho", lembra Landsman. "Agora são cinco."

"Estou ouvindo."

"Eu estou dizendo que são cinco os Taytsh-Shemets que vão se ferrar se alguém estiver procurando motivos para recusar o visto de residência às pessoas, como dizem por aí, e um bom motivo é ter sido punido por agir em contradição flagrante com as ordens de um superior, isso para não falar em quem ostenta um desprezo olímpico pela política departamental, por mais idiota e covarde que ela seja."

Berko pestaneja e mete mais um tomate em conserva na boca. Mastiga-o e suspira. "Eu nunca tive irmão nem irmã", diz. "Só primos. A maioria deles índios, e não queriam me conhecer. Dois eram judeus. A minha priminha morreu. Que descanse em paz. Só sobrou você."

"Eu fico muito grato, Berko. Faço questão de que você saiba disso."

"Pára de encher o saco", rosna Berko em americano. "A gente vai para o Einstein, não vai?"

"É", concorda Landsman. "É por lá que eu acho que a gente deve começar."

Antes que tenham tempo de se levantar ou de tentar se entender com a sra. Kalushiner, eles ouvem um arranhar na porta da rua e, a seguir, um longo e frágil gemido. A voz é tão humana e desolada que chega a eriçar o cabelo de Landsman. Ele vai abrir porta. O cachorro entra, volta a subir no palco e se instala no lugar em que o verniz da tábua corrida já está gasto; de orelhas em pé para captar o som de um trompete ausente, fica aguardando com paciência que venham restaurar a trela.

10.

O extremo norte da rua Peretz é todo de lajes de concreto, pilares de aço, janelas de caixilho de alumínio e vidraça dupla por causa do frio. Os edifícios dessa parte de Untershtat foram erigidos no início da década de 1950, máquinas de morar rapidamente montadas por sobreviventes, investidas de uma nobre feiúra. Atualmente têm apenas a feiúra da velhice e do abandono. Vitrines vazias, vidraças remendadas com jornal. Na frente do número 1911, onde o pai de Landsman participava das reuniões da Sociedade Edelshtat antes que o imóvel fosse ocupado por um varejo de cosméticos, um exuberante canguru de olhar sarcástico segura um cartaz de papelão: A AUSTRÁLIA OU NADA. O hotel Einstein, no 1906, parece, como observou um gaiato quando de sua inauguração, uma gaiola de rato guardada num aquário. É o local preferido dos suicidas de Sitka. Também é — de fato e de direito — a sede do Clube de Xadrez Einstein.

Em 1980, um membro do Clube de Xadrez Einstein chamado Melekh Gaystik conquistou o título de campeão mundial ao vencer o holandês Jan Timman em São Petersburgo. Com a

Feira Mundial ainda fresca na memória, os habitantes de Sitka encararam o triunfo de Gaystik como mais uma prova cabal de seu mérito e de sua identidade como povo. Gaystik tinha surtos de cólera, crises depressivas e lapsos de memória, mas esses defeitos foram deixados de lado na comemoração geral.

A vitória de Gaystik motivou a gerência do Einstein a ceder o salão de baile do hotel ao clube de xadrez, sem cobrança de aluguel. Os casamentos em hotel estavam fora de moda e fazia anos que a gerência vinha tentando tirar do café os enxadristas com seus resmungos e sua fumaça. Gaystik lhe deu a desculpa de que precisava. E, assim, lacraram a porta principal do salão de baile, de modo que a entrada só fosse possível pelo fundo, por um beco. Removeram o belo assoalho de freixo e instalaram um desvairado piso de linóleo xadrez em tons de fuligem, bile e verde-escova cirúrgica. O lustre modernista foi substituído por montes de tubos fluorescentes presos no teto de concreto. Dois meses depois, o jovem campeão mundial entrou no antigo café em que outrora o pai de Landsman deixara sua marca, sentou-se a uma mesa nos fundos, sacou um Colt 38 Detective Special e meteu uma bala na boca. Deixou um bilhete no bolso. Dizia apenas *Eu gostava mais do jeito que as coisas eram antigamente.*

"Emanuel Lasker", diz o russo aos dois detetives, erguendo os olhos do tabuleiro. Atrás dele um velho relógio de neon continua exibindo um anúncio do extinto jornal *Blat*. É um homem esquelético, de pele fina, rosada e descamada. Tem uma barbicha pontuda. Seus olhos são muito unidos e têm cor de água do mar gelada. "Emanuel Lasker." O russo encolhe os ombros, inclina a cabeça, inspira e expira. Dá a impressão de estar rindo, mas não emite nenhum som. "Quem dera que ele aparecesse aqui." Seu iídiche é experimental e brusco como o de todo imigrante russo. Ele lembra alguém, mas Landsman não consegue identificar. "Ia levar um bom pé na bunda."

"Você já viu os jogos dele?", pergunta o adversário do russo. É um rapaz de bochechas flácidas, óculos sem aro e compleição esverdeada como o branco da nota de um dólar. As lentes de seus óculos se embaçam quando ele olha para Landsman. "Já viu os jogos dele, detetive?"

"Só para esclarecer", diz Landsman, "não é a esse Lasker que eu estou me referindo."

"O homem que nos interessa apenas usava esse nome como alcunha", acrescenta Berko. "Ou a gente estaria à procura de um sujeito que morreu há sessenta anos."

"Você vê os jogos de Lasker hoje em dia", insiste o rapaz, "e percebe que neles há muita complexidade. Ele torna tudo excessivamente difícil."

"Complexidade só se for para você, Velvel", dispara o russo, "que é simplório."

Os *shammeses* interromperam sua partida no denso estágio intermediário.Um dos cavalos do russo, que joga com as brancas, é um posto avançado inexpugnável. Os enxadristas estão tão envolvidos no jogo quanto duas montanhas numa manhã de neblina. O impulso natural de ambos é tratar os investigadores com o abstrato desprezo que eles reservam para todos os *kibitzers*. Landsman se pergunta se não é melhor esperar que terminem a partida para então tentar novamente. E há outros jogos em andamento, outros enxadristas a entrevistar. Em todo o antigo salão de baile, as pernas arranham o linóleo como unhas num quadro-negro. Os jogadores fazem cliques parecidos com o do giro do tambor do três-oitão de Gaystik. Os homens — não há mulheres presentes — intimidam constantemente os adversários com impropérios, gargalhadas, apupos e palavrões.

"Só para esclarecer", diz Berko, "esse homem que se apresentava como Emanuel Lasker, mas não era o notável campeão mundial nascido na Prússia em 1868, morreu, e nós estamos investigando a morte dele. Na qualidade de detetives de homicídio, como já mencionado, o que aparentemente não os impressionou."

"Um judeu loiro", diz o russo.

"E sardento", completa Velvel.

"Está vendo?", reclama o russo. "A gente prestou atenção." Pega uma torre como quem cata um fio de cabelo no colarinho de alguém. Juntos, seus dedos e a torre percorrem uma fileira e dão a notícia fatal ao último bispo preto.

Velvel se põe a falar russo com sotaque iídiche, desejando o restabelecimento de relações amigáveis entre a mãe de seu adversário e o mais bem-dotado dos garanhões.

"Eu sou órfão", avisa o russo.

Encosta-se na cadeira como a dar um tempo para o oponente se recuperar da perda do bispo. Cruza os braços no peito e enfia as mãos nas axilas. É o gesto de um homem doido por um *papiros* num recinto em que é proibido fumar. Landsman pensa no que seu pai faria da vida se o Clube de Xadrez Einstein tivesse banido o fumo quando ele ainda estava vivo. O velho era capaz de consumir um maço inteiro de Broadway numa única partida.

"Loiro", repete o russo, a própria essência da boa vontade. "Sardento. Que mais, por favor?"

Landsman vasculha seu escasso punhado de detalhes, tentando decidir em qual deles apostar. "Um estudioso do jogo, imagino. A julgar pelo seu histórico no xadrez. Havia um livro de Siegbert Tarrasch no quarto dele. Sem falar no codinome que escolheu."

"Que astúcia", diz o russo sem se esforçar para parecer sincero. "Uma dupla de *shammeses* do primeiríssimo time."

Mais do que irritar Landsman, o comentário o estimula a pensar naquele russo de pele lisa: "É bem possível que antes", prossegue mais devagar, tateando na lembrança, observando o homem, "o falecido tenha sido um judeu devoto. Um urubu de chapéu preto."

O russo tira as mãos das axilas. Inclina o corpo para a frente. O gelo de seus olhos bálticos parece derreter de uma hora para outra. "Era viciado em heroína?" O tom de voz mal chega a ser interrogativo. Como Landsman não nega de pronto a acusação, ele diz: "Frank". Pronuncia o nome à americana, com a vogal longa, intensa, e o *R* desprovido de matiz. "Ah, não."

"Frank", repete Velvel.

"Eu..." O russo afunda na cadeira, os joelhos separados, as mãos a pender dos lados. "Detetives, posso dizer uma coisa?", pede. "Francamente, às vezes eu detesto esse nosso arremedo de mundo."

"Fale de Frank", instiga Berko. "Você gostava dele."

O russo ergue os ombros, seus olhos voltam a congelar. "Eu não gosto de ninguém", diz. "Mas, quando Frank entra aqui, pelo menos não saio correndo, aos berros. Ele é engraçado. Não chega a ser bonito. Mas tem voz bonita. Séria. Como o sujeito que toca música séria no rádio. Às três da madrugada, sabe, falando em Shostakovich. Diz as coisas com voz séria, é gozado. Tudo que ele diz sempre tem um pouquinho de crítica. O seu corte de cabelo, sua calça desengonçada, o sobressalto de Velvel cada vez que alguém fala na mulher dele."

"É verdade", admite Velvel. "Isso me acontece."

"Ele vive provocando a gente, mas não irrita ninguém, sei lá por quê."

"Era... a gente sentia que ele era mais rigoroso consigo mesmo", diz Velvel.

"Quem joga com Frank, por mais que perca, sente que joga muito melhor com ele do que com os bundões aqui do clube", explica o russo. "Frank não tem nada de bundão."

"Meyer", chama Berko em voz baixa. Agita as pestanas em direção à mesa vizinha. Eles têm público.

Landsman se volta. Dois homens estão se enfrentando nos primeiros estágios de uma partida. Um deles veste paletó e calça modernos e ostenta a barba comprida dos judeus lubavítcher, densa e preta como se tivesse sido pintada a lápis. Com uma mão firme prendeu um solidéu de veludo preto adornado com seda preta ao preto emaranhado do cabelo. O sobretudo azul-marinho e o gorro de pele azul acham-se pendurados num cabide na parede espelhada às suas costas. O forro do casaco e a etiqueta do gorro se refletem no espelho. O cansaço lhe marca os olhos: olhos intensos, bovinos e tristes. O adversário é um bobôver de veste comprida, calção, meias brancas e chinelos. Tem a pele pálida como cera. Está com o chapéu no colo, um bolo preto num prato preto. Seu quipá achatado parece um bolso costurado no alto da cabeça raspada. A olhos não treinados pela faina de policial, os dois parecem tão perdidos na difusa radiância do jogo quanto qualquer dupla de enxadristas do Einstein. No entanto, Landsman é capaz de apostar cem dólares que nem um nem outro sabe de quem é a vez de jogar. Estavam escutando cada palavra proferida à mesa vizinha; e continuam escutando.

Berko vai até a mesa do outro lado do russo e de Velvel. Está desocupada. Pega uma cadeira de madeira estilo Thonet com a palhinha do assento rasgada e a coloca num lugar entre a mesa dos urubus e a mesa em que o russo continua massacrando Velvel. Senta-se à sua maneira de gordão espalhafatoso, esticando as pernas, jogando a fralda do casaco para trás, como se pretendesse deglutir a todos. Tira o chapéu *homburg* pela copa. Seu cabelo de índio, denso e lustroso, começa a apresentar mechas prateadas. As cãs lhe conferem um ar mais inteligente e bondoso — e embora ele seja relativamente inteligente e bastante bondoso, não hesita em abusar do efeito de sua nova aparência. A cadeira de palhinha fica alarmada com as dimensões e o contorno das nádegas de Berko.

"Oi!", diz ele aos urubus. Esfrega as mãos, depois as espalma nas coxas. Só lhe faltam um guardanapo enfiado no colarinho, um garfo e uma faca. "Como vão?"

Com o engenho e a arte dos piores canastrões, os urubus olham para Berko com ar de surpresa.

"A gente aqui não quer saber de encrenca", declara o lubavítcher.

"Essa é a minha frase favorita na língua iídiche", sorri Berko com franqueza. "Mas por que vocês não participam da discussão? Falem de Frank."

"A gente não conhece ele", diz o lubavítcher. "Que Frank?"

O bobôver permanece calado.

"Caro bobôver", diz Landsman com delicadeza. "A sua graça?"

"Eu me chamo Saltiel Lapidus", responde o bobôver. Tem olhos donzelescos e tímidos. Entrelaça os dedos no colo, em cima do chapéu. "E não sei nada de nada."

"Você jogava com o tal Frank? Conhecia o cara?"

Saltiel Lapidus se apressa a sacudir a cabeça. "Não."

"Sim", discorda o lubavítcher. "A gente conhecia ele."

Lapidus olha feio para o amigo, e o lubavítcher desvia a vista. Landsman compreende o enredo. O xadrez é o único jogo permitido aos judeus ortodoxos até mesmo no shabat. Mas o Clube de Xadrez Einstein é uma instituição decididamente secular. O lubavítcher levou o bobôver a esse templo profano numa manhã de sexta-feira, na iminência do shabat, quando os dois tinham coisa melhor que fazer. Garantiu que não havia o menor problema. Que mal podia haver numa partida de xadrez? E agora isso.

Landsman fica curioso, enternecido até. De acordo com sua experiência, a amizade a despeito das delimitações sectárias não é um fenômeno comum. Antigamente, ele achava interessantíssimo que, à parte os homossexuais, só os enxadristas encontravam um modo confiável de transpor, intensamente, mas sem violência fatal, o abismo que separa quaisquer duplas de homens.

"Eu vi ele aqui", declara o lubavítcher, os olhos pregados no amigo como a lhe mostrar que os dois nada têm a temer. "O tal Frank. Talvez eu tenha jogado uma ou duas vezes com ele. Na minha opinião, era um jogador muito talentoso."

"Comparado com você, Fishkin", alfineta o russo, "qualquer mico de circo é um Raúl Capablanca."

"Você", Landsman se dirige ao russo, a voz uniforme, acatando uma intuição. "Você sabia que ele era viciado em heroína. Como?"

"Detetive Landsman", diz o russo quase em tom de censura. "Você não me reconhece?"

Parecia um palpite. Mas não passava de uma lembrança perdida.

"Vassily Shitnovitzer", Landsman diz. Não faz tanto tempo assim — uns doze anos — que ele prendeu um jovem russo com esse nome por formação de quadrilha para o tráfico de heroína. Recém-imigrado, ex-presidiário fugido do caos que se seguiu ao colapso da Terceira República Russa. Esse traficante de heroína falava mal o iídiche e tinha os olhos claros excessivamente unidos. "E você já sabia que eu era eu."

"Você é um cara bonitão. Difícil de esquecer", diz Shitnovitzer. "E, além disso, alinhadíssimo."

"Shitnovitzer passou um bom tempo na Butyrka", explica Landsman a Berko, referindo-se ao famoso presídio moscovita. "Gente fina. Vendia droga na cozinha do café daqui."

"Você vendia heroína a Frank?", pergunta Berko.

"Eu já me aposentei", responde Vassily Shitnovitzer, sacudindo a cabeça. "Sessenta e quatro meses federais em Ellensburg, Washington. Pior do que a Butyrka. Nunca mais mexi com essas coisas, detetive, e mesmo que mexesse, acredite, não chegaria nem perto de Frank. Eu posso ser louco, mas lunático não."

Landsman sente o baque e a derrapagem quando os pneus se travam. Eles acabam de bater em alguma coisa.

"Por que não?", indaga Berko inteligente e bondosamente. "Por que, meu caro senhor Shitnovitzer, vender droga para Frank faz do cidadão, além de criminoso, um lunático?"

Ouve-se um tinido final, decisivo, um tanto oco, como um bater de dentes postiços. Velvel tomba seu rei.

"Desisto", diz. Tira os óculos, guarda-os no bolso e se levanta. Esqueceu um compromisso. Vai chegar atrasado ao trabalho. Sua mãe o está chamando na freqüência ultra-sônica que o governo deixa à disposição das mães judias na hora do almoço.

"Senta aí", ordena Berko, voltando-se. O garoto obedece.

Os intestinos de Shitnovitzer são acometidos por uma forte cólica; pelo menos, essa é a impressão que ele dá a Landsman.

"Má *mazel*", diz enfim.

"Má *mazel*", repete Landsman sem dissimular a dúvida nem a decepção.

"Feito um casaco. Feito um chapéu de má *mazel* na cabeça dele. Tanta má *mazel* que a gente nem quer encostar nele, nem quer respirar o ar que ele respira."

"Uma vez eu o vi jogar cinco partidas ao mesmo tempo", conta Velvel. "Por cem dólares. E ganhou todas. Logo depois eu o vi vomitando na rua."

"Por favor, detetives", diz Saltiel Lapidus com voz de sofredor. "Nós não temos nada a ver com isso. Não sabemos nada desse homem. Heroína. Vômito na calçada. Por favor, já estamos muito incomodados."

"Constrangidos", sugere o lubavítcher.

"*Chateados*", conclui Lapidus. "E não temos nada a dizer. Por isso, por favor, podemos ir embora?"

"Mas é claro", consente Berko. "Podem se mandar. Mas deixem o nome e o endereço."

Tira do bolso o seu pretenso bloco de anotações, um grosso maço de papeizinhos presos por um clipe enorme. Esse bolo pode conter cartões de visita, tábuas de marés, listas de afazeres, o rol cronológico dos reis ingleses, teorias rabiscadas às três horas da madrugada, notas de cinco dólares, receitas anotadas às pressas, guardanapos dobrados com o desenho de um beco de South Sitka no qual foi assassinada uma prostituta. Ele vasculha o bloco até achar um pedaço de ficha em branco, a qual entrega a Fishkin, o lubavítcher. Oferece-lhe um toco de lápis, mas, não, obrigado, Fishkin tem caneta. Escreve o nome, o endereço, o número do Shoyfer e então passa-o a Lapidus, que faz a mesma coisa.

"Só que", diz Fishkin, "não adianta telefonar. Nem ir à nossa casa. A gente não tem nada a declarar. Não tem nada a dizer sobre esse judeu."

Todos os *nozzes* do distrito respeitam o silêncio do urubu. É uma recusa a responder que pode se espalhar e se acumular e se aprofundar até envolver, como a névoa, a totalidade de um bairro urubu. Os urubus contam com advogados competentes, influência política, jornais estrepitosos e têm como envolver um inspetor infeliz ou até um representante do governo numa grande fedentina urubuzenta que não chega ao fim enquanto a vítima ou suspeito não for solto ou as acusações não forem retiradas. Landsman precisaria do apoio total do departamento e, em último caso, da aprovação de sua superior para convidar Lapidus e Fishkin à salinha de interrogatório do módulo do Homicídios.

Ele arrisca uma olhadela em Berko, que arrisca um leve sacudir de cabeça.

"Tchau", diz Landsman.

Lapidus se levanta lentamente, como um homem derrotado pelos intestinos. O ato de vestir o casaco e calçar as galochas vem acompanhado de um espetáculo de seviciada dignidade. Centímetro por centímetro, ele restitui o chapéu à cabeça como quem fecha um escuro alçapão. Com olhar lutuoso, espera Fishkin guardar o não jogado jogo matinal no estojo de madeira. Ombro a ombro, os urubus percorrem o espaço entre as mesas e os demais jogadores, que erguem os olhos para observar sua retirada. Falta pouco para chegarem à porta quando a perna esquerda de Saltiel Lapidus se extravia do tom. Ele capenga, ameaça cair e, para se firmar, apóia a mão no ombro do companheiro. O chão sob seus pés é nu e liso. Pelo que Landsman consegue ver, não há em que tropeçar.

"Nunca vi um bobôver tão triste", comenta. "O judeu só faltou abrir o berreiro."

"Está a fim de afundar o cara mais ainda?"

"Só um ou dois centímetros."

"Mais do que isso você não consegue mesmo."

Ambos se ocupam tropegamente dos enxadristas restantes: um mísero violinista do Sitka Odeon; um podólogo cuja fotografia vive estampada em anúncios nos bancos dos ônibus. Berko logo sai atrás de Lapidus e Fishkin. Landsman está prestes a segui-lo quando uma sensação de nostalgia lhe abala a memória, o cheiro de certa marca de loção de barba que ninguém mais usa, o dissonante refrão de uma música que teve alguma popularidade vinte e cinco verões atrás. Ele se vira para a mesa próxima da porta.

Um velho carrancudo está sentado diante de um tabuleiro e de uma cadeira vazia. Tem as peças dispostas nas casas de abertura e tirou ou se atribuiu as brancas. Aguarda a chegada do adversário. Crânio lustroso guarnecido de tufos de cabelo grisalho como fios de linha acumulados no fundo de um bolso. A parte inferior do rosto escondida pela curvatura da cabeça. Landsman repara nas depressões das têmporas, no halo de caspa, na parte alta e ossuda do nariz, nas carquilhas da testa como os sulcos deixados por um garfo na crosta crua de um empadão. Com os ombros acentuadamente curvados, concentrava-se para o duelo, planejando sua brilhante campanha. Foram ombros largos outrora, ombros de herói ou de carregador de piano.

"Senhor Litvak", diz Landsman.

Litvak escolhe o cavalo do rei do modo como um pintor escolhe um pincel. Suas mãos ainda são ágeis e robustas. Ele traça um movimento curvilíneo rumo ao centro do tabuleiro; sempre adotou um estilo hipermoderno de jogar. Ao ver a abertura Réti e as mãos de Litvak, Landsman é inundado, quase derrubado, pelo antigo temor ao xadrez, pelo tédio, a irritação, a vergonha daquele tempo em que ele não fazia senão decepcionar o pai nos tabuleiros do café do Einstein.

Repete em voz mais alta: "Velho Litvak".

Litvak ergue os olhos intrigados e míopes. Era um homem para briga de rua, corpulento, caçador, pescador, soldado. Quando pegava uma peça, todos viam o relampejar de seu anel de ouro de Comando do Exército. Agora está encolhido, acabado, o rei da história reduzido pelo curso da vida eterna a um grilo nas cinzas da lareira. Só resta o nariz adunco como prova tangível da finada grandeza de sua face. Olhando para os destroços do homem, Landsman pensa que, se seu pai não tivesse posto fim à própria vida, com toda certeza estaria morto do mesmo jeito.

Litvak faz um gesto impaciente ou suplicante. Tira do bolso um bloco de notas preto marmóreo e uma grossa caneta-tinteiro. A barba, como sempre, está bem aparada. Paletó príncipede-gales, mocassins com borlas, lenço de seda no bolso, cachecol jogado sobre a lapela. Não perdeu o ar esportivo. Nas dobras do pescoço, tem uma cicatriz brilhante, uma vírgula tingida de cor-de-rosa. Enquanto escreve no bloco com a gorda Waterman, sua respiração sai pelo narigão carnudo em lufadas pacientes. O riscar da pena é toda a voz que lhe resta. Ele entrega o bloco a Landsman. Sua caligrafia é firme e nítida.

Eu te conheço?

Litvak aguça o olhar, inclina a cabeça para o lado, examinando Landsman, estudando o terno amarrotado, o chapéu *pork pie*, a cara parecendo com a de Hershel, o cachorro. Conhece Landsman sem reconhecê-lo. Torna a pegar o bloco e acrescenta uma palavra à pergunta.

Eu te conheço detetive?

“Meyer Landsman”, diz ele, entregando um cartão de visita ao velho. “O senhor conheceu o meu pai. De vez em quando, eu vinha aqui com ele. No tempo em que o clube ficava no café.”

Ele arregala os olhos de contornos vermelhos. A curiosidade se tinge de horror à medida que o sr. Litvak intensifica seu exame de Landsman em busca de uma prova para aquela afirmação improvável. Vira a página do bloco e pronuncia sua conclusão.

Impossível Esse esfarrapado saco de cebolas não pode ser Meyerle Landsman

“Infelizmente sim”, sorri Landsman.

O que você veio fazer aqui péssimo enxadrista

“Eu era apenas um garotinho”, diz Landsman, horrorizado ao detectar um tom de autocomiseração na própria voz. Que lugar abominável, que homem arruinado, que jogo cruel e sem sentido. “Senhor Litvak, por acaso o senhor conhece um sujeito, parece que ele joga aqui às vezes, um judeu chamado Frank?”

Conheço sim ele fez alguma coisa errada?

“Conhece-o bem?”

Não tanto quanto eu queria

"Sabe onde ele mora, senhor Litvak? Esteve com ele ultimamente?"

Há meses p. f. diga que você não é da polícia

"Uma vez mais", diz Landsman, "infelizmente sou."

O velho pisca. Seu rosto e sua expressão corporal não conseguem revelar se ele ficou chocado ou decepcionado com a informação. De fato, um homem incapaz de controlar as emoções não vai muito longe com a abertura Réti. Talvez haja um vestígio de tremor na palavra seguinte que ele escreve no bloco.

Overdose?

"Tiro."

A porta do clube se abre com um rangido e dá passagem a um par de enxadristas de aspecto sombrio e frio. Um espantalho magricelo mal saído da adolescência, de barba dourada bem aparada e terno menor do que seu tamanho, e um baixinho gorducho, moreno e de barba crespa, com um terno excessivamente folgado. Ambos ostentam corte de cabelo militar, aparentemente cortado por eles mesmos, e os dois usam idênticos *yarmulkes* pretos de crochê. Hesitam um instante à porta, embaraçados, olhando para o sr. Litvak como que à espera de uma repreensão.

Então o velho fala, inalando as palavras. Sua voz é um fantasma dinossáurico. Um som horroroso, uma disfunção da traquéia. Pouco depois que este desaparece, Landsman se dá conta de que ele disse "meus sobrinhos-netos".

Litvak faz sinal para que os rapazes entrem e dá o cartão de visita de Landsman ao gorducho.

"Muito prazer, detetive", diz este com um ligeiro sotaque, talvez australiano. Ocupa a cadeira vazia, olha rapidamente para o tabuleiro e aciona, habilmente, o seu próprio cavalo do rei. "Lamento, tio Alter. Essa chegou tarde, como de costume."

O magrelo continua mais atrás, segurando a porta aberta do clube.

"Landsman!", grita Berko da ruela, onde encurralou Fishkin e Lapidus junto à lixeira. Landsman tem a impressão de que Lapidus está chorando feito criança. "Vem logo!"

"Já vou", diz Landsman. "Eu preciso ir, senhor Litvak." Segura um instante os ossos, a cartilagem e o couro da mão do velho. "Onde eu o encontro se precisar conversar mais um pouco com o senhor?"

Litvak escreve um endereço e arranca a folha do bloco.

"Madagascar?", indaga Landsman, lendo o nome de uma rua inimaginável de Antananarivo. "Essa é boa." Ao ler aquele endereço longínquo, ao pensar na casa situada na rue Jean Bart, sente um profundo refluxo na vontade de seguir investigando o caso do *yid* morto no 208. Que diferença faz prender o assassino? Daqui a um ano, os judeus serão africanos, e este antigo salão de baile há de estar lotado de nativos a rodopiar em chás dançantes, e todos os casos porventura abertos ou encerrados por um policial de Sitka estarão fatalmente mofando no arquivo nove. "Quando o senhor viaja?"

"Na semana que vem", informa o gorducho com incredulidade na voz.

O velho emite mais um horrendo coaxar reptiliano que ninguém entende. Escreve e, a seguir, entrega o bloco de anotações ao sobrinho-neto.

"'O homem faz planos'", lê o rapaz. "'E Deus cai na gargalhada.'"

11.

Às vezes, quando são pegos pela polícia, os jovens urubus reagem com arrogância e revolta, reivindicando seus direitos de cidadãos estadunidenses. Em outras ocasiões, descontrolam-se e desandam a chorar. Pela experiência de Landsman, os homens choram quando perdem a sensação de decoro e segurança à qual estavam há muito habituados, quando percebem de súbito que o abismo estava o tempo todo sob seus pés. Isso faz parte da faina do policial: puxar o belo tapete que esconde o buraco escabroso no assoalho. Landsman se pergunta se não é esse o caso de Saltiel Lapidus. Seu rosto está banhado de lágrimas. Um lustroso fio de muco escorre-lhe da narina direita.

"O senhor Lapidus está meio triste", diz Berko. "Mas não quer contar por quê."

Landsman procura um pacote de Kleenex no bolso do casaco e, milagrosamente, encontra uma folha. Lapidus titubeia, mas acaba aceitando a oferta, assoando o nariz com muito sentimento.

"Eu juro que não conhecia o homem", diz. "Não sei onde morava nem quem era. Não sei de nada. Juro pela minha vida. A gente jogou xadrez algumas vezes. Ele ganhou todas."

"Quer dizer que você está chorando só por amor à humanidade", dispara Landsman, fazendo questão de soar sarcástico.

"Exatamente." Lapidus amassa o lenço de papel e joga a amarrotada flor na sarjeta.

"Vocês vão nos prender?", pergunta Fishkin. "Porque, se forem, eu quero chamar o meu advogado. E, se não forem, têm de nos deixar ir embora."

"Um advogado urubu", diz Berko, numa espécie de lamento ou súplica dirigida a Landsman. "Ai de mim."

"Então circulem de uma vez", ordena Landsman.

Berko acena a cabeça para eles. Os dois se arrastam pela neve semiderretida e suja da ruela.

"Porra, eu estou irritado", confessa Berko. "Juro que essa história está começando a me emputecer."

Landsman aquiesce e coça a barba do queixo, num gesto que transpira raciocínio profundo, mas na verdade ele está com o coração e o pensamento fixados na lembrança das partidas de xadrez que perdeu para homens que já eram velhos trinta anos atrás.

"Você viu aquele coroa lá dentro?", pergunta. "Perto da porta. Alter Litvak. Há anos que freqüenta o Einstein. Jogava com o meu pai. Com o seu também."

"Conheço de nome." Berko olha para a porta corta-fogo de aço que é a entrada principal do Clube Einstein. "Herói de guerra. Cuba."

"Perdeu a voz, agora tem de escrever tudo. Eu perguntei onde podia encontrá-lo se precisasse conversar, e ele escreveu que está indo para Madagascar."

"Essa é boa."

"Foi o que eu disse."

"Ele conhecia o nosso Frank?"

"Diz que não muito."

"Ninguém conhecia o nosso Frank", observa Berko. "Mas todo mundo ficou tristíssimo com a morte dele." Abotoa o sobretudo na barriga, levanta a gola, firma o chapéu na cabeça. "Até você."

"Vai te catar. Aquele *yid* não era nada para mim."

"Será que ele era russo? Isso talvez explique o xadrez. E o comportamento do seu amigo Vassily. Vai ver que Lebed ou Moskowits está por trás disso."

"Se ele é russo não entendo por que os dois urubus estavam com tanto medo", diz Landsman. "Eles não sabem nada de Moskowits. *Shtarkers* russos, matanças do crime organizado, essas coisas não significam nada para o bobôver médio." Coça mais um pouco o queixo e toma uma decisão. Ergue os olhos para a faixa radiante de céu cinzento que se estende no alto na estreita ruela atrás do hotel Einstein. "Que horas será que vai ser o pôr-do-sol hoje?"

"Por quê, Meyer? Por acaso você pretende se meter no Harkavy? Duvido que Bina fique satisfeita se a gente for bulir com os urubus de lá."

"Duvida, né?", Landsman sorri. Tira do bolso o tíquete do estacionamento. "Então é melhor nem chegar perto do Harkavy."

"Oh-oh. Esse seu sorriso."

"Você não gosta desse meu sorriso?"

"Eu sei muito bem que depois dele vem uma pergunta cuja resposta você mesmo pretende dar."

"Tudo bem. O que você acha desta: que *yid* é esse que consegue fazer um russo sociopata, calejado pela prisão, borrar a calça, e um urubu dos mais religiosos de Sitka abrir o berreiro?"

"Já sei que você quer que eu diga um 'verbôver'", responde Berko. Logo que se formou na academia, Berko foi lotado no Quinto Distrito Policial, o Harkavy, lugar em que os verbôveres, assim como a maioria de seus camaradas urubus, se fixaram após a chegada do nono *rebbe* verbôver em 1948 — sogro do atual — com o miserável remanescente de seu séquito. Foi uma função clássica de gueto, tentar ajudar e proteger gente que desdenhava e menosprezava tanto a ele quanto a autoridade que ele representava. Terminou quando o jovem *latke* semi-índio levou um tiro no ombro, a cinco centímetros do coração, no Massacre do Shavuos na Leiteria Goldblatt. "Já sei o que você quer que eu diga."

Foi assim que Berko descreveu a Landsman a gangue sagrada conhecida como os Chassides de Verbov: eles começaram na Ucrânia, urubus de chapéu preto como todos os outros urubus, hostilizando e distanciando-se do lixo e da barafunda do mundo secular, no interior do muro imaginário de seu gueto de ritual e fé. Depois toda a seita foi incinerada no fogo da Destruição, com exceção de um compacto núcleo um pouco mais preto do que qualquer outro urubu. O que restou do nono *rebbe* verbôver surgiu dessas chamas com onze discípulos; de sua família, só sobrou a sexta de suas oito filhas. Ele se alçou no ar como um pedaço de papel queimado e foi parar na estreita faixa entre as montanhas Baranof e o fim do mundo. Ali deu um jeito de refazer uma comunidade urubu à moda antiga. Tal como os gênios do mal dos romances de segunda classe, levou sua lógica às últimas conseqüências lógicas. Construiu um império do crime que lucrava com o caos absurdo do outro lado das muralhas fictícias, com seres tão defeituosos, corruptos e desesperançados de redenção que só a cortesia cósmica levava os verbôveres a meramente considerá-los humanos.

"Eu também tive essa idéia, é claro", confessa Berko. "E tratei de me livrar dela no ato." Tapa o rosto com as mãos enormes e assim fica um instante, depois as desce lentamente, puxando as bochechas até que elas se estiquem abaixo do queixo, como as de um *bulldog*. "Puxa vida, Meyer, você quer mesmo que a gente vá à ilha Verbôver?"

"Não, porra", diz Landsman em americano. "Verdade, Berko. Eu detesto aquele lugar. Se for para ir a uma ilha, que seja Madagascar."

Eles ficam ali, no beco atrás do Einstein, avaliando os inúmeros argumentos contrários e os escassos favoráveis a ir encher o saco dos mais perigosos personagens do submundo ao norte do paralelo 55. Tentam encontrar explicações para o comportamento estapafúrdio dos enxadristas do Einstein.

"É melhor a gente visitar Itzik Zimbalist", propõe Berko enfim. "Naquele lugar, conversar com qualquer outro é a mesma coisa que conversar com um cachorro. E hoje eu já fiquei de coração partido por causa de um cachorro."

12.

A planta ortogonal da ilha é igualzinha à de Sitka, padronizada e numerada. À parte isso, meu caro, você foi lançado, propelido e teleportado ao planeta dos judeus. Tarde de sexta-feira na ilha Verbov, e o Chevelle Super Sport de Landsman singra a vaga de urubus na 225ª Avenida. Os negros chapéus são todos de feltro, copa alta e denteada, aba quilometricamente larga, do tipo preferido pelos feitores de escravos de melodrama. As mulheres ostentam turbante e peruca lustrosa feita com o cabelo das judias pobres do Marrocos e da Mesopotâmia. Os longos casacos e vestidos são dos mais caros tecidos de Paris e Nova York; os sapatos, a fina flor da Itália. Os meninos navegam as calçadas de patins in-line e vão deixando uma esteira de cachecóis, *peót* e lampejos do forro alaranjado das parcas abertas. Em passinhos curtos, provocados pelas saias compridas, as meninas passam de braços dados, de tranças, ruidosos caudais de garotas verbôveres veementes e facciosas como escolas de filosofia. O céu se acinzentou, o vento cessou e o ar crepita com a alquimia das crianças e a promessa de neve.

“Veja só”, diz Landsman. “Isto aqui fervilha.”

“Não se vê uma loja vazia.”

“E mais *yids* imprestáveis do que nunca.”

Landsman pára no sinal fechado do cruzamento da rua 28 Noroeste. Diante de um imóvel de esquina — uma sala de estudos — há aprendizes da Torá, vigaristas das Escrituras, *luftmensches* inigualáveis e reles valentões. Ao reparar no carro de Landsman, no seu insolente ranço de tira à paisana e nos sediciosos dois esses na grade do radiador, eles se detêm, começam a gritar entre si e dirigem a Landsman olhares desafiadores. Ele está na sua jurisdição. Raspa a barba e não estremece na presença de Deus. Não é um judeu verbôver e, por conseguinte, não é um judeu verdadeiro. Portanto, não é ninguém.

“Olha só aqueles filhos da puta encarando a gente”, diz Landsman. “Eu não gostei.”

“Meyer.”

A verdade é que os judeus urubus de chapéu preto irritam Landsman, sempre o irritaram. Ele gosta desse sentimento — um ódio cheio de camadas de inveja, condescendência, ressentimento e piedade. Põe o carro em ponto-morto e abre a porta.

“Não, Meyer.”

Landsman contorna a porta aberta do Super Sport. Sente o olhar das mulheres. Fareja o medo súbito no hálito dos homens à sua volta, como dentes cariados. Ouve o riso de galinhas que ainda não conhecem seu destino, o zumbido dos compressores de ar que mantêm vivas as carpas nos aquários. Está incandescente como agulha de matar carrapato.

“E aí, panacas?”, diz aos *yids* parados na esquina. “Qual de vocês está a fim de dar uma volta no meu nozmóvel?”

Um *yid* avança um passo, um baixinho forte, atarracado, de pele muito clara, testa enrugada e barba amarela bífida. “Eu te aconselho a voltar para a viatura, detetive", diz com voz tranqüila e sensata. "E seguir o seu caminho."

Landsman sorri. "Ah, é esse o seu conselho?", pergunta.

Os outros homens na esquina se aproximam, preenchendo todo o espaço ao redor do baixinho encrenqueiro. Devem ser uns vinte, mais do que Landsman calculou no começo. Sua incandescência declina, começa a piscar feito uma lâmpada avariada.

"Eu vou reformular", diz o valentão, aproximando os dedos de uma coisa que se avoluma em sua cintura. "Volta já para o carro."

Landsman coça o queixo. Que loucura, pensa. Sair atrás de uma pista teórica num caso inexistente, e arranjar encrenca sem nenhum motivo. De repente, descobrir que provocou um incidente no meio de um bando de urubus com influência, dinheiro e um arsenal de armas de fogo manchurianas e russas, recentemente avaliadas, num relatório confidencial do serviço de inteligência da polícia, como adequadas às necessidades de uma guerrilha revolucionária de qualquer republiqueta da América Central. Uma loucura mesmo, a indefectível loucura de Landsman.

"Por que você não vem aqui e me obriga a voltar?"

Nesse momento, Berko abre a outra porta, desce do carro e desfila na rua a sua ancestral estatura de urso. Tem perfil régio, digno de ser cunhado numa moeda ou esculpido numa pedra. E empunha o mais sinistro martelo já visto por judeu ou por gói. Trata-se de uma réplica daquele que teria sido usado pelo cacique Katlian na guerra russo-tlingit de 1804, na qual os russos foram fragorosamente derrotados. Berko o manufaturou com o desígnio de intimidar os *yids* quando tinha treze anos e era novato em seu labirinto — e o tal martelo nunca falhou nessa função, motivo pelo qual costuma levá-lo no banco traseiro do carro de Landsman. A cabeça é um bloco de quinze quilos de ferro meteorítico que Hertz Shemets desenterrou num antigo sítio russo perto de Yakovy. O cabo é um taco de beisebol de dez quilos entalhado com uma faca de caça da Sears. Entrelaçando-se e retorcendo-se ao longo da madeira, corvos pretos e monstros marinhos vermelhos escancaram sorrisos dentuços. Tal pigmentação consumiu catorze canetas Flair. Um par de penas de corvo pende de uma correia de couro na ponta do cabo. Embora careça de precisão histórica, esse detalhe produz efeitos terríveis na mente iídiche, dizendo:

Indianer.

A palavra percorre toda a vizinhança. Os judeus de Sitka raramente vêem ou conversam com índios, a não ser no tribunal ou nos pequenos assentamentos judeus ao longo da Linha. Os verbôveres não precisam de muita fantasia para imaginar Berko e seu martelo esmigalhando indiscriminadamente os crânios caras-pálidas. Então vêem o *yarmulke* de Berko e as finas franjas brancas de seu *tzitzit* ritual. De súbito, toda aquela frívola xenofobia se esfuma na multidão, deixando um resíduo de vertigem racista. É sempre assim, no distrito de Sitka, quando Berko Shemets empunha o martelo e banca o silvícola. Cinqüenta anos de filmes de faroeste, com seus escalpamentos, flechas zumbidoras e carroças incendiadas não deixam de ter efeito sobre a mente humana, dando asas à imaginação e ao anacronismo.

"Berko Shemets", diz o homem da barba bífida, pestanejando, ao mesmo tempo que grossos flocos de neve começam a lhe branquear os ombros e o chapéu. "Como vai, *yid*?"

"Dovid Sussman", sorri Berko, baixando o martelo. "Eu sabia que era você."

Põe no primo os olhões de minotauro carregados de um longo sofrimento e de censura. Não foi idéia de Berko vir à ilha Verbov. Não foi idéia de Berko teimar em investigar o caso Lasker mesmo depois de receber ordem de abandoná-lo. Não foi idéia de Berko refugiar-se, envergonhado, num hotelzinho ordinário de Untershtat, no qual a deusa do xadrez assombra drogados misteriosos.

"Bom shabat para você, Sussman", deseja Berko, jogando o martelo na traseira do carro de Landsman. O baque no assoalho faz que as molas dos bancos repiquem feito sinos.

"Bom shabat para você também, detetive", retribui Sussman. Um tanto inseguros, os outros *yids* repetem a saudação. Depois dão meia-volta e retomam o palavrório, discorrendo animadamente sobre os detalhes de uma receita *kosher* ou sobre a falsificação de um registro de veículo.

Ao entrar no carro, Berko bate a porta e diz: "Eu *detesto* fazer isso".

Eles seguem pela 225ª Avenida, e não há quem não pare para ver o judeu índio no Chevrolet azul.

"Isso é que é fazer perguntas discretas?", pergunta Berko com rancor. "Palavra de honra, Meyer, um dia desses, eu dou uma martelada na sua cabeça."

"Pode dar", diz Landsman. "Talvez seja uma boa terapia."

Avançam lentamente para o oeste na 225ª Avenida rumo à loja de Itzik Zimbalist. Pátios e becos sem saída, residências de estilo neo-ucraniano e condomínios, construções de madeira de telhado inclinado, pintadas de cores escuras e ocupando o terreno até o limite. As casas se acotovelam e se empurram exatamente como o fazem os urubus na sinagoga.

"Nenhum imóvel à venda", observa Landsman. "Nenhum varal sem roupa pendurada. Todas as outras seitas já enfiaram na mala até as torás e as caixas de chapéu. O Harkavy é quase uma cidade fantasma. Mas os verbôveres não. Ou eles não estão nem aí para a reversão, ou sabem alguma coisa que a gente não sabe."

"Eles são verbôveres", diz Berko. "Você não deveria se surpreender."

"Quer dizer que o *rebbe* já mexeu os pauzinhos. *Green card* para todo mundo." Landsman avalia essa possibilidade. Naturalmente, sabe que uma organização criminosa como o círculo verbôver não pode florescer sem os préstimos de doleiros e lobistas, sem injeções regulares de grana e boa vontade nas engrenagens do governo. Com seu entendimento talmúdico dos sistemas, os bolsos fundos e a cara impenetrável que apresentam ao mundo exterior, os verbôveres romperam ou manipularam muitos mecanismos de controle. Mas daí a bolar um meio de fraudar o serviço de imigração como quem frauda uma vendedora automática de Coca-Cola com uma moedinha presa a uma linha?

"Ninguém tem tanto peso assim", diz Landsman. "Nem o *rebbe* verbôver."

Berko baixa a cabeça e esboça um dar de ombros como quem não quer dizer mais nada, a não ser que se desencadeiem forças terríveis, flagelos, pragas e furacões sagrados.

"É que você não acredita em milagre", diz.

13.

Zimbalist, o perito em demarcação, o velho pentelho letrado, está pronto quando à sua porta chega um trovejante rumor de índios num carrão azul. A oficina de Zimbalist, uma construção de pedra com telhado de zinco e grandes portas corrediças, fica na parte mais larga de uma praça calçada de paralelepípedo. A praça começa estreita no lado oposto e vai se dilatando como o nariz de um judeu de gibi. Nela desemboca meia dúzia de tortuosas ruas abertas sobre as trilhas rasgadas por cabras ou auroques ucranianos há muito desaparecidos, passando por fachadas que são cópias fiéis das originais ucranianas. Um *shtetl* de Disney, bonito e limpo como uma certidão de nascimento recém-lavrada. Um primoroso aglomerado de casas marrons e mostarda, madeira e argamassa com telhado de sapé. Em frente à loja de Zimbalist, no lado estreito da praça, ergue-se a residência de Heskel Shpilman, o décimo na linhagem dinástica do primeiro *rebbe* de Verbov, ele próprio um famoso operador de milagres. Três cubos brancos de imaculada alvenaria, com mansarda de ardósia azul e janelas altas, rotuladas e estreitas.

Uma cópia fiel da residência original, em Verbov, do pai da mulher do atual *rebbe*, o oitavo *rebbe* verbôver, inclusive a banheira niquelada do banheiro do primeiro andar. Mesmo antes de se dedicar à lavagem de dinheiro, ao contrabando e à fraude, os *rebbes* verbôveres se distinguiam da concorrência pelo esplendor dos coletes, pela baixela de prata francesa na mesa do shabat, pelas macias botinas italianas que costumavam calçar.

O perito em demarcação é miúdo, frágil, tem ombros caídos e, caso esteja beirando os setenta e cinco, parece dez anos mais velho. Cabelo grisalho irregular e muito comprido, olhos escuros e fundos, pele clara com tons amarelados de miolo de salsão. Veste um cardigã com zíper e gola, calça um velho par de sandálias de plástico azul-marinho e meias brancas com um furo para o dedão esquerdo e seu calo. A calça de espinha-de-peixe tem manchas de gema de ovo, ácido, alcatrão, fixador de epóxi, cera de sinete, tinta verde, sangue de mastodonte. Na cara ossuda do perito, predominam o nariz e o queixo, treinados para notar, inquirir, detectar prontamente lacunas, brechas e lapsos. Sua barba grisalha balança ao vento como a pluma de um pássaro presa a uma cerca de arame farpado. Mesmo depois de cem anos de total desamparo, aquela seria a última cara para a qual Landsman olharia em busca de ajuda ou informação, porém Berko sabe mais da existência urubu do que Landsman há de saber um dia.

Perto de Zimbalist, em frente à portada de pedra em arco da loja, um jovem aprendiz imberbe segura um guarda-chuva para poupar da neve a cabeça do velho pentelho. O bolo preto do chapéu do rapazinho já está com uma cobertura de geada de meio centímetro. Zimbalist lhe dá a atenção que se dispensa a uma planta num vaso.

"Você está mais gordo que nunca", diz à guisa de saudação quando Berko se aproxima empertigado, o fantasma do peso do martelo de guerra ainda presente em seu andar. "Do tamanho de um sofá."

"Professor Zimbalist", diz Berko, brandindo o malho invisível. "Você parece que caiu de um saco de aspirador de pó."

"Faz oito anos que você não vem me aborrecer."

"É, achei melhor dar um tempo."

"Ainda bem. Infelizmente, todos os outros judeus deste maldito distrito ficam o dia inteiro me enchendo o saco." Volta-se para o aprendiz com o guarda-chuva. "Chá. Copos. Geléia."

O rapaz murmura uma alusão aramaica à obediência servil extraída do *Tratado sobre a hierarquia dos cães, gatos e ratos*, abre a porta para o perito em delimitação, e eles entram. É um vasto salão cheio de eco, teoricamente dividido numa garagem, numa oficina e num escritório repleto de mapotecas de ferro, de diplomas e comendas emoldurados e de todos os volumes de lombada preta do direito sem fim do fim do mundo. As enormes portas corrediças permitem que os furgões entrem e saiam. Três furgões, a julgar pelas manchas de óleo no cimento queimado do piso.

Landsman é pago — e vive — para reparar nas coisas em que os vis mortais não reparam. Mas percebe que, até entrar na oficina de Zimbalist, o perito em demarcação, ele não prestara atenção suficiente ao fio. Fio, barbante, corda, fita, filamento, arame, calabre e cabo; polipropileno, cânhamo, borracha, cobre emborrachado, Kevlar, aço, seda, fibra de linho, veludo trançado. O perito em demarcação sabe de cor longas passagens do Talmude. A topografia, a geografia, a geodesia, a geometria, a trigonometria, tudo é um reflexo, como mirar ao longo do cano de um revólver. Mas o perito em demarcação dá a vida pela qualidade de seus fios. A maior parte deles — é possível medi-los em quilômetros, em verstas ou em braças, como faz qualquer perito em delimitação — está perfeitamente enrolada em carretéis pendurados na parede ou sistematicamente empilhados, conforme o tamanho, em fusos de metal. Muitos, porém, estão caoticamente emaranhados. Espinheiras, fios de cabelo e grandes novelos de arame pairam na loja feito cabelos-de-anjo.

"Professor, este aqui é o meu parceiro, o detetive Landsman", apresenta Berko. "Se você precisar de alguém para encher um pouco o seu saco, ninguém mais indicado."

"Um pé no saco da sua laia?"

"Não me incentive."

Landsman e o professor trocam um aperto de mão.

"Esse aí eu já conheço", diz o perito em delimitação, acercando-se para vê-lo melhor, espremendo os olhos como se Landsman fosse um de seus dez mil mapas de delimitação. "Foi ele que prendeu o maníaco Podolsky. Foi ele que jogou Hyman Tsharny na cadeia."

Landsman fica tenso e abre a folha de zinco do escudo antivendaval, pronto para enfrentar um ataque. Hyman Tsharny, um verbôver especializado em lavagem de dólares, dono de uma rede de locadoras de vídeo, contratou dois *shlossers* filipinos — matadores profissionais — para ajudá-lo a liquidar um negócio complicado. Mas ocorre que o melhor informante de Landsman é Benito Taganes, o rei chinês da rosquinha filipina. A deduragem de Benito levou o detetive a uma hospedaria no aeroporto, na qual os desafortunados *shlossers* estavam esperando o avião. O depoimento dos filipinos tirou Tsharny de circulação, apesar do grande esforço envidado pelo mais experimentado *kevlar* de tribunal que o dinheiro verbôver pôde comprar. Hyman Tsharny continua sendo o único verbôver preso e condenado no distrito.

"Olhe só para a cara dele." Zimbalist escancara a boca. Seus dentes são como os tubos de um órgão feitos de osso. Seu riso evoca um punhado de garfos e pregos enferrujados caindo no chão. "Ele pensa que eu ligo para essa gente, eles que fiquem com a pica tão podre quanto a alma." O perito pára de rir. "O quê? Achou que eu era um deles?"

A pergunta parece ser a mais virulenta que já lhe fizeram. "Não, professor", responde Landsman. Tem lá suas dúvidas se Zimbalist é mesmo professor, mas, ali no escritório, acima da cabeça do aprendiz às voltas com uma chaleira elétrica, acham-se as credenciais emolduradas da Yeshivá de Varsóvia (1939), da Universidade Livre da Polônia (1950) e do Liceu de Artes e Ofícios Bronfman (1955). Tampouco faltam provas, *haskomos* e declarações juramentadas, cada qual na sua sóbria moldura preta, e uma delas parece ser de todos os rabinos do distrito, insignificantes ou importantes, de Yakovy a Sitka. Landsman torna a medi-lo ostensivamente dos pés à cabeça, mas basta olhar para o enorme *yarmulke* que lhe cobre o eczema no cocuruto, com o caprichado bordado de fio de prata, para saber que Zimbalist não é verbôver. "Eu não cometeria esse erro."

"Não? E casar com uma delas como eu casei? Esse erro você cometeria?"

"Em matéria de casamento, prefiro deixar que os outros cometam erros", esquiva-se Landsman. "A minha ex-mulher, por exemplo."

Zimbalist os conduz a um par de cadeiras quebradas de espaldar alto, do outro lado da robusta mesa de mapas de carvalho, na frente de uma maciça escrivaninha xerife. O aprendiz não consegue sair de seu caminho a tempo, e o perito em demarcação lhe agarra a orelha.

"O que você está fazendo?" Pega a mão do garoto. "Vejam só essas unhas! *Feh!*" Solta-lhe a mão como se fosse um peixe podre. "Sai, fora daqui, vai ligar o rádio. Descobre onde os idiotas se meteram e o porquê de tanta demora."

Verte água numa panela e nela joga um punhado de chá a granel com a suspeitíssima aparência de barbante picado. "Eles foram patrulhar um *eruv*. Só um! São doze homens trabalhando para mim, não tem um que não se perca se tiver de procurar os dedos do pé dentro da meia."

Landsman nunca teve disposição para tentar compreender conceitos como o de *eruv*, mas sabe que se trata de um expediente ritual tipicamente judeu, um golpe baixo em Deus, esse controlador tão sacana. Tem algo a ver com fingir que os postes telefônicos são batentes; e os fios, lintéis. Usando postes e cordas, você delimita uma área e a chama de *eruv*, e então, no shabat, é só fingir que esse *eruv* demarcado — no caso de Zimbalist e sua equipe, chega a ser todo o distrito — é a sua casa. Assim, você tem como driblar a proibição de carregar objetos num lugar público no shabat e pode ir à escola com dois envelopes de Alka-Seltzer no bolso sem cometer pecado. Com alguns fios e postes, e usando de forma criativa muros, cercas, montes e rios, é possível traçar um círculo em praticamente qualquer lugar e denominá-lo *eruv*.

Mas alguém precisa estender essas linhas, vigiar o território, conservar os fios e postes e proteger a integridade dessas paredes e portas faz-de-conta contra a intempérie, o vandalismo, os ursos e a companhia telefônica. É aí que entra o perito em demarcação. Ele domina totalmente o mercado de fios e postes. Os verbôveres foram os primeiros a contratá-lo, e, graças à sua tática eficientíssima, uma a uma, a satmar, a bobov, a lubavitch, a ger e todas as outras seitas urubus acabaram dependendo de seus serviços e de sua *expertise*. Quando se trata de saber se determinado trecho de calçada, de beira de lago ou de terreno baldio é abrangido por um *eruv* ou não, é a Zimbalist que todos os rabinos recorrem, muito embora ele não seja rabino. De seus mapas, de sua equipe e de seus carretéis de corda de polipropileno depende o estado da alma de qualquer judeu devoto do distrito. Segundo alguns, ele é o *yid* mais poderoso da cidade. E é por isso que pode se dar ao luxo de instalar-se à sua volumosa escrivaninha de carvalho com setenta e dois escaninhos, em plena ilha Verbov, e tomar um copo de chá com o homem que prendeu Hyman Tsharny.

"Qual é a sua, afinal?", pergunta ele a Berko, emitindo um som borrachento ao acomodar-se na almofada terapêutica. Tira um maço de Broadway de um prendedor de cigarros na escrivaninha. "Por que você anda assustando todo mundo por aí com o seu martelo?"

"O meu parceiro ficou meio chateado com a recepção que lhe deram."

"Faltou o calor do shabat", esclarece Landsman, acendendo um de seus próprios *papiros*. "Na minha opinião."

Zimbalist arrasta para o outro lado da escrivaninha o cinzeiro triangular de cobre. Na lateral do cinzeiro está escrito TABACARIA E PAPELARIA KRASNY, que era onde Isidor Landsman costumava comprar seu número mensal da *Revista do xadrez*. Anos atrás, a Krasny, com sua biblioteca circulante, seu umidificador gigantesco e seu concurso anual de poesia, foi aniquilada pelas cadeias de lojas americanas. Diante daquele cinzeiro tão familiar, o coração de sanfona de Landsman solta um sopro nostálgico.

"Eu dei dois anos da minha vida a essa gente", reclama Berko. "Mas foi como se ninguém se lembrasse de mim. Será que eu sou tão fácil de esquecer?"

"Escuta aqui, detetive." Com outro gemido da almofada de borracha, Zimbalist torna a se levantar e serve chá em três copos encardidos. "Com o tanto que procriam por aqui, as pessoas que você viu na rua não são as de oito anos atrás. São os netos delas. Hoje em dia, as garotas já nascem grávidas."

Entrega a cada um deles um copo fumegante, impossível de segurar de tão quente. Queima a ponta dos dedos de Landsman.

Tem cheiro de capim, de cinorródio, talvez com um toque de barbante.

"Eles não param de fabricar judeuzinhos", diz Berko ao mesmo tempo que acrescenta uma colherada de geléia ao copo. "Mas ninguém se lembra de arranjar onde colocá-los."

"É verdade", concorda Zimbalist, tornando a depositar a bunda ossuda na almofada de hemorróida. Faz uma careta. "Que época mais estranha para ser judeu."

"Aqui nem tanto", contrapõe Landsman. "A vida continua rigorosamente como sempre na ilha Verbov. Um BMW roubado em cada garagem e uma galinha em cada panela."

"Essa gente só vai se preocupar quando o *rebbe* mandar", explica Zimbalist.

"Vai ver que eles não têm por que se preocupar", pondera Berko. "Vai ver que o *rebbe* já resolveu o problema."

"Eu não saberia dizer."

"Duvido e faço pouco."

"Duvide quanto quiser."

Uma das portas de garagem desliza nas rodinhas, e um furgão branco entra, uma ampla máscara de neve a cobrir o pára-brisa. Quatro homens de macacão amarelo desembarcam, nariz vermelho, a barba formando uma rede negra. Começam a assoar o nariz e a bater os pés, coisa que obriga Zimbalist a se aproximar e a passar algum tempo aos berros com eles. Parece que houve um problema perto do reservatório, no parque Sholem-Aleykcem: um cretino da prefeitura ergueu um paredão de handebol bem no meio de um vão de porta de mentirinha entre dois postes de iluminação. Todos vão para a mesa de mapas no centro do escritório. Enquanto Zimbalist localiza e desenrola a planta adequada, os membros da equipe se revezam no ato de balançar a cabeça e flexionar os músculos faciais em feias caretas endereçadas a Landsman e Berko. Depois disso, simplesmente se esquecem de sua existência.

"Dizem que o professor tem o mapa das linhas de todas as cidades com mais de dez habitantes judeus", comenta Berko. "Desde Jericó."

"Eu mesmo espalhei esse boato", confessa Zimbalist, sem tirar os olhos do mapa. Ele acha o lugar, e um dos rapazes desenha o paredão de handebol com um toco de lápis. Zimbalist concebe rapidamente um artifício que dure até o pôr-do-sol do dia seguinte, uma extensão do grande muro imaginário do *eruv*. Manda os rapazes voltarem ao Harkavy e instalarem um tubo plástico ao lado de dois postes telefônicos para que os satmares residentes a leste do parque Sholem-Aleykcem possam ir passear com o cachorro sem pôr a alma em perigo.

"Lamento", diz, tornando a contornar a escrivaninha. Estremece. "Eu não gosto mais do ato de ficar sentado. Digam logo o que querem. Duvido muito que tenham vindo aqui se informar sobre o *reshus harabim*."

"A gente está trabalhando num homicídio, professor Zimbalist", explica Landsman. "E tem motivo para acreditar que o falecido talvez fosse verbôver ou teve alguma ligação com os verbôveres, pelo menos durante algum tempo."

"Ligação", repete o perito, oferecendo-lhes um relance de seus dentes em forma de estalactite. "Acho que sei uma coisa ou outra sobre ligações com os verbôveres."

"Ele morava num hotel da rua Max Nordal e se apresentava como Emanuel Lasker."

"Lasker? Como o jogador de xadrez?" Uma ruga se vinca no pergaminho da testa amarelada de Zimbalist e, no fundo de suas fossas oculares, brilha uma chispa de aço: surpresa, perplexidade, uma evocação. "Eu jogava xadrez", explica. "Faz muito tempo."

"Eu também", diz Landsman. "E o cara morto idem, até o último instante. Havia um jogo todo montado perto do cadáver. Ele estava lendo Siegbert Tarrasch. E era conhecido pelos freqüentadores do Clube de Xadrez Einstein. Conhecido como Frank."

"Frank", repete o perito em demarcação, imprimindo à palavra uma nasalidade ianque. "Frank, Frank, Frank. Esse era o prenome dele? Frank é um sobrenome judeu comum, mas não prenome. Têm certeza de que ele era judeu, o tal Frank?"

Berko e Landsman se entreolham rapidamente. Não têm certeza de nada. Os filactérios no criado-mudo podiam ser coisa plantada ou mera recordação, algo esquecido pelo ocupante anterior do quarto 208. No Clube Einstein, ninguém disse ter visto Frank, o drogado morto, no *shul*, balançando o corpo ao sabor da Shmone Esre.

"A gente tem motivo para acreditar", repetiu Berko calmamente, "que ele já foi judeu verbôver."

"Que motivo?"

"Havia um par de possíveis postes telefônicos", diz Landsman. "A gente amarrou um barbante entre eles."

Tira um envelope do bolso. Passa uma das macabras Polaroids de Shpringer para a escrivaninha de Zimbalist, que a segura com o braço esticado pelo tempo suficiente para perceber que se trata do retrato de um defunto. Respira fundo e comprime os lábios, preparando-se para com eles tecer uma consideração sólida e professoral acerca do indício à mão. O retrato de um defunto, realmente, não deixa de ser uma alteração na rotina de um perito em demarcação. Zimbalist o examina, e, um momento antes que ele recupere o controle absoluto de suas expressões, Landsman o vê sentir uma súbita pontada no estômago. O ar lhe foge dos pulmões, e o sangue se esvai de seu rosto. Apaga-se em seus olhos o brilho constante de inteligência de perito.

Landsman chega a ver a fotografia de um falecido perito em demarcação. Mas a luz não tarda a voltar à cara do velho pentelho. Berko e Landsman ainda aguardam um pouco, depois um pouco mais, e Landsman entende que o perito em demarcação está lutando com todas as forças para manter o controle, para não perder a oportunidade de proferir as imprescindíveis palavras *Detetives, eu nunca vi esse homem na vida*, fazendo que pareçam plausíveis, peremptórias, verdadeiras.

"Quem era ele, professor Zimbalist?", pergunta Berko enfim.

O velho coloca a fotografia na escrivaninha e olha para ela um pouco mais, sem se importar com o que seus olhos ou lábios porventura estejam fazendo.

"*Oy*, esse menino", diz. "Esse menino tão lindo, tão lindo."

Tira um lenço do bolso do cardigã com zíper, enxuga as lágrimas da face e ladra uma vez. É um som horrível. Landsman pega o copo de chá do perito e o verte no seu. Tira do bolso a garrafa de vodca confiscada no banheiro do Vorsht naquela manhã. Serve dois dedos no copo de chá e o oferece ao velho pentelho.

Sem dizer uma palavra, Zimbalist toma tudo de um trago. A seguir, guarda o lenço no bolso e devolve a fotografia a Landsman.

"Fui eu que ensinei esse menino a jogar xadrez", diz. "Quer dizer, quando esse homem era menino. Antes de crescer. Desculpem, eu não estou falando coisa com coisa." Procura outro Broadway, mas já fumou todos. Demora um pouco a compreender esse fato. Fica onde está, cutucando o maço vazio com o dedo curvado, como que à procura do amendoim numa caixa de Cracker Jack. Landsman lhe oferece um cigarro. "Obrigado, Landsman. Obrigado."

E não diz mais nada, fica imóvel, vendo o *papiros* se queimar. Do fundo dos cavernosos globos oculares, endereça um olhar a Berko, depois lança em Landsman uma mirada de jogador de pôquer. Já está se recuperando do choque. Tentando mapear a situação, as linhas que não pode atravessar, os umbrais que ninguém transpõe sem arriscar a alma. Sua mão, aquele caranguejo peludo e sardento, avança em direção ao telefone na escrivaninha. Dentro de um minuto, a verdade e as trevas da vida hão de ser transferidas, uma vez mais, para a custódia dos advogados.

A porta da garagem range e ressoa. Com um gemido de gratidão, Zimbalist se reanima, mas Berko se adianta e pousa a pesada mão no ombro do velho.

"Senta aí, professor", diz. "Eu lhe peço. Vai de mansinho se precisar, mas, por favor, senta esse rabo na almofada." Deixando a mão onde está, aperta um pouco o ombro do homem, e aponta com o queixo para a garagem. "Meyer."

Landsman atravessa a oficina até a garagem, já tirando o distintivo do bolso. Intercepta a trajetória do furgão como se o distintivo fosse um escudo capaz de deter uma Chevy de duas toneladas. O motorista pisa no freio, e o gemido dos pneus ecoa nas frias paredes de pedra da garagem. O motorista abre a janela. Ostenta o típico equipamento Zimbalist: barba emaranhada, macacão amarelo, carranca bem desenvolvida.

"Que é, detetive?"

"Vai passear", responde Landsman. "A gente aqui está levando um papo." Passa o braço por cima do balcão de despacho e agarra o encolhidíssimo aprendiz pela gola do casacão. Transporta-o pelo cangote, feito um cachorrinho, até o lado do carona do furgão, abre a porta lateral e o empurra delicadamente para dentro. "E leva esse bostinha."

"Patrão!", grita o motorista para o perito em demarcação. Passado um momento, Zimbalist faz que sim e o enxota com um gesto.

"Mas para onde eu vou?", pergunta o motorista.

"Sei lá", responde Landsman. Fecha a porta. "Vai comprar um presentinho para mim."

Landsman dá um tapa no capô do furgão, que retorna à tempestade de linhas brancas que, como os barbantes do perito em demarcação, se entrançam diante da réplica de fachadas e do cinzento fulgor do céu. Landsman puxa a porta da garagem e a trava com o trinco.

"Bom, que tal você começar outra vez?", diz a Zimbalist, voltando a se sentar na cadeira de espaldar alto. Cruza as pernas e acende um *papiros* para cada um. "Tempo é o que não falta."

"Vamos, professor", insiste Berko. "Você conhecia a vítima desde menino, certo? Quantas lembranças não devem estar girando na sua cabeça. Por mais que doa, você vai se sentir melhor quando começar a falar."

"Não é isso", diz o perito em demarcação. "É que... Não é nada disso." Tira da mão de Landsman o *papiros* aceso e, dessa vez, fuma-o quase todo antes de começar a falar. É um *yid* instruído e gosta de estar com as idéias organizadas.

"O nome dele é Menachem", diz. "Mendel. Tem, ou melhor, tinha trinta e oito anos, um ano mais velho que você, detetive Shemets, mas fazia aniversário na mesma data, 15 de agosto, certo? Hein? Eu sabia. Está vendo? *Esta* é que é a minha mapoteca." Bate na careca. "Mapas de Jericó, detetive Shemets, de Jericó e Tiro."

As batidas na mapoteca escapam um pouco ao controle, e ele acaba derrubando o *yarmulke*. Ao se inclinar para pegá-lo, derruba cinza no suéter.

"Mendele tinha um QI de cento e setenta", prossegue. "Aos oito ou nove anos, já lia hebraico, aramaico, ladino, latim e grego. Os textos mais difíceis, as mais espinhosas tramas da lógica e da retórica. Nessa época, Mendele já era um enxadrista muito melhor do que eu sonhava chegar a ser um dia. Tinha uma memória prodigiosa para as partidas registradas; bastava uma única leitura de uma transcrição para que a reproduzisse jogada por jogada, sem erro, no tabuleiro ou na cabeça. Mais tarde, quando cresceu e já não o deixavam jogar tanto, ele repassava mentalmente as partidas famosas. Sabia de cor umas trezentas ou quatrocentas."

"É o que dizem de Melekh Gaystik", comenta Landsman. "Ele tinha uma cabeça assim para o xadrez."

"Melekh Gaystik", diz Zimbalist. "Gaystik era uma aberração. Não era humano, o jeito que ele jogava. Tinha mente de animal, pelo menos parecia, a única coisa que ele sabia fazer era te comer. Além de ser grosseiro. Sujo. Sacana. Mendele nunca foi assim. Fazia brinquedos para as irmãs, bonecas com pregador de roupa e feltro, casinhas com caixas de aveia. Vivia com os dedos sujos de cola, vivia com um pregador de roupa no bolso. Eu lhe dava fio de retrós para o cabelo das bonecas. Oito irmãzinhas atrás dele o tempo todo. Um patinho que o seguia que nem cachorro." Um sorriso dilata os lábios finos e escuros de Zimbalist. "Acreditem ou não, uma vez eu organizei uma partida de Mendel com Melekh Gaystik. Não foi difícil — Gaystik vivia na pendura, cheio de dívidas, e topava jogar até com um urso bêbado se fosse para faturar uns trocados. O garoto tinha treze anos na época; Gaystik, vinte e seis, um ano antes de ganhar o campeonato em Petersburgo. Os dois jogaram três partidas no fundo da minha oficina, que naquele tempo — lembra, detetive? — ficava na avenida Ringelblum. Eu ofereci cinco mil dólares para Gaystik jogar com Mendel. O garoto ganhou a primeira e a terceira. Na segunda, ficou com as pretas e fez Gaystik engolir um empate. Sorte de Gaystik que os jogos eram secretos."

"Por quê?", quer saber Landsman. "Por que fazer segredo dessas partidas?"

"Por causa do menino", responde o perito em demarcação. "Desse que morreu num quarto de hotel na rua Max Nordau. O hotel não devia ser grande coisa, imagino."

"Um pulgueiro", diz Landsman.

“Ele andava tomando pico de heroína no braço?”

Landsman acena a cabeça afirmativamente, e, depois de um ou dois ásperos segundos, Zimbalist imita o gesto do detetive.

“É. Claro. Pois é. Eu tive de promover as partidas em segredo porque o garoto estava proibido de jogar xadrez com gente de fora. Mesmo assim, e eu nunca descobri como, o pai de Mendele ficou sabendo da partida contra Gaystik. Foi por um triz que não me ferrei. Embora minha mulher fosse parente do pai, quase perdi o *haskama* dele, que era o alicerce da minha oficina naquela época. Eu construí o meu negócio graças a ele.”

“O pai. Por acaso você está dizendo... que o pai dele era Heskel Shpilman?”, espanta-se Berko. “O homem da fotografia é o filho do *rebbe* verbôver?”

Landsman repara no silêncio da ilha Verbov, na neve dentro do celeiro de pedra, com o cair da noite, enquanto a semana profana e o mundo que a profanou se preparam para mergulhar na chama de duas velas iguais.

“Exatamente”, diz enfim Zimbalist. “Mendel Shpilman. O único filho. Ele tinha um irmão gêmeo que nasceu morto. Mais tarde, isso foi interpretado como um sinal.”

Landsman pergunta: “Sinal de quê? De que ele ia ser um prodígio? De que ia virar um drogado morando num hotelzinho de segunda em Untershtat?”.

“Isso não”, responde Zimbalist. “Isso ninguém imaginou.”

“Diziam... costumavam dizer...” Berko se interrompe. Contrai o rosto como que sabendo que o que está por dizer vai aborrecer o parceiro ou dar-lhe motivo para sentir desprezo. Descontrai os olhos castanhos, desiste. Não é capaz de repetir. “Mendel Shpilman. Santo Deus. Eu ouvi umas histórias.”

“Muitas histórias”, concorda Zimbalist. “Só histórias até ele chegar aos vinte anos.”

“Que histórias?”, irrita-se Landsman. “Histórias do quê? Contem de uma vez, porra.”

14.

Então Zimbalist conta uma história de Mendel.

Certa mulher, diz, estava morrendo de câncer no Hospital Geral de Sitka. Uma conhecida dele, por assim dizer. Isso foi em 1973. A mulher enviuvara duas vezes: o primeiro marido, um jogador assassinado por *shtarkers* na Alemanha, antes da guerra; o segundo, um "barbanteiro" aparvalhado a serviço de Zimbalist que ficou grudado num cabo de alta tensão. Zimbalist amparou com dinheiro e favores a viúva do empregado morto, e foi assim que a conheceu. Não é impossível que tenham se apaixonado. Ambos já haviam passado da idade da paixão desvairada, de modo que se apaixonaram sem desvarios. Ela era morena, uma mulher magra já habituada a controlar os apetites. Eles ocultaram o caso de todos, principalmente da sra. Zimbalist.

Para visitar a amante no hospital quando ela adoeceu, Zimbalist recorria ao subterfúgio, à dissimulação e ao suborno dos atendentes. Dormia numa toalha no chão da enfermaria, encolhido entre a cama dela e a parede. Na penumbra, quando a namorada chamava lá das lonjuras da morfina, ele derramava água entre seus lábios gretados e lhe refrescava a testa com um pano úmido. Na parede do hospital, o relógio zumbia consigo, impacientava-se e ia fracionando a noite com o ponteiro dos minutos. De manhã, Zimbalist voltava furtivamente à oficina da avenida Ringelblum — dizia à esposa que preferia dormir lá porque ela roncava muito — e ficava esperando o menino.

Quase toda manhã depois da reza e do estudo, Mendel Shpilman ia jogar xadrez. O xadrez era permitido, muito embora o rabinato verbôver e a comunidade de devotos o considerassem uma perda de tempo para o garoto. Quanto mais velho ficava Mendel — quanto mais impressionante era o seu acervo de conhecimentos, quanto mais crescia seu prestígio de inteligência precoce —, mais dolorosa se tornava essa perda. Não era só a memória de Mendel, o raciocínio ágil, o domínio do precedente, da história, do direito. Não, mesmo na infância, Mendel Shpilman parecia intuir o atropelado fluxo humano que tanto acionava a lei quanto requeria seu sofisticado sistema de drenos e eclusas. O medo, a dúvida, a luxúria, a hipocrisia, a perfídia, o homicídio e o amor, a incerteza quanto aos desígnios de Deus e dos homens, tudo o pequeno Mendel enxergava não só na abstração aramaica como também quando aparecia no escritório do pai, vestido de sarja escura e na suculenta língua materna da vida cotidiana. Caso tenham assomado conflitos na mente do garoto, dúvidas sobre a relevância do direito que ele estava aprendendo no tribunal verbôver, junto a um grupo de *ganefs* e escroques de alto coturno, nunca se manifestaram. Nem quando ele era um menino crente, nem no dia em que deu as costas para tudo aquilo. A mente de Mendel podia acolher e sopesar proposições contraditórias sem perder o equilíbrio.

Era por tanto se orgulharem de sua excelência como filho e estudioso judeu que os Shpilman toleravam o lado de seu caráter que só queria saber de jogar. Ele vivia inventando esmerados truques e imposturas, encenando peças representadas pelas irmãs, as tias, o pato. Alguns achavam que o maior milagre realizado por Mendel era convencer o formidável pai, ano após ano, a fazer o papel de rainha Vashti nos *Purimshpiel*. Ver aquele sombrio imperador, aquela montanha de dignidade, aquele vulto aterrador rebolar de salto alto! De peruca loira! De ruge, batom, penduricalhos e lantejoulas! Deve ter sido a mais horrenda personificação feminina jamais produzida pela judiaria. O pessoal adorava. E adorava Mendel por fazer com que aquilo acontecesse anualmente. Mas não era senão mais uma prova do amor de Heskel Shpilman por seu pimpolho. E a mesmíssima amorosa indulgência permitia a Mendel desbaratar uma hora por dia jogando xadrez, com a condição de que o adversário fosse escolhido na comunidade de Verbov.

Mendel escolheu o perito em demarcação, o solitário forasteiro que com eles vivia. Foi uma modesta demonstração de rebeldia ou perversidade que, anos depois, alguns teriam ocasião de revisitar. Mas, na órbita de Verbov, Zimbalist era o único com uma remota chance de vencê-lo.

"Como ela é?", perguntou Mendel a Zimbalist certa manhã, quando fazia dois meses que a amante agonizava no hospital e já estava prestes a passar desta para melhor.

A pergunta foi um choque para Zimbalist — nada comparável com o que matou o segundo marido da viúva, é claro, mas suficiente para deter uma ou duas batidas de seu coração. Ele diz se lembrar de todas as partidas que jogou com Mendel Shpilman, menos dessa; dessa, guarda na memória apenas uma jogada isolada. Sua esposa era uma Shpilman, prima do garoto. O ganha-pão, a honra e talvez a própria vida de Zimbalist exigiam que seu adultério fosse mantido em rigoroso segredo. Ele tinha certeza absoluta de que o fora até então. Pelos seus fios e barbantes, o perito em demarcação detectava todos os mexericos e boatos, assim como a aranha ouve com as patas os movimentos da mosca. Era impossível que a notícia chegasse aos ouvidos de Mendel Shpilman sem que Zimbalist se inteirasse antecipadamente.

Ele disse: "Ela quem?".

O menino o encarou. Mendel não era uma criança bonita. Tinha um rubor perpétuo, olhos muito unidos, um segundo queixo e a ameaça de um terceiro, sem que o primeiro se delineasse claramente. Mas seus olhos, embora miudinhos e muito próximos do nariz, eram densos e de cor indecisa, como as manchas na asa de uma borboleta: azuis, verdes, douradas. Pena, escárnio, perdão. Nenhum julgamento. Nenhuma censura.

"Deixa pra lá", disse Mendel delicadamente. E então deslocou o bispo da rainha, devolvendo-o à posição inicial no tabuleiro.

A jogada não tinha nenhum propósito que Zimbalist pudesse compreender. No primeiro momento, pareceu reproduzir todo o conhecimento acumulado pelas mais fantásticas escolas de xadrez. No seguinte, deu a impressão de não ser mais do que aquilo que provavelmente era: uma espécie de recuo.

Zimbalist passou uma hora pelejando para entender a jogada e resistindo ao impulso de confidenciar a um moleque de dez anos, cujo universo se restringia à casa de estudos, ao *shul* e à porta da cozinha da mãe, a dor e a sombria exaltação de seu amor pela viúva agonizante, como se ele saciasse uma sede secreta toda vez que derramava água fresca entre seus esfolados lábios.

Passaram o tempo que lhes restava jogando sem conversar. Mas, quando chegou a hora de ir embora, o menino se virou, à porta da oficina da avenida Ringelblum, e puxou a manga de Zimbalist. Hesitou, como relutante ou constrangido. Ou talvez estivesse com medo. Logo assumiu uma expressão muito doída que Zimbalist reconheceu como a voz interiorizada do *rebbe* a lembrar o filho de seu dever para com a comunidade.

"Quando você for visitá-la hoje", disse Mendel, "diga a ela que eu mando a minha bênção. Diga que eu mando lembrança."

"Eu digo", Zimbalist respondeu, ou ao menos se lembra de ter respondido.

"Diga, da minha parte, que tudo vai acabar bem."

A carinha de macaco, a boca triste, os olhos a dizerem que, por mais que o conhecesse e o amasse, ele podia estar zombando do outro.

"Oh, eu digo", prometeu Zimbalist, e então, descompondo-se, começou a soluçar convulsivamente. O garoto tirou um lenço limpo do bolso e o ofereceu. Paciente, ficou segurando a mão do perito em demarcação. Os dedos do garoto eram macios, meio pegajosos. Na parte interna do pulso, sua irmã menor tinha escrito o próprio nome com tinta vermelha: Reyzl. Quando Zimbalist se recompôs, Mendel lhe soltou a mão e tornou a guardar o lenço úmido.

"Até amanhã."

Naquela noite, quando se esgueirou na enfermaria, pouco antes de estender a toalha no chão, Zimbalist sussurrou o recado do menino ao ouvido da amante inconsciente. Fê-lo sem esperança e com pouquíssima fé. Na escuridão das cinco horas da madrugada, a namorada de Zimbalist o acordou e mandou-o para casa, que fosse tomar o café-da-manhã com a esposa. Foi a primeira coisa coerente que disse em semanas.

"Você lhe deu a minha bênção?", perguntou Mendel naquela mesma manhã, quando se preparavam para jogar.

"Dei."

"Onde ela está?"

"No Geral de Sitka."

"Com outras pessoas? Numa enfermaria?"

Zimbalist fez que sim.

"E você também deu a minha bênção aos outros doentes?"

Tal coisa não havia ocorrido a Zimbalist. "Eu não falei com os outros", respondeu ele. "Não conheço ninguém."

"Havia bênção mais do que suficiente para distribuir", informou Mendel. "Diga a eles. Dê-lhes a bênção hoje à noite."

Mas, naquela noite, quando Zimbalist foi visitar a namorada, tinham-na transferido para outra enfermaria, na qual ninguém corria risco de morte. De todo modo, ele se esquecera do pedido do garoto. Quinze dias depois, os médicos deram alta à mulher, sacudindo a cabeça com assombro. Quinze dias depois disso, o raio X mostrou que já não havia vestígio de câncer em seu corpo.

Então, Zimbalist e ela terminaram o relacionamento por acordo mútuo, e ele voltou a dormir toda noite no leito conjugal. Os encontros diários com Mendel, no fundo da oficina da avenida Ringelblum, prosseguiram durante algum tempo, mas Zimbalist percebeu que já não lhe davam prazer. O aparente milagre da cura do câncer alterou definitivamente sua relação com Mendel Shpilman. Não podia evitar uma sensação de vertigem quando o garoto o mirava com os olhos muito unidos, manchados de dó e dourado. A crença na descrença do perito em delimitação ficara abalada com uma simples pergunta — *Como ela é?* —, com uma dezena de palavras de bênção, com uma mera jogada com o bispo que parecia transcender o xadrez que Zimbalist conhecia.

Foi em retribuição ao milagre que ele organizou o confronto secreto de Mendel com Melekh Gaystik, o rei do Café Einstein e futuro campeão mundial. Três partidas na sala do fundo da oficina da avenida Ringelblum, das quais o menino ganhou duas. Quando essa manobra foi descoberta — e não a outra; ninguém soube do caso amoroso —, as visitas de Mendel Shpilman a

Zimbalist chegaram ao fim. Depois disso, ele e Mendel nunca mais jogaram uma partida de xadrez.

"É nisso que dá sair por aí distribuindo bênçãos", diz o perito em demarcação. "O diabo é que Mendel Shpilman demorou muito a se dar conta disso."

15.

“Você já conhece esse *ganef*”, Landsman meio que pergunta a Berko debaixo da neve do shabat, quando estão seguindo apressadamente o perito em demarcação até a casa do *rebbe*. Para a viagem ao outro lado da praça, Zimbalist lavou o rosto e as axilas numa pia no fundo da loja. Umedeceu um pente e esticou seus dezessete fios de cabelo, formando um tufo negro e ondulado no cocuruto. A seguir, pôs um paletó esporte de veludo *côtelé* marrom, um blusão de náilon alaranjado, galochas pretas e, por cima de tudo, um casaco de pele de urso, com cinto, que ia deixando para trás um rastro de naftalina feito um cachecol de seis metros de comprimento. De um chifre de alce junto à porta, tirou uma bola de futebol americano ou miniatura de almofada de pele e a colocou sobre a cabeça. Agora vai gingando diante dos dois detetives, fedendo a naftalina, feito um ursinho cujos donos cruéis o obrigam a executar proezas aviltantes. Falta uma hora para o anoitecer e os flocos de neve parecem pequenas frações da luz do dia. O céu de Sitka é de um prateado embaçado que não tardará a se transformar em negro profundo.

“Sim, conheço”, diz Berko. “Me levaram à casa dele logo que comecei a trabalhar no Quinto Distrito. Houve uma cerimônia no seu escritório, na escola da rua South Ansky. Ele espetou não sei o que no alto do meu *latke*, acho que uma folha dourada. Depois disso, passou a me mandar um belo cesto de frutas em toda festa de Purim. Entregue em domicílio, embora eu nunca tivesse dado meu endereço. Todo ano peras e laranjas, até a gente mudar para o Shvartsn-Yam.”

“Ouvi dizer que ele é meio gordão.”

“É uma gracinha. Um encanto.”

“Esse negócio que o perito contou de Mendel. Os prodígios e milagres. Me diga uma coisa, Berko, você acredita nisso?”

“Meyer, você sabe que comigo não tem essa de acreditar. Nunca teve.”

“Mas você — só por curiosidade —, você se sente mesmo à espera do Messias?”

Berko dá de ombros, alheio à pergunta, os olhos pregados no rastro das galochas pretas na neve. “Tratando-se do Messias”, diz, “que mais a gente pode fazer senão esperar?”

“E como vai ser quando ele chegar? Paz na Terra?”

“Paz, prosperidade. Comida de sobra. Ninguém mais doente nem sozinho. Ninguém vendendo nada. Sei lá.”

“E a Palestina? Quando o Messias chegar, os judeus vão voltar para lá? Para a Terra Prometida? Até os gorros de pele?”

“Eu ouvi dizer que o Messias já fechou um acordo com os castores”, responde Berko. “Não vai ter mais nada de pele.”

À luz de um grande lampião a gás de ferro preso a uma arandela também de ferro à frente da casa do *rebbe*, um frouxo aglomerado de gatos-pingados se encarrega de matar o que resta da semana. Moscas de curral, a galera do *rebbe*, meia dúzia de consumados idiotas. E a habitual confusão extemporânea de pretensos guardas suíços a complicarem a vida dos *biks* postados a cada lado da porta. Todos mandando os outros irem para casa levar a benção à família, deixarem o *rebbe* deglutir a ceia do shabat em paz. Ninguém vai embora, ninguém se dispõe a ficar para valer. Eles permutam mentiras autênticas acerca dos últimos milagres e presságios, falam nas novas operações fraudulentas da imigração canadense e contam quarenta versões diferentes da história do índio armado de martelo que se pôs a cantar *Aleinu* ao mesmo tempo que dançava uma *patch tanz* indígena.

Ao ouvir o triturar e o repicar das galochas de Zimbalist atravessando a praça em sua direção, todos eles, um a um, param de fazer barulho como um órgão a vapor cujo vapor acabou. Faz cinqüenta anos que Zimbalist convive com essa gente e, mesmo assim, por uma mescla de opção e necessidade, continua sendo forasteiro. É um feiticeiro, um bruxo a dedilhar as cordas que cercam o distrito e a levar na concha da mão, todo shabat, a salmoura daquelas almas. Do alto dos postes, suas equipes espiam todas as janelas, escutam todos os telefonemas. Pelo menos é isso que dizem por aí.

"Abram caminho, por favor", pede Zimbalist, dirigindo-se à escadinha da entrada provida de bonitos corrimões de ferro batido espiralado. "Com licença, amigo Belsky."

Os homens se afastam como se ele estivesse indo apagar um incêndio. E, antes que tornem a fechar a brecha, vêem Landsman e Berko acercando-se e fazem um silêncio tão pesado que Landsman chega a sentir sua pressão nas têmporas. E chega a ouvir o chiado de cada floco de neve que se choca contra o lampião de gás. Os homens lhes lançam olhares duros, olhares inocentes e olhares tão apagados, ameaçando exaurir todo o ar dos pulmões de Landsman. Alguém diz: "Eu não estou vendo martelo nenhum".

Os detetives Landsman e Shemets desejam-lhes o regozijo do shabat. Depois voltam a atenção para os *biks* à porta, dois jovens brutamontes de cabelo vermelho, olhos saltados, nariz chato, densa e felpuda barba da ferruginosa cor de molho de macarrão. Uma dupla de *biks* Rudashevsky vermelhos, de uma longa linhagem de *biks* criados para a simplicidade, a densidade, o poder e a agilidade.

"Professor Zimbalist", diz o Rudashevsky à esquerda da porta. "Tenha um bom shabat."

"Para você também, amigo Rudashevsky. Lamento perturbar sua vigília nesta tarde serena." O perito em demarcação afunda mais o gorro de pele na cabeça. A introdução até que foi boa, mas, quando ele esboça um sorriso, não recebe tratamento recíproco de seu interlocutor. Landsman enfia a mão no bolso. Zimbalist está parado, os braços caídos, talvez pensando que é tudo culpa dele, que foi o xadrez que desviou o rapazinho do ângulo divino de sua glória, e agora lhe cumpre entrar e contar ao pai o triste fim da história. De modo que Landsman lhe cutuca o ombro, já segurando entre os dedos, no bolso, o gargalo frio e liso da garrafinha de vodca canadense. Bate a garrafinha na garra ossuda de Zimbalist até que o velho pentelho se dê conta e dela se aposse furtivamente.

"Pois é, Yossele, eu sou o detetive Shemets", diz Berko, tomando a iniciativa, pestanejando diante da oscilante luz do lampião, toldando a vista com a mão. Às suas costas, os gatos-pingados começam a murmurar. Já farejaram o rápido desdobramento de uma coisa ruim e assombrosa. O vento, com seus cem ganchos, arremessa os flocos de neve de um lado para outro. "E aí, *yid*?"

"Detetive", diz o Rudashevsky da direita, talvez irmão de Yossele, talvez primo. Talvez as duas coisas. "A gente sabia que você estava no bairro."

"Este aqui é o detetive Landsman, meu parceiro. Você poderia dizer ao rabino Shpilman que a gente precisa falar um pouco com ele? Por favor, que fique claro que ninguém o incomodaria a estas horas se a coisa não fosse da maior importância."

Os urubus, mesmo os verbôveres, não costumam questionar o direito nem a autoridade dos policiais para tratar de assuntos da polícia no Harkavy ou na Ilha Verbov. Não colaboram, mas geralmente não atrapalham. Por outro lado, entrar na casa do mais poderoso rabino no exílio pouco antes do momento mais sagrado da semana, para isso é preciso ter um bom motivo. É preciso ter vindo para lhe contar, por exemplo, que seu único filho morreu.

"Falar com ele?", repete um dos Rudashevsky.

"Se você tivesse um milhão de dólares, por favor, não me leve a mal, com o devido respeito, detetive Shemets", diz o outro, de ombros mais largos e bem mais indigesto que Yossele, levando a mão ao coração, "seria pouco para o que está pedindo."

Landsman se dirige a Berko: "Você trouxe aquele outro tipo de dinheiro?".

Berko lhe dá uma cotovelada. No seu tempo de *latke*, Landsman nunca precisou fazer ronda em zona urubu, imerso na escuridão de um mar de olhares vazios e de silêncios capazes de esmagar um submarino. Não sabe mostrar o devido respeito.

"Anda, Yossele. Shmerl querido", gorjeia Berko. "Eu preciso voltar para casa, para a minha mesa. Deixem a gente entrar."

Yossele cofia a barba de cor de molho de tomate. Então o outro começa a sussurrar em tom grave e uniforme. Por baixo de um de seus *peóts* ruivos e espiralados, o *bik* esconde um pequeno microfone e um fone de ouvido.

"Eu devo perguntar, com todo respeito", diz ele pouco depois, a força da ordem estampada na cara, mas logo suavizando a expressão que lhe tolhe a dicção, "que assunto traz os honrados agentes da lei à residência do *rebbe* tão tarde nesta sexta-feira."

“Idiotas!”, rosna Zimbalist, um trago de vodca na goela, subindo precipitadamente os degraus como um urso maluco num monociclo. Agarra a lapela do casaco de Yossele Rudashevsky e dança com ele, para lá e para cá, tomado de raiva e pesar. “É por causa de Mendele!”

Os homens aglomerados em frente à casa dos Shpilman, que até então estavam resmungando, comentando e criticando o espetáculo, se calam. Ofegante, a vida entra e sai de seus pulmões, matraqueia no muco do nariz. O calor do lampião vaporiza a neve. O ar parece partir-se em cacos feito um mundo de janelinhas a tinir. E Landsman sente uma súbita vontade de levar a mão à nuca. Ele é um traficante de entropia e um incrédulo por ofício e opção. Para Landsman, o céu é *kitsch*; Deus, uma palavra; e a alma, quando muito, a carga da bateria de cada um. Mas, no intervalo de três segundos que se segue ao ato de Zimbalist gritando o nome do filho perdido do *rebbe*, Landsman sente que há alguma coisa adejando entre eles. Mergulhando na pequena multidão, roçando a asa em cada um dos presentes. Talvez seja apenas a inquietação, a saltar de homem para homem, ante a presença daqueles dois detetives de homicídio por ali àquelas horas e ante os possíveis significados dessa visita. Ou talvez seja o antigo poder de conjuro de um nome no qual eles outrora depositavam sua mais cara esperança. Ou, quem sabe, Landsman simplesmente está precisando de uma noite bem dormida num hotel sem nenhum judeu morto por perto.

Yossele olha para Shmerl, a testa engorovinhada, segurando Zimbalist com a desmiolada ternura de um homem brutal. Shmerl torna a enviar algumas sílabas ao interior da casa do *rebbe* verbôver. Olha para o leste, para o oeste. Troca um sinal com o bandolinista no telhado; sempre há um homem no telhado com um bandolim semi-automático. Por fim, abre a porta telada. Yossele coloca Zimbalist no chão, as fivelas de suas galochas a tilintar, e lhe dá uma palmadinha na bochecha. "Tenham a bondade, detetives", diz.

Eles adentram um *hall* revestido de madeira, uma porta na parede oposta, à esquerda uma escada de madeira que dá no primeiro andar. Os degraus, o revestimento da parede, até mesmo o assoalho, tudo são recortes de grandes tábuas de algum tipo de pinho, nodosas e de cor amanteigada. Junto à parede em frente à escada há um banco, também de pinho nodoso, coberto com uma almofada de veludo encarnado, com seis manchas lustrosas e abauladas por anos e anos de traseiros verbôveres.

"Caros detetives, façam o obséquio de aguardar aqui", pede Smerl.

Ele e Yossele voltam ao seu posto, deixando Landsman e Berko sob a vigilância constante, mas indiferente, de um terceiro Rudashevsky corpulento, que está encostado no balaústre do pé da escada.

"Senta, professor", diz o Rudashevsky do *hall*.

"Obrigado, eu não faço questão de sentar."

"Você está bem, professor?", pergunta Berko, pousando a mão no braço do perito.

"Uma quadra de handebol", diz Zimbalist como que em resposta à pergunta. "Quem ainda joga handebol?"

Berko repara numa coisa no bolso do casaco de Zimbalist. Landsman fica subitamente interessado na pequena prateleira de madeira fixada na parede perto da porta, bem provida de duas brochuras finas e coloridas. Uma se intitula *Quem é o* rebbe *verbôver?* e informa que eles se encontram na entrada formal ou cerimonial da casa, e que a família entra, sai e leva a vida no lado oposto, tal como na casa do presidente da República. O outro livrinho que dão de graça chama-se *Cinco grandes verdades e cinco grandes mentiras acerca do hassidismo verbôver.*

"Eu assisti ao filme", diz Berko, lendo por cima do ombro de Landsman.

A escada range. O Rudashevsky resmunga, como que a anunciar uma alteração no cardápio da ceia: "O rabino Baronshteyn".

Landsman conhece bem a fama de Baronshteyn. Mais um menino-prodígio com diploma de advogado, além do *smikha* de rabino, que se casou com uma das oito filhas do *rebbe*. Nunca é fotografado e nunca sai da ilha Verbov, a menos que se dê crédito às histórias sobre suas escapadas a um hotel vagabundo de South Sitka, na calada da noite, para cobrar retribuição pessoal de um corretor de jogo que deu o calote ou de um *shlosser* que fez o serviço malfeito.

"Detetive Shemets, detetive Landsman. Eu sou Aryeh Baronshteyn, o *gabay* do *rebbe*."

Landsman se surpreende com a idade do rapaz, que não aparenta nem sequer ter chegado aos trinta. Alto, de testa estreita, olhos pretos e duros como duas pedrinhas deixadas numa lápide. Esconde a boca donzelesca sob a máscula exuberância de uma barba de rei Salomão guarnecida de cuidadosas mechas brancas para insinuar maturidade. Os *peót* pendem flácida e ordenadamente. Embora ele exale um ar de abnegação, sua roupa denuncia o antigo apego verbôver à opulência. Suas panturrilhas se sobressaem, roliças e musculosas, nas ligas de seda e nas meias brancas. Traz os pés compridos acomodados num par de chinelos pretos de veludo liso. A sobrecasaca parece recém-saída da famosa agulha da Moisés e Filhos, na rua Asch. Só mesmo o solidéu de tricô tem aparência modesta. Por baixo, o cabelo cortado à escovinha brilha mais que a lâmina de um raspador de tinta. Ele não deixa transparecer a menor apreensão, mas Landsman sabe detectar a apreensão cautelosamente dissimulada.

"*Reb* Baronshteyn", murmura Berko, tirando o chapéu. Landsman o imita.

Baronshteyn continua com as mãos nos bolsos da sobrecasaca, uma peça de cetim com lapela de veludo e abas nos bolsos. Procura se mostrar muito à vontade, mas é daqueles que simplesmente não sabem ficar de mão no bolso e simular naturalidade.

"O que vocês querem aqui?", pergunta. Faz menção de consultar o relógio, puxando a manga da camisa de algodão apenas o suficiente para que eles leiam a marca Patek Philippe no mostrador. "É muito tarde."

"Nós queremos falar com o *rebbe* Shpilman, rabino", diz Landsman. "Se o seu tempo é tão precioso, decerto não vamos gastá-lo falando com o senhor."

"O problema não é gastar o meu tempo, detetive Landsman. E já vou avisando que, se tentar assumir nesta casa a atitude desrespeitosa e deplorável que já lhe deu notoriedade, você não vai ficar aqui. Está claro?"

"Acho que o senhor está me confundindo com o detetive Meyer Landsman", diz Landsman. "Eu sou apenas o substituto dele."

"Então estão aqui por causa de uma investigação de homicídio? Posso saber até que ponto ela afeta o *rebbe*?"

"Nós precisamos falar pessoalmente com o *rebbe*", interfere Berko. "Se ele disser que quer a sua presença, o senhor será muito bem-vindo. Mas, com o devido respeito, rabino, nós não estamos aqui para responder às suas perguntas. Nem para tomar o tempo de ninguém."

"Detetive, além de conselheiro do *rebbe*, eu sou seu advogado. Vocês sabem disso."

"A gente sabe."

"O meu escritório fica do outro lado da praça", informa Baronshteyn, aproximando-se da porta e abrindo-a como um delicado porteiro. Lá fora, a neve, que continua caindo, brilha à luz do lampião a gás como um infindável vomitar de moedas de um caça-níqueis. "Tenho certeza de que posso dar resposta a todas as suas perguntas."

"Baronshteyn, meu filhote. Saia do caminho."

Zimbalist agora está de pé, o gorro caído por cima de uma orelha, envolto no vasto casaco sarnento e no miasma de naftalina e tristeza.

"Professor Zimbalist", Baronshteyn diz em tom de advertência, mas seu olhar ganha perspicácia ao examinar a ruína do perito em demarcação. Decerto nunca o viu nem sequer próximo de esboçar uma emoção. Evidentemente, o espetáculo lhe interessa. "Tenha cuidado."

"Você tentou tomar o lugar dele. Pois bem, agora é todo seu. Está contente?" Zimbalist avança um passo vacilante em direção ao *gabay*. Deve haver todo tipo de cordões e minas atravessados no espaço entre eles. Mas, pela primeira vez, o perito em demarcação parece ter se esquecido de seu mapa de fios. "Mesmo agora, ele está mais vivo do que você, seu cabeça-de-bagre, seu boneco de cera."

Passa atropeladamente por Berko e Landsman, os braços estendidos para agarrar o corrimão da escada ou a garganta do *gabay*. Baronshteyn não se mexe. Berko segura o cinto do casaco de pele de urso e puxa Zimbalist para trás.

"*Quem* é?", indaga Baronshteyn. "De quem você está falando?" Volta-se para Landsman. "Detetive, aconteceu alguma coisa com Mendel Shpilman?"

Landsman vai reexaminar o espetáculo mais tarde, com Berko, mas sua primeira impressão é de que Baronshteyn ficou surpreso com essa possibilidade.

"Professor", diz Berko. "A gente agradece a ajuda. Muito obrigado." Fecha o zíper do suéter de Zimbalist e abotoa-lhe o paletó. Passa um lado do casaco de pele de urso por cima do outro e amarra bem o cinto na cintura. "Agora vá para casa, por favor. Yossele, Shmerl, alguém precisa levar o professor para casa antes que a mulher dele fique preocupada e chame a polícia."

Yossele toma Zimbalist pelo braço, e os dois começam a descer a escadinha.

Berko fecha a porta, protegendo-os do frio. "Leve-nos até o *rebbe*, conselheiro", diz. "Imediatamente."

16.

O rabino Heskel Shpilman é uma montanha disforme, uma gigantesca sobremesa estragada, uma casa de história em quadrinhos com as janelas fechadas e a torneira aberta. Um garotinho o plasmou, um bando de garotinhos órfãos e cegos que nunca puseram os olhos num ser humano. Grudaram a massa dos braços e das pernas na massa do tronco, depois tacaram uma cabeça por cima. Um milionário podia forrar todo um Rolls-Royce com a bela vastidão de seda e veludo da sobrecasaca e das calças do *rebbe*. Seria necessária a energia cerebral dos dezoito maiores sábios da história para ponderar os argumentos contrários e favoráveis a conceituar seu maciço bundão como criatura do além, estrutura feita pelo homem ou inevitável ato divino. Esteja ele de pé ou sentado, não se nota a menor diferença.

"Proponho deixar as amenidades de lado", diz o *rebbe*.

A voz lhe sai estridente, farsesca, a voz do homem bem-proporcionado e erudito que ele deve ter sido um dia. Landsman ouviu dizer que se trata de um distúrbio hormonal. Ouviu dizer que, apesar da gigantez mastodôntica, o *rebbe* verbôver segue uma dieta de mártir: caldo, raízes e uma casquinha de pão diária. Mas Landsman prefere vê-lo dilatado pelo gás da violência e da corrupção. Com a barriga cheia de ossos, sapatos e corações de homens semidigeridos no ácido da sua lei.

"Sentem-se e digam o que têm para dizer."

"Pois não, *rebbe*", prontifica-se Berko.

Cada qual se acomoda numa cadeira em frente à escrivaninha do gordão. O escritório é o império austro-húngaro em pessoa. Criaturas bíblicas de mogno, ébano e bordo povoam as paredes, ornadas como catedrais. No canto junto à porta, ergue-se o famoso relógio verbôver, uma sobrevivência da antiga casa na Ucrânia. Saqueado quando a Rússia caiu, acabou sendo despachado de volta à Alemanha, tendo sobrevivido à bomba atômica jogada em Berlim em 1946 e a todas as confusões do período que se seguiu. Anda em sentido anti-horário, com os números invertidos e substituídos pelas primeiras doze letras do alfabeto hebraico. Sua recuperação marcou uma mudança no destino da corte verbôver e o início da ascensão de Heskel Shpilman. Baronshteyn posiciona-se atrás e à direita do *rebbe*, junto a uma estante que lhe permite ficar com um olho na rua, outro em qualquer livro necessário a corroborar ou justificar uma alegação e com mais outro, o olho interior, sem pálpebras, no homem que é o centro da sua existência.

Landsman tempera a garganta. Ele é o sacana: eis o seu papel. Dá mais uma olhada no relógio verbôver. Ainda restam sete minutos para acabar essa droga dessa semana.

"Antes que vocês comecem, detetives", intervém Aryeh Baronshteyn, "quero deixar claro que eu estou aqui na qualidade de advogado do rabino Shpilman. *Rebbe*, se o senhor tiver alguma dúvida quanto a responder ou não a uma pergunta dos detetives, por obséquio, abstenha-se de respondê-la e permita-me pedir-lhes que a esclareçam ou reformulem."

"Isto aqui não é um interrogatório, rabino Baronshteyn", lembra Berko.

"Você é bem-vindo aqui, Aryeh, mais do que bem-vindo", diz o *rebbe*. "Aliás, eu faço questão da sua presença. Mas como meu *gabay* e meu genro. Não como advogado. Para isto, eu não preciso de advogado."

"Com o seu perdão, caríssimo *rebbe*. Esses homens são detetives de homicídio. O senhor é o *rebbe* verbôver. Se o senhor não precisa de advogado, quem há de precisar? E, acredite, todo mundo precisa de advogado." Baronshteyn tira um bloco de papel amarelo da estante, onde, sem dúvida, guarda seus frascos de curare e seus colares de orelhas humanas decepadas. Desatarraxa a tampa da caneta-tinteiro. "Pelo menos, vou anotar tudo. Num", retira toda expressão da voz, "bloco de notas."

Do âmago de sua volumosa carne, o *rebbe* verbôver contempla Landsman. Tem olhos claros, entre verdes e dourados. Não são como as pedrinhas abandonadas pelas carpideiras na lápide do rosto de Baronshteyn. Olhos paternais que sofrem, perdoam e se divertem. Sabem o que Landsman perdeu, o que dissipou e deixou resvalar entre os dedos pela dúvida, a falta de fé e o empenho em ser durão. Compreendem o furioso ímpeto que desencaminha a trajetória das suas boas intenções. Entendem o caso de amor que ele tem com a violência, sua feroz disposição a arrojar o corpo na rua para quebrar e ser quebrado. Até esse minuto, Landsman não tinha percebido contra quem estão ele e todos os *nozzes* do distrito, e os *shtarkers* russos, os pés-de-chinelo, o FBI, a Receita Federal e a agência de álcool e tabaco. Nunca entendeu como as outras seitas toleram e até reverenciam a presença desses gângsteres religiosos em seu meio urubu. Com aqueles olhos, era possível liderar homens, era possível levá-los à beira de qualquer abismo.

"Diga por que está aqui, detetive Landsman", pede o *rebbe*.

Pela porta da ante-sala chega o toque abafado de um telefone. Não há telefone na escrivaninha e nenhum visível no escritório. O *rebbe* faz uma espécie de sinal ao genro, franzindo a sobrancelha e um músculo ínfimo do olho. Baronshteyn guarda a caneta. Os intermitentes trinados do telefone prosseguem enquanto ele passa a negra missiva de seu corpo pelo vão da porta do escritório. Pouco depois, Landsman ouve-o atender. As palavras são incompreensíveis; o tom, breve, ríspido até.

Notando que Landsman está tentando escutar, o *rebbe* contrai os músculos faciais com ainda mais severidade.

"Certo", diz Landsman. "É o seguinte. Acontece, rabino Shpilman, que eu moro no Zamenhof. É um hotelzinho, não dos melhores, da rua Max Nordau Ontem à noite, o gerente bateu na minha porta, perguntando se eu podia descer para dar uma olhada num outro hóspede do hotel. O gerente estava preocupado. Receava que o judeu tivesse tomado uma *overdose*. Por isso entrou no quarto. E deu com o homem morto. Ele estava registrado com nome falso. Não tinha documento de identidade. Mas havia um ou outro indício no quarto. E hoje o meu parceiro e eu investigamos um desses indícios, coisa que nos trouxe aqui. Ao senhor. A gente acredita — tem quase certeza — que o morto era o seu filho."

Baronshteyn torna a entrar bem quando Landsman dá a notícia. Seu rosto não apresenta o menor vestígio de emoção.

"Quase certeza", repete o *rebbe* com apatia. Tudo em seu semblante parece imóvel, a não ser o brilho dos olhos. "Entendo. Quase certeza. Um ou outro indício."

"A gente tem uma fotografia", diz Landsman. Uma vez mais, qual um mágico cruel, faz aparecer a foto tirada por Shpringer do judeu morto no apartamento 208. Faz menção de entregá-la ao *rebbe*, mas o respeito, um súbito espasmo de simpatia, lhe retém a mão.

"Talvez seja melhor", diz Baronshteyn, "se eu...."

"Não", diz o *rebbe*.

Shpilman pega a fotografia e, com as duas mãos, aproxima-a do rosto, bem nas imediações do globo ocular direito. É apenas devido à miopia, mas há um não-sei-quê vampiresco no gesto, como se ele estivesse tentando extrair um fluido vital da fotografia com a boca de lampreia do olho. Mede-a de cima a baixo e de lado a lado. Não altera a expressão. Logo a deposita na desordem da escrivaninha e estala a língua. Baronshteyn dá um passo à frente e olha para a foto, mas o *rebbe* o afasta com um gesto, dizendo: "É ele".

Landsman e suas antenas estão regulados para desempenho máximo, estão sintonizados para registrar a mais leve radiação de pesar ou satisfação que acaso escape das singularidades do fundo dos olhos de Baronshteyn. E a registra; um brevíssimo arco de partículas de traçantes os ilumina. Mas, para sua surpresa, o que Landsman detecta nesse instante é decepção. Por um instante, Aryeh Baronshteyn parece ser um jogador que acaba de tirar um ás de espadas e contempla o leque de inúteis ouros na mão. Exala um sopro curto, quase um suspiro, e retorna lentamente à sua estante.

"Baleado", diz o *rebbe*.

"Um único tiro", informa Landsman.

"Quem atirou nele, por favor?"

"Bom, isso a gente não sabe."

"Alguma testemunha?"

"Até agora não."

"Um motivo?"

Landsman diz que não, volta-se para Berko em busca de confirmação, e este confirma com um triste aceno.

"*Baleado.*" O *rebbe* sacode a cabeça como que a perguntar, perplexo: *O que vocês acham disso*? Sem alteração discernível na voz nem nos modos, pergunta: "Você vai bem, detetive Shemets?".

"Não posso me queixar, rabino Shpilman."

"A esposa e os filhos? Sadios e fortes?"

"Podiam estar pior."

"Dois filhos, creio eu, um pequeno ainda."

"Isso mesmo, como de costume."

As bochechas maciças tremem de nução ou satisfação. O *rebbe* murmura uma bênção convencional sobre a cabeça dos filhinhos de Berko. Então transporta o olhar para Landsman e, quando o fixa nele, Landsman sente uma estocada de pavor. O *rebbe* sabe tudo. Sabe do cromossomo mosaico e do menino que ele sacrificou para preservar sua ilusão, a duras penas conquistada, acerca da tendência da vida a entender mal as coisas. E agora também vai oferecer uma bênção a Django. Mas nada diz, e as engrenagens do relógio verbôver seguem girando. Berko consulta o seu, de pulso; hora de ir para casa, de ir para as velas e o vinho. Para os filhos abençoados que podiam estar na pior. Para Ester-Malke, com a broa de mais um filho metida em algum lugar da barriga. Ele e Landsman não estão autorizados a lá ficar depois do anoitecer, investigando um caso que oficialmente já não existe. Ninguém corre perigo de morte. Não há o que fazer para salvar nenhum deles, nem os *yids* daquela sala, nem o desgraçado *yid* que lá os levou.

"Rabino Shpilman?"

"Pois não, detetive Landsman."

"O senhor está bem?"

"Eu lhe dou a impressão de estar bem, detetive?"

"Eu acabo de ter a honra de conhecê-lo", responde Landsman com cautela, mais em consideração à suscetibilidade de Berko que ao rabino ou à sua posição. "Mas, francamente, tenho a impressão de que o senhor está bem."

"Por acaso isso lhe parece suspeito? Parece me incriminar, talvez?"

"Por favor, *rebbe*, não brinque", acode Baronshteyn.

"Quanto a isso", diz Landsman, alheio ao rábula, "prefiro não arriscar nenhum palpite."

"Há muitos anos que o meu filho morreu para mim, detetive. Muitos anos. Faz tempo que eu rasguei as vestes, recitei o *kaddish* e acendi uma vela pelo seu passamento." As palavras, por si, denotam raiva e amargura, mas a voz lhe sai assombrosamente desprovida de emoção. "O que você encontrou no hotel Zamenhof — foi no Zamenhof, não? —, o que você encontrou lá, caso seja ele, não passa de uma casca. A polpa há muito foi arrancada e jogada no lixo."

"Uma casca", murmura Landsman. "Entendo."

Ele sabe o quanto deve ser difícil ter um filho viciado em heroína. Não é a primeira vez que topa com semelhante frieza. Mas fica irritado com esses *yids* que rasgam a roupa e observam *shivah* por crianças vivas. Para ele, é zombar tanto dos vivos quanto dos mortos.

"Pois é, tudo bem. Só que eu ouvi dizer", prossegue Landsman, "e não tenho a menor intenção de tentar entender, que o seu filho — de pequeno — apresentava certas, bem, certas indicações ou... de que podia ser... não sei se é isso mesmo. O Tzaddik Ha-Dor, é isso? Se a situação fosse adequada, se os judeus da sua geração merecessem, era possível que ele se revelasse, ahn... o Messias."

"Ora, isso é ridículo, detetive Landsman", diz o *rebbe*. "A mera idéia já dá vontade de rir."

"De jeito nenhum. Afinal, se o seu filho era o Messias, acho que todos nós estamos encrencados. Porque, neste momento, ele está guardado numa gaveta no subsolo do Geral de Sitka."

"Meyer", diz Berko.

"Com todo respeito", acrescenta Landsman.

O *rebbe* demora um pouco a responder e, quando finalmente fala, é com evidente cautela. "O Baal Shem Tov, de abençoada memória, nos ensinou que em todas as gerações nasce um homem com potencial de ser Messias. Isso é que é o Tzaddik Ha-Dor. Agora, Mendel. Mendele. Mendele."

Fecha os olhos. Pode ser que esteja recordando. Pode ser que esteja refreando as lágrimas. Abre-os. Estão enxutos, e ele recorda.

"Na infância, Mendel tinha uma natureza notável. Não me refiro a milagres. Os milagres não são uma prova. São, isto sim, um fardo para o tzaddik. Os milagres não provam nada, a não ser para aqueles cuja fé se compra por preço vil, meu caro. Mendele tinha uma coisa *dentro* de si. Tinha uma chama. Este lugar é frio e escuro, detetives. Um lugar cinzento e úmido. Mendele emitia luz e calor. Dava vontade de ficar perto dele. Para aquecer as mãos, para derreter o gelo da barba. Para enxotar a escuridão durante um ou dois minutos. Mas, mesmo quando nos afastávamos de Mendele, *continuávamos* aquecidos, e era como se houvesse um pouco mais de luz no mundo, talvez a luz equivalente à de uma vela. E era então que se percebia que a tal chama estava o tempo todo dentro da gente. E esse era o milagre. Apenas esse." Ele cofia a barba, puxa-a, como tentando pensar em algo que talvez tenha esquecido. "Nada mais."

"Quando foi que o senhor o viu pela última vez?", indaga Berko.

"Faz vinte e três anos", responde o *rebbe* sem hesitar. "No dia 20 de *elul*. Depois disso, ninguém nesta casa voltou a falar com ele nem a vê-lo."

"Nem a mãe dele?"

A pergunta os choca a todos, até mesmo a Landsman, o *yid* que a fez.

"Você supõe, detetive, que a minha mulher se atreveria a contestar a minha autoridade no tocante a isso ou a qualquer outra coisa?"

"Eu suponho tudo, rabino Shpilman. Não quis ofender ninguém."

"Você veio aqui com alguma idéia", diz Baronshteyn, "de quem pode ter matado Mendel?"

"Na verdade..."

"Na verdade", atalha o *rebbe* verbôver. Pega uma folha de papel no caos da escrivaninha, tratados, promulgações, anátemas, documentos classificados, fitas de calculadora, relatórios da vigilância sobre os hábitos de pessoas marcadas. Há um breve trompejar quando ele aproxima o papel do rosto para enfocá-lo. A carne do seu braço direito murmura no odre da manga. "Esses dois detetives de homicídio não têm autorização para investigar o caso. Estou errado?"

Deposita o papel na mesa, e Landsman se pergunta como ele pôde ter visto alguma coisa nos olhos do *rebbe* que não fossem dez mil quilômetros de mar congelado. Está chocado, jogado nessa água fria. Para se manter à tona, agarra-se ao lastro do cinismo. Acaso a ordem de pôr a tarja preta no caso Lasker chegou diretamente da ilha Verbov? Acaso Shpilman já sabia do assassinato do filho no quarto 208 do hotel Zamenhof? Acaso foi ele mesmo que o mandou matar? Acaso as atividades e as diretivas do Setor de Homicídios da Delegacia Central de Sitka passam rotineiramente pelo seu crivo? Essas perguntas seriam bem interessantes se Landsman conseguisse tirar o coração da boca para fazê-las.

"O que ele fez?", pergunta Landsman por fim. "Afinal, por que ele já estava morto para o senhor? O que ele sabia? O que, já que tocamos no assunto, o *senhor* sabe, *rebbe*? Rabino Baronshteyn? Eu sei que vocês já se arranjaram para ficar por aqui depois da reversão. Não sei que raio de barganha vocês fizeram. Mas basta olhar para esta linda ilha para ver que, desculpem a expressão, vocês têm as costas quentes."

"Meyer", diz Berko em tom de advertência.

"Não volte mais aqui, Landsman", ordena o *rebbe*. "Não se atreva a incomodar quem quer que seja nesta casa ou nesta ilha. Fique longe de Zimbalist. E longe de mim. Se eu souber que você simplesmente pediu fogo a alguém da minha gente, ai de você e do seu distintivo. Está claro?"

"Com o devido respeito...", diz Landsman.

"Uma fórmula oca no seu caso, sem dúvida."

"Mesmo assim", recupera-se Landsman. "Se eu ganhasse um dólar cada vez que um *shtarker* com problemas hormonais tenta me intimidar e me afastar de um caso, com todo respeito, não precisava estar aqui ouvindo as ameaças de um homem incapaz de derramar uma lágrima pelo filho que, eu tenho certeza, ele mesmo ajudou a despachar precocemente para a sepultura. Tenha ele morrido vinte e três anos atrás ou ontem à noite."

"Por favor, não me confunda com os pés-de-chinelo da avenida Hishbeyn", diz o *rebbe*. "Eu não estou ameaçando ninguém."

"Não? Está fazendo o quê? Me abençoando?"

"Eu estou olhando para você, detetive Landsman. Entendo que, como o meu filho, coitado, talvez o Nome Sagrado não lhe tenha dado o mais admirável dos pais."

"*Rav* Heskel!", exclama Baronshteyn.

Mas o rabino não faz caso do *gabay* e prossegue antes que Landsman chegue a perguntar que diabo ele acha que sabe do pobre Isidor.

"Eu posso ver aquela ocasião em que você, uma vez mais como Mendel, podia vir a ser coisa muito melhor do que é agora: podia vir a ser um ótimo *shammes*. Mas duvido que tenha se qualificado como um grande sábio."

"Muito pelo contrário", diz Landsman.

"Pois é. Por favor, acredite quando eu digo que você precisa dar outro uso ao tempo que lhe resta."

No interior do relógio verbôver, um velho sistema de martelos e carrilhões inicia uma melodia mais velha ainda que, em todos os lares e casas de oração, dá as boas-vindas ao fim da semana.

"Nós não temos mais tempo", avisa Baronshteyn. "Cavalheiros."

Os detetives se levantam, e todos trocam votos de regozijo no shabat. Então os detetives põem o chapéu e vão para a porta.

"Alguém precisa identificar o corpo", diz Berko.

"A menos que vocês prefiram que a gente o jogue na sarjeta", completa Landsman.

"Amanhã nós mandamos alguém", diz o *rebbe*. Gira a cadeira, dando-lhes as costas. Inclina a cabeça e pega um par de bengalas penduradas num gancho na parede atrás dele. As bengalas têm castão de prata com filigranas de ouro. Ele as espeta no tapete e, então, com um chiado de mecanismos antigos, se levanta. "Depois do shabat."

Baronshteyn acompanha-os ao andar inferior e ao Rudashevsky do *hall*. Acima de suas cabeças, as tábuas do assoalho do escritório soltam dolorosos gemidos. Eles ouvem os duros baques e as enxurradas dos passos do *rebbe* a se arrastarem pesadamente. A família já deve estar reunida na parte dos fundos da casa, esperando que ele os vá abençoar a todos.

Baronshteyn abre a porta da rua da casa replicada. Shmerl e Yossele entram no *hall*, neve no chapéu e nos ombros, neve nos olhos cinzentos e hibernais. Os irmãos ou primos ou irmãos-primos formam com o terceiro, o de dentro de casa, os ângulos de um triângulo, um sólido punho Rudashevsky de três dedos a se fechar sobre Landsman e Berko.

Baronshteyn aproxima de Landsman a cara estreita. Este fecha as narinas para não sentir o odor de sementes de tomate, fumo e creme azedo.

"Esta ilha é pequena", diz Baronshteyn. "Mas tem milhares de lugares em que um *noz* ou até mesmo um *shammes* condecorado pode se perder para todo o sempre. Muito cuidado, hein, detetives? E um ótimo shabat para os dois."

17.

Olha só a cara de Landsman, a camisa para fora da calça, o chapéu polvilhado de neve caído de lado, o casaco a pender do cabide dos ombros. Agarrado à comanda azul-celeste de uma cafeteria, como se o papelinho fosse a única coisa capaz de mantê-lo em pé. Suas bochechas pedem gilete. A dor nas costas é de matar. Por motivos inescrutáveis — ou talvez sem motivo algum —, ele não bebe uma gota de álcool desde as nove e meia da manhã. Plantado na desolação de cromo e azulejo da Polar-Shtern Kafeteria às nove horas de uma noite de sexta-feira, com uma nevasca lá fora, é o judeu mais solitário do distrito de Sitka. Sente o deslocamento de algo escuro dentro de si, cem toneladas de lama preta numa encosta, já começando a deslizar. A idéia de comer, mesmo o glorioso pudim de macarrão que é a jóia da coroa da Polar-Shtern Kafeteria, dá-lhe mal-estar. Mas ele passou o dia todo em jejum.

No fundo, Landsman sabe que está longe de ser o judeu mais solitário do distrito de Sitka. Zomba de si próprio por alimentar semelhante ilusão. Essa autocomiseração é a prova de que ele está rumando ao abismo, cada vez mais fundo, numa espiral vertiginosa. Para resistir à força de Coriolis, Landasman dispõe de três técnicas. Uma é o trabalho — mas agora, oficialmente, o trabalho não passa de uma piada. Outra é o álcool — que acelera, aprofunda e prolonga a queda, mas o ajuda a não dar a mínima para isso. A terceira é lambiscar. De modo que ele leva a comanda azul e a bandeja até a corpulenta *litvak* atrás do balcão de vidro, com rede no cabelo, luvas de polietileno e colher de metal, e pede: "Os *blintzes* de queijo, por favor". Na verdade, ele não quer os *blintzes* de queijo nem quer se dar ao trabalho de averiguar se eles estão no cardápio dessa noite. "Como está passando, senhora Nemintziner?"

A sra. Nemintziner serve três pequenos *blintzes* num prato branco com borda azul. Para ornamentar o jantar das almas solitárias de Sitka, costuma preparar dúzias e dúzias de fatias de maçã silvestre arrumadas em folhas de alface. Dispõe um desses pequenos buquês ao lado do pedido de Landsman. A seguir, perfura a comanda e lhe passa o prato. "Como é que eu havia de estar?"

Landsman percebe que a resposta a tal pergunta está fora do seu alcance. Leva a bandeja de *blintzes* recheados de queijo *cottage* até as cafeteiras e se abastece de uma xícara. Entrega a comanda picotada e o dinheiro à moça do caixa e atravessa o salão soturno, passando por dois rivais na disputa pelo título de judeu mais solitário. Vai para sua mesa preferida, junto às janelas da frente, de onde pode ver a rua. À mesa vizinha, largaram pela metade um prato de *corned beef* com batata cozida e um copo também pela metade do que parece ser refrigerante de cereja preta. A comida abandonada e o guardanapo sujo e amassado infundem certo asco em Landsman. Mas essa é a mesa dele e não há quem não saiba que todo *noz* gosta de poder olhar para a rua. Ele se senta, enfia o guardanapo no colarinho, parte um *blintz* de queijo e leva um pedaço à boca. Mastiga. Engole. Bom menino.

Nessa noite, um de seus rivais no Polar Shtern é um *bookmaker* de terceira classe chamado Penguin Simkowitz; há alguns anos, ele arrancou muito dinheiro de um cliente e levou uma surra tão grande dos *shtarkers* que ficou com o cérebro e a fala comprometidos. O outro, que ataca um prato de arenque ao creme, Landsman não conhece. Mas a cavidade ocular esquerda do *yid* está escondida debaixo de um curativo pardo. Falta a lente esquerda dos óculos. Seu cabelo se restringe a três ralas manchas grisalhas na frente da cabeça. Cortou o rosto ao fazer a barba. Quando esse homem silencioso começa a chorar no prato de arenque, Landsman joga a toalha.

Mas eis que dá de cara com Buchbinder, o arqueólogo da desilusão. Dentista, seu talento no manejo dos ferros e moldes de cera levou-o a dedicar as horas vagas a uma espécie de obsessão por miniaturas, engajando-se em atividades como a joalheria e a construção de casas de bonecas. Mas então — e isso às vezes acontece com os dentistas — Buchbinder acabou indo um pouco longe demais. Tomado pela maluquice profunda e ancestral dos judeus, deu para produzir réplicas da cutelaria e da indumentária usadas pelos antigos *koyenim*, os grão-sacerdotes de Javé. A princípio em miniatura, mas logo em tamanho natural: baldes de sangue, grandes espetos, pás de cinza, tudo tal e qual requeria o Levítico para os arcaicos churrascos sagrados de Jerusalém. Resolveu montar um museu, talvez ainda exista, num cantinho decadente da rua Ibn Ezra. Uma loja no mesmo prédio em que ele arrancava os dentes de judeus chinfrins. Na vitrine, o templo de Salomão feito de papelão, enterrado sob uma tempestade de poeira, adornado com querubins e moscas mortas. O lugar vivia sendo vandalizado pelos drogados do bairro. Para quem estava de plantão em Untershtat, era comum receber um telefonema às três da madrugada, ir até lá e topar com Buchbinder aos prantos entre os mostruários quebrados, um cagalhão a flutuar no incensário de cobre do grão-sacerdote.

Ao ver Landsman, Buchbinder espreme os olhos por suspeita ou miopia. Voltando do banheiro masculino ao seu prato de *corned beef* e ao refrigerante de cereja, abotoa a braguilha com o ar ausente de um homem que compreende o mundo de forma admirável, sem que daí possa tirar alguma aplicação prática. Buchbinder é forte, um alemão embrulhado num cardigã de manga raglã com cinto de tricô. Entre o arco da barriga e o nó do cinto há sinais de antigas contendas, mas parece que se chegou a um acordo. Calça de tweed, tênis de caminhada. O cabelo e a barba quase loiros têm manchas grisalhas e prateadas. Uma presilha de metal fixa-lhe o *yarmulke* de crochê no alto da cabeça. Ele lança um sorriso em direção a Landsman como quem joga uma moedinha na caneca de um aleijado, tira do bolso um livro impresso em letras miúdas e volta a comer. Oscila para a frente e para trás enquanto lê e mastiga.

"Continua administrando aquele museu, doutor?", pergunta Landsman.

Buchbinder ergue a vista, intrigado, tentando situar o irritante desconhecido com os *blintzes*.

"Eu sou Landsman. Da delegacia de Sitka. Talvez o senhor se lembre, eu ia..."

"Ah, sim", diz ele com um sorriso tenso. "Como vai? Nós somos um instituto, não um museu; mas vai bem, obrigado."

"Desculpe."

"Não tem importância", diz ele, seu iídiche fluente marcado pelo arame teso do sotaque alemão, ao qual ele e seus camaradas *yekkes*, mesmo sessenta anos depois, continuam obstinadamente apegados. "É um engano comum."

Não pode ser *tão* comum assim, pensa Landsman, mas indaga: "Continua lá mesmo na Ibn Ezra?".

"Não", responde o dr. Buchbinder. Limpa com o guardanapo uma faixa de mostarda escura dos lábios. "Não, não, eu o fechei. Oficial e definitivamente."

Seu modo de falar é grandiloqüente, solene até, coisa que Landsman acha esquisita, dado o conteúdo de sua declaração.

"Um bairro violento", sugere o detetive.

"Oh, eles eram uns animais", diz Buchbinder com o mesmo bom humor. "Já perdi a conta das vezes que me aborreceram." Enfia na boca a última garfada de *corned beef* e a submete à ação triturante dos dentes. "Mas duvido que voltem a criar problemas no meu novo endereço."

"E onde fica?"

Buchbinder sorri, cofia a barba, então afasta o corpo da mesa. Ergue uma sobrancelha, retardando um pouco a grande surpresa.

"Onde mais podia ser?", diz enfim. "Jerusalém."

"Uau", faz Landsman com a cara mais neutra de que é capaz. Nunca leu as normas de admissão de judeus em Jerusalém, mas tem absoluta certeza de que não ser um lunático obcecadamente religioso está no topo da lista. "Jerusalém, hein? Fica longe."

"É, fica."

"Vai de mala e cuia?"

"Vou."

"Conhece alguém lá?"

Ainda há judeus morando em Jerusalém, como sempre houve. Já estavam lá muito antes da chegada dos sionistas com seus baús atulhados de dicionários hebraicos, manuais de agricultura e muita encrenca para todos.

“Não”, responde Buchbinder. “Fora o... bem.” Faz uma pausa e baixa a voz. “O Messias.”

“Ora, já é um bom começo”, diz Landsman. “Ouvi dizer que ele se dá bem com os melhores de lá.”

Buchbinder faz que sim, intocável no melífluo santuário dos seus sonhos. “De mala e cuia”, repete. Torna a guardar o livro no bolso do casaco e se enfia, de cardigã e tudo, num velho anoraque azul. “Boa noite, Landsman.”

“Boa noite, doutor Buchbinder. Fale bem de mim ao Messias.”

“Oh”, diz ele, “não há necessidade.”

“Não há necessidade ou não adianta?”

Súbito, os olhos alegres ficam duros como o aço de um espelhinho de dentista. Examinam o estado de Landsman com a perspicácia de vinte e cinco anos anos dedicados à busca de pontos fracos e sinais de deterioração. Landsman chega a duvidar da sanidade do homem.

“Depende de você”, diz Buchbinder. “Não é mesmo?”

18.

Ao sair da Polar Shtern, Buchbinder se detém e segura a porta para uma vistosa parca alaranjada, impelida por uma lufada de neve diagonal. Bina irrompe com aquela sua estufada bolsa de couro a tiracolo, na qual se projeta um maço de documentos grampeados ou presos por clipes, com trechos sublinhados por caneta grifa-texto amarela. Algumas páginas estão marcadas com picotes de fita adesiva colorida. Ela empurra para trás o capuz da parca. Prendeu com grampos o cabelo para cima, deixando alguns fios desarranjados sobre a nuca. Landsman só se lembra de ter observado aquela cor tão saudosa num outro lugar em toda a sua vida: nas profundezas da polpa da primeira abóbora que viu, um grande legume cor de laranja tendendo ao vermelho. Bina entrega a bolsa à moça das comandas. Quando ela passa pela catraca em direção à pilha de bandejas da cafeteria, Landsman entra diretamente em seu campo visual.

De pronto, ele toma a sensata decisão de fingir que não a viu. Olha pela janela para a rua Khalyastre. Calcula que a neve já deve ter chegado a quinze centímetros de altura. Três sinuosos rastros se aproximam e se afastam, as bordas de cada pegada a se apagar à medida que vão se enchendo da neve que cai incessantemente. Do outro lado da rua, panfletos colados nas tábuas que cobrem a vitrine da tabacaria e papelaria Krasny anunciam a apresentação, na noite passada, no Vorsht, do guitarrista que foi despojado dos anéis e da grana no banheiro da casa noturna. Do poste telefônico da esquina, parte em todas as direções um emaranhado de fios, a mapear as paredes e as portas desse grande gueto imaginário dos judeus. O processo involuntário da mente de *shammes* de Landsman registra os detalhes da cena. Mas seu pensamento consciente está centrado no momento em que Bina fatalmente o verá sozinho àquela mesa, mastigando um *blintz*, e gritará seu nome.

Esse momento não tem pressa de chegar. Landsman arrisca uma segunda olhadela. Já com o jantar na bandeja, aguardando o troco, Bina está de costas para ele. Viu-o; é impossível que não o tenha visto. E eis que a grande fissura se abre vagarosamente: a encosta cede e a muralha de lama preta começa a rolar morro abaixo. Landsman e Bina foram casados doze anos e, antes disso, passaram outros cinco juntos. Um foi o primeiro amor do outro, o primeiro amante infiel, o primeiro refúgio, o primeiro companheiro de quarto, a primeira platéia, a primeira pessoa a quem recorrer quando alguma coisa — inclusive o próprio casamento — ia mal. Passaram a metade da vida entrelaçando seus corpos, histórias, fobias, teorias, receitas, bibliotecas e coleções de discos. Encenaram brigas espetaculares, corpo-a-corpo, as mãos a voarem, o cuspe a voar, jogando as coisas, chutando as coisas, quebrando as coisas, rolando no chão, um a puxar grandes tufos do cabelo do outro. No dia seguinte, ele amanhecia com as vermelhas unhadas de Bina na bochecha e na carne do peito, e Bina exibia, como uma armila, as roxas impressões digitais do companheiro. Durante cerca de sete anos de vida em comum, os dois treparam quase todo santo dia. Zangados, apaixonados, doentes, sãos, frios, quentes, semi-adormecidos. Treparam em todo tipo de cama, sofá e almofada. Em edredons, toalhas e velhas cortinas de chuveiro, na carroceria de uma caminhonete, atrás de uma lixeira, no alto de uma caixa-d'água, atrás de uma arara de casacos num jantar da Mãos de Esaú. Chegaram a trepar — uma vez — até mesmo no monstruoso fungo da copa da delegacia.

Quando Bina foi transferida do Narcóticos, eles passaram nada menos que quatro anos dando plantão juntos no Homicídios. Landsman foi parceiro de Zelly Boybriker e depois de Berko, e Bina ficou com o pobre e velho Morris Handler. Mas, um dia, o mesmíssimo anjo sacana que os uniu organizou uma confluência de policiais em licença e ferimentos em Morris Handler, resultando na parceria de Landsman e Bina no caso Grinshteyn. Nessa única oportunidade como parceiros, enfrentaram o advento do fracasso. Fracassaram diariamente durante horas a fio: na cama à noite, nas ruas de Sitka. A menina assassinada, Ariela, e o arrasado casal Grinshteyn, mãe e pai, feios, arruinados, detestando-se reciprocamente e ao buraco que lhes coube suportar: ele e Bina também partilharam esse suplício. E depois aconteceu Django, que adquiriu feitio e ímpeto a partir do caso Grinshteyn, daquele buraco moldado na forma de uma menininha gorducha. Bina e Landsman se uniram retorcidamente, um trançado par de cromossomos com um misterioso defeito. E agora? Agora um finge não ver o outro e desvia a vista.

Landsman desvia a vista.

As pegadas na neve estão rasas como as de um anjo. Do outro lado da rua, um homenzinho alquebrado se curva na ventania e, arrastando uma pesada mala, passa pelas tábuas da vitrine da Krasny. A aba larga e branca do chapéu se agita como as asas de um pássaro. Landsman observa o avanço de Eliyah, o profeta, na nevasca, e planeja sua própria morte. Esta é a quarta estratégia que desenvolveu para se animar quando está indo sumidouro abaixo. Mas é claro que precisa tomar cuidado para não exagerar.

Filho e neto paterno de suicidas, Landsman viu seres humanos se despacharem deste mundo de todas as maneiras possíveis, da inepta à eficaz. Sabe o que se deve e o que não se deve fazer. Saltar da ponte e mergulhar da janela do hotel: pitoresco, mas incerto. Pular no buraco da escada: pouco confiável, uma decisão impulsiva, demasiado parecida com uma morte acidental. Cortar os pulsos, com ou sem a popular, mas desnecessária, variante da banheira: mais difícil do que parece, com laivos de um amor donzelesco pelo dramalhão. Destripamento ritual com espada de samurai: trabalho difícil, requer ajudante, e denunciaria um quê de afetação se praticado por um *yid*. Landsman nunca viu a coisa feita desse modo, mas conheceu um *noz* que jurava ter visto. Seu avô se atirou sob as rodas de um bonde em Lodz, ato que demonstrou um grau de determinação que Landsman sempre admirou. Seu pai preferiu trinta comprimidos de cem miligramas de Nembutal regados com um bom copo de vodca de alcaravia — método muito recomendável. Acrescente-se um saco plástico na cabeça, espaçoso e sem buracos, e o cidadão tem algo limpo, sereno e confiável.

Mas, quando se imagina acabando com a própria vida, Landsman gosta de fazê-lo com uma arma de fogo, como Melekh Gaystik, o campeão mundial. Seu Modelo 39 serrado é mais do que *sholem* para o serviço. Para quem sabe onde pôr o cano (bem no ângulo do mento) e como direcionar o tiro (uma inclinação de vinte graus com relação à vertical, para o núcleo central do cérebro), é rápido e seguro. Faz uma senhora sujeira, mas Landsman não vê nenhum mal em deixar tudo emporcalhado.

"Desde quando você come *blintzes*?"

Ele se sobressalta ao ouvir aquela voz. Seus joelhos batem no pé da mesa, espirrando o café no vidro do prato como sangue derramado do orifício de saída.

"Ei, manda-chuva", diz ele em americano. Procura desajeitadamente o guardanapo, mas pegou apenas um no balcão das bandejas. O café se espalha por toda parte. Ele tira ao acaso pedaços de papel do bolso do paletó e trata de enxugar a mesa.

"Tem alguém sentado aqui?" Bina equilibra a bandeja numa mão e, com a outra, tenta se livrar da recheadíssima bolsa. Está com uma expressão que ele conhece bem. As sobrancelhas arqueadas, uma leve ameaça de sorriso. É a cara que faz um instante antes de entrar no salão de baile de um hotel para se reunir a um bando de policiais marmanjos ou quando entra numa mercearia do Harkavy com a minissaia bem acima dos joelhos. Uma cara que diz *Eu não estou atrás de encrenca. Só entrei para comprar chicletes.* Joga a bolsa no chão e se senta sem lhe dar tempo de responder.

"À vontade", diz Landsman, puxando o prato para lhe dar espaço. Bina entrega-lhe mais alguns guardanapos, e ele dá um jeito na sujeira. Põe a bola de papel molhado na mesa ao lado. "Sei lá por que eu pedi isso. Tem razão, *blintzes* de queijo, argh."

Ela coloca na mesa um guardanapo com faca, garfo e colher. Tira dois pratos da bandeja e os põe lado a lado: uma porção de salada de atum numa das folhas de alface da sra. Nemintziner e um reluzente quadrado dourado de pudim de macarrão. Pega na volumosa bolsa um estojinho de plástico. Contém uma caixinha de comprimidos redonda com tampa de atarraxar, da qual extrai uma pílula de vitamina, uma de óleo de peixe e uma de enzima para que seu estômago digira o leite. Dentro do estojo também leva envelopes de sal, pimenta-do-reino, raiz-forte, lenços umedecidos, um minifrasquinho de molho Tabasco, pastilhas de cloro para o tratamento da água potável, chicletes de Pepto-

Bismol e sabe Deus o que mais. Se for a um concerto, Bina tem um binóculo de teatro. Se precisar sentar na grama, estende uma toalha. Formicidas, um saca-rolhas, velas e fósforos, uma focinheira, um canivete, um aerossol de fréon, uma lente de aumento: nas mais diversas ocasiões, Landsman viu tudo isso sair da abarrotada bolsa de couro.

É preciso conhecer judias como Bina Gelbfish, pensa Landsman, para entender o longo alcance e a persistência da raça. Judias e judeus que levam a casa numa velha bolsa de couro, no lombo de um camelo, na bolha de ar no centro do cérebro. Judeus que caem de pé, tocam o solo já em disparada, agüentam vicissitudes mil e aproveitam ao máximo o que lhes cai na mão, do Egito à Babilônia, de Minsk Gubernya ao distrito de Sitka. Metódicos, organizados, persistentes, engenhosos, prevenidos. Berko tem razão: Bina floresceria em qualquer delegacia de polícia do mundo. Um mero redesenhar das fronteiras, uma mudança de governo, coisas assim nunca perturbam uma judia dotada de um bom suprimento de lenços umedecidos na bolsa.

"Salada de atum", observa Landsman, lembrando que ela parou de comer atum quando soube que estava grávida de Django.

"É, eu procuro ingerir o máximo de mercúrio possível", explica Bina, lendo a recordação em seu rosto. Engole o comprimido de enzima. "Atualmente, o mercúrio é o meu barato."

Landsman aponta com o polegar para a sra. Nemintziner, sempre a postos com sua colher.

"Devia ter pedido um termômetro assado."

"Eu ia", diz ela, "mas eles só têm o retal."

"Viu Penguin?"

"Penguin Simkowitz? Onde?" Bina olha à sua volta, girando o corpo na cintura, e Landsman aproveita a oportunidade para espiar o interior de sua blusa. Consegue ver-lhe um pedacinho sardento do seio esquerdo, a borda rendada do sutiã, a escura sugestão do mamilo no leve tecido. Toma-lhe o desejo de enfiar a mão naquela blusa, segurar o seio, instalar-se em sua depressão macia, encolher-se e adormecer. Quando torna a se virar, Bina o surpreende sonhando com o rego. Landsman sente o rosto arder. "Hein?", diz ela.

"Como foi o seu dia?", dispara Landsman, como se essa fosse a pergunta mais natural que pudesse fazer.

"Vamos combinar uma coisa?", propõe Bina, e a voz lhe sai glacial. Abotoa a blusa no pescoço. "A gente fica aqui, você e eu, jantando juntos, mas não diz uma palavra sobre o meu dia, tá? O que você acha, Meyer?"

"Por mim, tudo bem."

"Legal."

Ela abocanha uma colherada de salada de atum. Landsman vê o brilho de seu bicúspide com borda de ouro e pensa no dia em que ela apareceu em casa com aquilo, bêbada de óxido nitroso e convidando-o a enfiar a língua em sua boca para sentir a diferença. Após o primeiro bocado de salada de atum, Bina fica séria. Devora mais dez ou onze colheradas, mastigando e engolindo com deleite. A respiração lhe sai pelas narinas em ávidos jatos. Seus olhos estão fitos no intercurso do prato com a colher. Uma moça de apetite sadio: vinte anos atrás, foi esse o primeiro comentário tecido pela mãe de Landsman sobre o tema Bina Gelbfish. Como a maioria dos elogios de mamãe, podia se transformar num insulto se necessário. Mas Landsman só confia em mulher que come feito homem. Deixando só um restinho de maionese na folha de alface, Bina limpa a boca com o guardanapo e exala um profundo suspiro de saciedade.

"Bom, sobre o que a gente vai conversar então? Também não quero falar no seu dia."

"Decididamente não."

“Falar no quê, então?”

“Da minha parte”, diz Landsman, “eu quase não tenho assunto.”

“Tem coisa que não muda nunca.” Ela afasta o prato vazio e convoca o pudim de macarrão a enfrentar sua sina. Landsman se alegra como há muito ao vê-la lançar um olhar crítico àquele *kugel*.

“Eu continuo gostando de falar no meu carro”, diz.

“Você sabe que eu detesto poesia de amor.”

“Por Deus, não me fale na reversão.”

“Combinado. E eu não quero saber de galinhas falantes, nem de *kreplach* na forma da cabeça de Maimônides, nem de nenhum desses milagres de araque.”

Ele se pergunta o que Bina diria da história que Zimbalist contou ainda hoje acerca do homem que agora está guardado numa gaveta do subsolo do Geral de Sitka.

“Nada a respeito de judeu em geral, combinado?”

“Combinado, Meyer, eu não agüento mais falar em judeu.”

“E no Alasca também não.”

“Não, por misericórdia.”

“Nem em política. Nada de falar na Rússia ou na Manchúria ou na Alemanha ou nos árabes.”

“Eu também não agüento mais falar nos árabes.”

“Então que tal falar no pudim de macarrão?”, propõe Landsman.

“Está bem”, diz ela. “Só uma coisa, Meyer, coma um pouco, por favor, dói o coração olhar para você, santo Deus, está tão magrinho. Toma, experimenta. Não sei como eles fazem, me disseram que põem um pouco de gengibre. Vou te contar, lá em Yakovy, um bom *kugel* é coisa que a gente só vê em sonhos.”

Corta um pedaço do pudim e leva o garfo diretamente à boca de Landsman. Algo como uma mão gelada lhe agarra as entranhas ao ver o *kugel* se aproximar. Ele desvia o rosto. O garfo se detém a meio caminho. Bina deixa cair o manjar de ovo e macarrão, salpicado de uvas, no prato dele, junto aos *blintzes* intactos.

"Bom, você devia provar", diz ela. Come mais um pouco e deposita o garfo. "Acho que não tenho mais nada a dizer sobre o pudim de macarrão."

Landsman toma o café, e Bina engole os comprimidos restantes com um copo de água.

"E aí?", diz.

"Tudo bem, então."

Se a deixar ir embora, ele não vai tirar nenhuma soneca na depressão entre seus seios. Não voltará a dormir sem a ajuda de muito Nembutal ou sem os préstimos de sua M-39 serrada.

Bina afasta o corpo da mesa e veste a parca. Torna a guardar o estojo plástico na bolsa de couro e então, com um suspiro, pendura-a no ombro. "Boa noite, Meyer."

"Onde você está morando?"

"Com os meus pais", diz ela, num tom apropriado para decretar sentença de morte ao planeta.

"Oh, *vey*."

"Eu que o diga. É só até arranjar um apartamento. Enfim, pior do que o hotel Zamenhof não há de ser."

Fecha o zíper do casaco e ainda passa uns demorados segundos ali plantada, submetendo-o à sua inspeção de *shammes*. Seu olhar não é tão abrangente como o dele — às vezes deixa escapar alguns detalhes —, mas as coisas que enxerga, ela as consegue ligar rapidamente, na mente, com as coisas que sabe das mulheres e dos homens, vítimas e assassinos. Pode compô-las com segurança em narrativas coerentes e lógicas. Não resolve os casos tanto quanto narra suas histórias.

"Olha só para a sua cara. Você parece uma casa desabando."

"Eu sei", diz Landsman, sentindo o peito apertado.

"Me disseram que você estava mal, mas pensei que era só para me deixar contente."

Ele ri e enxuga a bochecha com a manga do paletó.

"O que é isso", pergunta ela. Com as unhas do polegar e do indicador, pinça um pedaço de papel amassado e manchado de café na massa de guardanapos que Landsman jogou na mesa vizinha. Abre-o e o estica.

"'Cinco grandes verdades e cinco grandes mentiras acerca do hassidismo verbôver'", lê. Une as sobrancelhas. "Você resolveu dar uma de urubu pra cima de mim?"

Landsman não responde com a necessária rapidez, e Bina colhe tudo quanto pode ser colhido em seu rosto e em seu silêncio e junta com o que ela sabe dele, que é basicamente tudo.

"No que você está metido, Meyer?", interroga. Súbito, mostra-se tão exausta e prostrada quanto ele se sente. "Não. Deixa pra lá. Eu estou cansada demais." Torna a amassar o folheto verbôver e o atira em sua cabeça.

"A gente combinou de não falar nisso", diz Landsman.

"É, pois é, só que a gente disse um monte de coisas", retruca ela. "Você e eu."

Volta-se um pouco, procurando apoio na alça da bolsa a tiracolo na qual vive sua vida. "Amanhã eu quero ter uma conversa com você no meu escritório."

"Hum. Está bem. O único problema é", diz Landsman, "que eu estou saindo de doze dias de trabalho seguidos."

Essa afirmação, embora correta, não chega a impressionar Bina. Talvez não a tenha entendido, ou talvez ele não esteja falando um idioma indo-europeu.

"Amanhã a gente conversa", concorda Landsman. "A não ser que eu estoure os miolos de madrugada."

“Eu já disse que detesto poesia de amor”, diz Bina. Pega um cacho solto do cabelo abóbora escuro e, com uma presilha dentada, prende-o atrás da orelha direita. “Com ou sem miolos. Esteja no meu escritório amanhã às nove.”

Landsman observa-a atravessar o salão até a porta da Polar-Shtern Kafeteria. Antes que Bina ponha o capuz e saia à neve, ele aposta um dólar consigo mesmo que ela não vai olhar para trás. Mas Landsman é um sujeito benevolente, e a aposta foi de mentirinha, de modo que não pretende cobrá-la.

19.

Quando o telefone o acorda às seis da manhã, Landsman está de cueca branca, sentado na *bergère*, segurando com ternura a M-39.

Tenenboym acaba de sair do plantão. "Você que pediu", diz, e desliga.

Landsman não se lembra de ter solicitado nenhum serviço de despertador. Não se lembra de ter secado a garrafa de *slivovitz*, que está vazia sobre o arranhado folheado de carvalho do tampo da mesa de compensado junto à poltrona. Não se lembra de ter comido o pudim de macarrão cujo resto agora se encolhe num canto de uma bandejinha de isopor ao lado da garrafa. Pela posição dos cacos de vidro colorido no chão, imagina que atirou o copinho da Feira Mundial de Sitka de 1977 no radiador da calefação. Vai ver que estava se sentindo frustrado por não ter feito o menor progresso no jogo de xadrez de bolso que agora está de ponta-cabeça debaixo da cama, as peças generosamente espalhadas pelo quarto. Mas ele não se lembra de jogá-lo nem do vidro se espatifando. Talvez haja brindado a alguma coisa ou a alguém, e o radiador fez as vezes de lareira. Landsman não se lembra. Porém nada o surpreende no sórdido cenário do quarto 505, muito menos o *sholem* carregado em sua mão.

Ele trava a arma e volta a guardá-la no coldre pendurado no espaldar da *bergère*. A seguir, vai até a parede e abre a cama embutida. Empurra as cobertas e se deita. Os lençóis estão limpos e cheiram ao vapor do ferro de passar e ao pó do buraco na parede. Landsman se recorda vagamente de, por volta de meia-noite da noite anterior, ter concebido o romântico projeto de chegar cedo ao trabalho, verificar o que a criminalística e a balística estavam fazendo do caso Shpilman, talvez até se aventurar nas ilhas, nos bairros russos, e dar uma prensa no ex-presidiário Vassily Shitnovitzer. Fazer o possível, caprichar ao máximo, antes que Bina pegasse uma tenaz e lhe arrancasse os dentes às nove horas. Ele sorri com remorso da obstinada valentia de que se armou à meia-noite. Às seis da manhã, um telefonema para despertá-lo.

Cobre a cabeça e fecha os olhos. Sem ser convidada, a configuração de peões e peças se estabelece no tabuleiro de sua mente, o rei preto cercado no centro do tabuleiro, mas não em xeque, o peão branco na fileira b, prestes a virar coisa melhor. Já não há necessidade do jogo de bolso; para seu grande pavor, ele sabe tudo de cor. Tenta arredá-lo da mente, expungi-lo, empurrar as peças para fora e pintar de preto todas as casas brancas. Um tabuleiro totalmente negro, indecifrável para as peças e para os jogadores, gambitos ou finais, ritmo ou tática ou vantagem material, negro como os Montes Baranof.

Ainda deitado, de cueca e meias, todas as casas brancas obliteradas na mente, ouve uma batida na porta. Senta-se, de frente para a parede, o coração a batucar em suas têmporas, os lençóis esticados por cima do corpo, feito um garotinho querendo pregar um susto em alguém. Estava deitado de bruços, fazia algum tempo talvez. Lembra-se de ter ouvido, no fundo de uma sepultura de lama preta, numa caverna sem luz dois quilômetros abaixo da superfície da terra, a longínqua vibração de seu Shoyfer e, pouco depois, o manso gorjeio do telefone na mesa de falso carvalho. Mas ele estava tão profundamente enterrado na lama que, mesmo que os telefones fossem meros telefones de sonho, não teria força nem inclinação para atender. O travesseiro está encharcado da pútrida fermentação do suor de bêbado, de pânico e de saliva. Ele consulta o relógio. São dez e vinte.

"Meyer?"

Landsman torna a cair na cama, em posição invertida e todo enredado nas cobertas. "Eu desisto", diz. "Bina, eu peço demissão."

Bina não responde. Landsman espera que tenha aceitado sua capitulação — que, aliás, é supérflua — e retornado ao módulo, à agência funerária e à sua transição de policial judia para agente da lei do grande estado do Alasca. Quando tiver certeza de que a ex foi embora, ele vai pedir para que a moça que toda semana troca a roupa de cama e as toalhas venha lhe meter uma bala na cabeça. Depois disso, a única coisa que terá de fazer para sepultá-lo é devolver a cama embutida ao nicho na parede. A claustrofobia e o medo do escuro já não o incomodarão.

Passado um momento, ele ouve o palhetão de uma chave numa fechadura, e eis que a porta do quarto 505 se abre. Bina entra de mansinho como se aquele fosse o quarto de um moribundo, numa enfermaria cardiológica, à espera de um choque, de lembretes da mortalidade, de feiíssimas verdades acerca do corpo.

"Benza Deus, puta que o pariu!", exclama com esse seu sotaque pedregoso e imaculado. É uma expressão que Landsman sempre acha curiosa ou, pelo menos, incongruente.

Ela avança, saltando as peças do terno no chão e uma toalha de banho, e pára junto ao pé da cama. Abarca com os olhos o papel de parede cor-de-rosa estampado com amontoadas grinaldas cor de vinho, o felpudo carpete verde com seu arbitrário motivo de queimaduras de cigarro e manchas misteriosas, o copo quebrado, a garrafa vazia, o revestimento descascado e lascado da mobília de compensado. Observando-a perto da cama, Landsman se deleita com sua expressão de horror, mesmo porque, se não se deleitar, terá de sentir vergonha.

"Como se diz 'monte de merda' em esperanto?", pergunta Bina. Vai até a mesa de compensado e olha para as derradeiras e dilapidadas espirais de pudim de macarrão jogadas na bandeja engordurada.

"Pelo menos, você comeu alguma coisa."

Vira a *bergère* de frente para a cama e põe a bolsa de couro no chão. Examina o assento da poltrona. Pela cara que faz, ele percebe que está se perguntando se não é melhor tratar a almofada com um dos produtos cáusticos ou desinfetantes que ela traz na bolsa mágica. Por fim, vai se sentando aos poucos. Está com um terninho cinza mescla, um tecido liso com iridescentes reflexos pretos. Sob o paletó, uma blusa de seda verde-cinza. Sua única maquiagem são duas linhas de batom nos lábios. Àquela hora do dia, o esforço matinal para controlar o cabelo emaranhado com grampos e presilhas ainda não começou a falhar. Caso ela tenha dormido bem à noite, na cama estreita de seu antigo quarto no primeiro andar de uma casa de duas famílias na ilha Japonski, com o velho sr. Oysher a bater a perna postiça no térreo, não é o que mostram as sombras e depressões de sua face. Tornou a unir estreitamente as sobrancelhas. Seus lábios pintados se reduzem a uma linha cor de tijolo de dois milímetros de largura.

"E aí, como vai a sua manhã, inspetora?"

"Eu não gosto de esperar", diz ela. "E menos ainda de esperar por você."

"Acho que você não me ouviu. Eu me demiti."

"É gozado, mas ouvir você repetindo essa idiotice não contribui em nada para melhorar o meu humor."

"Bina, eu não posso trabalhar com você. Entenda. É loucura. É exatamente a loucura que eu podia esperar do departamento neste momento. Se as coisas vão tão mal, se é para chegar a isso, melhor tirar o time. Eu estou com o saco cheio de jogar na segunda divisão; portanto, estou fora. Para que você precisa de mim? Ponha tarja preta em todos os nossos casos. Abertos, fechados. Que diferença faz? É só um punhado de *yids* mortos."

"Eu examinei a pilha de pastas outra vez", diz ela. Landsman nota que, apesar dos anos passados, Bina conserva o fabuloso poder de não dar a mínima para os seus surtos de desespero. "E não vi nada, em nenhuma delas, que tivesse a mais remota ligação com os verbôveres." Pega na bolsa um maço de Broadway, tira um e o prende entre os lábios. As dez palavras seguintes, profere-as com uma naturalidade que desperta imediatamente a desconfiança de Landsman. "Com exceção, talvez, do drogado que você encontrou lá embaixo."

"Nesse você pôs tarja preta", retruca Landsman com uma insídia perfeita de policial. "Voltou a fumar também?"

"Fumo, mercúrio." Ela empurra uma mecha de cabelo e acende o *papiros*, dá uma tragada. "Jogar na segunda divisão."

"Me dá um."

Bina lhe passa o Broadway, e ele se senta na cama, enrolando-se numa cuidadosa toga de roupa de cama. Ela o examina em seu esplendor ao mesmo tempo em que acende um segundo *papiros*. Repara nos pêlos grisalhos ao redor de seus mamilos, no progresso do pneuzinho na cintura, nos joelhos ossudos.

"Dormindo de cueca e meias", comenta. "Sempre um mau sinal no seu caso."

"Acho que é depressão", diz ele. "Acho que me pegou ontem à noite."

"Ontem à noite?"

"No ano passado?"

Bina procura com os olhos alguma coisa que lhe sirva de cinzeiro. "Ontem você e Berko foram à ilha Verbov por causa desse tal Lasker?"

É inútil mentir para ela. Mas faz muito tempo que Landsman anda desobedecendo a ordens. Não vai dizer a verdade bem agora.

"Você não recebeu um telefonema?", ele diz.

"Um telefonema? Da ilha Verbov? Num sábado de manhã? Quem vai me telefonar de lá num sábado de manhã?" Seus olhos ficam malignos, apertadinhos nos cantos. "E o que iam dizer se telefonassem?"

"Desculpe", diz Landsman. "Com licença. Eu não agüento mais."

Levanta-se, empertiga-se de cueca e com o lençol nos ombros. Contorna a cama e vai ao minúsculo banheiro com pia, espelho de aço e chuveiro. Não há cortina, apenas um ralo no centro do piso. Ele fecha a porta e passa um bom tempo urinando com genuíno prazer. Coloca o cigarro aceso na borda da caixa do vaso e lava bruscamente o rosto com sabonete e esponja. Num cabide atrás da porta, há um roupão de banho branco com listras vermelhas, verdes, amarelas e pretas, um estampado indígena. Ele o veste. Torna a pôr o *papiros* na boca e olha para si no arranhado retângulo de aço polido fixado acima da pia. O que vê não suscita surpresas nem desconhecidas verdades. Landsman dá a descarga e volta para o quarto.

"Bina", diz, "eu não conhecia o cara. Ele apareceu no meu caminho. Acho que até tive oportunidade de conhecê-lo, mas recusei. Se esse sujeito e eu tivéssemos nos conhecido, é possível que ficássemos amigos. Talvez não. Ele curtia heroína e é provável que isso lhe bastasse. Geralmente basta. Mas conhecê-lo ou não, ou poder ter envelhecido de mãos dadas com ele no sofá do saguão, nada disso tem importância. O que acontece é que entraram aqui no hotel, no meu hotel, e deram um tiro na nuca de um homem que estava viajando no país do sonho. E isso me incomoda. À parte qualquer restrição genérica ao conceito de homicídio que eu porventura tenha desenvolvido ao longo dos anos. Isso não tem nada a ver com certo e errado, lei e ordem, procedimento policial, política departamental, reversão, judeus e índios. Este pardieiro aqui é a minha casa. Vou continuar morando aqui nos próximos dois meses ou o tempo que for. Para o bem ou para o mal, agora todos esses pobres-diabos que pagam aluguel por uma cama embutida e uma folha de aço chumbada na parede do banheiro são a minha família. Eu não posso dizer que gosto deles. Alguns são boa gente. A maioria não, muito pelo contrário. Mas não vou deixar nenhum filho-da-puta entrar aqui e meter uma bala na nuca deles."

Bina acaba de preparar duas xícaras de café solúvel. Entrega-lhe uma. "Preto e com açúcar", diz. "Certo?"

"Bina."

"Nessa você está sozinho. A tarja preta continua. Se te pegarem, se você se encrencar, se os Rudashevsky te quebrarem os joelhos, eu não quero nem saber." Ela vai até a bolsa e saca um arquivo sanfonado repleto de pastas. Coloca-o na mesa de compensado. "O laudo da criminalística ainda é parcial. Parece que Shpringer desistiu no meio do trabalho. Sangue e cabelo. Latentes. Pouca coisa. O da balística ainda não chegou."

"Obrigado, Bina. Escute uma coisa, esse cara. O nome dele não era Lasker. Esse cara..."

Ela lhe tapa a boca com a mão. É a primeira vez em três anos que toca nele. Provavelmente seria exagero dizer que Landsman sente a depressão recuar ao contato desses dedos em seus lábios. Mas ela fica abalada, e a luz começa a se escoar pelas rachaduras.

"Eu não sei de nada", diz Bina. Afasta a mão. Toma um gole de café solúvel e faz uma careta. "Argh."

Põe a xícara na mesa, pega a bolsa e vai para a porta. Pára e olha para Landsman com aquele roupão que ela lhe deu de aniversário quando ele fez trinta e cinco anos.

"Vocês até que têm peito", diz. "Não posso acreditar que você e Berko tenham ido lá."

"A gente tinha de contar que o filho dele estava morto."

"O *filho* dele."

"Mendel Shpilman. O único filho do *rebbe*."

Bina abre a boca, mas torna a fechá-la. Menos assombrada do que envolvida, cravando os dentes de *terrier* na informação, mastigando-lhe a carne sanguinolenta. Landsman vê que ela tem prazer em senti-la ceder à incisiva pressão de sua mandíbula. Mas seus olhos manifestam um cansaço que ele conhece bem. Bina nunca há de perder o apetite detetivesco pela história das pessoas, pensa ele, por desvendá-las tintim por tintim, desde o surto final de violência até o primeiro erro. Mas, às vezes, uma *shammes* fica um pouco cansada dessa fome.

"E o que o *rebbe* disse?" Ela solta a maçaneta com ar de genuíno pesar.

"Parecia meio amargurado."

"Ele se surpreendeu?"

"Não muito, mas não sei o que pensar disso. Fazia tempo que o garoto tinha ido por água abaixo. Você acha que Shpilman ia rechear o filho de chumbo? Teoricamente, sim. E Baronshteyn mais ainda."

A bolsa de Bina cai no chão. O som que faz parece o baque de um corpo. Ela imprime um dolorido movimento circular ao ombro. Ele bem que podia lhe oferecer uma massagem, mas, sensatamente, se abstém.

"Com certeza, eu vou receber um telefonema", diz ela. "De Baronshteyn. Assim que aparecerem três estrelas no céu."

"Bom, eu não acreditaria muito se ele dissesse que está inconsolável com a morte de Mendel Shpilman. Todo mundo se alegra com a volta do filho pródigo, menos o cara que anda dormindo com o pijama dele." Landsman toma um gole de café, terrivelmente amargo e doce.

"O filho pródigo."

"Ele era uma espécie de menino-prodígio. No xadrez, na Torá, em línguas. Segundo me contaram hoje, chegou até a curar o câncer de uma mulher, não que eu acredite nisso, mas... Acho que circulavam muitas histórias sobre ele no mundo urubu. Dizem que Mendel talvez fosse o Tzaddik Ha-Dor — sabe o que é isso?"

"Mais ou menos. Pelo menos, sei o significado das palavras", responde Bina. O pai dela, Guryeh Gelbfish, é um homem culto no sentido tradicional, e desperdiçou uma parte dessa cultura com a filha única. "O homem justo desta geração."

"Segundo contam, faz uns dois mil anos que esses caras, os *tzaddiks*, aparecem para trabalhar, um por geração, certo? E ficam esperando. Esperando a hora certa, ou o mundo certo, ou, dizem alguns, esperando que a hora e o mundo fiquem tão errados quanto possível. De alguns a gente sabe. A maioria deles é muito discreta. Acho que a idéia é que o Tzaddik Ha-Dor pode ser qualquer um."

"Ele é desprezado e rejeitado pelos homens", acrescenta Bina, ou melhor, recita. "Um sujeito triste, conhecedor do padecimento."

"É justamente o que eu estou dizendo. Qualquer um. Um mendigo. Um sábio. Um drogado. Até mesmo um *shammes*."

“Acho que sim”, concorda ela. Elabora mentalmente a trajetória do defunto: de prodígio milagroso dos verbôveres até o drogado assassinado num hotelzinho de segunda da rua Max Nordau. A história se desenvolve de um modo que parece entristecê-la. “Mas ainda bem que não sou eu.”

“Como assim? Você desistiu de redimir o mundo?”

“Por acaso, alguma vez eu quis redimir o mundo?”

“Acho que sim, sem dúvida.”

Bina reflete sobre essa afirmação, esfregando o lado do nariz com o dedo, tentando recordar. “Acho que já superei isso”, diz, mas Landsman não acredita. Ela nunca deixou de querer redimir o mundo. Apenas fez com que o mundo a ser redimido fosse ficando cada vez menor, a ponto de caber no chapéu de uma policial infeliz. “Para mim, agora tudo são galinhas falantes.”

Bem que ela podia sair de cena ao terminar essa fala, mas continua ali por mais quinze segundos sem redenção, encostada na porta, vendo Landsman passar os dedos nervosos nas pontas do cinto do roupão.

“O que você vai dizer a Baronshteyn quando ele telefonar?”

“Que você saiu completamente da linha e que eu vou abrir uma sindicância. Talvez confisque o seu distintivo. Vou tentar evitar isso, mas com esse *shomer* da agência funerária pela frente — esse maldito —, eu não tenho muito espaço de manobra. Nem você.”

“Tudo bem, você me avisou”, diz Landsman. “Eu fui avisado.”

“E o que você vai fazer?”

“Agora? Agora eu quero levar um papo com a mãe. Shpilman disse que ninguém nunca mais soube de Mendel nem voltou a falar com ele. Mas, sei lá por quê, eu não estou muito inclinado a acreditar nisso.”

"Batsheva Shpilman. Vai ser um papo difícil", diz Bina. "Principalmente para um homem."

"É verdade", concorda Landsman com melancolia.

"Não. Não, Meyer. Nem pensar. Você está sozinho nessa."

"Ela vai ao enterro. A única coisa que você precisa fazer é..."

"A única coisa que eu preciso fazer", diz Bina, "é ficar longe dos *shomers*, andar na linha e não fazer nenhuma cagada nos próximos dois meses."

"Eu bem que gostaria de andar na linha com você", diz Landsman, relembrando os velhos tempos.

"Se veste", ordena ela. "E vê se faz um favor a si próprio: limpa esta merda. Olha só que bagunça. Eu não consigo acreditar que você vive assim. Santo Deus, você não tem vergonha?"

Outrora Bina Gelbfish acreditava em Meyer Landsman. Ou acreditou, no momento em que o conheceu, que havia um sentido naquele encontro, que uma intenção detectável estava por trás de seu casamento. Eles se entrelaçaram como um par de cromossomos, mas, se Landsman via naquela união tão-somente um emaranhamento, uma oportunidade de enredar os fios, Bina enxergava a mão do Fazedor de Nós. E Landsman pagou a fé dela com a sua fé no próprio Nada.

"Só quando eu olho para a sua cara", responde ele.

20.

Landsman fila meia dúzia de *papiros* do gerente do fim de semana, Krankheit, e passa uma hora queimando três deles enquanto os lamentáveis laudos referentes ao morto do quarto 208 lhe informam sobre a contabilidade de proteínas, taxas de gordura e pó. Como disse Bina, não há nenhuma novidade. Ao que parece, o assassino era um profissional, um *shlosser* eficiente que não deixou vestígio de sua passagem. As impressões digitais da vítima coincidem com as do prontuário de Menachem-Mendel Shpilman, preso sete vezes por posse de drogas nos últimos dez anos, sob uma variedade de codinomes, inclusive Wilhelm Steinitz, Aron Nimzovitch e Richard Réti. Só isso está claro, nada mais.

Landsman cogita mandar comprar bebida, mas prefere tomar um banho quente. O álcool o defraudou; pensar em comida revira-lhe o estômago e, francamente, se ele tivesse mesmo a intenção de se matar, já o teria feito há muito tempo. Portanto, é isso aí, o trabalho não passa de uma piada; mas nem por isso deixa de ser trabalho. Eis o verdadeiro conteúdo do arquivo sanfonado que Bina lhe trouxe, uma mensagem enviada do outro lado da divisória da política departamental, do casamento desfeito e de carreiras a rolarem em direções opostas: *persista nisso e pronto*.

Landsman tira o último terno limpo do saco plástico, faz a barba e escova o chapéu, providenciando-lhe uma superfície lustrosa. Hoje está de folga, mas o contrário disso não significa nada, hoje não significa nada; nada além de um terno limpo, três Broadway novos, o latejar da ressaca bem atrás dos olhos e o murmúrio da escovinha no feltro caramelo do chapéu tem algum significado. E, tudo bem, talvez um resquício, no quarto de hotel, do cheiro de Bina, da gola azeda da sua blusa, do sabonete de verbena, do aroma de manjerona de suas axilas. Ele desce de elevador como quem sai de debaixo da sombra cada vez mais próxima de um piano em queda livre, com uma espécie de clangor de *jazz* no ouvido. O nó da gravata de listras verdes e douradas aperta sua laringe como um escrúpulo a comprimir uma consciência culpada. É um lembrete de que ele está vivo. Seu chapéu brilha mais do que uma foca.

Ninguém retirou a neve da rua Max Nordau; reduzidas a esqueletos, as equipes de limpeza de Sitka concentram-se nas grandes artérias e na auto-estrada. Depois de tirar as galochas de borracha do porta-malas, Landsman deixa o Super Sport aos cuidados do garagista. Então segue seu caminho com cuidado, meio que sapateando na neve que lhe cobre os pés, rumo ao Rosquinhas Mabuhay, na rua Monastir.

A rosquinha filipina de estilo chinês, ou *shtekeleh*, é a grande contribuição do distrito de Sitka para os *gourmets* do mundo. Na forma atual, não existe nas Filipinas. Nenhum glutão chinês a reconheceria como fruto de suas caçarolas nativas. Tal como o deus da tempestade Javé da Suméria, o *shtekeleh* não foi inventado pelos judeus, mas o mundo não teria nem Deus nem o *shtekeleh* sem os judeus e seus desejos. Um *panatela* de massa frita não muito doce, não muito salgada, embebido em açúcar e canela, de casquinha crocante, macio por dentro e cheio de buraquinhos de bolsas de ar. É mergulhá-lo na xícara de papel de chá com leite, fechar os olhos, e, durante dez prolongados segundos, vislumbrar a possibilidade de coisas mais requintadas.

O senhor oculto dessas rosquinhas sino-filipinas é Benito Taganes, proprietário e rei das borbulhantes fritadeiras do Mabuhay. Escuro, lotado, invisível da rua, o Mabuhay fica aberto a noite toda. Drena os bares e cafés noturnos, congrega os depravados e os criminosos em torno de seu comprido balcão de fórmica e zangarreia fofocas de delinqüentes, policiais, *shtarkers* e *shlemiels*, prostitutas e boêmios. Com a gordura a aplaudir nas caçarolas, as hélices do exaustor a roncar e o aparelho de som a atroar os desconsolados *kundimans* da infância de Benito em Manila, a clientela borbota seus segredos. Uma névoa dourada de óleo *kosher* paira no ar, entorpecendo os sentidos. Quem há de escutar com os ouvidos entupidos de fritura *kosher* e da lamentação de Diomedes Maturan? Mas acontece que Benito Taganes escuta tudo e de tudo se lembra. É capaz de traçar a árvore genealógica de Alexei Lebed, o chefão do bando russo, na qual não há avós e sobrinhos, e sim chantagistas, matadores e contas bancárias em paraísos fiscais. É capaz de cantar um *kundiman* que fala em esposas eternamente fiéis aos maridos encarcerados e em maridos em cana porque suas esposas os deduraram. Sabe quem escondeu a cabeça de Furry Markov na garagem e qual inspetor do Narcóticos figura na folha de pagamento de Anatoly Moskowits, a Besta-fera. Só que o único que sabe que ele sabe disso tudo é Meyer Landsman.

"Uma rosquinha, *reb* Taganes", pede Landsman ao entrar batendo os pés, sacudindo a crosta de neve das galochas. A tarde de sábado em Sitka jaz morta como um Messias frustrado em sua enroscada vestimenta de neve. Não havia ninguém na calçada, raramente um carro na rua. Mas dentro do Mabuhay, três ou quatro vagabundos, solitários e bêbados entre duas noitadas, estão arrimados no balcão de resina lustrosa, sugando o chá dos *shtekelehs* e fazendo o cálculo de seus próximos grandes erros.

"Só um?", pergunta Benito. É um baixinho gordo de pele da cor do chá com leite que ele serve e de bochechas bexigosas como um par de luas escuras. Embora tenha cabelo preto, já ultrapassou os setenta. Na juventude, foi campeão peso-mosca em Luzon e, com os dedos grossos e os antebraços que mais parecem dois salames tatuados, é considerado um cara da pesada, o que atende bem às necessidades do ramo em que atua. Seus grandes olhos castanho-claros o traem, de modo que ele os conserva baixos, desviados do interlocutor. Porém Landsman já os viu. Para administrar um *shtinker*, é preciso saber enxergar um coração partido no peito dos mais insensíveis. "Acho que você devia comer dois, detetive, ou até três."

Com o cotovelo, Benito afasta o sobrinho ou primo que está cuidando do cesto de fritura e mergulha uma corda de massa crua no óleo. Minutos depois, eis que Landsman segura um pedacinho de céu embrulhado em papel-manteiga.

"Eu descolei aquela informação que você queria sobre a filha da irmã de Olívia", diz com a boca cheia daquela delícia quente e açucarada.

Benito lhe serve uma xícara de chá e faz um gesto em direção ao beco. Veste o anoraque, e eles saem. Benito tira um chaveiro da cinta e abre uma porta de ferro a pouca distância do Rosquinhas Mabuhay. É lá que ele mantém a amante Olívia em três salinhas acanhadas, com uma Dietrich de Warhol e um cheiro amargo de vitaminas e gardênia podre. Madame não está. Ultimamente, vive entrando e saindo do hospital, morrendo em capítulos, todos eles terminados num suspense sensacional. Benito aponta para uma poltrona de couro vermelho pespontada de branco. É óbvio que Landsman não obteve nenhuma informação sobre as filhas da irmã de Olívia. Aliás, Olívia não é propriamente uma "madame", mas Landsman também é o único que conhece esse pormenor da vida de Benito Taganes, o rei da rosquinha. Anos atrás, um tarado chamado Kohn atacou a srta. Olívia Lagdameo e descobriu seu segredo. A *segunda* grande surpresa que teve naquela noite foi a chegada fortuita do patrulheiro Landsman. O que este fez com a cara do tarado deixou-o o resto da vida falando enrolado. De modo que é um misto de gratidão e vergonha, e não dinheiro, que impele o fluxo de informações de Benito para o homem que salvou Olívia.

"Ouviu falar no filho de Heskel Shpilman?", indaga Landsman, depositando as rosquinhas e a xícara de chá. "Um sujeito chamado Mendel?"

De pé, as mãos unidas às costas, Benito parece um menino chamado a recitar uma poesia na escola. "Uma vez ou outra em anos", responde. "Drogado, né?"

Landsman arqueia meio centímetro da volumosa sobrancelha. Não se dá resposta à pergunta de um *shtinker*, muito menos a uma pergunta retórica.

"Mendel Shpilman", desembucha Benito. "Eu vi ele por aí, quem sabe uma vez ou outra. Cara engraçado. Fala um pouco de tagalo. Canta um pouco de música filipina. O que aconteceu? Ele não morreu, morreu?"

Novamente, Landsman nada diz, mas gosta de Benny Taganes e acha um tanto grosseiro manipulá-lo o tempo todo. Para justificar o silêncio, pega o *shtekeleh* e dá uma mordida. Ainda está morno e tem um gostinho de baunilha, e a crosta crepita entre seus dentes feito cobertura de caramelo num pudim. Quando Landsman o leva à boca, Benito o observa com a frieza professoral de um maestro a testar um flautista.

"Está gostoso, Benny."

"Por favor, detetive, não me insulte."

"Desculpe."

"Eu sei muito bem que está gostoso."

"Uma delícia."

"Nada na sua vida chega aos pés disso aí."

De tão notória, essa verdade deixa-o com os olhos rasos de lágrimas; para disfarçar, Landsman ataca outra rosquinha.

"Tinha uns caras atrás do *yid*", prossegue Benito em seu iídiche rude e fluente. "Eram dois, faz três meses. Dois caras."

"Você viu os caras?"

Benito dá de ombros. Suas táticas e operações sempre foram um mistério para Landsman — os primos e sobrinhos e a rede de *subshtinkers* que emprega.

"Eles foram vistos", diz. "Pode ser que tenha sido por mim."

"Eram urubus?"

Benito passa um bom tempo ponderando sobre a pergunta, e Landsman percebe que ela o perturba de um modo até certo ponto científico, quase prazeroso. Ele sacode a cabeça devagar, com segurança. "Sem chapéu preto", diz. "Mas de barba."

"De barba? Como assim? Eram do tipo religioso?"

"*Yarmulke* caprichada. Barba bem aparada. Jovens ainda."

"Russos? Sotaque?"

"Se me falaram nesses rapazes, quem me falou não disse nada sobre o sotaque. Se fui eu mesmo que os vi, lamento, mas não lembro. Ei, qual é, detetive, por que não está escrevendo nada?"

Logo que Benito virou seu informante, Landsman fingia levar muito a sério tudo o que o filipino dizia. Agora pega o bloco de anotações e rabisca uma ou duas linhas só para satisfazer o rei da rosquinha. Não sabe ao certo o que fazer desses dois ou três judeus jovens e arrumadinhos, religiosos, mas sem chapéu preto.

"Por favor, me diga o que eles queriam saber exatamente."

"O paradeiro. Informações."

"E souberam?"

"Não no Rosquinhas Mabuhay. Não da boca de um Taganes."

O Shoyfer de Benito toca, e ele o abre e o leva ao ouvido. A dureza abandona por completo as rugas ao redor de sua boca. O rosto se iguala aos olhos, doces, transbordantes de emoção. Ele matraqueia em meigo tagalo. Landsman consegue distinguir seu próprio sobrenome em meio àquele idioma de um lugar tão distante.

"Como vai Olívia?", pergunta quando Benito fecha o telefone e verte um metro de gesso frio no molde de suas feições.

"Não consegue comer. Lá se foram os *shtekelehs*."

Fim de papo. Landsman se levanta, guarda o bloco de anotações no bolso e come o último pedaço. Está se sentindo mais forte e mais feliz do que há semanas, talvez meses. Há uma coisa na morte de Mendel Shpilman, uma história a ser decifrada, que dele sacode a poeira e as teias de aranha. Ou então é a rosquinha. Os dois vão para a porta, mas Benito lhe segura o braço.

"Não vai me perguntar mais nada, detetive?"

"O que você quer que eu pergunte?" Landsman enruga a testa, então arrisca uma questão duvidosa. "Você ouviu alguma coisa hoje talvez? Alguma coisa sobre a ilha Verbov?" É difícil, mas não inconcebível, imaginar que a notícia da contrariedade verbôver com a visita de Landsman ao *rebbe* já tenha chegado ao ouvido de Benito.

"Da ilha Verbov? Não, outra coisa. Você continua atrás de Zilberblat?"

Viktor Zilberblat é um dos onze casos em aberto que Landsman e Berko devem resolver sem falta. Zilberblat morreu esfaqueado em março passado, em frente à taberna Hofbrau, no Nachtasyl, o antigo bairro alemão, a algumas quadras dali. A faca era pequena, a lâmina quase cega; o homicídio parecia não ter sido premeditado.

"Viram o irmão", diz Benito Taganes. "Rafi. Circulando por aí."

Ninguém sentiu a morte de Viktor, menos ainda seu irmão Rafael. Viktor abusava dele, enganava-o, humilhava-o e se esbaldava com seu dinheiro e sua mulher. Assim que o irmão morreu, Rafael saiu da cidade: paradeiro desconhecido. Os indícios que o ligam à faca são, na melhor das hipóteses, inconclusivos. Duas testemunhas não muito dignas de crédito situaram-no a sessenta quilômetros do Nachtasyl nas duas horas que precederam e nas duas que se seguiram ao provável horário do assassinato de Viktor. Mas Rafi Zilberblat tem uma longa e monótona ficha na polícia e vai ser fácil pegá-lo, reflete Landsman, dado o baixo padrão de prova que a nova política pressupõe.

"Circulando onde?", pergunta Landsman. A informação é como um quente e preto gole de café. Já está se enrolando na liberdade de Rafael Zilberblat como uma serpente de cinqüenta quilos.

"Naquela loja Big Macher de Granite Creek, que fechou. Não sei quem o viu entrando e saindo de lá. Carregando coisas. Um bujão de gás. Vai ver que está morando na loja vazia."

"Obrigado, Benny. Eu vou checar."

Landsman faz menção de sair do apartamento. Benito Taganes lhe segura a manga. Com mão paternal, alisa-lhe o colarinho do sobretudo. Limpa as migalhas de açúcar e canela.

"A sua mulher", diz. "Voltou para cá?"

"Em toda a sua glória."

"Boa pessoa. Dá lembrança de Benny a ela."

"Eu mando ela dar um pulo aqui."

"Não, você não manda nada", sorri Benito. "Agora ela é a sua chefe."

"Ela sempre foi a minha chefe. Agora é só oficialmente."

O sorriso desaparece, e Landsman desvia a vista para não ver o espetáculo dos olhos chorosos de Benito Taganes. Sua esposa é uma mulherzinha calada e insignificante, mas a srta. Olívia, quando estava no auge, comportava-se como chefe de meio mundo.

"Melhor para você", diz Benito. "Você precisa disso."

21.

Landsman enfia mais um pente de balas na cinta e toma o rumo do extremo norte, para lá de Halibut Point, onde a cidade escarra e a água alcança a terra como um braço de policial. Já na saída da rodovia Ickes, as ruínas de um *shopping* assinalam o fim do sonho da Sitka Judia. O ímpeto de ocupar com os judeus do mundo todo o espaço que vai dali até Yakovi tropeçou e morreu naquele estacionamento. Não houve *status* permanente nem influxo de carne judia nova dos cantos tristes e dos tenebrosos caminhos da diáspora. Os planejados conjuntos habitacionais continuam sendo riscos em papel azul a entulhar uma gaveta de aço qualquer.

A loja Big Macher de Granite Creek bateu as botas há cerca de dois anos. As portas estão fechadas a cadeado e, ao longo de seu flanco sem janelas, no qual caracteres iídiches e romanos outrora soletravam o nome do estabelecimento, não há senão uma misteriosa série de buracos, de pontos de dominó, o próprio braile do fracasso.

Landsman deixa o carro no acostamento e atravessa a pé o gélido descampado do estacionamento em direção à porta principal. Lá a neve não é funda como nas ruas do centro. O céu está alto e cinza-claro, com faixas mais escuras aqui e ali. Ele solta vapor pelas narinas enquanto avança rumo às portas de vidro, as maçanetas algemadas feito braços com uma frouxa corrente revestida de borracha azul. Landsman vai com a intenção de bater naquelas portas, já brandindo bem alto as credenciais e com a atitude vibrante de um verdadeiro campo magnético, e Rafi Zilberblat, aquele lebréu sorrateiro, há de sair muito dócil e ofuscado pela luz a refletir na neve.

A primeira bala escurece o dia bem junto à orelha esquerda de Landsman, como uma gorda mosca a zumbir. Ele só percebe que é uma bala quando ouve, ou se lembra de ter ouvido, um estampido abafado e, logo a seguir, o clamor do vidro. A essa altura, já está se atirando de bruços na neve, achatando-se no chão, onde a bala seguinte lhe raspa a parte de trás do crânio e queima como um rastro de gasolina atingido por um fósforo. Landsman saca o *sholem*, mas há uma teia de aranha em sua cabeça ou em seu rosto, e o arrependimento o paralisa. Seu plano era plano nenhum, e agora estava perdido. Não tem cobertura. Ninguém sabe onde ele está, com exceção de Benito Taganes, com seu olhar de melaço e seu silêncio quase universal. Landsman vai morrer num ermo estacionamento à margem do mundo. Fecha os olhos. Abre-os, e a teia de aranha fica mais densa e cintilante de orvalho. Passos na neve, mais de uma pessoa. Ele ergue a arma e mira em direção aos fios brilhantes daquilo que lhe afeta o cérebro. Dispara.

Ouve um grito de dor, feminino, um resfôlego, e então a mulher lhe deseja nada menos que um câncer nos testículos. A neve se acumula em suas orelhas e, ao se derreter, escorre sob a gola do casaco e segue pescoço abaixo. Alguém agarra sua pistola e o puxa, tentando erguê-lo. Hálito de pipoca. A gaze sobre os olhos se esgarça quando ele se levanta bruscamente. Agora pode enxergar o focinho bigodudo de Rafi Zilberblat e, à porta da Big Macher, uma gorda oxigenada estendida no chão, a vida a lhe jorrar da barriga, tingindo a neve de um vermelho fumegante. E duas armas, uma delas na mão de Zilberblat, apontada para a sua cabeça. O brilho da automática remove a teia de arrependimento e auto-recriminação. O cheiro de pipoca que chega de dentro da loja abandonada altera-lhe a percepção do cheiro de sangue, destacando-lhe o aspecto adocicado. Ele se abaixa e larga a Smith & Wesson.

Nesse momento, Zilberblat, que estava puxando sua arma com muita força, recua na neve aos trancos. De quatro, Landsman se joga por cima dele. Agora está apenas agindo, sem um único pensamento na cabeça. Consegue agarrar seu *sholem*, gira-o para o outro lado, e, então, eis que o mundo puxa o gatilho de todas as armas. Nasce um corno de sangue na cabeça de Zilberblat. E as teias de aranha envolvem os ouvidos de Landsman, que só consegue ouvir a própria respiração no fundo da garganta e o pulsar do seu sangue.

Escarranchado sobre o homem que acaba de matar, os joelhos a arderem na neve, ele sente dentro de si uma paz estranha e efêmera abrir-se feito um guarda-chuva. Conserva a sensatez para entender que essa tranqüilidade não é necessariamente um bom sinal. Logo as dúvidas começam a se aglomerar em torno à consciência da cagada que acaba de perpetrar, um bando de curiosos ao redor de um suicida que saltou para a morte. Landsman se levanta tropegamente. Vê o sangue no casaco, os pedaços de cérebro, um dente.

Dois seres humanos mortos na neve. O cheiro de pipoca, um amanteigado fedor de chulé, o vence.

Quando ele está vomitando as tripas na neve, outro homem sai da loja Big Macher. Um rapaz com cara de fuinha e andar de cavalo trotador. Landsman está lúcido o suficiente para identificá-lo como um Zilberblat. Esse Zilberblat está de braços erguidos e com um olhar aterrorizado. E de mãos vazias. Mas, ao ver Landsman de quatro, sangrando e vomitando, abandona o projeto de se entregar. Pega a automática jogada perto do irmão arruinado. Landsman se levanta com dificuldade, e o rastro de fogo em sua nuca se aviva. Ele sente o chão lhe faltar, e então tudo desaparece numa escuridão fremente.

Depois de morrer, Landsman desperta de bruços no chão. Não sente a neve no rosto. O furioso zumbido nos ouvidos desapareceu. Com esforço, ele consegue se sentar. O sangue que lhe sai da cabeça disseminou azaléias na neve. O homem e a mulher que ele baleou continuam no mesmo lugar, mas não há vestígio do jovem Zilberblat que o matou a tiros ou não o matou. Com uma súbita clareza de raciocínio e a crescente suspeita de que se esqueceu de morrer, Landsman apalpa o próprio corpo. O relógio, a carteira, a chave do carro, o telefone celular, a arma e o distintivo sumiram. Ele procura o carro estacionado ao longe, na via marginal. Ao ver que seu Super Sport desapareceu, compreende que ainda está vivo, pois só a vida é capaz de oferecer uma paisagem tão desalentadora.

"Mais um filho-da-puta de um Zilberblat."

Landsman está com frio. Pensa em entrar na Big Macher, mas o fedor de pipoca o impede. Desvia a vista das portas escancaradas e olha para a alta colina e, mais além, a cadeia de montanhas enegrecida pelas árvores. Então se senta na neve. Depois se deita. É cômodo e confortável. Sentindo um cheiro bom de poeira gelada, ele fecha os olhos e pega no sono, todo dobrado em seu agradável buraquinho na parede do hotel Zamenhof, e, pela primeira vez na vida, a claustrofobia não o incomoda nem um pouco.

22.

Landsman carrega um bebê. O garotinho chora sem muita convicção. Seus lamentos constringem deliciosamente o coração do detetive. É um grande alívio descobrir que tem um lindo e gordo bebê com cheiro de *waffles* e sopa. Ele aperta o pezinho rechonchudo, sopesa nos braços aquela coisinha ao mesmo tempo minúscula e enorme. Volta-se para Bina a fim de lhe dar a boa notícia: foi tudo um engano. Aqui está o nosso filhinho. Mas não há Bina nenhuma com quem falar; só guarda nas narinas a lembrança da chuva nos cabelos da ex-mulher. E então ele acorda e se dá conta de que o bebê que chora é Pinky Shemets, protestando contra a troca de fralda ou outra coisa qualquer. Landsman abre os olhos, e o mundo irrompe na forma de um revestimento de parede de batique, e a perda do filho o deixa oco, vazio, como se essa fosse a primeira vez.

Está na cama de Berko e Ester-Malke, deitado de lado, de cara para a parede estampada com uma colorida cena de jardins balineses e pássaros silvestres. Alguém o despiu, deixando-o só de cueca. Ele se senta. Sente um formigar na parte posterior da cabeça e, logo a seguir, o forte estiramento da corda da dor. Passa a mão nas imediações do ferimento. Encontra um curativo, uma enrugada elipse de gaze e esparadrapo. Ao redor dela, um bom pedaço de couro cabeludo raspado. As lembranças vão caindo, uma sobre a outra, com um barulhinho igual ao das fotografias de cenas de crime recém-chegadas da câmara mortuária do dr. Shpringer. Uma jovial enfermeira de pronto-socorro, uma radiografia, uma injeção de morfina, um difuso chumaço de algodão embebido em Betadine. Antes disso, a luz de um poste refletida no teto branco de vinil de uma ambulância. E antes disso. Antes disso, a viagem de ambulância. A rubra neve derretida. Um rubro jato a brotar na testa de Rafi Zilberblat. Uma esburacada mensagem codificada na fachada de uma loja. Landsman se afasta tão depressa da lembrança do acontecido no vasto estacionamento da Big Macher que tropeça imediatamente na dor de ter perdido Django Landsman no sonho.

"Pobre de mim", diz. Enxuga os olhos. Daria uma glândula, um órgão não muito importante, por um *papiros*.

A porta do quarto se abre, e Berko entra com um maço de Broadway quase cheio.

"Alguma vez eu te contei que te amo?", diz Landsman, sabendo perfeitamente que nunca o fez.

"Não, nunca, graças a Deus. Este aqui, eu consegui cigarros com a vizinha, uma drogada. Disse a ela que a polícia o requisitava."

"Fico eternamente agradecido."

"Eu reparei no advérbio."

Berko também reparou que Landsman estava chorando; uma sobrancelha se ergue muito, fica suspensa, volta a cair como uma toalha estendendo-se numa mesa.

"O bebê vai bem?"

"O dente." Berko pega um cabide atrás da porta. Lá está a roupa de Landsman, arrumada e escovada. Apalpa o paletó e tira do bolso uma caixa de fósforos. Depois se aproxima da cama e lhe entrega os *papiros* e os fósforos.

"Francamente, não posso jurar de pés juntos que sei como foi que eu vim parar aqui", diz Landsman.

"Idéia de Ester-Malke. Ela sabe que você detesta hospital. Disseram que não precisava ficar internado."

"Senta aí."

Não há cadeira no quarto. Landsman se afasta, e Berko se senta na beira da cama, causando alarme entre as molas do estrado.

"Tudo bem se eu fumar?"

"Nem tanto. Vai para perto da janela."

Landsman sai da cama. Ao subir a persiana de bambu, surpreende-se com o aguaceiro que está caindo. O cheiro de chuva entra pelos cinco centímetros de vidraça aberta, explicando a fragrância do cabelo de Bina no sonho. Ele examina o estacionamento do prédio e vê que a neve derreteu e foi levada pela chuva. A luz também lhe parece suspeita.

"Que horas são?"

"Quatro e trinta... e dois", responde Berko sem consultar o relógio.

"Que dia?"

"Domingo."

Landsman escancara a janela e senta a nádega esquerda no parapeito. A chuva lhe molha a cabeça dolorida. Ele acende o *papiros*, dá uma longa tragada e tenta decidir se ficou abalado com essa informação. "Há quanto tempo eu não fazia isso", diz. "Passar um dia inteiro dormindo."

"Devia estar precisando", observa Berko com afabilidade. Olha de esguelha para Landsman. "A propósito, foi Ester-Malke que tirou a sua calça. Só para você saber."

Landsman joga a cinza pela janela. "Eu levei um tiro."

"De raspão. Disseram que é mais como uma queimadura. Nem precisou dar pontos."

"Eram três. Rafael Zilberblat. Um *pisher* que imagino seja irmão dele. E uma mulher. O irmão roubou o meu carro, a minha carteira. O meu distintivo e o meu *sholem*. Me largou lá."

"Foi o que a gente concluiu."

"Eu queria pedir socorro, mas o judeuzinho cara de fuinha também roubou o meu Shoyfer."

A referência ao telefone faz Berko sorrir.

"O quê?", indaga Landsman.

"Pois é, o seu *pisher* estava fugindo. Para o norte, para Ickes, a caminho de Yakovy, Fairbanks, Irkutsk."

"Ahn-ahn."

"O teu telefone tocou. O *pisher* atendeu."

"E era você."

"Bina."

"Gostei dessa."

"Em dois minutos de papo com o Zilberblat, ela ficou sabendo onde ele estava, a sua descrição, o nome do cachorro dele quando ele tinha onze anos. Cinco minutos depois, dois *latkes* o pegaram perto de Krestov. O seu carro está inteirinho. Ainda tem dinheiro na carteira."

Landsman se finge interessadíssimo pelo modo como o fogo transforma o fumo curado em flocos de cinza. "E o meu distintivo e a minha arma?", pergunta.

"Ah."

"Ah."

"O seu distintivo e a sua arma estão com a sua chefe."

"Ela pretende devolvê-los?"

Berko estende a mão e alisa o lençol.

"Foi tudo rigorosamente no cumprimento do dever", diz Landsman num tom que parece choroso até aos seus próprios ouvidos. "Eu descolei uma informação sobre Rafi Zilberblat." Dá de ombros e passa os dedos no curativo. "Só queria levar um papo com o *yid*."

"Devia ter me telefonado antes."

"Não queria incomodar você num sábado."

Não é desculpa, e soa ainda mais esfarrapada do que Landsman esperava.

"Tá, eu sou uma besta", admite. "E também um péssimo policial."

"Regra número um."

"Eu sei. É que, na hora, me deu vontade de fazer alguma coisa. Não imaginei que fosse acabar como acabou."

"Em todo caso", diz Berko. "O *pisher*. O irmãozinho. Se chama Willy Zilberblat. Confessou pelo irmão. Disse que foi Rafi mesmo que matou Viktor. Com meia tesoura."

"Como assim?"

"Já que todas as outras coisas continuam na mesma, eu diria que Bina tem motivos para estar contente com você nesta história. Você resolveu o caso muito bem."

"*Meia* tesoura?"

"Não acha engenhoso?"

"Frugal até."

"E a mulher que você tratou com tanta delicadeza — essa também foi você, não?"

"Fui."

"Parabéns, Meyer." Não há sarcasmo na voz nem na expressão de Berko. "Você cravou uma azeitona em Yacheved Flederman."

"Não!"

"Você teve um dia e tanto."

"A enfermeira?"

"Os nossos colegas da Equipe B estão contentíssimos com você."

"A que matou aquele velho esquisito, qual era o nome dele, Herman Pozner?"

"Era o único caso deles do ano passado ainda em aberto. Achavam que ela estava no México."

"Puta merda", diz Landsman em americano.

"Ouvi dizer que Tabatchnik e Karpas já tiveram uma palavrinha com Bina a seu favor."

Landsman esmaga o *papiros* na parede externa do prédio, depois joga a bituca na chuva. Tabatchnik e Karpas estão muito à frente de Landsman e Shemets; muito à frente.

"Mesmo quando eu tenho sorte", diz Landsman, "dá azar." Suspira. "Alguma novidade da ilha Verbov?"

"Nem um pio."

"Nada no jornal?"

"Nada. Nem no *Licht*, nem no *Rut*." Esses são os principais diários urubus. "Nenhum boato que eu tenha ouvido. Ninguém toca no assunto. Nada. Silêncio absoluto."

Landsman se levanta do parapeito da janela e vai até o telefone no criado-mudo. Disca um número que aprendeu de cor anos atrás, faz uma pergunta, obtém a resposta, desliga. "Os verbôveres foram buscar o corpo de Mendel Shpilman ontem à noite."

O telefone se sobressalta em sua mão, trina como um passarinho robô. Landsman o entrega a Berko.

"Ele parece que está bem", diz este pouco depois. "É, imagino que precise de um pouco de repouso. Ok." Baixa o fone e fica olhando para ele, tapando-o com o grosso polegar. "É a sua ex."

"Ouvi dizer que você está bem", diz Bina a Landsman quando ele atende.

"Foi o que me disseram."

"Relaxa um pouco", sugere ela. "Você precisa descansar."

Ele tarda um minuto a registrar o conteúdo da mensagem: a voz dela está meiga e serena.

"Opa, isso não, Bina", diz ele. "Por favor, Bina, diz que não é verdade."

"Duas pessoas mortas. Com a sua arma. Nenhuma testemunha, a não ser um garoto que não viu o que aconteceu. Não tem saída. Suspensão remunerada, aguardando o parecer da corregedoria."

"Eles atiraram em mim. Eu tinha uma informação confiável, cheguei lá com a arma no coldre, fui uma moça de tão delicado. E eles mandaram bala."

"É claro que você vai ter oportunidade de contar a sua história. Até lá, eu fico com o seu distintivo e a sua arma guardada aqui nesta bolsinha Hello Kitty de plástico cor-de-rosa com que Willy Zilberblat estava andando por aí, ok? E trate de descansar e sarar, está bem?"

"Isso pode demorar semanas a se resolver", argumenta Landsman. "Quando eu voltar a trabalhar, é possível que a Delegacia Central de Sitka não *exista* mais. Não há motivo para suspensão, e você sabe disso. Dadas as circunstâncias, você pode me manter na ativa enquanto rola a sindicância e, mesmo assim, lidar com o caso exatamente como manda o regulamento."

"Há regulamentos e regulamentos."

"Não me enrole. Que merda está acontecendo?", pergunta ele em americano.

Bina demora um pouco a responder.

"Eu recebi um telefonema do inspetor-chefe Vayngartner. Ontem. No comecinho da noite."

"Sei."

"Ele disse que acabava de *receber* um telefonema. *Em casa.* E eu acho que o distinto cavalheiro do outro lado da linha estava meio contrariado com o comportamento que o detetive Meyer Landsman houve por bem adotar no bairro desse cavalheiro sexta-feira à tarde. Criando tumulto. Mostrando grande falta de respeito pelos moradores. Atuando sem autoridade nem autorização."

"E Vayngartner respondeu?"

"Que você era um bom detetive, mas tinha certos problemas."

E essa frase, caro Landsman, bem que pode lhe servir de epitáfio.

"E aí, o que foi que você disse a Vayngartner? Quando ele telefonou para arruinar a sua noite de sábado."

"A minha noite de sábado. A minha noite de sábado é como um *burrito* de microondas. É muito difícil estragar uma coisa que já começou mais do que mal. E então eu contei ao inspetor-chefe Vayngartner que você tinha sido baleado."

"E ele?"

"Ele disse que, à luz desse novo indício, talvez fosse obrigado a repensar suas antigas convicções atéias. E me mandou garantir com muita diligência que, nos próximos tempos, você tenha o máximo conforto e todo o repouso necessário. E é justamente isso que eu estou fazendo. Você está suspenso com vencimentos integrais até segunda ordem."

"Bina. Bina, por favor. Você sabe como eu sou."

"Sei mesmo."

"Se eu ficar sem trabalhar... Você não pode..."

"Sou obrigada." A temperatura da voz de Bina cai tão precipitadamente que cristais de gelo chegam a tilintar na linha. "Você sabe que eu não tenho escolha numa situação dessas."

"Você quer dizer quando gângsteres mexem os pauzinhos para impedir o progresso de uma investigação de homicídio? É a esse tipo de situação que você se refere?"

"Eu sou subordinada ao inspetor-chefe", explica Bina, como se estivesse se dirigindo a um jegue. Sabe perfeitamente que a coisa que Landsman mais detesta na vida é ser tratado como idiota. "E você, subordinado a mim."

"Antes você não tivesse ligado para o meu telefone", diz Landsman depois de algum tempo. "Antes tivesse me deixado morrer."

"Não seja melodramático. E, a propósito, de nada."

"E o que mais você quer que eu faça, fora agradecer por terem cortado o meu saco?"

"A decisão é sua, detetive. Quem sabe pensar um pouco no futuro para variar?"

"No futuro", diz Landsman. "Você está se referindo a carros voadores? Hotéis na Lua?"

"Estou me referindo ao *seu* futuro."

"Você quer ir para a Lua comigo, Bina? Ouvi dizer que ainda aceitam judeus."

"Tchau, Meyer."

Ela desliga. Ele faz o mesmo e fica um minuto ali parado, Berko na cama, a observá-lo. Por fim, sente uma arrancada de ódio e entusiasmo estourar dentro de si, como um torrão de poeira expelido de um cano. E fica vazio.

Senta-se na cama. Mete-se debaixo das cobertas, vira o rosto para a cena balinesa na parede e fecha os olhos.

"E aí, Meyer?", diz Berko. Mas Landsman não responde. "Você ainda pretende ficar muito tempo na minha cama?"

Landsman não vê nenhuma vantagem em responder a essa pergunta. Passado algum tempo, Berko se levanta. Landsman pode senti-lo estudando a situação, avaliando a profundidade da água negra que separa os dois parceiros, tentando tomar a decisão certa.

"Caso te interesse saber", diz Berko enfim, "Bina também foi te visitar no pronto-socorro."

Landsman constata que não tem a menor lembrança dessa visita. Foi-se como o contato de um pezinho de bebê em sua mão.

"Você estava bem dopado", prossegue Berko. "Falou um monte de besteiras."

"Por acaso eu disse a ela alguma coisa que não devia?" Landsman consegue perguntar com fio de voz.

"Disse. O pior é que disse."

Então Berko sai de seu quarto, deixando Landsman a sós com a questão que lhe aturde: até quando poderia continuar a afundar?

Landsman ouve o casal conversar a seu respeito, naquele tom de voz reservado aos cochichos sobre os malucos, os boçais e os hóspedes indesejáveis. Mesmo à noitinha, enquanto jantam. E em meio ao tumulto do banho e do talquinho na bunda e da história para dormir que obriga Berko a chalrear feito um ganso. Landsman fica deitado de lado com um rasgão ardido na parte de trás do crânio e vai perdendo e recuperando a consciência do cheiro de chuva à janela, do murmúrio e do clamor da família no outro cômodo. A cada hora que passa, mais cinqüenta quilos de areia são despejados em sua alma por um buraquinho. Primeiro ele não consegue levantar a cabeça do colchão. Depois não consegue abrir os olhos. Embora de olhos fechados, não chega a pegar no sono, e os pensamentos atrozes que o assolam não chegam a ser sonhos.

Em plena madrugada, Goldy entra correndo no quarto. Seus passos são pesados e arrastados, os de um filhote de monstro. Não satisfeito em subir na cama, agita as cobertas tal como uma batedeira agita a massa. Parece fugir de alguma coisa, em pânico, mas, quando Landsman lhe pergunta qual é o problema, o garoto não responde. Está de olhos fechados, e seu coração bate regularmente. Seja o que for que o tenha assustado, ele encontrou proteção na cama dos pais. Dorme profundamente. Tem cheiro de maçã cortada que começa a mudar de cor. Crava os dedos dos pés nas costas de Landsman com cuidado e sem dó. Range os dentes. O barulho é como o de uma tesoura sem corte numa folha-de-flandres.

Ao cabo de uma hora de semelhante suplício, por volta das quatro e meia, o bebê começa a berrar lá fora no terraço. Landsman ouve Ester-Malke tentando acalmá-lo. Normalmente, ela o levaria para a cama do casal, mas não tem tal opção essa noite, de modo que demora um bom tempo a fazer com que a criaturinha pare de chorar. Quando entra no quarto com o bebê no colo, Pinky está miando mais tranqüilo, quase dormindo. Ester-Malke o deita entre o irmão e Landsman e sai.

Reunidos na cama dos pais, os pequenos Shemets iniciam uma sinfonia de assobios, rumores e balidos de válvulas internas que humilharia o grande órgão do Templo Emanu-El. Executam uma série de manobras, um *kung fu* onírico que acaba empurrando Landsman para o limite da cama. Eles o chutam, cutucam-no com os dedos dos pés, grunhem e murmuram. Mastigam a fibra de seus sonhos. Ao amanhecer, ocorre uma coisa muito desagradável na fralda do bebê. Foi, para dizer o mínimo, a pior noite que Landsman passou num colchão.

A cafeteira principia sua expectoração mais ou menos às sete. Alguns milhares de moléculas de vapor de café penetram no quarto e alertam os pêlos das narinas de Landsman. Ele ouve um arrastar de chinelos no carpete do corredor. Combate longa e duramente o impulso de reconhecer que Ester-Malke está lá, à porta do seu próprio quarto, amaldiçoando-o e amaldiçoando cada ímpeto de caridade que ele porventura lhe tenha inspirado. Landsman não liga. Ligar por quê? Enfim percebe que em sua luta por não ligar para nada estão as sementes paradoxais da derrota: portanto, vá lá, ele liga, sim. Abre um olho. Ester-Malke está encostada no batente da porta, os braços cruzados, contemplando a cena de destruição naquilo que outrora foi sua cama. Qualquer que seja o nome da emoção infundida numa mãe em face da graça filial, ela compete, em sua expressão, com o horror e o desalento diante do espetáculo de Landsman de cueca.

"Eu quero você fora da minha cama", cochicha. "Do modo mais rápido e definitivo possível."

"Tudo bem", diz ele. Avaliando suas feridas, suas dores, o rumo geral do seu estado de espírito, senta-se. Apesar do tormento da noite, sente-se curiosamente restabelecido. De certo modo, mais presente em seus membros, pele, sentidos. De certo modo, talvez, um pouco mais real. Faz mais de dois anos que não compartilha uma cama com outro ser humano. E se pergunta se fez bem em renunciar a essa prática. Pega a roupa na porta e se veste. Com as meias e o cinto na mão, segue Ester-Malke pelo corredor.

"Se bem que o sofá tenha lá suas virtudes", prossegue ela. "Por exemplo, não serve para bebês nem para garotinhos de quatro anos."

"Os seus filhos têm um grave problema de unhas dos pés", diz Landsman. "Outra coisa, acho que tem uma lontra-do-mar morta apodrecendo na fralda do menorzinho."

Na cozinha, ela serve duas xícaras de café. Depois vai até a porta e pega o *Tog* no capacho em que se lê PERCA-SE. Landsman se senta na sua cadeira ao balcão e olha para a penumbra da sala, onde o vulto do seu parceiro se avoluma no chão feito uma ilha. O sofá é uma confusão de cobertores.

Ele está prestes a dizer a Ester-Malke *Eu não mereço amigos como vocês* quando ela retorna à cozinha, lendo o jornal, e diz: "Não admira que você tenha dormido tanto". Esbarra no vão da porta. Alguma coisa boa ou terrível ou inacreditável está escrita na primeira página.

Landsman tira os óculos de leitura do bolso do paletó. Estão partidos no arco do nariz, de modo que as lentes ficam separadas. É verdadeiramente *um par* de óculos: dois monóculos com a respectiva haste. Ester-Malke tira da gaveta sob o telefone o rolo de fita isolante amarela como um sinal de perigo. Cola os óculos e os devolve a Landsman. A emenda fica do tamanho de uma avelã. Faz com que as pupilas convirjam, deixando-o completamente vesgo.

"Eu devo estar lindo", diz ele, pegando o jornal.

Duas grandes reportagens inauguram o noticiário do *Tog* daquela manhã. Uma é o relato de um suposto tiroteio que deixou dois mortos no estacionamento abandonado de uma loja Big Macher. Os envolvidos eram um solitário detetive de homicídios, Meyer Landsman, 42, e dois suspeitos havia muito procurados pela polícia de Sitka devido a dois assassinatos não relacionados entre si. A outra reportagem se intitula:

"MENINO TZADDIK" ENCONTRADO MORTO NUM HOTEL DE SITKA

O texto enumera um rol de milagres, evasões e deslavadas mentiras acerca da vida e morte de Menachen-Mendel Shpilman na madrugada de quinta-feira, no hotel Zamenhof, na rua Max Nordau. Segundo o departamento médico-legal — já que o legista se mudou para o Canadá —, as constatações preliminares apontam como *causa mortis* algo que nos contos da carochinha é conhecido por "acidente com entorpecente". "Embora pouco conhecido no mundo exterior", escreve o jornalista,

> no mundo fechado dos devotos, o sr. Shpilman foi considerado, durante a maior parte da juventude, um prodígio, um milagre,

um mestre sagrado e até mesmo o Redentor há tanto tempo prometido. Na sua infância, a antiga residência da família Shpilman, na rua S. Ansky, no Harkavy, vivia cercada por multidões de peregrinos e suplicantes, sendo que os devotos e curiosos vinham de longe, até mesmo de Buenos Aires ou Beirute, para conhecer o talentoso menino nascido no fatal nono dia do mês de *av*. Muitos esperavam e até planejavam estar presentes numa das ocasiões em que, segundo os boatos, ele estava prestes a "anunciar o seu reino". Mas o sr. Shpilman nunca o anunciou. Há vinte e três anos, no dia em que estava de casamento marcado com a filha do *rebbe* Shtrakenzer, simplesmente desapareceu, e durante a longa ignomínia da sua vida recente, a antiga promessa ficou totalmente esquecida.

A patacoada do departamento médico-legal é o único item da reportagem que se aproxima de uma explicação da morte. Segundo consta, a administração do hotel e a delegacia central se recusaram a comentar o ocorrido. No fim da reportagem, Landsman fica sabendo que não haverá cerimônia na sinagoga, apenas o enterro no velho cemitério de Montefiore, o qual será presidido pelo pai do falecido.

"Berko disse que ele o deserdou", comenta Ester-Malke, lendo por cima do ombro de Landsman. "Que o velho não queria saber do filho. Parece que mudou de idéia."

Lendo a notícia, Landsman sente em relação a Mendel Shpilman um espasmo de inveja, temperado com pena. Passou muitos anos lutando sob o peso das expectativas paternas, mas não tem idéia de como seria se correspondesse a elas ou as excedesse. Isidor Landsman, ele sabe, adoraria ter um filho bem-dotado como Mendel. Landsman não pode deixar de pensar que, se ele soubesse jogar xadrez como Mendel Shpilman, talvez o pai sentisse que tinha um motivo para viver, um pequeno Messias para redimi-lo. Landsman pensa na carta que enviou ao pai, esperando ficar livre do fardo daquela vida e daquelas expectativas. Pensa nos anos que passou convencido de que dera um desgosto fatal a Isidor Landsman. Acaso Mendel Shpilman se sentia culpado? Acaso acreditara no que dele diziam, em seu talento ou vocação feroz? Na tentativa de se livrar desse fardo, acaso Mendel sentiu que devia dar as costas não só para o pai como para todos os judeus do mundo?

"Duvido que o rabino Shpilman saiba o que é mudar de idéia", diz Landsman. "Alguém deve tê-la mudado para ele."

"Alguém quem?"

"É pra adivinhar? Imagino que talvez tenha sido a mãe."

"Melhor para ela. Confie na mãe que não deixou jogarem fora o filho dela que nem uma garrafa vazia."

"Confie na mãe", repete Landsman. Examina a fotografia, no *Tog*, de Mendel Shpilman aos quinze anos, a barba rala, os *peót* esvoaçantes, dirigindo calmamente uma conferência de jovens talmudistas que se agitavam ao seu redor. "O Tzaddik Ha-Dor em melhores dias", diz a legenda.

"No que você está pensando, Meyer?", pergunta Ester-Malke com uma ponta de dúvida.

"No futuro", responde Landsman.

23.

Uma multidão de judeus urubus, o próprio trem de carga do luto, passa pelo portão do cemitério — que chamam de casa da vida —, subindo uma ladeira rumo à cova aberta no barro. Reluzente de chuva, um caixão de pinho avança aos trancos no vagalhão de homens em prantos. Satmeres segurando guarda-chuva sobre a cabeça de verbôveres. Gêreres, shtrakenzers e viznitzers de braços dados e com a audácia de um bando de normalistas assanhadas. As rivalidades, os rancores, as disputas sectárias, as recíprocas excomunhões, tudo é posto de lado por um dia para que todos lastimem com a devida paixão um *yid* que eles haviam relegado ao esquecimento até sexta-feira passada. Nem mesmo um *yid*: a casca de um *yid*, desgastada até a transparência em torno ao duro vazio de vinte anos de vício. Toda geração perde o Messias que ela não soube merecer. Agora os judeus mais religiosos do distrito de Sitka fixam o lugar de seu desmerecimento coletivo e se congregam na chuva para sepultá-lo.

Ao redor do jazigo, negros aglomerados de pinheiros oscilam como chassides enlutados. Além dos muros do cemitério, chapéus e guarda-chuvas pretos protegem do aguaceiro milhares dos mais desmerecidos dentre os desmerecidos. Profundas estruturas de obrigação e crédito determinam a quem é permitido adentrar a casa da vida e quem fica do lado de fora, no papel de *kibitz*, com a chuva a lhes ensopar as calças. Por outro lado, essas profundas estruturas chamaram a atenção dos detetives do Setor de Roubo, Contrabando e Fraude. Landsman reconhece Skolsky, Burwitz, Feld e Globus, sempre com a camisa para fora da calça, em cima da capota de um Ford Victoria cinza. Não é todo dia que a hierarquia verbôver inteira sai e se planta em roda em uma ladeira, dispostos como círculos no fluxograma de um promotor público. No telhado de um Wal-Mart a quatrocentos metros de distância, três americanos de blusão de náilon azul assestam a teleobjetiva e o trêmulo pistilo de um microfone condensador. Introduziu-se na multidão um forte cordão azul de *latkes* e unidades de motociclistas para impedir que ela se desorganize. A imprensa também está a postos, *cameramen* e repórteres do Canal 1, dos jornais locais, equipes da afiliada da NBC em Juneau e canais de noticiário a cabo. Dennis Brennan, sem a sensatez ou, quem sabe, sem feltro suficiente no mundo para cobrir sua cabeça enorme em dia de chuva. Há ainda os semicrentes e os semipraticantes, e os ortodoxos modernos, e os meramente crédulos, e os céticos, e os curiosos, e uma sadia delegação do Clube de Xadrez Einstein.

Landsman os vê a todos da sua posição estratégica na impotência e no exílio, reunido ao Super Sport no árido topo de uma ladeira do outro lado do bulevar Mizmor, em frente à casa da vida. Está estacionado num beco sem saída projetado por alguma incorporadora, pavimentado, depois batizado rua Tikvah, a palavra hebraica que denota esperança e que, ao ouvido iídiche, nessa tarde fúnebre do fim dos tempos, conota dezessete sabores de ironia. As tão esperadas casas não foram construídas.

Estacas de madeira em que se ataram bandeirolas alaranjadas e um cordão de náilon delineiam um Sião em miniatura na lama em torno ao beco, um espectral *eruv* do fiasco. Landsman está efetuando vôo solo, mais sóbrio que uma carpa numa banheira, com um binóculo nas mãos pegajosas. A necessidade de um trago é como a falta de um dente. Ele não consegue parar de pensar nisso. No entanto, há um não-sei-quê agradável em examinar essa lacuna. Ou talvez a dor da falta de alguma coisa não seja senão o buraco que ficou quando Bina lhe confiscou as credenciais.

Landsman espera o fim do enterro no automóvel, observando-o através das boas lentes Zeiss e descarregando a bateria do carro com um radiodocumentário da CBC sobre o cantor de *blues* Robert Johnson, cuja voz, ao cantar, parece tão entrecortada e frágil quanto a de um judeu recitando *kaddish* na chuva. Landsman tem um pacote de Broadway e queima cigarros impetuosamente, tentando tirar de dentro do Super Sport um cheiro insistente de Willy Zilberblat. É um cheiro pútrido, como o de uma panela com a água em que cozinharam macarrão há dois dias. Berko tentou convencê-lo de que estava apenas imaginando esse resíduo da breve passagem do pequeno Zilberblat pela sua vida. Mas Landsman se alegra com a desculpa de defumar o carro com cigarros, coisa que não mata a vontade de beber, mas pelo menos entorpece suas dentadas.

Berko também tentou persuadi-lo a esperar a poeira baixar por um ou dois dias. Quando estavam descendo de elevador, obrigou Landsman a olhá-lo nos olhos e dizer que seus planos, para aquela úmida tarde de segunda-feira, não consistiam em aparecer, despojado de distintivo e de arma, e crivar a inconsolável rainha dos gângsteres de perguntas impertinentes quando ela saísse da casa da vida, lá deixando os despojos do único filho.

"Você não pode chegar perto dela", insistiu Berko quando eles saíram do elevador e atravessaram o saguão até a porta do Dnyeper. Trajava seu pijama elefantino. Levava as peças de um terno penduradas no braço. Os sapatos iam enganchados em dois dedos; o cinto no pescoço. No bolso do peito do pijama mostarda com listras brancas, as pontas de duas torradas assomavam como um lencinho. "E mesmo que possa, continua não podendo."

Estava estabelecendo uma boa distinção de policial entre as coisas que os bravos podiam fazer e aquelas que os quebra-bravos jamais permitiriam.

"Eles te atropelam. Arrancam a sua calça para pegar dinheiro trocado. Te incriminam."

Isso Landsman não podia negar. Batsheva Shpilman raramente saía de seu profundo e minúsculo mundo. Mas, quando saía, provavelmente era em meio a um matagal de ferro e advogados. "Sem credenciais, sem cobertura, sem mandado, sem investigação, com essa cara de louco e com o terno sujo de ovo, se você molestar a mulher, acaba levando um tiro, e as conseqüências serão mínimas para os atiradores."

Berko arrastou Landsman para fora do prédio, dançando para calçar as meias e os sapatos, até a parada de ônibus na esquina.

"Berko, você está me dizendo para não fazer isso ou para não fazer isso sem *você*?", perguntou Landsman. "Acha que vou te deixar perder a pouca chance que você e Ester-Malke têm de chegar até o outro lado da reversão? Você pirou. Há anos que presto muito desserviço a você e te causo muito transtorno, mas tão filho-da-puta assim eu também não sou. E, caso você esteja dizendo que acha que eu não devo fazer isso e *ponto final*, bom..."

Landsman se deteve. Todo o peso do bom senso por trás desse segundo argumento despencou em cima dele.

"Sei lá o que eu estou dizendo, Meyer. Só estou dizendo, porra." Às vezes, Berko ficava com esse olhar, sobretudo quando menino, um brilho de sinceridade no branco dos olhos. Landsman foi obrigado a desviar a vista. Virou a cara para o vento que soprava do Sound. "Eu estou dizendo pra você pelo menos não tomar esse ônibus, tá? Eu te levo até o pátio de recolhimento de veículos, pelo menos."

Ouviu-se um estrépito distante, um guincho de freios a ar. O Harkavy 61 B despontou ao longe, erguendo uma cintilante cortina de chuva.

"Pelo menos isso", repetiu Berko. Ergueu o paletó do terno pela gola. Estendeu o braço como se quisesse que Landsman o vestisse. "No bolso. Pega logo."

Agora Landsman sopesa o *sholem* em sua mão — uma pequena e graciosa Beretta 22 com coronha de plástico —, entope-se de nicotina, procura entender as lamúrias desse *yid* negro do Delta, o tal Johnson. Após um intervalo que ele não se deu ao trabalho de calcular, uma hora talvez, eis que o comprido trem escuro, tendo descarregado seus bens, começa a descer a ladeira em direção ao portão. À frente, arquejando lentamente, a cabeça ereta, o chapéu de aba larga encharcado de chuva, vem a corpulência de locomotiva do décimo *rebbe* verbôver. Atrás dele, a fiada de filhas, sete ou doze delas, e os respectivos maridos e mais a filharada, e então Landsman endireita o corpo e capta uma nítida imagem Zeiss de Batsheva Shpilman. Esperava uma espécie de amálgama sortílego de *lady* Macbeth com a primeira-dama norte-americana: Marilyn Monroe Kennedy com seu chapeuzinho *pillbox* cor-de-rosa e mesméricas espirais no lugar dos olhos. Mas, quando Batsheva Shpilman fica claramente visível, pouco antes de desaparecer abaixo da linha de enlutados que se espremem no portão do cemitério, ele vê uma compleição pequenina e ossuda, um claudicar de velha no andar. Traz o rosto encoberto por um véu preto. Sua roupa é comum e corrente, um veículo da pretidão.

À medida que os Shpilman se acercam do portão, a linha de *nozzes* fardados se aglomera num compacto nó, afastando a multidão. Landsman enfia a arma no bolso lateral do paletó, desliga o rádio e sai do carro. A chuva se reduziu a um chuvisco uniforme. Ele começa a trotar morro abaixo rumo ao bulevar Mizmor. Nos últimos sessenta minutos, a multidão aumentou, apinhando-se junto ao portão do cemitério. Agitando-se, mudando de lugar, inclinada a repentinas guinadas em massa, animada pelo movimento browniano da consternação coletiva. Os *latkes* fardados têm muito trabalho para abrir caminho entre a família e o grande quatro por quatro preto do cortejo fúnebre.

Landsman vem descambando aos escorregões e tropeções, arrancando mato, acumulando camadas de barro nos sapatos. Com esse exercício na encosta resvaladiça, suas feridas começam a incomodá-lo. Ele se pergunta se os médicos não deixaram escapar uma costela quebrada. Súbito, erra o passo e desliza, seus calcanhares a rasgarem sulcos de três metros no barro, e acaba caindo sentado. É muito supersticioso para não ver nisso um mau presságio; mas, de qualquer forma, para os pessimistas, todo presságio é mau.

A verdade é que ele não tem plano nenhum, nem mesmo o projetinho sem graça e rudimentar que Berko concebeu. Landsman é policial há dezoito anos, detetive há treze, passou os últimos sete investigando homicídios, um homem e tanto, um príncipe da polícia. Antes disso, não era nada, apenas um judeuzinho aloprado com uma pergunta e uma arma. Não sabe como proceder em tais circunstâncias, a não ser com a certeza, apertada ao coração qual uma relíquia de amor, de que no final nada importa deveras.

O bulevar Mizmor é um estacionamento, uma aglomeração de pessoas de luto e espectadores em meio a uma neblina de vapores de diesel. Landsman percorre sua trajetória entre pára-choques e pára-lamas e, a seguir, mergulha na massa humana conglobada na faixa da rua. Meninos e rapazes, aos pulinhos para enxergar melhor, subiram nos galhos de uma carreira de infelizes lariços europeus que nunca chegaram a criar raízes ao longo do canteiro entre as pistas. Os *yids* à volta de Landsman saem de seu caminho e, quando não saem de seu caminho, Landsman lhes dá um toque com os ossos do ombro.

Eles cheiram a lamentação, esses *yids*, a ceroula, a fumaça de cigarro nos casacos molhados, a lama. Rezam como se estivessem prestes a desmaiar, desmaiam como se isso fosse uma espécie de sacrifício. Mulheres compungidas se abraçam e soltam a voz num alarido. Não é Mendel Shpilman que elas choram, não pode ser. É outra coisa que sentem que partiu deste mundo, a sombra de uma sombra, a esperança de uma esperança. Esse pedaço de ilha que aprenderam a amar como pátria lhes está sendo arrebatada. As pobres são como peixinhos dourados num saco, prestes a ser lançados no grande lago negro da diáspora. Mas isso é complicado demais para ocupar seu pensamento. De modo que elas choram a perda de um golpe de sorte que nunca tiveram, de uma chance que não era chance nenhuma, de um rei que, para começo de conversa, nunca ia chegar, mesmo sem a bala cravada no crânio. Landsman encosta o ombro nelas e resmunga: "Com licença".

Vai em direção a uma limusine bestial, uma quatro por quatro personalizada de seis metros. A viagem encosta abaixo, do alto do morro ao outro lado do bulevar, em meio a guarda-chuvas, barbas e ululações judaicas, até a lateral da limusine do gordão, tem um não-sei-quê excitante, algo de "câmera na mão" em sua imaginação enquanto ele a vive. A tentativa de um cinegrafista amador de captar o momento de um atentado. Mas Landsman não veio matar ninguém. Só quer conversar com a matrona, chamar-lhe a atenção, mostrar-se. Só quer lhe fazer uma pergunta. Que pergunta, bem, isso ele não sabe.

No fim, alguém passa à sua frente: aliás, uma dezena de "alguéns". Tal como Landsman, os jornalistas abriram caminho entre os urubus usando as espáduas e os cotovelos. Quando a minúscula mulher de véu preto passa pelo portão, titubeante, apoiada no braço do genro, eles despejam as perguntas que trouxeram. Tiram-nas dos bolsos como pedras e as arremessam todas de uma vez. Vandalizam a coitada com interrogações. Ela não presta atenção; não vira a cabeça, seu véu não treme nem se ergue. Baronshteyn conduz a mãe do defunto até a carapaça da limusine. O motorista salta do banco do passageiro da vastidão do quatro por quatro. É um filipino com aparência de jóquei e uma cicatriz no queixo que mais parece um segundo sorriso. Corre a abrir a porta para a patroa. Landsman ainda está a uns duzentos metros de distância. Não chegará a tempo de lhe fazer uma pergunta, nem de fazer coisa alguma.

Um rosnado, uma trepidação na garganta, grave e subumana, um ribombo de adversão ou feroz reprimenda: um dos urubus postados perto dos automóveis entendeu mal uma pergunta do jornalista. Ou, quem sabe, entendeu mal todas as perguntas, assim com o tom em que foram feitas. Landsman vê o urubu zangado, grandalhão, loiro, sem gravata, a camisa fora da calça, e reconhece Dovid Sussman, o *yid* que Berko esculachou na ilha Verbov. Um encrenqueiro com um inchaço na articulação dos maxilares e outro debaixo do braço esquerdo. Sussman cinge com o braço o pescoço de Dennis Brennan, coitado, aplicando-lhe uma gravata. Passa-lhe uma descompostura com os dentes colados à sua orelha, arranca o jornalista do caminho da família que acaba de passar pelo portão.

Nesse momento, um dos *latkes* avança para intervir, coisa que, afinal de contas, ele está lá para fazer. Mas, pelo medo — o garoto parece deveras amedrontado —, talvez se tenha excedido um pouco ao dar a cacetada nos ossos da cabeça de Dovid Sussman. Ouve-se um estalo macabro, e Sussman se liquefaz e se esparrama no chão aos pés do *latke*.

Por um instante, a multidão, a tarde, todo o vasto mundo judeu inspiram e se esquecem de expirar. Depois disso, vem a demência, uma sublevação judaica ao mesmo tempo violenta e verbal, repleta de acusações descomedidas e de implacáveis maldições. Evocam-se moléstias da pele, danações e hemorragias. Brados, uma ondulação de chapéus pretos, bengalas e punhos cerrados, bramidos e uivos, barbas a tremular como estandartes de cruzados, imprecações, cheiro de lama repisada, de sangue e de calças passadas a ferro. Dois homens levam uma faixa estendida entre duas varas, despedindo-se de Menachen, seu príncipe perdido; alguém arrebata uma das varas e outro alguém arrebata a outra. A faixa se rompe e é sugada pelas engrenagens da turba. As varas atingem a mandíbula e o crânio dos policiais. A palavra ADEUS, diligentemente pintada na faixa, é esfrangalhada e escarrada. Flutua no ar sobre a cabeça de pranteadores e policiais, de gângsteres e devotos, de vivos e mortos.

Landsman perde o *rebbe* de vista, mas vê um bando de Rudashevsky empurrar a mãe, Batsheva, para dentro do quatro por quatro. O motorista abre a outra porta e se lança atrás do volante com a lepidez de um ginasta. Os Rudashevsky esmurram as laterais do veículo, dizendo "*vai vai vai*". Ainda vasculhando os bolsos à procura da reluzente moeda de uma boa pergunta, Landsman observa e, ao observar, nota uma seqüência de coisinhas miúdas. O motorista filipino despirocou. Não põe o cinto de segurança. Não dá uma boa e sólida buzinada de espantar gado. E se esquece de descer o pino da trava da porta. Simplesmente engata a marcha do comprido quatro por quatro preto e arranca em velocidade alta demais para um lugar tão cheio de gente.

Landsman recua quando o quatro por quatro irrompe em sua direção. Uma mecha de enlutados se desliga da trança preta maior e sai em perseguição da limusine de Batsheva Shpilman. Uma esteira de comiseração. Os chorosos atrás do carro servem, momentaneamente, para obstruir dos Rudashevsky a visão do quatro por quatro — e a de qualquer louco a que ocorra a idéia de nele entrar. Landsman balança a cabeça, sincronizando-se com o ritmo do desvario da turba e de sua própria loucura. Aguarda o momento certo e flexiona os dedos. Quando o automóvel passa por ele, arremete e abre a porta traseira.

Instantaneamente, a força do motor se traduz numa sensação de pânico em suas pernas. É como a prova da física de sua maluquice, o inescapável *momentum* do seu azar. Enquanto é arrastado pelo carro, uns quatro ou cinco metros, ele tem tempo de indagar se foi assim que sua irmã chegou ao fim, numa veloz demonstração de gravidade e massa. Os tendões de seus pulsos se estiram. Então ele consegue enfiar o joelho no interior da limusine e nela adentrar.

24.

Uma tenebrosa caverna iluminada por díodos azuis. Fria, seca, com cheiro de desodorizador de limão. Landsman sente em si próprio vestígios da fragrância, uma cítrica sugestão de esperança e energia ilimitadas. Essa pode ser a coisa mais idiota que ele já fez na vida, mas era necessário que a fizesse, e, por ora, a sensação de tê-la feito é a resposta à única pergunta que lhe ocorre fazer.

"Tem *ginger ale*", diz a rainha da ilha Verbov. Está dobrada como um tapetinho, encolhidíssima num canto sombrio do fundo do automóvel. Embora simples, seu vestido é de fazenda fina, e o forro do casaco denuncia o logotipo de uma grife. "Pode beber, eu não quero."

Mas Landsman está atento é ao banco de frente para a traseira, de costas para o motorista, a mais provável fonte de problemas. Lá estão depositados um metro e oitenta e talvez cem quilos de mulher de *tailleur* de lã preta e blusa branca sem gola. Os olhos da formidável pessoa são cinzentos e duros. Lembram o lado convexo de duas colheres. Ela traz um aparelho auditivo enroscado na borda da orelha esquerda, e seu cabelo cor de mercurocromo é rente como de homem.

"Eu não sabia que também fabricam senhoritas Rudashevsky", diz Landsman, acocorado no amplo espaço entre os bancos instalados frente a frente.

"Essa é Shprintzl", diz a anfitriã no fundo do carro. E então levanta o véu. O corpo é frágil, esquálido até, mas a causa disso não há de ser a idade, pois o rosto de traços delicados, embora delgado, é liso, gostoso de fitar. Seus olhos bem separados são de um azul que oscila entre o triste e o fatal. Os lábios, mesmo sem batom, carnudos e vermelhos. O nariz comprido e reto arqueia as narinas como um par de asas. A fisionomia é intensa e bela; e o corpo, definhado de dar dó. A cabeça se assenta na garganta venada feito um parasita forasteiro a lhe devorar o corpo. "Cumpre notar que ela ainda não o matou."

"Obrigado, Shprintzl", sorri Landsman.

"Não tem de quê", diz Shprintzl Rudashevsky em americano, com voz de cebola a rolar num balde.

Batsheva Shpilman aponta para o outro extremo do banco traseiro. Calça luvas de veludo preto abotoadas no pulso com três pequeninas pérolas negras. Landsman aceita o convite e se levanta do chão. O banco é muito confortável. Tanto que ele chega a sentir na ponta dos dedos a fria transudação de um drinque.

"Ela também não entrou em contato com os irmãos ou primos nos outros carros, muito embora, como você vê, esteja em conexão direta com eles."

"Turminha unida essa, os Rudashevsky", diz Landsman, mas compreende o que ela quer que ele compreenda: "A senhora queria falar comigo".

"Eu?", questiona ela, e seus lábios ameaçam se dilatar num sorriso, mas desistem. "Foi você que invadiu o meu carro."

"Oh, isto aqui é um carro? Eu me enganei, pensei que fosse o ônibus 61."

A cara larga de Shprintzl Rudashevsky assume um ar filosófico ou até misticamente vazio. Ela parece ter molhado a calcinha e estar curtindo o quentinho. "Eles estão perguntando de você, querida", diz à velha com ternura de babá. "Querem saber se está bem."

"Diga que eu estou ótima, Shprintzeleh. Diga que a gente vai para casa." Volta os olhos doces para Landsman. "Nós o deixamos no hotel. Eu quero ver aquilo." São de uma cor que ele nunca viu, seus olhos, um azul de plumagem de pássaro ou de vidro colorido. "Isso lhe convém, detetive Landsman?"

Landsman responde que sim, que lhe convém perfeitamente. Enquanto Shprintzl Rudashevsky cochicha ao microfone oculto, sua patroa abre a divisória e dá instruções ao motorista para os levar à esquina da Max Nordau com a Berlevi.

"Você parece estar com sede, detetive", diz ela, tornando a fechar a divisória. "Não quer mesmo tomar um *ginger ale*? Shprintzeleh, sirva um copo de *ginger ale* ao cavalheiro."

"Obrigado, dona, eu não estou com sede."

Batsheva Shpilman arregala os olhos, estreita-os, volta a arregalá-los. Está examinando-o, comparando-o com o que já sabe ou ouviu dizer do detetive. Seu olhar é rápido e implacável. Ela seria, provavelmente, uma ótima detetive. "Não de *ginger ale*", observa.

Entram na Lincoln e seguem ao longo da praia, passam pela ilha Oysshtelung e pela falsa promessa do Alfinete de Segurança, rumo a Untershtat. Dentro de nove minutos, chegarão ao hotel Zamenhof. Esses olhos extraordinários o afogam num jarro de éter. Alfinetam-no num quadro de papelão.

"Ok, tudo bem, por que não?", diz Landsman.

Shprintzl Rudashevsky lhe dá uma garrafa gelada de *ginger ale*. Landsman a encosta nas têmporas, depois toma um gole meio forçado, com uma sensação de virtude medicinal.

"Faz quarenta e cinco anos que eu não fico tão perto de um homem que não conheço, detetive", diz Batsheva Shpilman. "É muito errado. Devia me envergonhar."

"Principalmente considerando a companhia masculina que a senhora escolheu", replica Landsman.

"Você me dá licença?" Ela desce o véu preto, e seu rosto se retira da conversa. "Eu me sinto melhor assim."

"Fique à vontade."

"Bom", diz ela. O véu se infla com sua respiração. "Está bem. É verdade, eu queria conversar com você."

"Eu também queria conversar com a senhora."

"Por quê? Por acaso acha que matei o meu filho?"

"Não, não acho. Mas tinha esperança de que a senhora soubesse quem o matou."

"Então é isso!", exclama a mulher com uma vibração grave na voz, como se tivesse pegado Landsman com a boca na botija. "Ele foi assassinado."

"Oh, quer dizer... sim, foi, dona. A senhora não... O que foi que o seu marido disse?"

"O que o meu marido me diz", diz ela, dando à frase um tom retórico, como o título de um panfleto bem fino. "Você é casado, detetive?"

"Fui."

"O casamento fracassou?"

"Acho que essa é uma boa formulação." Ele reflete um instante. "Aliás, acho que é a única."

"O meu casamento é um sucesso completo", diz ela sem um traço de gabarolice ou orgulho. "Você entende o que isso significa?"

"Não, senhora. Não sei se entendo."

"Em todo casamento, há coisas", explica a mulher. Sacode a cabeça, e o véu treme. "Um dos meus netos estava lá em casa hoje, antes do enterro. Nove anos. Eu liguei a televisão para ele na sala de costura, não devia, mas que importa, o pequeno *shkotz* estava tão entediado. Fiquei dez minutos com ele, assistindo. Era o programa de desenho animado, o lobo que persegue o galo azul."

Landsman diz que o conhece.

"Então você sabe que esse galo pode correr em pleno ar. Ele sabe voar, mas só quando pensa que ainda está pisando no chão. Quando olha para baixo, vê onde está e entende o que aconteceu, aí ele cai e se espatifa no chão."

"Eu já vi esse pedaço."

"Pois o casamento bem-sucedido é assim", diz a mulher do rabino. "Eu passei os últimos cinqüenta anos correndo em pleno ar. Sem olhar para baixo. Fora aquilo que Deus exige, nunca converso com o meu marido. E vice-versa."

"Os meus pais também eram assim", diz Landsman. E se pergunta se ele e Bina teriam durado mais se experimentassem esse itinerário tradicional. "Só que não davam muita bola para as exigências divinas."

"Eu soube da morte do meu filho pelo meu genro Aryeh. E esse homem nunca me diz nada que não seja mentira."

Landsman ouve alguém pular freneticamente dentro de uma mala de couro — não é nada mais que Shprintzl Rudashevsky dando risada.

"Continue", pede a sra. Shpilman. "Conte, por favor."

"Continuar. Bom. O seu filho foi baleado. De um modo que... Bem, para ser franco, dona, ele foi executado." Landsman agradece a presença do véu ao pronunciar essa palavra. "Por quem, nós não podemos dizer. Soubemos que uns homens, dois ou três homens, andaram procurando Mendel, fazendo perguntas por aí. Talvez esses homens não fossem muito bonzinhos. Isso foi há dois meses. Nós sabemos que ele estava tomando heroína quando morreu. De modo que, no fim, não sentiu nada. Quer dizer, nenhuma dor."

"Quer dizer, nada", corrige ela. Duas manchas mais pretas do que a seda preta se espalham no véu. "Prossiga."

"Sinto muito, dona. Pelo seu filho. Eu devia ter dito isso logo no começo."

"Ainda bem que não disse."

"A gente acha que quem o matou não era um mero amador. Mas, olhe, eu reconheço, desde sexta-feira de manhã, a investigação da morte do seu filho não nos levou a nada."

"Você insiste em dizer 'nós'. Referindo-se, naturalmente, à Delegacia Central de Sitka."

Agora Landsman lamenta não lhe ver os olhos. Porque percebe claramente que ela está zombando dele. Que sabe que ele não tem direito nem autoridade para lhe dar cobertura.

"Não exatamente", diz.

"Ao Departamento de Homicídio."

"Não."

"A você e ao seu parceiro."

"Também não."

"Bem, neste caso, isso me confunde um pouco", diz a mulher. "Quem é esse 'nós' que não obteve nada com a investigação sobre a morte do meu filho?"

"Neste momento? Eu, ahn, é uma espécie de pesquisa teórica."

"Entendo."

"De uma entidade independente."

"O meu genro", diz ela, "afirma que você foi afastado porque esteve na ilha. Na minha casa. Insultou o meu marido. Acusou-o de não ter sido bom pai para Mendel. Aryeh disse que confiscaram as suas credenciais."

Landsman rola na testa o frio copo de *ginger ale*. "É, bem. A entidade de que estou falando. Vai ver que ela não funciona com distintivo."

"Só com teorias."

"Exatamente."

"Por exemplo?"

"Por exemplo. Tudo bem, lá vai uma: a senhora se comunicava ocasionalmente, talvez regularmente, com Mendel. Tinha notícias dele. Sabia onde estava. Ele telefonava de vez em quando. Mandava cartões-postais. Talvez os dois até se encontrassem uma vez ou outra, às escondidas. Por exemplo, esta carona secreta que a senhora e a nossa amiga Rudashevsky estão tendo a delicadeza de me dar me inspira idéias nesse sentido."

"Fazia mais de vinte anos que eu não via o meu filho, o meu Mendel", diz ela. "Agora nunca mais vou vê-lo."

"Mas por quê, senhora Shpilman? O que aconteceu? Por que ele abandonou os verbôveres? O que ele fez? Houve um conflito? Uma briga?"

Ela passa um minuto em silêncio, como a combater o longo hábito de nunca falar em Mendel com ninguém, muito menos com um tira secular. Ou talvez esteja lutando com a sensação cada vez mais forte do prazer que terá, apesar de tudo, em relembrar o filho em voz alta.

"Que casamento eu arranjei para ele!", diz.

25.

Mil convidados, alguns de muito longe, de Miami Beach ou Buenos Aires. Sete quiosques e um caminhão Volvo repletos de comida e vinho. Montanhas de presentes, enfeites e tributos a rivalizarem com a Serra de Baranof. Três dias de jejum e oração. Toda a família Muzikant de *klezmorim*, o equivalente a meia orquestra sinfônica. A totalidade dos Rudashevsky, até mesmo o bisavô, meio bêbado, dando tiros no ar com um antigo revólver Nagant. Na semana anterior ao dia marcado, uma fila no *hall*, uma fila que saía pela porta, virava a esquina e se estendia por dois quarteirões da avenida Ringelblum, gente ávida por uma bênção do rei noivo. Dia e noite, uma barulheira ao redor da casa como uma multidão em busca de revolução.

Uma hora antes do casamento ainda estavam lá, à espera dele, chapéus e lustrosos guarda-chuvas na rua. Não era provável que ele fosse vê-los tão tarde ou ouvir suas súplicas e histórias tristes. Mas nunca se sabia. As atitudes imprevisíveis faziam parte da natureza de Mendel.

Ela estava à janela, espiando os suplicantes através da cortina, quando a garota apareceu dizendo que Mendel tinha saído e que duas mulheres acabavam de chegar querendo lhe falar. O quarto da sra. Shpilman dava para o pátio lateral, mas ela conseguia ver entre as casas vizinhas até a esquina: chapéus e guarda-chuvas brilhando na chuva. Judeus reunidos, ensopados no anseio de ver Mendel, ainda que de relance.

Dia de casamento, dia de enterro.

"Saiu", repetiu ela. Não se afastou da janela. Estava sentindo aquela mescla de futilidade e realização que se tem em sonhos. Era absurdo fazer a pergunta, e, no entanto, foi a única coisa que lhe ocorreu dizer. "Aonde foi?"

"Ninguém sabe, senhora. Ninguém o vê desde ontem à noite."

"Ontem à noite."

"Hoje de manhã."

Na noite anterior, ela fora a anfitriã de um *forshpiel* para a filha do *rebbe* Shtrakenzer. Um ótimo partido. Uma noiva de talento e traquejo, bonita, com o caráter fogoso que faltava às irmãs de Mendel, mas que sua mãe sabia que o filho admirava nela. Ora, a noiva Shtrakenzer, ainda que perfeita, não era adequada; a sra. Shpilman tinha consciência disso. Muito antes que a empregada lhe dissesse que ninguém sabia do paradeiro de Mendel, que ele sumira durante a noite, a sra. Shpilman já se havia dado conta de que nenhum grau de traquejo, beleza e fogosidade servia para o filho. Mas sempre havia um descompasso, não é mesmo? Entre o partido que o Sagrado Nome, abençoado seja, tinha em mente e a realidade da situação sob a chupá. Entre o mandamento e a observância, o céu e a Terra, o marido e a mulher, Sião e o judeu. Chamavam esse descompasso de "o mundo". Só quando o Messias chegasse é que a brecha se fecharia, todas as separações, distinções e distâncias desapareceriam. Até lá, graças ao Sagrado Nome, fagulhas, fagulhas brilhantes, podiam saltar por cima desse vazio, como entre pólos elétricos. E nós devíamos agradecer sua luz momentânea.

Assim é que ela planejava pelo menos apresentar a coisa a Mendel, caso ele lhe pedisse conselho no referente ao seu noivado com a filha do *rebbe* Strakenzer.

"O seu marido está fulo da vida", disse a mocinha, Betty, uma filipina como as outras empregadas.

"O que ele disse?"

"Não disse nada, senhora. Por isso eu sei que está fulo. Mandou um monte de gente procurar em toda parte. Telefonou para o prefeito."

A sra. Shpilman se afastou da janela, a frase *Foram obrigados a cancelar o casamento* já em plena metástase em seu abdômen. Betty estava recolhendo pedacinhos de papel-toalha no tapete turco.

"Que mulheres?", perguntou a sra. Shpilman. "Quem são? Verbôveres?"

"Uma delas pode ser que sim. A outra não. Só pediram para falar com a senhora."

"Onde elas estão?"

"Lá embaixo, no seu escritório. Uma delas está toda de preto, véu no rosto. Parece que o marido dela morreu."

A sra. Shpilman já não se lembra quando os primeiros desenganados e casos terminais começaram a procurar Mendel. Possivelmente, iam às escondidas à porta dos fundos, estimulados pelos relatos de alguma empregada. Uma delas ficou com o útero estéril por causa de uma operação malfeita, em Cebu, quando era menina. Mendel pegou uma das bonecas que costumava fazer para as irmãs, de feltro e pregador de roupa, prendeu uma bênção escrita a lápis entre suas pernas de pau e a colocou no bolso da moça. Dez meses depois, Remédios deu à luz um filho. Também houve o caso de Dov-Ber Gursky, o motorista deles, que perdeu dez mil dólares no carteado para um jogador profissional russo. Mendel lhe entregou uma nota de cinco dólares, sem que Gursky pedisse, dizendo que esperava que isso ajudasse. Dois dias depois, um advogado de St. Louis escreveu informando que ele acabava de herdar meio milhão de um tio desconhecido. Na época do *bar mitzvah* de Mendel, os enfermos e moribundos, os carentes, os pais de filhos malditos estavam se transformando numa verdadeira dor de cabeça. Apareciam a qualquer hora do dia ou da noite. Chorando e implorando. A sra. Shpilman tomou providências para proteger o garoto, impondo horários e condições. Mas Mendel tinha um dom. E fazia parte da natureza do dom ser concedido infinitamente.

"Agora eu não posso recebê-las", disse a sra. Shpilman, sentando-se em sua cama estreita, com a colcha de piquê e os travesseiros que ela bordou antes de Mendel nascer. "Essas mulheres." Às vezes, quando não conseguiam ter acesso a Mendel, as mulheres a procuravam, a *rebbetzin*, e ela as abençoava como podia, com os poucos meios de que dispunha para a tarefa. "Preciso acabar de me vestir. Falta uma hora para o casamento, Betty. Uma hora! Eles vão encontrá-lo."

Fazia anos que esperava que Mendel a traísse, desde o dia em que compreendeu que ele era o que era. Que palavra assustadora para uma mãe, com suas implicações de ossos frágeis, vulnerabilidade aos predadores, nada para proteger o passarinho a não ser suas penas. E o vôo. Claro, o vôo. Percebeu isso nele muito antes de que Mendel o percebesse em si. Respirou-o na sua mole nuca de menino. Leu-o como um texto oculto nas vagas saliências de seus joelhos de calça curta. Um quê feminino em sua maneira de baixar os olhos quando os outros o elogiavam. E então, quando Mendel cresceu, foi impossível não notar, por mais que ele tentasse dissimulá-lo, o quanto ficava incomodado, inarticulado, retraído quando um Rudashevsky ou seus primos entravam na sala.

Durante toda a preparação da união, o noivado, o planejamento do casamento, ela estudou o filho em busca de sinais de apreensão ou relutância. Mas ele se conservou fiel ao seu dever e aos planos da mãe. Sarcástico às vezes, sim, irreverente até, burlando-se da firme convicção de sua mãe que o Sagrado Nome, abençoado seja, passava o tempo todo feito uma velha alcoviteira a arranjar casamento entre as almas ainda não nascidas. Uma vez, tendo pegado um pedaço de tule branco que suas irmãs haviam deixado na sala, cobriu a cabeça e, imitando com perfeição a voz da noiva, apresentou um inventário completo dos defeitos físicos de Mendel Shpilman. Todos acharam graça, mas no fundo, aquilo foi um bater de asas de pavor do passarinho. À parte isso, o rapaz parecia continuar como sempre: generoso em sua devoção aos seiscentos e treze mandamentos, ao estudo da Torá e do Talmude, aos pais, aos fiéis para os quais ele era a estrela. Mesmo agora, Mendel certamente seria localizado.

Ela calçou as meias, pôs o vestido, endireitou a combinação. Ajeitou a peruca que tinha mandado fazer especialmente para o casamento pela bagatela de três mil dólares. Uma obra-prima loira acinzentada com reflexos vermelhos e dourados, montada em tranças como seu próprio cabelo na juventude. Só mesmo ao terminar de ajeitar a brilhante fita de dinheiro na cabeça enfeitada foi que começou a se apavorar.

Numa mesa de jogo ficava um telefone preto sem disco. Bastava tirar o fone do gancho para que um aparelho idêntico tocasse no escritório do marido. Em dez anos naquela casa, ela o tinha usado apenas três vezes, uma sentindo dor e duas com raiva. Sobre o telefone, estava pendurada uma fotografia emoldurada de seu avô, o oitavo *rebbe*, de sua avó e de sua mãe aos cinco ou seis anos de idade, posando sob um salgueiro de papelão à beira de um rio pintado. Roupas pretas, a nuvem sonhadora da barba do avô e, por cima disso tudo, a radiante cinza do tempo que se assentava sobre os mortos nas fotos antigas. Faltava ao grupo o irmão de sua mãe, cujo nome era uma espécie de maldição tão poderosa que não podia ser pronunciado. A abjuração do tio, embora notória, continuava sendo um mistério para ela. Só sabia que tudo começou com um livro intitulado *A ilha misteriosa*, descoberto escondido numa gaveta, e culminou com um relato segundo o qual ele tinha sido visto numa rua de Varsóvia, sem barba e com roupas de uma palheta mais escandalosa que um romance francês.

Ela aproximou a mão do telefone sem disco. Pavor nos órgãos, pavor nos dentes.

"Eu não atenderia se estivesse lá", disse-lhe o marido às suas costas. "Já que você quer violar o shabat, pelo menos não peque em vão."

Conquanto na época ele não fosse tão lunar como acabou ficando anos depois, a presença do marido em seu quarto causou assombro, o advento de uma segunda lua no céu. Ele olhou para as cadeiras bordadas, o cortinado verde, o vazio de cetim branco da cama, os frascos e jarros. Ela o viu esforçar-se para manter um sorriso zombeteiro nos lábios. Mas não logrou senão uma expressão ao mesmo tempo ávida e cheia de repulsa. Igual ao sorriso com que, certa vez, recebeu o embaixador de uma remota corte da Etiópia ou do Iêmen, um rabino de olhos pretos e puxados envolto numa vistosa túnica. Aquele inconcebível rabino negro com sua Torá alienígena, o reino das mulheres: elas eram caprichos divinos, convoluções do pensamento divino, chegava a ser uma heresia tentar imaginá-lo ou querer entender.

Quanto mais se demorava, menos divertido e mais perdido ele se mostrava. Por fim, ela teve dó. Lá o pobre ficava deslocado. Sua tão longa viagem diplomática àquele país de travesseiros com borlas e água de rosas era a própria medida do quanto a mácula do erro tomara conta do dia.

"Sente-se. Por favor."

Agradecido, lerdo, o *rebbe* pôs uma cadeira em perigo. "Vão encontrá-lo", disse em voz baixa e ameaçadora.

Ela não gostou do olhar do marido. Consciente de que, normalmente, ele não tinha a menor dificuldade para localizar quem quer que fosse, era todavia um homem de hábitos serenos. Mas hoje sua calça estava amassada; a camisa, desabotoada. Trazia manchas de fadiga nas bochechas e o bigode desgrenhado como se o tivesse puxado e repuxado.

"Com licença, querido", disse ela. E, abrindo a porta do quarto de vestir, entrou. Desprezava as cores escuras usadas pelas mulheres verbôveres de sua geração. O pequeno cômodo no qual se recolheu era revestido de tons de índigo, púrpura e amarelo-vivo. Sentou-se numa pequena *vanity chair* de saia pregueada. Estendendo a perna, fechou a porta com o dedão calçado na meia, deixando uma fresta de dois centímetros. "Espero que você não se importe. É melhor assim."

"Vão encontrá-lo", repetiu o marido, agora em tom mais prosaico, procurando convencê-la, não a si próprio.

"É bom que o encontrem", disse ela. "Para que eu possa matá-lo."

"Acalme-se."

"Eu estou calmíssima. Ele está embriagado? Havia bebida lá?"

"Ele estava jejuando. Estava ótimo. Que bela doutrinação fez para nós ontem à noite no Parshat Chayei Sarah. Eletrizante. Um coração parado teria batido outra vez. Mas, quando terminou, estava com lágrimas nos olhos. Disse que precisava tomar ar. Ninguém mais o viu depois disso."

"Eu o mato."

Não houve resposta no quarto, somente o ruído áspero da respiração, uniforme, implacável. Ela se arrependeu da ameaça. Era retórica em seus lábios, mas, na mente dele, aquela biblioteca num sepulcro, adquiria uma perigosa coloração de instrumentalidade.

"Por acaso você sabe onde ele está?", perguntou o marido após certo tempo, e havia perigo na ligeireza de sua voz.

"Como é que eu vou saber?"

"Ele conversa com você. Vem visitá-la aqui."

"Nunca."

"Eu sei que vem."

"Como pode saber? Só se tiver transformado as empregadas em espiãs."

O silêncio que se seguiu confirmou a dimensão da sua corrupção doméstica. Ela sentiu o glorioso surto da decisão de nunca mais sair do quartinho de vestir.

"Eu não vim comprar briga nem censurar ninguém. Pelo contrário, esperava colher um pouco da sua costumeira e calma prudência. Agora que estou aqui, contra o meu juízo de rabino e de homem, mas com todo o apoio da minha razão de pai, sinto-me compelido a censurá-la."

"Por quê?"

"A aberração. O gênio caprichoso. A excentricidade de sua alma. Disso a culpa é sua. Um filho assim é fruto da árvore da mãe."

"Vá até a janela", disse ela. "Olhe por trás da cortina. Veja esses pobres admiradores e loucos e *yids* desgraçados que vêm receber uma bênção que você, você, com todo o seu poder, com toda a sua cultura, nunca, nunca foi capaz de dar sinceramente. Não que essa incapacidade o tenha impedido de oferecê-la no passado."

"Eu posso abençoar de outras maneiras."

"Olhe para eles!"

"Olhe você. Saia daí de dentro e vá olhar."

"Eu já os vi", disse ela entre os dentes. "E *todos* eles têm alguma excentricidade na alma."

"Mas a escondem. Por discrição, humildade e temor a Deus, eles a encobrem. Deus nos manda cobrir a cabeça na Sua presença. Não ficar sem chapéu."

Ela ouviu o crepitar da perna da cadeira e um arrastar de chinelos. Ouviu estalar a articulação arruinada de seu quadril esquerdo. Ele grunhiu de dor.

"É a única coisa que eu peço a Mendel", prosseguiu o *rebbe*. "O que um homem pensa ou sente não tem o menor interesse, a menor relevância para mim, nem para Deus. Pouco importa ao vento que a bandeira seja vermelha ou azul."

"Ou cor-de-rosa."

Abriu-se outro silêncio. Contudo este, de certo modo, trouxe uma carga mais leve, como se ele estivesse chegando a uma conclusão ou recordando como teria sido, outrora, achar graça nesse pequeno gracejo.

"Eu vou encontrá-lo", disse o *rebbe*. "Vou sentá-lo e vou lhe contar o que eu sei. Explicar que, enquanto ele obedecer a Deus e aos Seus mandamentos e for justo e generoso, haverá um lugar para ele aqui. Que não sou eu quem vai lhe virar as costas. Que a escolha de nos abandonar é toda dele."

"Um homem pode ser um Tzaddik Ha-Dor e viver escondido de si mesmo e de todos que o cercam?"

"Um Tzaddik Ha-Dor sempre se esconde. Essa é a marca da sua natureza. Talvez eu deva explicar isso a ele. Contar-lhe que esses — sentimentos — que ele tem e contra os quais luta são, de certo modo, a prova da sua adequação ao papel."

"Talvez Mendel não esteja fugindo do casamento com essa moça", disse ela. "Talvez não seja isso que o assusta. A coisa com que não pode viver." As frases que nunca dissera ao marido puseram-se no lugar habitual na ponta de sua língua. Fazia quarenta anos que as vinha compondo e refinando, mentalmente, e abandonando elementos de cada uma delas, como as estâncias de um poema escrito por uma prisioneira a que proibiam o uso do papel e da caneta. "Talvez exista outro tipo de auto-engano com o qual ele não consegue se reconciliar nem conviver."

"Ele não tem escolha", disse-lhe o marido. "Mesmo que tenha caído na descrença. Mesmo que, ficando aqui, arrisque a hipocrisia ou a santimônia. Um homem com o seu talento, com os seus dons, não pode ser autorizado a sair e trabalhar e arriscar a sorte lá fora, no mundo impuro. Ele seria um perigo para todos. Principalmente para si."

"Não foi a esse auto-engano que eu me referi. Estou falando no tipo de que — todos os verbôveres padecem."

Silêncio então, ominoso, nem pesado nem leve, o vasto silêncio de um dirigível antes da fagulha estática.

"Eu não sei", disse ele, "de nenhum outro que o enfrente."

Ela desistiu de prosseguir; a essa altura, já tinha passado muito tempo pairando no ar para baixar a vista durante mais que um segundo.

"Então Mendel precisa ficar aqui", disse. "Com ou sem o seu consentimento."

"Acredite, minha cara. E não me entenda mal. A alternativa seria muito pior."

A sra. Shpilman titubeou um instante, então saiu precipitadamente do quarto de vestir para ver o que se estampava nos olhos daquele homem quando ameaçava a vida do próprio filho, como ela deduzia, pelo pecado de ser aquilo que Deus quis que ele fosse. Mas, calado como um dirigível, o *rebbe* havia saído. Em seu lugar, ela encontrou apenas Betty, que voltava para reiterar o pedido das visitantes. Betty era uma boa empregada, mas tinha a propensão filipina a adorar o escândalo. Mal conseguiu dissimular o prazer de dar a notícia: "Uma delas, senhora, diz que traz um recado de Mendel. E eu lamento dizer que ele não vai voltar para casa. Nada de casamento hoje!".

"Ele vai voltar", disse a sra. Shpilman, reprimindo o desejo de esbofetear Betty. "Mendel não..." Calou-se antes de pronunciar as palavras: *Mendel não partiria sem se despedir*.

A mulher que trazia o recado de seu filho não era verbôver. Era uma judia moderna, vestida com discrição por respeito ao bairro: saia estampada longa e capa elegante. Dez ou quinze anos mais velha que a sra. Shpilman. Uma mulher de olhos e cabelos escuros que devia ter sido muito bonita na mocidade. Ao vê-la entrar, levantou-se de um salto da poltrona junto à janela e se apresentou como Brukh. Sua amiga era uma gorducha de aparência muito devota, talvez satmar, vestido preto comprido, meias pretas e um chapéu de aba larga por cima de uma *shaydl* ordinária. Suas meias eram demasiado largas e soltas, e a fivela de falso brilhante na fita do chapéu, coitada, estava descolando. O véu se avolumava na parte superior esquerda a ponto de dar pena. Olhando para aquela criatura miserável, a sra. Shpilman esqueceu momentaneamente a péssima notícia que levava as duas mulheres à sua casa. Uma bênção subiu dentro dela com tanta urgência que foi difícil contê-la. Deu-lhe vontade de abraçar e beijar aquela mulher esfarrapada, demoradamente, até lhe calcinar toda a tristeza. E se perguntou se era isso que Mendel sentia sendo Mendel em tempo integral.

"Que disparate é esse?", disse. "Sentem-se."

"Eu sinto muito, senhora Shpilman", disse a tal Brukh, sentando-se na beira da poltrona como para mostrar que não ia demorar.

"Você esteve com Mendel?"

"Sim, senhora."

"E onde ele está?"

"Na casa de uma pessoa amiga. Não vai ficar muito tempo."

"Vai voltar."

"Não, não, lamento muito, senhora Shpilman. Mas a senhora pode entrar em contato com Mendel por intermédio dessa pessoa. Sempre que precisar. Esteja ele onde estiver."

"Que pessoa amiga é essa? Diga, quem é?"

"Só se a senhora prometer guardar a informação para si. Do contrário, Mendel mandou dizer que" — ela olhou rapidamente para a amiga como que em busca de apoio moral para proferir as oito palavras seguintes — "a senhora nunca mais vai ter notícia dele."

"Mas, minha cara, eu *não quero* ter notícia dele. Nunca mais", retrucou a sra. Shpilman. "De modo que é inútil me contar onde ele está, não acha?"

"Acho que sim."

"Só que, se vocês não me contarem, e eu não estou brincando, mando levar as duas à garagem dos Rudashevsky para que arranquem a informação de vocês do jeito que eles gostam."

"Ora essa, eu não tenho medo da senhora", declarou Brukh com um surpreendente sorriso na voz.

"Não? Por que não?"

"Porque Mendel me mandou não ter."

A sra. Shpilman chegou a sentir a segurança da mulher, captou-lhe o eco na voz e na atitude. Aquele ar de provocação e ironia que Mendel impunha em suas conversas com a mãe e também com o temível pai. Sempre achou que aquilo era o diabo no corpo dele, mas agora se dava conta de que não passava de um meio de sobrevivência, de uma proteção. As penas do passarinho.

"Justo Mendel para mandar os outros não terem medo. Fugir do dever e da família como fugiu. Por que ele não usa um pouco da sua magia em si mesmo? Digam por quê. Tragam esse covarde miserável de volta para cá e poupem a família dele de um mundo de desgraça e vergonha, sem nem falar naquela menina linda e inocente."

"Ele voltaria se pudesse", disse Brukh, e a viúva ao seu lado, que não tinha dito nada até então, exalou um suspiro. "Eu acredito piamente nisso, senhora Shpilman."

"E não pode por quê? Conte."

"A senhora já sabe."

"Eu não sei de nada."

Mas sabia. Aparentemente, também o sabiam aquelas duas mulheres que tinham vindo vê-la chorar. A sra. Shpilman deixou-se cair numa cadeira Luís XIV pintada de branco com uma almofada bordada, indiferente às rugas que aquele súbito mergulho fez na seda do vestido. Cobriu a face com as mãos e chorou. De vergonha e de indignidade. Chorou a ruína de meses e anos de planejamento, esperanças e discussões, chorou as infindáveis missões diplomáticas e as idas e vindas entre a corte de Verbov e a de Shtrakenz. Mas, acima de tudo, ela confessa, chorou por si mesma. Porque tinha decidido, com a firmeza habitual, nunca mais tornar a ver o filho único, adorado e execrável.

Que mulher egoísta! Só depois foi que lhe ocorreu reservar um momento de tristeza pelo mundo que Mendel jamais redimiria.

Quando a sra. Shpilman já estava chorando havia um ou dois minutos, a viúva gorda se levantou da outra poltrona e se postou ao seu lado.

"Por favor", disse com voz pesada, e pousou a mão rechonchuda em seu braço, uma mão com os nós dos dedos cobertos de penugem dourada. Nada mais difícil do que acreditar que, apenas vinte anos antes, aquela mão cabia inteirinha na boca da sra. Shpilman.

“Vocês estão brincando comigo”, disse ela assim que recobrou a capacidade de raciocínio. Na esteira do choque inicial, que lhe paralisou o coração, provou uma estranha sensação de alívio. Se Mendel fosse constituído de nove camadas, oito delas eram feitas de pura bondade. Bondade muito melhor do que a que ela e o marido, gente dura que havia sobrevivido e prosperado num mundo duro, teriam podido engendrar a partir da sua própria carne sem nenhuma intercessão divina. Mas a camada mais interior, a nona camada de Mendel Shpilman, essa era e sempre tinha sido um demônio, um *shkotz* que adorava provocar ataques cardíacos na mãe. “Vocês estão abusando.”

“Não.”

Mendel ergueu o véu para que lhe mostrar a dor, a incerteza. E ela viu que ele receava estar cometendo um grande erro. Reconheceu como sua própria a determinação com que se dispunha a cometê-lo.

“Não, mamãe. Eu vim me despedir.” A seguir, vendo-lhe a expressão, acrescentou com um sorriso amarelo: “Não, mamãe, eu não sou travesti”.

“Não?”

“Não!”

“Pois, para mim, parece.”

“Uma especialista famosa.”

“Eu quero que você saia desta casa.” Mas queria que ele ficasse escondido na sua ala da casa, vestindo aqueles farrapos, o seu filhote, o seu pequeno príncipe, o seu diabinho.

“Eu vou sair.”

“Nunca mais quero ver você. Não vou lhe telefonar e não quero que você me telefone. Não quero saber do seu paradeiro.”

Bastava-lhe chamar o marido para que Mendel ficasse. De certo modo, isso não era mais impensável do que os fatos básicos de sua vida confortável; eles o fariam ficar.

"Está bem, mamãe."

"Não me chame de mãe."

"Está bem, senhora Shpilman", disse ele, e em sua boca o nome soou meigo, familiar. Ela começou a chorar outra vez. "Mas você já sabe. Eu vou ficar com uma pessoa amiga."

Seria uma amante? Seria possível ele ter levado uma vida tão secreta?

"'Amiga'?", perguntou ela.

"Um velho amigo. Está me ajudando. A senhora Brukh também está me ajudando."

"Mendel salvou a minha vida", explicou a sra. Brukh. "Há muito tempo."

"Grande coisa", disse a sra. Shpilman. "Salvou a sua vida. Isso fez muito bem para ele."

"Senhora Shpilman", disse Mendel. Tomou-lhe as mãos e as estreitou entre as suas, ardentes. Tinha a pele dois graus mais quente que a de qualquer outra pessoa. Quando lhe mediam a temperatura, o termômetro acusava trinta e oito graus.

"Tire as mãos de mim", ela conseguiu dizer. "Já."

Ele beijou-lhe a cabeça, e apesar da camada de cabelo alheio, a marca daquele beijo como que perdurou. Então lhe soltou as mãos, baixou-lhe o véu e saiu do quarto com passos pesados, arrastando a calça, larga, a mulher chamada Brukh a correr atrás dele.

A sra. Shpilman ficou muito tempo prostrada na cadeira Luís XIV, horas, anos. Entrou-lhe uma frieza, uma glacial aversão à Criação, a Deus e a Suas obras espúrias. No início, seu horror pareceu suscitado pelo filho e pelo pecado a que ele se negava a se render, mas logo se transformou num horror por si própria. Ela pensou longamente nos crimes e mazelas cometidos em seu benefício, e todo aquele mal não passava de uma gota de água num grande mar negro. Um lugar horrendo, aquele mar, aquele golfo entre a Intenção e o Ato que as pessoas denominavam "mundo". A fuga de Mendel não era uma recusa a se render; era uma rendição. O Tzaddik Ha-Dor ofertava sua resignação. Não podia ser aquilo que o mundo e os judeus, na chuva com suas angústias e guarda-chuvas, queriam que ele fosse. Nem mesmo podia ser o que ele queria. Ela esperava — rogou ali sentada — que um dia, enfim, Mendel encontrasse um meio de ser o que era.

Tão logo a oração lhe ascendeu do coração, ela teve saudade do filho. Ansiou pelo filho. Censurou-se amargamente por tê-lo mandado embora sem antes saber onde ia ficar, aonde ia, como ela podia vê-lo ou lhe ouvir a voz de vez em quando. Depois abriu as mãos que ele apertou nas suas pela derradeira vez e achou, enrolada na palma direita, um pedacinho de barbante.

26.

"Sim", diz ela, "eu tinha contato com Mendel. De vez em quando. Não quero parecer cínica, detetive, mas geralmente era quando ele estava com algum problema ou precisando de dinheiro. Circunstâncias que, no caso de Mendel, bendito seja o seu nome, tendiam a coincidir."

"Quando foi a última vez?"

"Neste ano. Na primavera. Sim, lembro que foi na véspera do *Erev Pessach*."

"Em abril então. Mais ou menos no..."

A Rudashevsky pega um vistoso Shoyfer Mazik e, digitando umas teclas, obtém a data anterior à primeira noite de Páscoa. Landsman observa, um tanto sobressaltado, que esse também foi o último dia da vida de sua irmã.

"De onde ele telefonou?"

"Acho que de um hospital. Não sei. Eu ouvi um alto-falante no fundo. Mendel disse que ia sumir. Que precisava sumir uns tempos, que não ia poder telefonar. Me pediu para mandar dinheiro a uma caixa postal em Povorotny que ele às vezes usava."

"Deu a impressão de estar com medo?"

O véu estremece como uma cortina de teatro, movimentos secretos a ocorrerem do outro lado. Ela faz um lento gesto afirmativo.

"Mendel contou por que precisava sumir? Disse se havia alguém atrás dele?"

"Acho que não. Não. Só que precisava de dinheiro e que ia sumir."

"Só isso então."

"No que me diz... Não. Sim. Eu perguntei se ele estava comendo. Mendel às vezes... Eles se esquecem de comer."

"Eu sei."

"E ele disse, 'Não se preocupe, eu acabo de comer um pedação de torta de cereja'."

"Torta", repete Landsman. "Torta de cereja."

"Isso tem algum significado para você?"

"Nunca se sabe", responde ele, mas sente a caixa torácica tinir sob o malho de seu coração. "Senhora Shpilman, a senhora diz ter ouvido um alto-falante. Será que ele não ligou de um aeroporto?"

"Agora que você está falando, bem que podia ser."

O carro diminui a velocidade e pára. Landsman se inclina e olha pelo vidro fumê. Estão em frente ao hotel Zamenhof. A sra. Shpilman aperta um botão e abre a janela, o cinzento da tarde se alastra no veículo. Erguendo o véu, ela examina a fachada do hotel. Passa um bom tempo a contemplá-la. Dois alcoólatras maltrapilhos, um dos quais Landsman certa vez impediu de urinar, acidentalmente, na barra da calça do outro, saem do saguão, cambaleantes, um pendurado no outro, lançados à chuva. Representam um *vaudeville* com uma folha de jornal e o vento, depois mergulham tropegamente na noite, uma dupla de andrajosas mariposas. A rainha da ilha Verbov torna a descer o véu e fecha a janela. Landsman chega a sentir as repreensivas perguntas que ardem por trás do pano preto. Como ele suporta morar em semelhante pardieiro? Por que não se empenhou mais em proteger o filho dela?

"Quem contou que eu moro aqui?", Landsman pensa em perguntar. "O seu genro?"

"Não, ele não falou nisso. Eu soube pela outra detetive Landsman. Com a qual você foi casado."

"Ela falou em mim?"

"Telefonou para mim hoje. Uma vez, há muitos anos, nós tivemos problemas com um homem que atacava mulheres. Um homem muito mau, um tarado. Isso foi no Harkavy, na rua S. Ansky. As mulheres atacadas não queriam dar parte na polícia. A sua ex-esposa foi muito prestativa comigo, eu ainda estou em dívida com ela. É uma mulher boa. Uma ótima policial."

"Sem dúvida."

"Disse que, se acaso você se aproximasse, não seria um grande erro depositar um mínimo de confiança em você."

"Muito gentil da parte dela", diz Landsman com toda sinceridade.

"Ela o elogiou bem mais do que eu esperava."

"Como a senhora disse, é uma mulher muito boa."

"Mesmo assim, você a abandonou."

"Não porque ela era uma boa mulher."

"Então porque você era mau?"

"Acho que eu era mesmo", responde Landsman. "E ela, delicada demais para me dizer isso."

"Foi há muitos anos", diz a sra. Shpilman. "Mas, pelo que eu me lembre, a delicadeza não era a principal qualidade dessa judia." Aperta o botão que destrava a porta. Landsman a abre e sai da limusine. "Em todo caso, ainda bem que eu ainda não tinha visto esse hotel horroroso. Do contrário, não o teria deixado se aproximar de mim."

"Não é grande coisa", diz Landsman. "Mas é o meu lar."

"Não, não é", retruca Batsheva Shpilman. "Mas tenho certeza de que pensar assim facilita as coisas para você."

27.

"Associação Judaica de Polícia", diz o homem da torta.

Encara Landsman por cima do balcão de aço de sua loja, cruzando os braços para mostrar que sabe lidar com os estratagemas judaicos. Estreita os olhos como para detectar um erro tipográfico no mostrador de um Rolex falso. O americano de Landsman é bom o suficiente para torná-lo suspeito.

"Exatamente", confirma Landsman. Deseja que sua carteirinha de afiliado à seção de Sitka da Mãos de Esaú, a associação internacional dos policiais judeus, não estivesse rasgada. Há uma estrela de seis pontas num canto. O texto está impresso em iídiche. Não tem autoridade nem peso, mesmo no caso de Landsman, membro quite com suas obrigações associativas há vinte anos. "A gente está no mundo inteiro."

"Isso não me surpreende nem um pouco", diz o homem da torta com toda rispidez. "Mas, meu caro, a única coisa que eu faço é servir torta."

"O senhor quer uma torta ou não quer?", pergunta a mulher do homem da torta. Tal como o marido, é grandalhona e pálida. Seu cabelo tem a cor desbotada de uma folha de alumínio sob uma luz fraquíssima. A filha está no fundo, entre frutas e massas. Os pilotos da selva, os caçadores, as equipes de resgate e os outros freqüentadores do aeroporto de Yakovy consideram uma bênção ter oportunidade de admirar a filha do homem da torta. Há anos que Landsman não a vê. "Se não quer, não tem por que ficar perdendo tempo aqui. O pessoal atrás do senhor precisa pegar o avião."

Tira o cartão da mão do marido e o devolve a Landsman. Este compreende bem a sua grosseria. O aeroporto de Yakovy é uma escala importante na rota setentrional dos chicaneiros, charlatões e picaretas. Caçadores ilegais, contrabandistas, russos errantes. Mulas do tráfico, criminosos autóctones, delinqüentes ianques. A jurisdição Yakovy nunca se definiu cabalmente. Tanto os judeus quanto os índios e os klondikenses apresentam lá as suas reivindicações. A torta dela é eticamente superior à metade da sua clientela. A mulher da torta não tem motivo para tratá-lo bem ou para confiar naquele pretenso policial com aquela carteirinha vagabunda e um curativo na cabeça parcialmente raspada. Mesmo assim, essa grosseria faz com que a perda do distintivo lhe doa uma vez mais. Se estivesse com ele, podia dar uma carteirada, dizendo: *O pessoal aí atrás que se foda, e você, madame, vai fazer um bom clister de amora e não enche o saco.* Mas ele opta por fingir que está examinando os indivíduos alinhados na fila até que comprida às suas costas. Pescadores, caiaqueiros, pequenos comerciantes, alguns com pinta de executivo.

Cada qual lança mão de um barulho ou arqueia a sobrancelha para mostrar que está ávido por um pedaço de torta e perdendo a paciência com Landsman e suas esgarçadas credenciais.

"Me dá um pedaço da de maçã, massa podre", diz Landsman. "Da qual tenho doces lembranças."

"Eu também prefiro a massa podre", diz a mulher, amansando um pouco. Com um aceno, manda o marido para o balcão do fundo. Lá está a torta de massa podre num reluzente pedestal, fresca, ainda inteira. "Café?"

"Por favor."

"À *la mode*?"

"Não, obrigado." Landsman coloca a fotografia de Mendel Shpilman no balcão. "E a senhora? Já viu esse sujeito?"

A mulher olha para a foto com as mãos cuidadosamente enfiadas nas axilas opostas. Landsman percebe que ela reconhece Shpilman imediatamente. Mas logo se volta para receber do marido um prato de papelão com um pedaço de torta. Coloca-o numa bandeja com o café numa xicrinha de isopor e um garfo plástico enrolado num guardanapo de papel.

"Dois e cinqüenta", diz. "Senta ali perto do urso."

O urso foi abatido por uns *yids* dos anos 60. Médicos, a julgar pela aparência, de gorro de esquiar e camisa de lã xadrez. Exalam a estranha virilidade quatro-olhos desse período de ouro na história do distrito de Sitka. Fixado na parede sob a fotografia dos cinco homens mortíferos, um cartão datilografado em iídiche e americano. Diz que o urso pardo, morto perto de Lisianski, tinha três metros e setenta centímetros e pesava quatrocentos quilos. Só seu esqueleto está preservado numa caixa de vidro ao lado da qual Landsman se senta com sua fatia de torta de maçã de massa podre e a xícara de café. Já esteve ali muitas vezes, contemplando aquele terrível xilofone de marfim e deglutindo uma torta. Da última vez, sentou-se naquele mesmíssimo lugar com a irmã, talvez um ano antes da sua morte. Ele estava trabalhando no caso Gorsetmacher. Ela acabava de buscar uma turma de pescadores na floresta.

Landsman pensa em Naomi. É um luxo, como a fatia de torta. Coisa perigosa e gostosa como uma bebida. Ele inventa uma fala para Naomi, palavras com que ela talvez zombasse dele ou o ridicularizasse se estivesse presente. Por ter se engalfinhado ferozmente com os idiotas dos Zilberblat na neve. Por ter tomado *ginger ale* com uma velha ortodoxa no fundo daquele quatro por quatro hipertrofiado. Por pensar que podia superar o problema da bebida e ficar sóbrio até encontrar o assassino de Mendel Shpilman. Pela perda do distintivo. Por carecer da necessária indignação com a reversão, por não ter posição nenhuma quanto a ela. Naomi dizia que detestava os judeus por causa da sua rastejante submissão ao destino, por causa da confiança que depositavam em Deus ou nos góis. Mas é que Naomi tinha posições sobre tudo. Lavrava e conservava suas posições; lustrava-as e as exibia. Também o censuraria, pensa Landsman, por ter tomado a decisão de não escolher sua torta *à la mode*.

"Associação dos Policiais Judeus", diz a filha do homem da torta, sentando-se no banco ao lado de Landsman. Tirara o avental e lavara as mãos. Acima dos cotovelos, os braços sardentos continuam salpicados de farinha. Também há farinha nas sobrancelhas loiras. Ela traz o cabelo preso para trás com um elástico preto. É uma mulher encantadoramente singela, de olhos azuis diáfanos, mais ou menos da idade de Landsman. Trescala um cheiro de manteiga e cigarro com um ácido eflúvio de massa que ele acha bizarramente erótico. Acende um cigarro mentolado e solta uma golfada de fumaça em sua direção. "Essa, para mim, é nova."

Prende o cigarro entre os lábios e estende a mão para pegar a carteirinha de filiado. Finge não ter dificuldade com o texto. "Eu leio iídiche, sabe?", diz enfim. "Não é como essa merda de asteca ou sei lá o quê."

"Eu sou da polícia mesmo", diz Landsman. "É que hoje estou fazendo uma investigação particular. Por isso não trouxe as credenciais."

"Mostra o retrato", pede ela. Landsman lhe entrega a foto policial de Mendel Shpilman. Ela balança a cabeça, e uma momentânea fissura se abre na carapaça do seu cansaço.

"Você o conhecia?"

Ela lhe devolve o retrato. Sacode a cabeça, faz uma careta de rejeição. "O que aconteceu com ele?", indaga.

"Foi assassinado. Um tiro na cabeça."

"Puxa vida. Meu Deus."

Landsman tira do bolso do sobretudo um pacote de lenço de papel e o entrega à moça. Ela assoa o nariz e amassa o lenço.

"De onde você o conhecia?"

"Eu dei carona para ele. Uma vez. Só isso."

"Para onde?"

"A um hotel da Rodovia Três. Eu gostei dele. Era engraçado. Meigo. Simples. Meio desleixado. Disse que tinha um, sabe, um problema. Com drogas. Mas que estava tentando melhorar. Ele parecia... Tinha um jeito só dele."

"Carinhoso?"

"Ahn. Não. É que ele era, ahn, realmente, sei lá. Um cara realmente *presente*. Durou mais ou menos uma hora, mas eu pensei que tivesse me apaixonado por ele."

"Mas não chegou a tanto?"

"Acho que nunca tive oportunidade de saber."

"Transou com ele?"

"Você é tira mesmo", diz ela. "Um '*noz*', né?"

"Exatamente."

"Não, não transei com ele. Mas não foi por falta de vontade. Eu cheguei até a entrar no quarto. Acho que estava a fim de me jogar em cima dele. Não que ele fosse um tesão. Como eu já disse, era um cara superlegal etc., mas o desleixo em pessoa. Os dentes dele. Enfim, acho que ele sacou."

"Sacou o quê?"

"Que eu... que eu também tenho um probleminha. Quando me envolvo com homem. Por isso que, basicamente, não me aproximo muito deles. Vê se não começa a imaginar coisas, eu não gostei de você."

"Não, moça."

"Eu fiz terapia, doze passos. Nasci de novo. A única coisa em que me ajudou foi a fazer tortas."

"Não admira que elas sejam tão gostosas."

"Ah."

"Ele não aceitou a oferta?"

"Não. Foi muito doce. Abotoou a minha blusa. Eu me senti uma menininha. Depois me deu uma coisa. Disse que era uma coisa para mim."

"Que coisa?"

Ela baixa a vista, e o sangue lhe tinge o rosto tão intensamente que Landsman quase lhe chega a ouvir o zumbido. As palavras seguintes lhe saem densas e sussurradas.

"A bênção", diz. Então, com mais clareza: "Disse que ia me dar a bênção".

"Eu tenho certeza de que ele era *gay*. Aliás."

"Eu sei. Ele me contou. Não usou essa palavra. No fundo, não usou palavra nenhuma, eu não lembro. Acho que o que ele disse foi que não queria mais se *aborrecer com isso*. Que a heroína era mais simples e mais confiável. A heroína e o xadrez."

"O xadrez. Ele jogava xadrez."

"Sei lá. Mas eu recebi a bênção dele, não recebi?"

Ela parece precisar de uma resposta afirmativa a essa pergunta.

"Recebeu."

"Que judeuzinho gozado. O mais esquisito é que, sei lá. Acabou dando certo."

"O que foi que deu certo?"

"A bênção. Quer dizer, agora eu tenho namorado. Um namorado de verdade. Estamos namorando mesmo, é estranhíssimo."

"Fico contente por vocês dois", diz Landsman, sentindo uma pontada de inveja dela, de todas as pessoas que tiveram a sorte de ser abençoadas por Mendel Shpilman. Pensa nas tantas vezes que deve ter passado por ele, nas tantas oportunidades que perdeu. "Bom, você está dizendo que, quando lhe deu carona até o hotel, foi só uma, bom, uma paquera. Isso porque... você estava a fim de, você sabe."

"De trepar com ele? Não." Ela esmaga o cigarro com a sola da bota de couro de carneiro. "Foi um favor. Quer dizer, para uma amiga minha. Ela já conhecia o cara. Frank, era assim que o chamava. Trouxe o cara para cá não sei de onde. Ela era piloto. Me pediu para lhe dar carona, para ajudá-lo a arranjar lugar onde ficar. Um lugar bem pés no chão, disse. Então eu topei, por que não?"

"Naomi", diz Landsman. "Era esse o nome da sua amiga?"

"Hum-hum. Você a conhecia?"

"Conhecia a paixão dela por torta. Esse tal Frank era cliente dela?"

"Acho que sim. Não sei. Não perguntei. Mas os dois chegaram aqui juntos. Ele deve ter contratado o vôo. Isso você, com certeza, consegue descobrir com essa sua carteirinha descolada."

Landsman sente um torpor nos membros, um bem-vindo torpor, uma sensação de perdição impossível de distinguir da paz, como a mordida de uma serpente que prefere engolir as vítimas vivas e tranqüilas. A filha do homem da torta inclina a cabeça em direção à fatia intacta de torta de maçã que ocupa o espaço entre eles no banco.

"Você está me magoando *tanto*", ela diz.

28.

Em todas as fotografias em que aparecem no longo transcorrer da infância, Landsman está com o braço nos ombros da irmã. Nas mais antigas, a cabeça de Naomi mal lhe ultrapassa a cintura. Na última, ele ostenta um projeto de bigode e a vantagem de três ou quatro centímetros. As fotos transmitem ternura para quem as observa pela primeira vez: o irmão mais velho a proteger a irmãzinha. Sete ou oito fotografias depois, o gesto protetor adquire um ar ameaçador. Ao chegar à décima segunda, o observador começa a ficar preocupado com os pequenos Landsman. Agarrados, sorrindo comportadamente para a câmera feito bons meninos na coluna de adoção de um jornal.

"Orfanados pela tragédia", disse Naomi uma noite, folheando um álbum. As páginas eram de papelão encerado recoberto por uma enrugada folha de poliuretano que prendia as fotografias. A camada de plástico conferia à família retratada no álbum qualquer coisa de preservado, como se a tivessem guardado num saquinho de indícios da criminalística. "Dois garotinhos adoráveis à procura de um lar."

"Só que Freydl ainda não tinha morrido", disse Landsman, sabendo que soaria duro. A mãe deles morreu após uma breve e sofrida luta contra o câncer, tendo vivido o suficiente para que Naomi lhe desse o grande desgosto de abandonar a faculdade.

Naomi disse: "Não diga".

Ultimamente, ao examinar essas fotografias, Landsman se vê tentando prender a irmã em terra, impedi-la de decolar e se arrebentar num morro.

Naomi era uma menina firme, muito mais firme do que Landsman jamais precisou ser. Dois anos mais nova, suficientemente próxima de tudo quando ele fazia ou dizia para constituir um marco a ser superado ou uma teoria a ser refutada. Naomi foi moleque na infância e viril quando se fez mulher. Se um bêbado idiota lhe perguntasse se ela era lésbica, sua resposta era: "Em tudo, menos na preferência sexual".

Foi um antigo namorado que lhe induziu o gosto por voar. Landsman nunca lhe perguntou o que a atraía nisso, por que se empenhara tanto e durante tanto tempo para tirar brevê comercial e irromper no mundo homoidiota dos pilotos da floresta. Ela não era dada a especulações inúteis, a sua temerária irmã. Mas, até onde entende Landsman, as asas do avião estão em guerra constante com o ar que as envolve, rasgando-o, dilacerando-o e distorcendo-o, dobrando-o e driblando-o. Combatendo-o tal como um salmão combate a correnteza do rio no qual vai perecer. E como o salmão — esse sionista aquático que sonha eternamente com a pátria fatal —, Naomi exauriu a força e a energia na batalha.

Não que esse esforço transparecesse em seu modo franco e direto, em sua atitude confiante, em seu sorriso. Ela tinha um estilo Errol Flynn de só ficar séria quando estava contando piada e de sorrir como quem tirou a sorte grande quando a coisa ficava preta. Bastava pintar um bigodinho a lápis na judia, e ela era capaz de trepar pelo cordame de uma caravela, espada em punho. A irmã caçula de Landsman nada tinha de complicada, e, nesse aspecto, era única entre as mulheres que ele conhecia.

"Naomi era completamente pirada", diz o gerente de tráfego aéreo da Estação de Serviço de Vôo do aeroporto de Yakovy. Trata-se de Larry Spiro, um judeu magricela e de ombros caídos, natural de Short Hills, Nova Jersey. Um mexicano, como os judeus de Sitka apelidam os primos sulistas; já os mexicanos chamam os judeus de Sitka de geleiros ou "os eleitos congelados". Os óculos grossos de Spiro corrigem-lhe o astigmatismo e, por trás deles, seus olhos guardam um cético tremor. O cabelo ouriçado e grisalho projeta-se em toda a sua cabeça, como raios de ultraje numa tirinha de jornal. Está de camisa Oxford branca com monograma no bolso e gravata vermelha com listras douradas. Devagar, antecipando a dose de uísque à sua frente, ele arregaça as mangas. Seus dentes são da cor da camisa.

"Virgem Santa." Como a maioria dos mexicanos que trabalham no distrito, Spiro faz questão absoluta do americano. Para um judeu da Costa Leste, o distrito de Sitka é o exílio dos exílios, Hatzeplatz, o cu-do-mundo. Para um judeu como Spiro, falar americano é continuar habitando o mundo real, é prometer a si mesmo que logo há de voltar. Ele sorri. "Nunca vi uma mulher se meter em tanta confusão."

Estão no Bar e Churrascaria Ernie Skagway, no prédio baixo de alumínio que era o terminal quando o aeroporto não passava de um campo de pouso à beira da selva. Instalados a uma mesa do fundo, aguardam o bife. Muita gente jura de pés juntos que, entre Anchorage e Vancouver, o Ernie Skagway é o único estabelecimento capaz de servir um grelhado decente. Ernie recebe a carne diariamente do Canadá, sangrenta, acondicionada no gelo. A decoração é mínima como a de um *snack-bar*: vinil, laminado e aço. Os pratos são de plástico; os guardanapos, enrugados como o papel da mesa de um médico. O freguês pede a comida ao balcão e vai se sentar com um número enfiado num espeto de papel. A garçonete é célebre pelo avançado da idade, o péssimo humor e a semelhança física com uma cabine de jamanta. A atmosfera do lugar resulta do alvará para venda de bebidas alcoólicas e da própria clientela: pilotos, caçadores e pescadores, além da mescla, típica de Yakovy, de *shtarkers* e corretores de negócios escusos. Dependendo da estação do ano, numa noite de sexta-feira, lá se compra e se vende de tudo, desde carne de alce até quetamina, e se podem ouvir algumas das mentiras mais deslavadas que a voz humana é capaz de contar.

Às seis horas da tarde de uma segunda-feira, a maioria dos que estão no bar são funcionários do aeroporto e um ou outro piloto sem o que fazer. Judeus tranqüilos, trabalhadores, homens de gravata de crochê e um piloto americano, meio fluente em iídiche, afirmando que, certa vez, voou quinhentos quilômetros sem perceber que estava de ponta-cabeça. O bar é um behemoth incongruente: falsa mobília vitoriana de carvalho herdada de uma falida churrascaria americana de Sitka, decorada com temática do Velho Oeste.

"Confusão", diz Landsman. "Até morrer."

Spiro enruga a testa. Era o gerente de plantão no Yakovy quando o avião de Naomi se espatifou no monte Dunkelblum. Não teve a menor chance de evitar o desastre, mas o tema lhe dói. Abre sua bolsa de náilon e tira uma grossa pasta azul com um volumoso documento preso com um clipe grande e várias folhas soltas.

"Eu li tudo de novo", diz em tom sombrio. "O tempo estava razoável. O avião dela, um pouco castigado para o serviço. Sua última comunicação foi a de rotina."

"Hum", faz Landsman.

"Você estava procurando coisa nova?" O tom de Spiro não chega a ser lamentoso, mas tem tudo para vir a sê-lo em caso de necessidade.

"Sei lá, Spiro. Só quero dar uma olhada."

Landsman pega a pasta e folheia rapidamente o gordo documento — uma cópia do laudo final do investigador da AFA, a Administração Federal da Aviação —, deixa-o de lado e pega uma das folhas soltas que estão embaixo.

"Esse é o plano de vôo que você queria ver. O da manhã do acidente."

Ele estuda o formulário, que afirma a intenção da piloto Naomi de ir com seu Piper Super Club de Peril Strait, no Alasca, a Yakovy, transportando um passageiro. O formulário parece um impresso de computador, os espaços nitidamente preenchidos com Times Roman corpo 12.

"Ela o passou por telefone, não?" Landsman examina o carimbo do horário. "Naquela manhã, às cinco e meia."

"Usou o sistema automático. É o que quase todo mundo faz."

"Peril Strait. Onde fica? Perto de Tenakee, certo?"

"Mais ao sul."

"Neste caso, a gente está falando de... um vôo de duas horas de lá até aqui."

"Mais ou menos."

"Ela devia estar muito otimista", diz Landsman. "Pôs seis e quinze como horário de chegada. Quarenta e cinco minutos depois que a coisa foi preenchida."

A mente de Spiro é do tipo que sente atração e aversão pela anomalia. Ele tira o papel da mão de Landsman e o vira. Folheia a pilha de documentos que juntou e copiou depois que consentiu que o irmão de Naomi lhe pagasse um churrasco.

"Ela *chegou* às seis e quinze", diz. "Está anotado aqui no diário de bordo da força aérea. Seis e dezessete."

"Então... deixa eu entender. Olha, ou ela fez o trajeto de duas horas de Peril Strait a Yakovy em menos de quarenta e cinco minutos, ou... Ou então alterou o plano para vir a Yakovy quando já estava voando para outro lugar."

Chegam os bifes; a garçonete leva embora os números presos no espeto de papel e deixa dois grossos nacos de carne canadense. Exalam um cheiro delicioso e têm um aspecto delicioso. Spiro não dá a mínima. Esqueceu-se até da bebida. Vasculha o monte de papel.

"Pronto, este aqui é o dia anterior. Naomi foi de Sitka a Peril Strait com três passageiros. Decolou às quatro e encerrou o plano de vôo às seis e meia. Ok, significa que estava escuro quando eles chegaram. Ela pretendia pernoitar lá. Aí, na manhã seguinte..." Spiro se cala. "Ah."

"O quê?"

"Está aqui... acho que este era o plano de vôo *original*. Parece que Naomi pretendia retornar *a Sitka* na manhã seguinte. Inicialmente. Não de lá para Yakovy."

"Com quantos passageiros?"

"Nenhum."

"Depois de voar algum tempo, supostamente para Sitka e sozinha, mas na verdade com um misterioso passageiro a bordo, mudou repentinamente seu destino para Yakovy."

"É o que parece."

"Peril Strait", diz Landsman. "Duvido que tenha sido uma viagem de pescaria."

Spiro enruga a testa, levanta-se e vai até o bar. Aborda o piloto americano, e os dois se põem a conversar. O piloto parece desconfiado, talvez o seja assim por natureza. Mas acaba concordando em acompanhar Spiro de volta à mesa.

"Rocky Kitka", diz Spiro. "Detetive Landsman." Então se senta e ataca o bife grelhado.

Kitka veste calça de couro preto e um colete do mesmo material sobre a pele nua, que é coberta dos pulsos ao pescoço e do pescoço à cintura de tatuagens de motivos nativos. Baleias e castores dentuços e, descendo-lhe pelo bíceps esquerdo, uma serpente ou enguia de olhos malignos.

"Você é piloto?", pergunta Landsman.

"Não, eu sou da polícia." Ele ri com comovente sinceridade de sua própria piada.

"Peril Strait", diz Landsman. "Já esteve lá?"

Kitka sacode a cabeça, mas Landsman duvida dele imediatamente.

"Sabe alguma coisa a respeito do lugar?"

"Só como é para quem vê do céu."

"Kitka", diz Landsman. "É um nome nativo."

"O meu pai é tligit. A minha mãe, irlandesa-escocesa, alemã e sueca. Quase tudo, enfim, menos judia."

"Muitos nativos em Peril Strait?"

"Só." Kitka fala com muita autoridade, mas logo se lembra de ter asseverado que nada sabe de Peril Strait; então desvia a vista e fica de olho no churrasco. Parece extremamente esfomeado.

"Nenhum branco?"

"Um ou dois, quem sabe, enfurnados nas cavernas."

"E judeus?", indaga Landsman.

Kitka lhe endereça um olhar duro, um olhar defensivo. "Eu já disse, só conheço o lugar de passar por cima, voando."

"Eu estou fazendo uma investigaçãozinha", diz Landsman. "E tudo indica que lá tem alguma coisa capaz de interessar um judeu de Sitka."

"Lá é *o Alasca*. Lá um tira judeu, com o devido respeito, pode ficar o dia inteiro fazendo perguntas, que ninguém é obrigado a responder."

Landsman escorrega no banco, avizinhando-se mais. "Escuta aqui, coração", diz em iídiche. "Pára de ficar olhando. O churrasco é todo seu. Eu não toquei nele."

"Você não vai comer?"

"Perdi o apetite. Não sei por quê."

"É um *New York steak*, não? Porra, eu adoro isso."

Kitka se senta, e Landsman empurra o prato para ele. Toma uma xícara de café e fica observando os dois homens exterminarem o jantar. Kitka se mostra bem mais à vontade ao terminar, bem menos desconfiado, bem menos receoso de cair numa arapuca.

"Porra, a carne tava ótima", diz. Toma um longo gole da água gelada do copo de plástico vermelho. Olha para Spiro, desvia a vista, torna a olhar para Landsman, torna a desviar a vista. Fica com os olhos pregados na água do copo. "O preço de um jantar", diz com amargura. Então: "Eles têm uma espécie de *spa*. Foi o que eu ouvi dizer. Para judeus religiosos viciados em drogas e coisa do gênero. Acho que até esses barbudos de vocês, até eles acabam escorregando com as drogas, a bebida e os pequenos delitos".

"Faz sentido; para isso, eles só podem querer um lugar retirado", diz Spiro. "Há muita vergonha envolvida."

"Não sei, não", contrapõe Landsman. "Não é fácil obter autorização para abrir um estabelecimento judaico do outro lado da Linha. Mesmo uma instituição beneficente como essa."

"Bom, eu já disse que só ouvi dizer", defende-se Kitka. "Vai ver que é mentira."

"Que coisa", diz Spiro. Está de volta ao mundo do dossiê, remexendo as folhas de papel.

"Que coisa o quê?"

"É que eu estou revirando isto aqui, e sabe o que não acho? Não acho o plano dela do... o do dia fatal. De Yakovy a Sitka."

Tira o Shoyfer do bolso, aperta duas teclas e aguarda. "Tenho certeza de que ela deu entrada. Lembro de ter visto. Bella? Spiro. Você está ocupada? Hum-hum. Ok. Escuta. Dá para checar um negócio para mim? Vê se você fisga um plano de vôo aí no sistema." Ele dá à gerente de plantão o nome de Naomi e a data e o horário de seu último vôo. "Faz o favor para mim? É."

"Você conheceu a minha irmã, caro Kitka?", pergunta Landsman.

"E como! Uma vez ela me deu um pontapé na bunda."

"Mais um na lista."

"Não pode ser", diz Spiro com voz tensa. "Pode checar outra vez?"

Agora ninguém diz nada. Os dois se limitam a observar Spiro ouvindo o que Bella diz ao telefone.

"Alguma coisa está errada, Bella", diz Spiro enfim. "Eu vou voltar para aí."

Desliga, verificando se o seu belo bife já começou a discordar dele.

"O que é?", quer saber Landsman. "O que aconteceu?"

"Ela não consegue encontrar o plano de vôo no sistema." Spiro se levanta e junta as folhas espalhadas da pasta de Naomi. "Mas eu sei que não pode ser, porque ele é mencionado pelo número aqui no laudo do acidente." Cala-se. "Ou não."

Uma vez mais, põe-se a folhear freneticamente o maço de folhas impressas com letras miúdas que contém o resultado da investigação da AFA acerca da colisão fatal de Naomi contra o flanco noroeste do monte Dunkelblun.

"Andaram mexendo nesta pasta", conclui enfim, a contragosto no começo, os lábios comprimidos. À medida que a constatação se espalha em sua mente, ele relaxa. Desanima. "E foi gente graúda."

"Graúda", repete Landsman. "Por exemplo, graúda o necessário para conseguir autorização para construir um centro de reabilitação judaico numa reserva indígena?"

"Graúda demais para mim." Spiro fecha a pasta com violência e a enfia debaixo do braço. "Não posso mais ficar aqui com você. Desculpe. Obrigado pelo jantar."

Quando ele se vai, Landsman pega o celular e digita um número com prefixo da região alasquiana. Uma mulher atende, e ele diz "Wilfred Dick".

"Porra!", exclama Kitka. "Não pode ser."

Mas quem atende Landsman é um mero sargento da polícia.

"O inspetor não está. Do que se trata?"

"Será que você sabe de um *spa* em Peril Strait?", pergunta Landsman. "Médicos barbudos."

"O Beth Tikkun?", diz o sargento, parecendo uma americana cujo sobrenome rima com "chicken". "Conheço."

Seu tom sugere que isso não lhe traz nem um pingo de felicidade.

"Pode ser que eu queira dar um pulinho lá. Amanhã. Será que dá?"

O sargento peleja para achar uma resposta adequada a essa pergunta aparentemente simples. "Amanhã", repete por fim.

"É, acho que eu vou até lá. Dar uma olhada."

"Hum."

"O que é, sargento? Alguma coisa errada com o tal centro Beth Tikkun?"

"Isso é pedir uma opinião. O inspetor Dick não deixa a gente dar opinião. Eu aviso que o senhor telefonou."

"Você tem avião, Rocky?", pergunta Landsman, desligando o celular com o dedo médio.

"Eu perdi o meu", diz Kitka. "No pôquer. Por isso acabei tendo de trabalhar para um proprietário judeu."

“Não me leve a mal.”

“Isso mesmo”, concorda Kitka. “Não me leve a mal.”

“Mas, e se eu quiser visitar esse templo da cura em Peril Strait?”

“Bom, amanhã eu vou levar uma carga”, diz Kitka. “Para Freshwater Bay. Pode ser que, no caminho, dê para virar um pouquinho à direita. Mas não vou ficar fazendo hora com o taxímetro rodando.” Abre um sorriso dentuço de castor. “E vai te custar muito, mas muito mais do que um bife.”

29.

Um distintivo de grama, um broche verde espetado na clavícula do morro, no seu vasto manto de pinheiros negros. No centro da clareira, um punhado de construções cobertas de telhas pardas irradia-se em torno a uma fonte circular, todas ligadas por caminhos e separadas por acolchoados trechos de relvado e brita. Na extremidade, um campo demarcado com linhas de futebol, cercado por uma pista de atletismo oval. O lugar tem aparência de internato, de isolada academia para jovens abastados. Corre na pista meia dúzia de homens de shorts e moletom com capuz. Outros, sentados ou deitados de bruços no centro do campo, fazem alongamento, braços, pernas, ângulos no chão. Um alfabeto de homens espalhados numa página verde. Quando o avião inclina a asa sobre o campo de futebol, os capuzes de moletom apontam para sua fuselagem feito canhões antiaéreos. Do alto, é impossível ter certeza, mas, na opinião de Landsman, eles correm, param e estiram as pernas brancas e compridas como moços em ótima forma física. Outro rapaz sai das dobras da floresta com um sobretudo escuro. Acompanha o arco do Cessna, o braço direito dobrado, a mão no rosto, como a gritar: *Nós temos visita*. Além do bosque, Landsman avista uma distante mancha verde, um telhado, pontos brancos dispersos que podem ser neve.

Kitka faz uma manobra curvilínea. O aparelho trepida, matraqueia e grunhe. E então eles despencam repentinamente, depois aos poucos, e tocam a água com um último estalo. Talvez o grunhido tenha escapado de Landsman.

"Nunca pensei que eu fosse dizer isso", diz Kitka quando o motor Lycoming se põe a girar em ponto morto e eles podem ouvir até seus pensamentos. "Mas seiscentos dólares é pouco."

Meia hora depois de partir de Yakovy, Landsman resolveu condimentar a viagem com uma judiciosa pitada de vômito. O avião estava impregnado do cheiro de vinte anos de carne de alce podre; e ele, impregnado de arrependimento por ter quebrado a jura de nunca mais viajar de avião pequeno, jura prestada quando da morte de Naomi. Em todo caso, dado o pouco que Landsman vem comendo nos últimos dias, a manifestação de enjôo não deixou de ser uma façanha.

"Desculpe, Rocky", diz ele, procurando se fazer audível. "Acho que eu ainda não estava preparado para voltar a voar."

Sua última viagem foi com a irmã, no Super Cub, sem nenhuma reação adversa. Mas a aeronave era boa, Naomi pilotava bem, o céu era de brigadeiro e Landsman estava de pileque. Desta vez, ele se aventurou no céu abominavelmente sóbrio. Com o sistema nervoso dilacerado por três bules de café ruim de hotel. E voando à mercê, ao mesmo tempo, do vento cortante que soprava do Yukon e de um péssimo piloto cuja cautela o tornava temerário e cuja falta de autoconfiança o tornava arrojado. Landsman oscilava no estofamento de lona do velho e cansado 206 que a Turkel Regional Airways houve por bem confiar a Rocky Kitka. O avião vascolejava, trepidava e sacudia. Todos os parafusos e porcas se soltaram no esqueleto de Landsman, fazendo com que sua cabeça ficasse virada para trás, os braços caídos, os globos oculares por baixo da calefação da cabine. Quando eles estavam sobrevoando um ponto qualquer das montanhas Moore, a promessa se voltou contra ele.

Kitka abre a porta e salta com a corda de amarra no atracadouro de hidroavião. Landsman sai tropegamente da cabine e pisa nas acinzentadas tábuas de cedro. Fica pestanejando, titubeando e inspirando longamente o cheiro limpo de pinheirais e despojos marinhos do ar local. Endireita a gravata e ajeita o chapéu na cabeça.

Peril Strait é um amontoado de barcos, uma bomba de gasolina e uma fileira de casas velhas, cor de motor enferrujado, equilibradas sobre as palafitas feito um bando de mulheres de pernas finas. Um pontão quebradiço passa por entre as casas antes de seguir até os ancoradouros e afundar na água. Tudo isso parece ficar em pé graças a um emaranhado de amarras, a um enovelamento de linhas de pesca e retalhos de rede atados com bóias cheias de craca. O vilarejo não passa disso, madeira flutuante e arame, escombros da submersão de uma cidade remota.

O atracadouro de hidroavião parece não ter conexão física com o pontão nem com o vilarejo de Peril Strait. É sólido, bem-feito, de aparência nova, concreto branco e vigas pintadas de cinza. Alardeia a engenharia e as necessidades logísticas dos abonados. Na parte da praia, termina num portão de aço. Do outro lado, alinhavaram uma escada metálica na ladeira que dá numa clareira. Paralelamente à escada, um trilho perpendicular sobe até o cimo do morro, com uma plataforma cercada para alçar aquilo que não pode subir escada. Uma plaquinha de metal chumbada na grade do atracadouro anuncia: CENTRO DE REABILITAÇÃO BETH TIKKUN, em iídiche e em americano, e abaixo, só em americano, PROPRIEDADE PARTICULAR. Landsman fixa o olhar nos caracteres iídiches. Ficam desentoados e feios naquele canto selvagem da ilha Baranof, uma penca de furtivos policiaizinhos judeus de terno e chapéu pretos.

Kitka abre uma torneira instalada junto a um pilar do atracadouro, enche de água o chapéu de feltro e a joga no interior do avião, uma chapelada de água impotável atrás da outra. Landsman fica mortificado por dar tanto trabalho, mas Kitka e o vômito parecem ser velhos conhecidos, e o homem nem chega a desmanchar o sorriso. Improvisando um rodo com a borda de um guia plastificado dos peixes e baleias do Alasca, puxa para fora o compósito de vômito e água do mar. Enxágua o guia, sacode-o. Então pára à porta, pendurando-se no arco, e olha para Landsman no ancoradouro. O mar lambe os flutuadores do Cessna e os pilares. Vindo do rio Stikine, o vento zumbe nos ouvidos de Landsman. Sacode a aba de seu chapéu. No vilarejo, ergue-se uma voz de mulher, entrecortada, a ralhar com o filho ou o marido. Segue-se o paródico ladrar de um cão.

"Acho que eles já sabem que você vai chegar", diz Kitka. "Os caras lá em cima." Seu sorriso fica tímido, estreita-se num quase beicinho. "A gente se encarregou de fazer com que soubessem."

"Eu já fiz uma visita surpresa esta semana; não deu muito certo", responde Landsman. Saca a Beretta do bolso, tira o carregador, examina a munição. "Duvido que eles se surpreendam."

"Você sabe quem são?", pergunta Kitka, os olhos grudados no *sholem*.

"Não. Não sei. E você?"

"Palavra, meu irmão, se eu soubesse, contaria. Apesar de você ter emporcalhado o meu avião."

"Sejam eles quem forem", diz Landsman, recolocando o pente de balas, "é bem capaz que tenham matado a minha irmãzinha."

Kitka rumina essa afirmação como em busca de pontos fracos ou ambigüidades. "Eu preciso estar em Freshwater às dez", diz com ar de lamento.

"Sei. Eu entendo."

"Do contrário, cara, te daria cobertura total."

"Ora, pode deixar. Que papo é esse? Não é problema seu."

"Sim, mas é que, Naomi. Ela era do caralho."

"Era? Me conta."

"Na verdade, ela não ia muito com a minha cara."

"Ela era de extremos", explica Landsman, guardando a arma no bolso lateral do paletó. "Às vezes."

"Então tudo bem", diz Kitka, chutando uma poça de água para fora do avião com o bico da bota Roper. "Olha. Vê se toma cuidado."

"Taí uma coisa que eu não sei fazer", confessa Landsman.

"Então é uma coisa que vocês tinham em comum. Você e a sua irmã."

Landsman percorre ruidosamente o ancoradouro e, só por diversão, experimenta o trinco do portão. Então joga a bolsa por cima dele e o escala. Ao passar para o outro lado, fica com o pé preso entre as grades. O sapato escapa do pé. Ele escorrega e cai com um pesado baque. Morde a língua e sente um salgado jorro de sangue. Sacode a poeira da roupa e olha para o ancoradouro para ver se Kitka presenciou o acidente. Acena para avisar que está tudo bem. Um instante depois, Kitka responde com outro aceno. Fecha a porta do avião. O motor desperta com um estalo. A hélice desaparece no escuro brilho de sua própria revolução.

Landsman inicia a longa subida. Decerto agora está em pior forma física do que na manhã de sexta-feira, quando resolveu enfrentar a escadaria do prédio dos Shemets. Passou a noite em claro no duro e áspero colchão do hotel. Há dois dias, foi baleado e espancado na neve. Sente dores. Respira com dificuldade. Maltrata-o uma dor misteriosa na costela e outra no joelho esquerdo. Ele é obrigado a parar na metade da subida para fumar um cigarro que lhe dê forças para prosseguir. Volta-se para ver o Cessna vacilar e zunir a caminho das nuvens baixas da manhã, abandonando-o a esse que, no momento, parece ser o mais solitário destino.

Landsman se apóia no corrimão, muito acima da praia deserta e do vilarejo. Lá embaixo, no pontão torto, algumas pessoas saíram de casa para observar sua escalada. Ele acena para elas; elas se apressam a retribuir o gesto. Pisa na ponta do *papiros* e recomeça a dura marcha ascendente. Tem por companhia o movimento das águas na baía, o distante crocitar dos corvos. Mas esses sons não tardam a desaparecer. Landsman ouve apenas sua respiração, o tintinar dos sapatos no metal dos degraus, o ranger da alça da bolsa.

Lá em cima, duas bandeiras tremulam num mastro branco. Uma delas é dos Estados Unidos da América. A outra, um modesto retângulo branco em que se estampa uma estrela-de-davi azul-clara. O mastro encontra-se num círculo de pedras caiadas e cercadas por um anteparo de concreto. Na base, uma plaquinha de metal diz MASTRO ERGUIDO GRAÇAS À GENEROSIDADE DE BARRY E RHONDA GREENBAUM BEVERLY HILLS CALIFÓRNIA. Um caminho leva do anteparo circular à maior das construções que Landsman viu do céu. As outras não passam de caixotes revestidos de cedro, mas esta ostenta certa pretensão a estilo. Tem telhado impermeabilizado com piche, recoberto de chapas de aço pintadas de verde-escuro. As janelas são providas de bandeiras e grades. Uma extensa varanda envolve três lados da casa, as vigas são troncos de pinheiro que ainda conservam a cortiça. No centro da varanda, uma seqüência de amplos degraus leva ao caminho de concreto.

Dois homens postados no degrau superior da varanda observam Landsman se aproximar. Conquanto muito barbudos, não têm *peót*. Tampouco usam meião ou chapéu preto. O da esquerda é jovem, trinta anos no máximo. Alto, ameaçador até, tem a testa feito uma casamata de concreto e a mandíbula saliente. Sua barba desgrenhada, cheia de cachinhos pretos, apresenta um trecho de pele nua em cada bochecha. As mãos enormes pendem junto ao corpo, pulsando como um par de cefalópodes. Ele está com um terno preto folgado e gravata de seda escura. Landsman nota o ansioso crispar dos dedos do brutamontes e tenta detectar a presença de uma arma sob o paletó. Quando ele se acerca, os olhos do grandalhão se congelam num preto tenebroso.

O outro é mais ou menos da idade, da altura e da compleição de Landsman. Chegou a essa etapa da vida em melhores condições que ele e se apóia numa bengala formada com a curva de uma madeira escura e lustrosa. Sua barba é negra carvão com estrias de cinza, muito bem tratada, quase pernóstica. Envergando um terno de tweed com colete, dá baforadas num meditativo cachimbo. Parece satisfeito, senão encantado, em ver Landsman se aproximar, curioso, um médico prevendo uma leve anomalia ou uma pequena alteração num exame. Calça mocassins enfeitados com pingentes de couro.

Landsman se detém junto ao último degrau da varanda e ergue a bolsa. Um pica-pau matraqueia como um copinho de dados. Por um instante, não se ouve senão esse som e o farfalhar da fronde dos pinheiros. Eles podiam ser os únicos três homens em todo o sudeste do Alaska. Porém Landsman sente outros olhos observando-o pelas frestas das cortinas, pela mira das armas, por periscópios e olhos mágicos. Sente que a vida do lugar está em suspenso, o exercício matinal e o erguer das xícaras de café momentaneamente interrompidos. Sente cheiro de ovos mexidos na manteiga, de torrada.

"Nem sei como lhe dizer isso", diz o homem com falhas na barba. Sua voz parece tropeçar demoradamente no peito antes de assomar à boca. As palavras lhe saem densas, derramadas com uma concha comprida. "Mas o seu piloto foi embora sem você."

"Por acaso eu vou a algum lugar?", pergunta Landsman.

"Aqui você não fica, meu amigo", diz o homem do terno de tweed. Quando ele pronuncia a palavra "amigo", sua atitude perde toda a afabilidade.

"Mas eu fiz reserva", alega Landsman, de olho nas mãos inquietas do brutamontes. "Sou mais jovem do que pareço."

Num ponto qualquer da floresta, barulho como de ossos num balde.

"Tudo bem, eu não sou tão moleque assim e também não fiz reserva nenhuma, mas tenho problema de dependência", diz Landsman. "Com certeza, isso conta para alguma coisa."

"Meu caro...", diz o sujeito do terno de tweed, descendo um degrau. Landsman sente o cheiro acre do tabaco que ele fuma.

"Escutem, eu ouvi falar no bom trabalho que vocês têm feito, certo? Já tentei de tudo. Sei que é maluquice, mas eu estou no fundo do poço e não tenho mais aonde ir."

O homem do terno de tweed se vira para o do alto da escada. Os dois parecem não ter idéia de quem é Landsman nem do que fazer com ele. Toda a recreação dos últimos dias, particularmente a torturante viagenzinha desde Yakovy, parece ter removido parte da aura *noz* de Landsman. Ele receia e espera parecer apenas um pobre-diabo a arrastar sua má sorte na bolsa a tiracolo.

"Eu preciso de auxílio", insiste, e, para sua surpresa, sente nos olhos o ardor das lágrimas. "Estou ferrado." A voz lhe sai entrecortada. "Isso eu me disponho a reconhecer."

"Qual é o seu nome?", pergunta lentamente o homem alto. Seus olhos cálidos nada têm de amigável. Condoem-se de Landsman sem se interessar muito por ele.

"Felnboyger", arrisca Landsman, evocando um nome escrito num antigo auto de prisão. "Lev Felnboyger."

"Alguém sabe que você está aqui?"

"Só a minha mulher. E o piloto, claro."

Landsman vê que os dois homens se conhecem tão bem que são capazes de se entregar a uma discussão furiosa sem falar nem mexer nada, a não ser os olhos.

"Eu sou o doutor Roboy", diz enfim o grandalhão. Movimenta a mão na direção de Landsman, pesada como uma grua cheia de entulho. Landsman quer sair de seu caminho, mas ela o colhe. "Por favor, senhor Felnboyger, vamos entrar."

Ele os acompanha ao outro lado das tábuas de pinho lixadas da varanda. Ao passar, vê uma caixa de marimbondos numa viga do telhado e procura um sinal de vida, mas ela parece tão deserta quanto todas as outras edificações daquele topo de morro.

Chegam a um saguão vazio mobiliado em estilo pediátrico com sofás beges de espuma. Carpete pardo, cinzento-caixa de ovo. Penduradas nas paredes, cenas da vida cotidiana de Sitka, barcos de salmão e bacharéis de *yeshiva*, café-soçaite na rua Monastir, um açodado *klezmer* que pode perfeitamente ser um Nathan Kalushiner estilizado. Uma vez mais, Landsman tem a incômoda impressão de que tudo aquilo foi instalado e pendurado naquela manhã. Não há vestígio de cinza nos cinzeiros. A estante de brochuras informativas está bem provida de exemplares de *Dependência de drogas: quem precisa dela!*, e *Vida: alugar ou possuir?* Na parede, um termostato suspira o seu tédio insuportável. O cômodo cheira a carpete novo e a cachimbo apagado. Na porta de um corredor acarpetado, uma placa adesiva apregoa MÓVEIS DO SAGUÃO CORTESIA DE BONNIE E RONALD LEDERER BOCA RATON FLÓRIDA.

"Faça o favor de se sentar", convida o dr. Roboy com sua voz grossa de melaço. "Fligler?"

O sujeito de tweed volta até as portas-balcão, abre a da esquerda e examina os trincos de cima e de baixo. A seguir, fecha-a, tranca-a e guarda a chave no bolso. Retorna e, ao passar por Landsman, esbarra nele o almofadado ombro de tweed.

"Fligler", diz Landsman, segurando delicadamente o braço do homem algo mais baixo. "Você também é médico?"

Fligler aperta a mão de Landsman. Tira do bolso uma caixa de fósforos, risca um palito e o leva ao fornilho do cachimbo, tudo num único movimento contínuo. Ao mesmo tempo que o entretém com essa pequena proeza da mão direita, mergulha a esquerda no bolso do paletó de Landsman e se apossa da Beretta.

"Este é que é o seu problema", diz, erguendo a arma para que todos a vejam. "Agora observe o médico."

Obediente, Landsman observa Fligler levantar a pistola e estudá-la com penetrantes olhos médicos. Mas, no minuto seguinte, uma porta bate dentro da cabeça de Landsman e, depois disso, ele fica distraído — não mais que meio segundo — com o rufar de mil marimbondos a invadirem o portal de sua orelha esquerda.

30.

Landsman recobra os sentidos; deitado de costas, olha para uma fileira de panelas de aço. Estão todas simetricamente penduradas nos grossos ganchos de um paneleiro a um metro de sua cabeça. Invade-lhe as narinas um cheiro nostálgico de cozinha de acampamento, de gás engarrafado e detergente, de cebolas refogadas, água mineral, além de um leve fedor de estojo de pesca. Metal na nuca, e um presságio arrepiante. Ele está estendido num comprido balcão de aço inoxidável, as mãos algemadas às costas a pressionarem o osso sacro. Descalço, salivando, pronto para ser colhido e deglutido com limão e talvez uma pitada de sálvia.

"Eu já ouvi os boatos mais pirados a seu respeito", diz. "Mas não que você era chegado ao canibalismo."

"Você, Landsman, eu não comia", afirma Baronshteyn. "Nem que eu fosse o homem mais esfomeado do Alasca e me servissem a sua carne com um garfo de prata. Não gosto de picles." Está sentado num banco alto à esquerda de Landsman, os braços cruzados sob a borda da exuberante barba preta.

Está à paisana: jeans novo em folha, camisa de flanela enfiada na calça e abotoada quase até o pescoço. Cinturão de fivela grossa e galochas pretas de cano alto. A camisa fica folgada em seu corpo, a calça é mais dura que uma placa de ferro. À parte o quipá, Baronshteyn parece um moleque magricela fantasiado de lenhador para representar uma peça na escola, barba postiça e tudo. Com o salto das galochas enganchados na travessa da cadeira, a barra da calça denuncia alguns centímetros de branquíssimas canelas.

"Quem é o *yid*?", quer saber Roboy, o gigante esquálido. Landsman estica o pescoço e vê o médico, se é que é médico, empoleirado num banco de aço aos seus pés. As olheiras parecem manchas de grafite. Ao lado dele, o enfermeiro Fligler, bengala enganchada no braço, vendo um *papiros* morrer sob a custódia de sua mão direita, a esquerda ominosamente enfiada no bolso do paletó de tweed. "De onde você o conhece?"

Uma panóplia de facas, cutelos, machadinhos e outras ferramentas desse naipe alinha-se ao longo de uma prateleira magnética na parede da cozinha, bem ao alcance da mão do industrioso *chef* ou *shlosser*.

"Esse *yid* é um *shammes* chamado Landsman."

"Isso aí é um tira?", pergunta Roboy. Faz cara de quem deu uma mordida num bombom recheado com uma pasta azeda. "Ele está sem credenciais. Fligler, o cara tinha algum distintivo?"

"Não achei nenhum, e nem nenhum outro tipo de documento da polícia."

"Fui eu que mandei confiscar a carteira dele", explica Baronshteyn. "Não é mesmo, detetive?"

"Quem faz perguntas aqui sou eu", diz Landsman, remexendo-se em busca de um modo mais confortável de ficar deitado em cima das mãos algemadas. "Caso isso não te incomode."

"Pouco importa ele ter distintivo ou não", opina Fligler. "Aqui um distintivo judeu não vale bosta nenhuma."

"Eu não gosto desse linguajar, amigo Fligler", reclama Baronshteyn. "Se não me engano, já disse isso."

"Disse, sim, mas vai continuar dizendo", replica Fligler.

Baronshteyn o encara. Nas cavidades de seu crânio, glândulas ocultas segregam peçonha. "O amigo Fligler queria rechear você de bala e jogar o corpo no mato", diz afavelmente a Landsman, sem tirar os olhos do homem com a arma no bolso.

"No meio do mato", confirma Fliegler. "Só para ver que bicho come a sua carcaça."

"Essa é que é a sua terapia, doutor?", pergunta Landsman, virando a cabeça na tentativa de entrar em contato visual com Roboy. "Deve ser por isso que Mendel Shpilman teve alta tão depressa na primavera passada."

Eles devoram a carne dessa observação, aferindo-lhe o sabor e o valor nutritivo. Baronshteyn tinge com uma gota de repreensão a peçonha do seu olhar. *Vocês estavam com o* yid *nas mãos*, diz o olhar com que ele fulmina o dr. Roboy. *E o deixaram fugir*.

Baronshteyn inclina o corpo, estirando o pescoço, e fala com a sua ameaçadora cortesia. Tem hálito pútrido e azedo. Casca de queijo, bico de pão, sedimentos de fundo de xícara. "O que você veio fazer aqui, amigo Landsman", indaga, "num lugar que não tem nada a ver com você?"

Ele parece genuinamente intrigado. O judeu deseja se informar. Talvez esse seja, pensa Landsman, o único desejo que se permite.

"Eu podia te perguntar a mesma coisa", diz Landsman, pensando que talvez Baronshteyn nada tenha a ver com o lugar, seja apenas um visitante como ele. Talvez esteja trilhando o mesmo caminho, refazendo o trajeto recente de Mendel Shpilman, tentando achar o lugar em que o filho do *rebbe* cruzou com a sombra que o matou. "O que é isto afinal, um internato de verbôveres transviados? Quem são essas figuras? Aliás, você esqueceu um passador da cinta."

Baronshteyn leva os dedos ao cós da calça, depois se acomoda e faz uma cara parecida com um sorriso. "Quem sabe que você está aqui?", pergunta. "Fora o piloto?"

Landsman sente uma pontada de ameaça ao pobre Rocky Kitka, a voar centenas de milhas de ponta-cabeça, na vida, sem saber disso. Não sabe quase nada desses *yids* de Peril Strait, mas tudo indica que podem ser terrivelmente truculentos com um piloto da floresta.

"Que piloto?"

"Acho que a gente tem de esperar o pior", diz o dr. Roboy. "Este lugar está claramente comprometido."

"Você tem passado muito tempo com esses caras", diz Baronshteyn. "Está começando a falar como eles." Sem tirar os olhos de Landsman, desafivela o cinturão e o enfia no passador esquecido. "Pode ser que você tenha razão, Roboy." Aperta muito o cinturão, com ar de clara autopunição. "Mas eu sou capaz de apostar que Landsman não contou a ninguém. Nem mesmo ao parceiro índio dele. Está no mato sem cachorro e sabe disso. Não tem apoio de ninguém. Não tem jurisdição, não tem reputação, nem distintivo ele tem. Não ia contar a ninguém que pretendia voar às terras dos índios, porque tinha medo de que o tentassem convencer do contrário. Ou pior, proibi-lo. Diriam que sua capacidade de raciocínio estava embotada pelo desejo de vingar a morte da irmã."

Roboy franze o sobrolho como um par de mãos crispadas. "Irmã?", indaga. "Quem é a irmã dele?"

"Eu não tenho razão, Landsman?"

"Eu bem que gostaria de poder tranqüilizar você, Baronshteyn. Mas acontece que escrevi um relato completo de tudo o que sei de você e desta operação."

"É mesmo?"

"O falso centro de recuperação de jovens."

"Entendo", diz Baronshteyn com simulada gravidade. "O falso centro de recuperação de jovens. Que história chocante."

"Serve de fachada para a sua sociedade com Roboy, Fligler e os amigos poderosos deles." O coração de Landsman dispara a martelar com a ferocidade de suas suposições. Ele se pergunta por que um judeu ia querer ou precisar de um centro tão grande ali e como conseguira persuadir os nativos a deixar que o construísse. Acaso compraram um pedaço de terra indígena para erigir um novo McShtetl? Ou esse ia ser o ponto intermediário de uma operação de contrabando humano, uma espécie de sistema de transporte aéreo verbôver para fora do Alasca sem visto nem passaporte? "O fato de vocês terem matado Mendel Shpilman e a minha irmã para que eles não contassem o que se passa por aqui. Depois recorreram aos seus contatos com o governo, através de Roboy e Fligler, para maquiar a queda do avião."

"Você escreveu tudo isso? Verdade mesmo?"

"Escrevi e enviei ao meu advogado, para que seja aberto no caso, por exemplo, de meu sumiço repentino da face da Terra."

"O seu advogado."

"Isso mesmo."

"E quem é ele?"

"Sender Slonim."

"Sender Slonim, entendo", diz Baronshteyn, balançando a cabeça como se estivesse plenamente convencido da afirmação de Landsman. "Um bom judeu e um péssimo advogado." Levanta-se do banco, e o ruído das galochas põe um ponto final no seu exame do prisioneiro. "Eu estou satisfeito. Amigo Fligler."

Ouvem-se um *snik* e o arrastar de uma sola no linóleo, e então Landsman vê uma sombra junto ao seu olho direito. O espaço entre a ponta de aço e sua córnea pode ser medido no meneio de um cílio. Ele afasta a cabeça, mas, na outra extremidade da faca, Fligler lhe agarra a orelha e puxa com força. Landsman se encolhe feito uma bola e tenta rolar para fora do balcão. Fligler desfere uma bengalada na ferida em sua nuca, e uma estrela denteada explode no crânio de Landsman. Enquanto ele se ocupa em bimbalhar como um sino de dor, Fligler o vira de bruços. Escarranchando-se em cima dele, puxa-lhe a cabeça para trás e encosta a lâmina da faca em sua garganta.

"Eu posso estar sem o distintivo", avisa Landsman, falando com dificuldade. Dirige-se ao dr. Roboy, o qual, pensa Landsman, parece ser o *yid* menos resoluto dos três. "Mas nem por isso deixo de ser *noz*. A minha morte vai atrapalhar muito o que vocês andam fazendo por aqui."

"Duvido", diz Fligler.

"De jeito nenhum", concorda Baronshteyn. "Daqui a dois meses, nenhum de vocês vai ser da polícia."

O ardor do finíssimo fio de átomos de carbono e ferro que é a forma conseqüencial da lâmina da faca aumenta um grau na traquéia de Landsman.

"Fligler...", diz Roboy, passando a manzorra na boca.

"Por favor, Fligler", pede Landsman. "Corta a minha garganta. Eu vou ficar agradecido. Manda brasa, sua bicha-louca."

Do outro lado da porta da cozinha, irrompe um burburinho de agitadas vozes masculinas. Um par de pés se arrasta no chão, prestes a bater, e vacila. Nada acontece.

"O que é isso?", pergunta Roboy com aflição.

"Uma palavrinha, doutor", diz uma voz jovem, americana, falando americano.

"Não faça nada", ordena Roboy. "Espere."

Assim que a porta se fecha atrás do médico, Landsman ouve uma enxurrada de sílabas angulares que seu cérebro não registra senão como um barulho gutural.

Fligler assenta mais o peso do corpo na cintura de Landsman. Segue-se o leve constrangimento de estranhos num elevador. Baronshteyn consulta o belo relógio suíço.

"Eu tinha razão ou não?", pergunta Landsman. "Eu sei que tinha."

"Ah", resmunga Fligler. "Não me faça rir."

"Roboy é um terapeuta excelente", diz Baronshteyn com uma demonstração de tolerante paciência, num tom notavelmente parecido com o de Bina quando fala com um dos cinco bilhões de seres humanos, entre os quais Landsman, que ela considera consumados idiotas. "Eles tentaram verdadeiramente ajudar o filho do *rebbe*. A presença de Mendel aqui foi inteiramente voluntária. Quando ele tomou a decisão de ir embora, ninguém pôde fazer nada para impedi-lo."

"Aposto que isso te deixou mais do que triste."

"O que você está querendo dizer?"

"Por acaso Mendel Shpilman curado não era uma ameaça a você? Ao seu *status* de suposto herdeiro?"

"*Oy*", faz Baronshteyn. "Quanta coisa você sabe."

A porta da cozinha se abre e Roboy torna a entrar, a testa enrugada. Antes que ela volte a se fechar, Landsman entrevê dois rapazes barbudos, vestindo mal-ajambrados ternos pretos. Dois garotões, um deles com o negro caracol de um fone de ouvido enroscado na orelha. Do lado de fora da porta, uma plaquinha avisa COZINHA EQUIPADA GRAÇAS À GENEROSIDADE DO SR. E DA SRA. LANCE PEARLSTEIN PIKESVILLE MD.

"Oito minutos", diz Roboy. "No máximo dez."

"Vem vindo alguém?", pergunta Landsman. "Quem? Heskel Shpilman? Ou ele nem sabe que você está aqui, Baronshteyn? Será que você veio fechar um acordo com esses caras? Eles estão se intrometendo numa ação verbôver? O que eles queriam com Mendel? Pretendiam usá-lo para chantagear o *rebbe*?"

"Pelo jeito, você precisa reler o tal relato que você mesmo escreveu", observa Baronshteyn. "Ou pedir para Sender Slonim te contar o que está escrito."

Landsman ouve passos, pés de cadeira arrastados no assoalho. Ao longe, o giro e estalidos de um motor elétrico, um carrinho de golfe que se afasta velozmente.

"Não dá para a gente fazer isso agora", diz Roboy, acercando-se de Landsman, pairando sobre ele. A barba densa cobre-lhe o rosto dos pômulos para baixo, brotando-lhe nas narinas, encaracolando-se como finas gavinhas em suas orelhas. "A última coisa que ele quer é encrenca. Ok, detetive." Sua voz lenta torna-se repentinamente viscosa, abruptamente mais cálida. Embebe-se de um afeto perfunctório, e Landsman fica tenso, aguardando a coisa ruim que ela decerto anuncia e que resulta numa mera picada no braço, rápida e hábil.

Nos ensonados segundos que precedem a perda da consciência, a língua gutural que Landsman ouviu Roboy falar repete-se como uma gravação em seus ouvidos, e ele dá um torpe salto na compreensão impossível, como a súbita consciência, em sonhos, de ter inventado uma teoria grandiosa ou escrito um lindo poema que, de manhã, resulta numa confusão pomposa e incompreensível. Eles estão falando, os tais judeus do outro lado da porta, em rosas e incenso. Conversam ao vento do deserto, à sombra das tamareiras, e Landsman também está lá, de vaporosas vestes que o protegem do sol bíblico, falando hebraico, e todos eles são amigos e irmãos reunidos, e as montanhas saltitam como carneiros; e as colinas, como ovelhinhas.

31.

Landsman desperta de um sonho no qual sua orelha direita alimenta as pás da hélice de um Cessna 206. Agita-se debaixo de um cobertor pegajoso, elétrico, mas desligado, num quarto não muito maior do que o catre em que está deitado. Com cuidado, roça o dedo na cabeça. No lado em que Fligler bateu, a carne está inchada e úmida. A dor no ombro esquerdo é insuportável.

Numa janela estreita em frente ao catre, as pestanas metálicas da persiana deixam escoar o deprimente cinzento de uma tarde de novembro no sudeste do Alasca. Não chega a ser luz se infiltrando, apenas um resíduo de luz, um dia perseguido pela lembrança do sol.

Landsman tenta se sentar e descobre que o ombro lhe dói tanto porque alguém teve a gentileza de algemar seu pulso esquerdo na perna de aço do catre. Com o braço preso acima da cabeça, ele praticou uma espécie de quiroprática brutal no ombro ao se remexer e debater no sono. A mesma alma gentil que o algemou lembrou-se de lhe tirar a calça, o paletó e a camisa, devolvendo-o uma vez mais à condição de homem de cueca.

Ele se senta na cabeceira do catre. Depois recua um pouco no colchão a fim de se acocorar com o braço esquerdo preso num ângulo mais natural, a mão algemada encostada no chão. Este é de linóleo amarelado, da cor da parte interna de um filtro de cigarro já fumado, e frio como o estetoscópio de um médico-legista. Exibe um extenso acervo de perucas e ratos de pó e uma mancha alada de graxa preta. Na parede ao lado de sua cabeça, uma mão familiar rabiscou uma pequena mensagem para ele na linha de cimento entre dois blocos: ESTA CELA É UMA GENEROSA CORTESIA DE NEAL E RISA NUDELMAN SHORT HILLS NOVA JERSEY. Ele quer rir, mas a presença da cômica caligrafia de sua irmã nesse lugar eriça-lhe o cabelo da nuca.

Fora a cama, a única peça, no canto junto à porta, é um cesto de lixo de metal. O cesto é infantil, azul e amarelo com um cachorro de desenho animado a saltar num canteiro de margaridas. Landsman fica muito tempo olhando para ele, sem pensar em nada, apenas no lixo das crianças e nos cachorros de desenho animado. O obscuro mal-estar que Pluto sempre lhe inspirou, um cachorro cujo dono é um camundongo, diariamente confrontado com o horror mutacional do Pateta. Um gás invisível lhe enevoa os pensamentos, a fumaça do escapamento de um ônibus que largaram com o motor ligado no meio do seu cérebro.

Landsman passa mais um minuto acocorado junto ao catre, recompondo-se feito um mendigo a catar moedas espalhadas na calçada. Depois arrasta o catre até a porta e nele se senta. De modo ao mesmo tempo metódico e feroz, começa a chutar a porta com os calcanhares nus. É uma porta oca de aço e, quando chutada, faz um barulho de trovão que chega a ser agradável no começo, mas o prazer não tarda a se esfumar. Então ele experimenta altos e repetidos gritos de "Socorro, eu me cortei, estou sangrando!". Berra até ficar rouco e chuta até os pés latejarem. Por fim se cansa de chutar e gritar. Quer urinar. Está apertado. Olha para a lata de lixo e depois para a porta. Podem ser vestígios da droga em seu organismo ou o ódio que ele sente por aquele cubículo em que sua irmã passou a última noite na Terra e pelos homens que lá o acorrentaram ainda de cueca. Talvez a sua raivosa gritaria tenha engendrado uma raiva real. Mas a idéia de ser obrigado a urinar num cesto de lixo do cachorro Shnapish deixa-o furioso.

Ele arrasta a cama até a janela e empurra ruidosamente a persiana para o lado. A vidraça é de vidro granulado. Nesgas de um mundo verde e cinzento numa pesada moldura de aço. Antes — talvez muito recentemente ainda — havia um trinco, mas seus judiciosos anfitriões o removeram. Agora só há um modo de abrir a janela. Landsman vai buscar o cesto de lixo, arrastando o catre consigo como um símbolo conveniente. Ergue o cesto, faz pontaria e o atira na janela alta de vidro granulado. Ele repica e volta, atingindo-lhe a testa em cheio. Pouco depois, pela segunda vez no dia, Landsman sente gosto do sangue que agora escorre pelo seu rosto até a comissura dos lábios.

"Shnapish filho-da-puta", diz.

Empurra o catre até a longa parede e, a seguir, trabalhando com a mão livre, tira o colchão do estrado. Encosta-o, de pé, na parede oposta. Agarrando cada lado do estrado e apoiando-se nos joelhos, levanta-o do chão. Fica um momento parado, segurando o estrado frouxo paralelamente ao seu corpo. Vacila sob o peso repentino que, mesmo sem ser grande, exige-lhe toda força. Retrocede um passo, baixa a cabeça e arremete com o estrado contra a janela. A verde relva e a neblina explodem em seus olhos ofuscados. Árvores, corvos, esvoaçantes marimbondos, as águas do estreito, cinzentas como um cano de revólver, um hidroavião branco e vermelho. Então o estrado se livra das mãos de Landsman e, saltando entre as escancaradas presas de vidro, mergulha na manhã.

Quando estava na escola, ele tirava boas notas em física. A mecânica de Newton, corpos em repouso e em movimento, ações e reações, gravidade e massa. Via mais sentido na física do que em qualquer outra coisa que tentavam lhe enfiar na cabeça. Uma idéia como a do momento linear, por exemplo, a tendência de um corpo em movimento a ficar em movimento. De modo que ele talvez não tenha se surpreendido tanto assim com o fato de que o estrado não se contentou em simplesmente quebrar o vidro. Sente nos ossos do ombro um repuxão atroz, de desarticular qualquer junta, e é novamente dominado pela inefável emoção que experimentou ao tentar invadir a limusine em movimento da sra. Shpilman: a súbita consciência — uma espécie de *satori* ao contrário — de que acaba de cometer um erro gravíssimo, senão fatal.

Mas eis que Landsman tem sorte: aterrissa num monte de neve. É um trecho furtivo, intransigente, metido no fundo da sombra do lado norte do centro de reabilitação. A única neve visível em todo o lugar, e Landsman cai bem em cima dela. Seus maxilares colidem, fazendo com que cada dente estale com um tom único e puríssimo, quando o impacto da bunda no chão se transmite, newtonianamente, ao resto do esqueleto.

Ele tira a cabeça da neve. O ar lhe regela a nuca. Pela primeira vez desde que alçou vôo, percebe que está congelando. Levanta-se, a mandíbula ainda a tiritar. A neve risca-lhe as costas de vergões como se fosse um chicote de arame. Landsman se arrasta para a esquerda sob o peso do estrado. Isso lhe permite tornar a sentar na neve. Afundar nela, mergulhar a cabeça dolorida no frio e limpo monte de neve. Fechar os olhos. Relaxar.

Justo nesse momento, ouve um leve arrastar de sapatos no outro lado da construção, um par de borrachas a apagar as marcas de sua própria passagem. Um andar defeituoso, o pulinho e o rojo extras de um coxo. Landsman segura e ergue o estrado e então recua e se encosta na lateral da casa. Ao ver uma bota de caminhada e a barra de tweed da calça de Fligler, arremessa o estrado. No instante em que Fligler vira a esquina, a borda de aço do catre atinge-lhe o rosto em cheio. Uma rubra mão de sangue se espalma nas bochechas e na testa do manquitola. A bengala levanta vôo e cai no calçamento com uma nota de marimba. O estrado, acanhado sem a companhia do seu melhor amigo, arrasta Landsman consigo por cima de Fligler, num salto. O cheiro de sangue invade as narinas de Landsman. Este se levanta rapidamente e, usando a mão livre, trata de arrancar o *sholem* dos dedos inertes do outro.

Ergue a submetralhadora e, com cruel deleite, cogita disparar no homem estirado no chão. Mas olha para a casa principal, a trezentos metros. Diversos vultos escuros se movimentam atrás da porta-balcão. Esta se abre, e as escancaradas bocas de chimpanzé de um bando de jovens e corpulentos *yids* de terno preenchem o vão. Por mais que lhes inveje a juvenil capacidade de se embasbacar, Landsman não hesita em apontar a arma para eles. Todos se agacham e recuam, e essa dispersão acaba revelando um homem alto, magro, de cabelo claro. O recém-chegado que saiu do ventre do vistoso hidroavião branco. O cabelo realmente chama a atenção, o próprio reflexo do sol numa chapa de aço. Pingüins no suéter, calça larga de veludo côtelé. Por um instante, o sujeito do suéter de pingüim lhe endereça uma careta, mostrando-se confuso. Mas, quando Landsman tenta fazer pontaria, alguém se apressa a arrancá-lo do vão da porta.

A algema lhe aperta o pulso, cravando-se na carne. Landsman desvia a submetralhadora e a aponta para o próprio braço esquerdo. Dispara um único e cuidadoso tiro, e a algema se solta, transformando-se num bracelete. Ele larga o estrado no chão com ar de leve remorso, como se fosse o corpo de um amigão desajeitado, mas leal, que lhe prestou bons serviços. A seguir, vai buscar a proteção do mato, enveredando por uma abertura entre as árvores. Deve haver pelo menos vinte judeus moços e saudáveis correndo no seu encalço, gritando, xingando, dando ordens. No primeiro minuto, ele espera ver o ramificado relâmpago de uma bala no cérebro e tombar sob o vagaroso rolar de seu trovão. Mas não acontece nada; os rapazes devem ter recebido ordem de não atirar.

A última coisa que ele quer é encrenca.

Landsman corre pelo limpo e bem conservado caminho de terra marcado com refletores vermelhos em estacas metálicas. Lembra-se do distante trecho verde que avistou do avião, além do bosque, com manchas brancas de neve. Imagina que o caminho vá para lá. Tem de ir, a algum lugar ele tem de ir.

Continua avançando no mato. A trilha está coberta de folhas de pinheiro que abafam o barulho de seus pés descalços. Ele quase chega a ver o calor abandonar-lhe o corpo, deixando um rastro de trêmulas ondas. Sente na boca um gosto parecido com a lembrança do cheiro do sangue de Fligler. Na algema, os elos da corrente partida balançam, tinindo. Em algum lugar, um pica-pau sacode os miolos bicando o tronco de uma árvore. O miolo do próprio Landsman trabalha exaustivamente na tentativa de entender aqueles homens e o que fazem. O tal professor aleijado cuja TEC-9 ele agora empunha. O médico com testa de concreto. A sala deserta do quartel. A sede, que não era lá grande coisa. Os garotos robustos contando as moscas na propriedade. O homem dourado de suéter de pingüim que não tolera encrenca.

Entrementes, outro segmento de seu cérebro ocupa-se em estimar a temperatura do ar — não mais que dois ou três graus — e, com base nisso, calcular ou recordar alguma tabela que acaso ele tenha visto e que diga quanto tempo a hipotermia demora a matar um tira judeu em trajes menores. Mas as células governantes desse grande órgão escangalhado, confuso e drogado se limitam a mandá-lo correr e continuar correndo.

A floresta termina abruptamente, e ele pára diante de um galpão, chapas cinzentas de aço moldado, sem janelas, telhado de plástico corrugado. Uma dupla escrotal de bujões de propano se une junto à lateral da construção. Ali o vento é mais forte, e Landsman, sentindo-o como um jato de água fervente na carne, corre para o outro lado do galpão. Este fica à beira de um vasto e árido chão coberto de palha. Ao longe, uma faixa de capim verde se dissolve nas ondulações da neblina. Um caminho de pedrisco parte do galpão e segue ao longo do campo de palha. Cinqüenta metros mais adiante, bifurca-se. Um ramo vai para o leste, rumo à faixa verdejante. O outro prossegue em linha reta e desaparece num sombrio arvoredo. Landsman torna a se virar para o galpão. Uma porta corrediça enorme. Num escandaloso retumbar, ele a corre para o lado. Equipamento de refrigeração desmontado, indecifráveis peças de máquinas, uma parede coberta de caracteres árabes feitos de borracha preta. E, perto da porta, um desses carrinhos elétricos de três rodas chamados Zunzum. (O segundo produto de exportação do distrito, depois do telefone celular Shofar.) Este vem acompanhado de um reboque forrado com uma camada de borracha preta suja de barro. Landsman se põe ao volante. Por mais fria que sua bunda já esteja, por glacial que seja o vento que sopra do Yukon, o assento de vinil desse Zunzum consegue ser mais gelado. Ele dá a partida. Pisa no pedal e, com um baque oco e um zumbido de engrenagens, arranca. Avança até a bifurcação e hesita entre o arvoredo e a plácida faixa de verde capim que se some na névoa como uma promessa de paz. Então pisa fundo.

Pouco antes de mergulhar no aglomerado de árvores, olha para trás e vê os *yids* de Peril Strait a encalçá-lo num grande Ford Caudillo preto, espalhando o pedrisco ao contornar o canto do galpão. Landsman não tem idéia de onde apareceu aquilo e muito menos de como chegou até lá; não viu nenhum carro quando estava no avião. Esse se acha a quinhentos metros do Zunzum e tende a alcançá-lo facilmente.

No pequeno bosque, o pedrisco é substituído por um áspero caminho de terra batida que desliza em meio aos lindos abetos-do-canadá de Sitka, altos e enigmáticos. Ao passar, Landsman avista outro galpão de aço entre as árvores, mourões, vigas mestras, cabos entrelaçados. Uma estrutura gigantesca, na qual se estende uma teia de redes de carga, rolos estendidos de arame farpado, *rope-swings*. Pode ser um campo de atletismo ou uma espécie de playground terapêutico para convalescentes. Claro, e também pode ser que o pessoal do Caudillo só esteja querendo lhe devolver a calça.

Agora o carro preto está a menos de duzentos metros dele. O passageiro do banco dianteiro abre a janela e, pondo o corpo para fora, senta-se na porta, segurando-se no bagageiro. Com a outra mão, Landsman observa, prepara-se para disparar uma arma curta. É um belo garotão barbudo de terno preto, cabelo rente, gravata discreta como a de Roboy. Faz pontaria sem pressa, calculando a distância cada vez menor. Um clarão desabrocha em torno à sua mão, e a traseira do Zunzum explode com um estampido e uma nuvem de estilhaços de fibra de vidro. Landsman solta um grito e tira o pé do acelerador. Tudo isso para que não haja encrenca.

Ainda impelido, avança aos trancos e barrancos e pára dois ou três metros mais adiante. O rapaz pendurado na janela do Caudillo ergue a arma e avalia o efeito do disparo. É provável que o buraco irregular na carroceria de fibra de vidro do Zunzum seja decepcionante para o pobre garoto. Mas ele deve estar satisfeito com o fato de seu alvo móvel ter se tornado fixo. O próximo tiro vai ser muito mais fácil. Volta a baixar a arma com um paciente vagar que chega a ser ostentoso, quase cruel. No seu cuidado e na sua parcimoniosa atitude para com as balas, Landsman detecta a marca registrada de um treinamento rigoroso e uma compreensão atlética da eternidade.

Em seu coração, a capitulação se desprega como a sombra de uma bandeira. É impossível fugir do Caudillo com um Zunzum baleado que, num dia bom, chega no máximo a vinte e cinco quilômetros por hora. Um cobertor quente, talvez uma boa xícara de chá: essas parecem ser recompensas adequadas ao fracasso. O Caudillo arremete em alta velocidade e então freia bruscamente, erguendo no chão uma nuvem de folhas secas. Três portas se escancaram e três homens saltam para fora, pesados *yids* jovens de terno malfeito e sapatos pretos como meteoros, apontando pistolas automáticas para Landsman. As armas parecem fimbriar em suas mãos como se tivessem vida ou giroscópios. Os pistoleiros mal conseguem contê-las. Bravos garotos de gravata esvoaçante, barba bem aparada na linha do maxilar, um pequeno pires de crochê na cabeça.

A porta traseira do lado mais próximo permanece fechada, porém, atrás dela, Landsman distingue a silhueta do quarto homem. Os bravos garotos se acercam, todos de terno igual e o mesmo severo corte de cabelo.

Ele se levanta e se vira com as mãos no ar. "Vocês são clonados, certo?", diz quando os três rapazes o cercam. "No fim do filme, sempre acabam sendo clonados."

"Cala a boca", ordena o mais próximo, falando americano, e Landsman está prestes a obedecer quando ouve um barulho como de uma coisa ao mesmo tempo fibrosa e massuda partindo-se lentamente ao meio. Tarda a observar nos olhos dos bravos garotos que eles também o ouviram, intervalo de tempo no qual o ruído se aguça e aumenta, transformando-se num constante repicar de folha de papel presa nas pás de um ventilador. O barulho aumenta e se propaga. A tosse entrecortada de um velho. Uma pesada chave inglesa caindo no piso de cimento. A flatulência de uma bexiga estourada a voar loucamente na sala até derrubar o abajur. Uma luz aparece entre as árvores, cosendo-se e vacilando como um marimbondo e, súbito, Landsman entende do que se trata.

"Dick", diz ele simplesmente e não sem admiração, e um estremecimento lhe sacode os ossos. A luz é de uma velha lâmpada de seis volts, não mais forte do que uma lanterna grande, a tremeluzir sua palidez na penumbra da floresta de abetos-do-canadá. O motor que leva a luz até o grupo de judeus é uma V-Twin personalizada. Ouvem-se as molas do garfo dianteiro registrando cada irregularidade do caminho.

"Aquele filho-da-puta", rosna um dos bravos garotos. "Com aquela merda de moto em miniatura."

Landsman já ouviu diversas histórias do inspetor Willie Dick e sua motocicleta. Uns dizem que foi encomendada por um milionário de Bombaim que, embora já adulto, tinha estatura abaixo da média; outros, que foi dada de presente no décimo terceiro aniversário do príncipe de Gales; e há quem diga que outrora pertenceu a um mostrengo louco que se exibia num circo do Texas, do Alabama ou de outro lugar não menos exótico. À primeira vista, é uma Royal Enfield Crusader 1961, cinza metálica à luz do sol, com seu fantástico friso cromado cuidadosamente restaurado. É preciso ficar perto dela ou vê-la ao lado de uma moto de tamanho normal para perceber que foi construída em escala de dois terços. Willie Dick, embora já tenha completado trinta e sete primaveras, tem menos de um metro e meio de altura.

Ele passa ribombando pelo Zunzum, pára com um chiado, desliga o velho motor inglês. Apeia-se da moto e, empertigando muito a coluna, aproxima-se de Landsman. "Que que é isso, porra?", pergunta, descalçando as luvas, duas peças de couro preto que bem mereciam ser usadas por Max von Sydow no papel de Erwin Rommel. Sua voz elegante e grave sempre surpreende em virtude da miudeza infantil do orador. Ele descreve um lento circuito de avaliação em torno à flor da polícia judaica. "Detetive Meyer Landsman!" Volta-se para os bravos garotos e faz um estudo da sua braveza. "Cavalheiros."

"Inspetor Dick", diz o rapaz que mandou Landsman calar a boca. Tem um ar de cadeia, incisivo e furtivo, uma escova de dentes limada até virar estilete. "O que o traz ao nosso pequeno rincão?"

"Com todo respeito, senhor Gold — é Gold, não? É —, este pequeno rincão de merda é *meu*." Dick se afasta do grupo que cerca Landsman. Tenta examinar o vulto que a tudo observa por trás da porta fechada do Caudillo. Landsman não tem certeza, mas quem lá está não parece grande o suficiente para ser Roboy nem o homem dourado do suéter de pingüim. Uma sombrinha encolhida, furtiva e alerta. "Eu já estava aqui quando vocês chegaram e ainda vou ficar muito tempo depois que vocês *yids* se mandarem."

O inspetor detetive Wilfred Dick é um tlingit da mais pura cepa, descendente do cacique Dick, o qual, em 1948, infligiu a última fatalidade registrada na história das relações russo-tlingits ao balear e matar um submarinista russo semimorto de fome, aprisionado enquanto saqueava as redes de siris do cacique em Stag Bay. Willie Dick é casado, tem nove filhos com a primeira e única esposa, a qual Landsman nunca viu. Naturalmente, ela tem fama de ser uma giganta. Em 1993 ou 1994, Dick concluiu com sucesso a corrida de trenós arrastados por cachorros de Iditarod, tendo se saído o nono de quarenta e sete finalistas. É Ph.D. em criminologia pela Universidade Gonzaga, em Spokane, Washington. Seu primeiro ato como varão adulto da tribo foi embarcar num velho navio-baleeiro de Boston e ir da sua aldeia, em Stag Bay, ao quartel-general da Polícia Tribal, em Angoon, convencer o superintendente a abrir uma exceção no seu caso e deixar de lado a altura mínima exigida aos oficiais da Polícia Tribal. Os relatos de como conseguiu o privilégio são malignos, salazes, inverossímeis ou uma combinação das três coisas. Willie Dick tem todos os defeitos comuns aos homens muito baixinhos e muito inteligentes: vaidade, arrogância, competitividade excessiva, memória de elefante para a mágoa e o pouco-caso. Também é honesto, obstinado e destemido, e deve um favor a Landsman; Dick também tem memória de elefante para os favores.

"Eu estou tentando imaginar o que vocês, hebreus malucos, estão aprontando, e cada teoria que me ocorre é pior do que a outra", diz ele.

"Esse homem está internado aqui", explica Gold. "Resolveu ter alta um pouco mais cedo, só isso."

"Por isso vocês iam matá-lo", diz Dick. "Que puta terapia pesada, meu amigo. Caralho! Rigorosamente freudiana, hein?"

Vira-se para Landsman e o mede dos pés à cabeça. Até certo ponto, a cara morena de Dick não deixa de ser bonita, uns olhos ávidos, rápidos, nas depressões da fronte inteligente, a covinha no queixo, o nariz reto e bem-proporcionado. Na última vez em que Landsman o viu, ele não fazia senão pôr e tirar os óculos de leitura que levava no bolso da camisa. Agora, mais conformado com o avançar da idade, adotou uns óculos italianos de fino aro de aço escovado, iguais aos usados pelos roqueiros ingleses quando, já caquéticos, resolvem dar entrevistas filosóficas. Veste um jeans muito preto, botas pretas de caubói, e uma camisa xadrez vermelha e preta, o colarinho aberto no peito. Nos ombros, como de costume, uma capa curta, feita com a pele de um urso que ele mesmo caçou, e presa por um cordão trançado. Bem afetado o tal Willie Dick — fuma cigarrilhas —, mas é um ótimo investigador de homicídios.

"Puta que pariu, Landsman. Você parece um feto de porco que uma vez eu vi em conserva num vidro."

Desatando com os dedos de uma mão o cordão trançado, tira a capa e a joga para Landsman. No primeiro instante, um aço frio quase lhe congela o corpo, mas logo fica deliciosamente cálido e aconchegante. Dick conserva nos lábios o sorriso irônico, mas, para a felicidade de Landsman — e só ele o percebe —, apaga dos olhos todo o vestígio de humor.

"Eu levei um papo com a sua ex", diz num sussurro, a voz a que recorre para ameaçar suspeitos e intimidar testemunhas. "Depois de receber o seu recado. Porra, você tem menos direito de estar aqui do que uma toupeira africana sem olhos." Ergue a voz um tanto exageradamente. "Detetive Landsman, o que foi que eu disse que ia fazer com esse seu rabo judeu se voltasse a te pegar sem roupa em terras indígenas?"

"Eu n... não lembro", responde Landsman, tomado por um violento tremor de gratidão e frio. "Você disse tanta coisa."

Dick vai até o Caudillo e bate na porta fechada como que disposto a entrar. A porta se abre, e Dick fica postado atrás dela, conversando com aquele que está lá dentro, no quentinho. Pouco depois, volta e diz a Gold: "O manda-chuva quer falar com você".

Gold contorna a porta aberta e consulta o chefe. Quando retorna, está com cara de quem teve os seios da face arrancados pelos ouvidos e acha que a culpa é de Landsman. Faz um breve gesto afirmativo para Dick.

"Detetive Landsman", diz Dick. "Lamento pacas, mas acho que você está preso."

32.

No pronto-socorro do hospital índio de St. Cyril, o médico indiano examina Landsman e o declara em plenas condições de ver o sol nascer quadrado. Seu nome é Rau. Ele é de Madras e já ouviu todo tipo de piadas. Bonitão ao estilo de Sal Mineo, tem uns olhos grandes de obsidiana e boca rosada como cobertura de bolo. Congelamento leve, explica, nada grave. Todavia, uma hora e quarenta e sete minutos depois de resgatado, Landsman ainda não consegue suprimir o tremor que sobe de suas falhas internas para lhe sacudir o corpo. Gelado até o tutano.

"Cadê o cachorrão com o barrilzinho de conhaque pendurado no pescoço?", pergunta ele quando o médico lhe diz que pode se livrar do cobertor e vestir a roupa de presidiário que está apuradamente empilhada ao lado da pia. "Quando ele vai chegar?"

"Você gosta de conhaque?", pergunta o dr. Rau como se estivesse lendo um guia de conversação, como se não tivesse o menor interesse nem pela pergunta que faz nem pela resposta que Landsman porventura venha a dar. Este detecta instantaneamente o tom clássico do interrogador, frio a ponto de crestar. O olhar do dr. Rau permanece fixado num canto vazio da sala. "É disso que está sentindo falta?"

"Quem falou em sentir falta?", retruca Landsman, abotoando a braguilha de uma surrada calça de sarja. Camisa de algodão, alpargatas de lona sem cadarço. Querem vesti-lo como um bebum ou um vagabundo ou outro tipo qualquer de fodido na vida que se apresenta nu diante da escrivaninha de recepção, um joão-ninguém sem eira nem beira. Os sapatos são muito grandes; de resto, tudo serve perfeitamente.

"Não está aflito?" Há uma mancha de cinza no A do crachá do médico. Ele a remove com a unha. "Não está seco por um trago?"

"Talvez eu apenas *queira* tomar um drinque", responde Landsman. "Você nunca fica com vontade?"

"Pode ser", diz o médico. "Mas também pode ser que você goste de cachorros grandes e babões."

"Tudo bem, deixa pra lá, doutor", diz Landsman. "Melhor parar com a enrolação."

"Tudo bem." O dr. Rau volta para ele a cara redonda. As íris de seus olhos são como ferro fundido. "Com base no meu exame, eu diria que você está com síndrome de abstinência, detetive. À parte a exposição a baixas temperaturas, apresenta desidratação, tremores, palpitações e pupilas dilatadas. O açúcar no sangue está baixo, o que significa que você provavelmente não tem comido. A perda de apetite também é um sintoma de abstinência. A pressão sanguínea está alta, e o seu comportamento recente parece ter sido, pelo que eu posso concluir, totalmente errático. Violento até."

Landsman puxa o amarrotado colarinho da camisa de cambraia, tentando alisá-lo. Tal como as persianas vagabundas, ele volta a se enrolar.

"Doutor", diz, "falando de homem com olhos de raio X para homem com olhos de raio X, eu respeito muito a sua sagacidade, mas me diga uma coisa, por favor: se o seu país, a Índia, estivesse sendo cancelado e se você e todos os seus entes queridos estivessem para ser jogados na boca do lobo daqui a dois meses, sem ter aonde ir e sem ninguém que se importasse com isso, e se o mundo tivesse passado os últimos mil anos tentando exterminar os hindus, não é possível que você talvez desse para beber?"

"Ou para fazer longas declamações no consultório médico."

"O cachorro com o barrilzinho de conhaque nunca entende o cara congelado", diz Landsman com tristeza.

"Caro detetive."

"Pois não, doutor."

"Faz onze minutos que eu o estou examinando, e, nesse tempo, você já fez três prolongados discursos. Declamações, eu diria."

"Pois é", diz Landsman, e agora, pela primeira vez, o sangue começa a correr em suas veias, subindo às bochechas. "Isso acontece às vezes."

"Você gosta de fazer discurso?"

"Ora sim, ora não."

"Farpas verbais."

"Ouvi dizer que esse é o nome que dão."

Pela primeira vez, Landsman nota que o dr. Rau está mastigando secretamente alguma coisa, usando os dentes do fundo. Um leve cheiro de anis escapa de seus lábios de cobertura de bolo.

O médico faz uma anotação na ficha de Landsman. "Você está recebendo atendimento psiquiátrico ou tomando medicamento contra a depressão?"

"Depressão? Por acaso eu tenho cara de deprimido?"

"É só uma palavra", contesta o médico. "Só estou procurando possíveis sintomas. Pelo que o inspetor Dick me contou e pelo meu exame, é pelo menos possível que você esteja ou venha a estar com um distúrbio emocional."

"Você não é o primeiro a me dizer isso", diz Landsman. "Lamento ter de te contar."

"Está tomando algum remédio?"

"Não. Isso não."

"Não?"

"Não. Eu não quero."

"Não quer."

"Eu tenho medo, sabe. De ficar sem gás."

"Isso explica o álcool, então", diz o médico. As palavras lhe saem impregnadas de um sarcástico bafo de alcaçuz. "Ouvi dizer que ele faz milagres para manter o gás." Vai até a porta, abre-a, e um *noz* índio entra para levar Landsman. "Se você me permite, caro detetive", conclui o médico, lançando sua farpa, "a minha experiência diz que as pessoas ficam com medo de perder o gás e, geralmente, nem percebem que faz tempo que já perderam tudo."

"Eis que o *swami* falou", diz o *noz* índio.

"Tranque-o", ordena o médico, jogando o prontuário de Landsman na bandeja chumbada na parede.

A cabeça do *noz* índio parece um nó de sequóia e ostenta o cabelo mais horroroso que Landsman viu na vida, um infame híbrido de corte militar com topetão. Ele o conduz por uma série de corredores vazios; depois de subirem um lance de escada de aço, chegam a uma sala no fundo do presídio de St. Cyril. Tem uma porta de aço comum e corrente, sem grades. É razoavelmente limpa e razoavelmente iluminada. No catre, um colchão, um travesseiro e um cobertor dobrado com capricho. O vaso sanitário tem assento. Há um espelho de metal parafusado na parede.

"A suíte VIP", diz o *noz* índio.

"Precisa ver onde eu moro", diz Landsman. "É quase tão aconchegante quanto isto aqui."

"Não é nada pessoal", pede o *noz*. "O inspetor queria que você soubesse."

"Cadê o inspetor?"

"Cuidando do problema. A gente recebeu queixa daqueles caras, ele tem nove sabores de merda com que lidar." Um sorriso desprovido de humor contorce-lhe as feições. "Você deixou aquele judeuzinho manco em petição de miséria."

"Quem são eles?", pergunta Landsman. "Sargento, que diabo aqueles judeus andam fazendo por lá?"

"Aquilo é um centro de recuperação", explica o sargento com a mesma ardente falta de emoção que o dr. Rau imprimiu às suas perguntas sobre o alcoolismo de Landsman. "Para a juventude transviada judia que afundou no poço do crime e da droga. Pelo menos foi o que eu ouvi dizer. Durma bem, detetive."

Quando o *noz* indiano sai, Landsman se mete no catre, tapa a cabeça com o cobertor e, antes que possa evitar, antes mesmo que chegue a sentir alguma coisa e a saber que a está sentindo, um soluço se desprende de um nicho profundo e lhe invade a traquéia. As lágrimas que lhe ardem nos olhos são como seus tremores alcoólicos: inúteis, e ele não tem como controlá-las. Pressiona o travesseiro no rosto e, pela primeira vez, sente o quão extremamente só Naomi o deixou.

Para se acalmar, retorna a Mendel Shpilman na cama do quarto 208. Imagina-se estendido na cama embutida daquela cela com papel de parede, repassando as jogadas da segunda partida de Alekhine contra Capablanca em Buenos Aires, em 1927, enquanto a heroína ia transformando seu sangue numa inundação de açúcar e seu cérebro numa língua pendurada. Pois é. Antes ele até que cabia no terno do Tzaddik Ha-Dor, depois decidiu que não passava de uma camisa-de-força. Tudo bem. Seguiram-se muitos anos de devastação. Negociando o xadrez para comprar droga. Hotéis ordinários. Escondendo-se dos destinos incompatíveis que os genes e o seu Deus escolheram para ele. E eis que, um belo dia, uns homens o exumam, tiraram-lhe o pó e o levam a Peril Strait. Lugar com um médico, tudo construído graças à generosidade dos Barrys, dos Marvins e dos Susies da América judaica, no qual podem limpá-lo, remendá-lo. Por quê? Porque precisam dele. Porque pretendem restaurá-lo para o uso prático. E ele quer ir com esses homens. Concorda em ir. Naomi não teria levado Shpilman e seus acompanhantes se farejasse o menor sinal de coerção naquela história. De modo que havia uma coisa para Shpilman, uma coisa boa: grana, a promessa de cura ou da glória resgatada, de reconciliação com a família, uma eventual remuneração em drogas. Mas, ao chegar a Peril Strait para inaugurar vida nova, algo o leva a mudar de idéia. Algo que ele descobre ou percebe ou vê. Ou, quem sabe, ele simplesmente vacila. E pede socorro à mulher que atendia a todo mundo, geralmente aos mais perdidos, a única amiga que eles tinham no mundo. Naomi o tira de lá, alterando o plano de vôo já em pleno ar, e ainda convence a filha do homem da torta a levá-lo a um hotel barato. Em retribuição a tal façanha, os misteriosos judeus providenciam a queda do avião de Naomi. Então tratam de ir à caça do novamente clandestino Mendel Shpilman. Escondido de seus possíveis eus. Estirado no quartinho do Zamenhof, de bruços na cama, dopado demais para pensar em Alekhine e Capablanca e na defesa indiana da dama. Dopado demais para ouvir as batidas na porta.

"Não precisa *bater*, Berko", diz Landsman. "Isto aqui é a cadeia."

Um tilintar de chaves, e logo o *noz* indiano escancara a porta. Berko Shemets vem atrás dele. Vestido como para um safári na selva. Jeans, camisa de flanela, coturnos de caminhada bem amarrados, um colete de pescador marrom-acinzentado provido de setenta e dois bolsos, sub-bolsos e sub-sub-bolsos. À primeira vista, parece um típico mateiro alasquiano, se bem que um tanto grandalhão. Mal se distingue a insígnia de jogador de pólo que lhe enfeita a camisa. Substituiu o geralmente discreto solidéu por um desmedido fez cilíndrico, todo bordado, ideal para um anão. Berko sempre exagera no judaísmo quando é obrigado a incursionar por terras indígenas. Landsman não consegue ver, mas é capaz de apostar que seu parceiro também está usando as abotoaduras da estrela-de-davi.

"Lamento", diz-lhe Landsman. "Eu não faço senão lamentar, mas, desta vez, acredite, é impossível lamentar mais."

"Isso a gente discute depois. Vem, ele quer falar com a gente."

"Ele quem?"

"O imperador dos franceses."

Landsman sai da cama, vai até a pia, molha um pouco o rosto.

"Eu estou solto?", pergunta ao *noz* indiano ao passar pela porta da cela. "Você está dizendo que vai me soltar?"

"Livre como um passarinho", responde o *noz*.

"Nem você acredita nisso", diz Landsman.

33.

Do seu escritório, num canto do andar térreo da delegacia de St. Cyril, o inspetor Dick tem vista eterna do estacionamento. Seis enormes lixeiras chapeadas e arcadas como para evitar o ataque de ursos. Para além das lixeiras, um prado subalpino e, mais além, o muro coroado de neve do gueto que mantém os judeus à distância. Reclinado no espaldar de sua cadeira em escala de dois terços, ele está de braços cruzados, o queixo afundado no peito, olhando pela janela. Não para os montes nem para o prado de tons acinzentados à luz do entardecer, juncado de tufos de neblina, e muito menos para as lixeiras blindadas. Seu olhar não ultrapassa o estacionamento — limita-se à sua Royal Enfield Crusader 1961. Landsman reconhece a expressão de Dick. É a expressão nascida do sentimento que ele próprio experimenta quando olha para o seu Chevelle Super Sport ou para o rosto de Bina Gelbfish. A cara de um homem convencido de que nasceu no mundo errado. Houve um equívoco; ele não está onde devia. Por vezes, sente o coração agarrar-se, qual um papagaio preso num fio telefônico, a qualquer coisa que ameace prometer um lar no mundo ou um meio de lá chegar. Um carro americano fabricado em sua remota infância, por exemplo, ou uma motocicleta que outrora pertenceu ao futuro rei da Inglaterra, ou a face de uma mulher que, bem mais do que ele, merece ser amada.

"Só espero que você esteja vestido", diz Dick sem desviar a vista da janela. Extinguiu-se o brilho anelante em seus olhos. A cara já não apresenta expressão alguma. "Porque as coisas que eu presenciei lá no bosque — benza Deus, quase tive de queimar a porra da minha pele de urso." Finge estremecer. "A nação tlingit não me paga tão bem assim para que eu seja obrigado a ver você de cueca."

"A nação tlingit", repete Berko Shemets, pronunciando as palavras como o nome de uma notória fraude ou de uma afirmação acerca da localização da Atlântida. Irrompe com sua corpulência no escritório de Dick. "Então quer dizer que ainda pagam vencimentos aqui? Pelo que Meyer acaba de me contar, parece que não é bem assim."

Dick se volta, lerdo e preguiçoso, e ergue um canto do lábio superior, exibindo alguns incisivos e caninos. "Johnny, o Judeu", diz. "Ora, ora. De gorrinho e tudo. E é claro que, atualmente, nada te impede de benzer a rosquinha filipina."

"Vai se foder, Dick, seu anão anti-semita."

"Vai se foder, Johnny, você e as suas insinuaçõezinhas de merda sobre a minha probidade como policial."

Em seu tlingit exuberante, embora enferrujado, Berko manifesta o desejo de um dia dar com Dick jogado na neve, morto e descalço.

"Vai cagar no mato", retruca Dick num iídiche perfeito.

Um avança em direção ao outro, e o grandalhão envolve o tampinha num abraço. Eles trocam tapas nas costas à procura dos pontos tuberculares de sua amizade em lenta agonia, fazendo rufar como um tambor as profundezas da antiga inimizade. No ano de miséria que precedeu a defecção de Berko para o lado judaico da sua natureza, antes de perder a mãe debaixo de um caminhão lotado de judeus sublevados, o jovem John Urso descobriu o basquete e Wilfred Dick, na época um armador de um metro e trinta de altura. Foi ódio à primeira vista, o tipo do grande ódio romântico que, nos garotos de treze anos, é indistinguível ou o máximo que eles conseguem se aproximar do amor.

"Johnny Urso", diz Dick. "Qual é, grande judeuzão?"

Berko encolhe os ombros, esfregando timidamente a nuca, gesto que o faz parecer um pivô de treze anos que acaba de ver uma coisinha asquerosa passar por ele a caminho do cesto. "Pois é, oi, Willie D.", ele diz.

"Senta aí, seu gordo escroto. Você também, Landsman, com essa bunda horrorosa e sardenta."

Berko sorri, e os três se sentam, Dick no seu lado da escrivaninha, os policiais judeus no outro. As duas cadeiras para os visitantes são de tamanho padrão, assim como a estante de livros e tudo o mais no escritório, com exceção da escrivaninha e da cadeira de Dick. O efeito é de um trem fantasma: desagradabilíssimo. Ou talvez se trate de mais um sintoma de abstinência alcoólica. Dick pega suas cigarrilhas e empurra o cinzeiro para perto de Landsman. Encosta-se na cadeira e põe as botas na escrivaninha. Está com as mangas da camisa xadrez arregaçadas. Seus antebraços são musculosos e morenos. Pêlos grisalhos e encaracolados assomam na abertura do colarinho, e seus óculos chiques estão dobrados no bolso da camisa.

"Tem tanta gente para a qual eu devia estar olhando agora", diz. "Literalmente milhões."

"Então fecha esses olhos de merda", propõe Berko.

Dick obedece. Suas pálpebras são escuras e lustrosas, parecem machucadas. "Landsman", diz ele, aproveitando-se da cegueira, "o que você achou do seu quarto?"

"O cheiro de lavanda dos lençóis era um pouco forte para o meu gosto. Fora isso, não tenho do que reclamar."

Dick abre os olhos. "É mesmo muita sorte a minha, na qualidade de agente da lei nesta reserva, quase não ter tido de lidar com judeus em muitos anos. Ah, e antes que um dos dois comece a piscar o esfíncter por causa do meu suposto anti-semitismo, quero deixar claro desde já que eu estou cagando e andando para o fato de vocês, que têm fobia de carne de porco, ficarem ofendidos ou não. O gordão aí sabe muito bem, ou devia saber, que eu detesto todo mundo igualmente e sem preferência especial, independentemente de credo ou DNA."

"Entendido", diz Berko.

"A gente sente a mesma coisa por você", diz Landsman.

"Para mim, judeu é sinônimo de embromação. Mil camadas laminadas de política e mentiras lustradas para brilhar muito. Portanto, não acredito em bulhufas do que me disse o tal suposto doutor Roboy — cujas credenciais, aliás, resulta que são legítimas, se bem que com certa quantidade de lama no fundo — a respeito de você, Landsman, correndo feito um louco naquela estrada, só de cueca, caçado por um caubói judeu sentado na janela de um carro e fazendo pontaria na sua bunda."

Landsman começa a se explicar, mas Dick ergue a mãozinha de menina, unhas bem-feitas, esmaltadas.

"Deixa eu terminar. Esses senhores, não, Johnny filho-da-puta, não são eles que pagam o meu salário. Mas, por meios que não me compete entender e que eu não tenho estômago para investigar, esses senhores têm amigos, amigos tlingits, e eles, os tlingits, eles sim, pagam o meu salário ou, para ser exato, fazem parte da assembléia que me paga. E, se esses sábios anciãos tribais derem a entender que não se incomodam se eu indiciar o seu parceiro aqui presente por invasão e agressão, sem falar na investigação ilegal e não autorizada, então, meu querido, é isso que eu tenho de fazer. Para o bem ou para o mal, aqueles esquilos judeus de Peril Strait, e eu sei que vocês sabem o quanto me dói dizer isso, são esquilos judeus *meus*, puta merda. E a sede deles, enquanto eles a ocuparem, está total e integralmente sob a proteção da polícia tribal. Apesar de todo o trabalho que eu tive para ir até lá salvar a sua vida e a sua bunda sardenta, Landsman, está na cara que aqueles judeus não perderam o interesse por você."

"Por falar em farpas verbais", diz Landsman a Berko, depois se voltando para Dick, "eles têm um médico aqui, eu acho que você devia consultá-lo, juro que acho."

"Mas, por mais que eu queira te mandar de volta para a sua ex-mulher, na esperança de que ela enfie um bom gancho no seu cu, não posso fazer isso sem pelo menos te perguntar uma coisa, mesmo sabendo que vocês dois são judeus, até certo ponto, e que a resposta que me derem só vai servir para aumentar um pouco mais as camadas de mentiras judaicas cujo brilho já tanto me ofusca a vista."

Eles aguardam a pergunta, que não tarda, e Dick adota uma postura mais sinistra. Desaparecem todos os vestígios de verbosidade e provocação: "Por acaso se trata de homicídio?".

"Sim", responde Landsman ao mesmo tempo que Berko diz: "Oficialmente, não".

"Dois", insiste Landsman. "Dois, Berko. Eu acho que eles também mataram Naomi."

"Naomi? Porra, Meyer, como assim?"

Landsman narra tudo desde o começo, sem omitir nada de relevante, da batida na porta de seu quarto no Zamenhof à entrevista com a sra. Shpilman, da filha do homem da torta, que o levou a examinar o laudo da AFA, à presença de Aryeh Baronshteyn em Peril Strait.

"Hebraico?", pergunta Berko. "Um mexicano falando hebraico?"

"Foi a impressão que eu tive. Mas não hebraico de sinagoga." Landsman identifica a língua quando a ouve. Porém a que conhece é a da variante tradicional, a que seus ancestrais levaram consigo durante os milênios de exílio europeu, oleosa e salgada como um peixe defumado para conserva, a carne intensamente condimentada com iídiche. Nunca se emprega esse tipo de hebraico na conversação. Só serve para falar com Deus. Ocorre que o hebraico que Landsman ouviu em Peril Strait não era o antigo idioma de arenque salgado, e sim um dialeto espinhento, uma língua feita de álcali e pedras. Soou-lhe como o hebraico trazido pelos sionistas de 1948. Aqueles calejados judeus do deserto tentaram ferozmente agarrar-se a ele no exílio, mas, tal como os judeus alemães anteriormente, foram vencidos pelo copioso tumulto do iídiche e pela dolorosa associação de sua língua ao fracasso e ao desastre recentes. Pelo que Landsman sabe, esse tipo de hebraico está extinto, a não ser entre os poucos e teimosos remanescentes que se reúnem anualmente em salões solitários. "Só captei uma ou duas palavras. Eles falavam depressa, não dava para acompanhar. Deve ter sido de propósito."

Fala no quarto em que despertou, em cuja parede Naomi escreveu seu epitáfio, fala nos alojamentos, na pista de atletismo e nos indolentes grupos de rapazes armados.

À medida que o relato prossegue, Dick vai ficando cada vez mais interessado, apesar da sua relutância, e começa a fazer perguntas, a meter o nariz no caso com um instintivo e obstinado amor pela fedentina.

"Eu conheci a sua irmã", diz quando Landsman chega à salvação no bosque de Peril Strait. "Fiquei chateado quando ela morreu. E esse boiola santarrão parece ser bem o tipo do vira-lata extraviado pelo qual ela era capaz de arriscar a pele."

"Mas o que eles queriam de Mendel Shpilman, esses judeus aí e o tal visitante que não gosta de encrenca?", indaga Berko. "Taí uma coisa que eu não entendo. O que eles *fazem* lá?"

Para Landsman, as perguntas são inevitáveis, lógicas e cruciais, mas parecem arrefecer o ardor de Dick pelo caso.

"Você não tem nada", diz ele, sua boca, um hífen sem sangue. "E eu vou te dizer uma coisa, Landsman, com essa judeuzada de Peril Strait, é melhor não se meter. Eles têm as costas quentes, cavalheiros, muito quentes, palavra, são capazes de transformar um cocô fossilizado em diamante."

"O que você sabe deles, Willie?", pergunta Berko.

"Não sei porra nenhuma."

"E o cara no Caudillo", diz Landsman. "Aquele com que você foi conversar. Também era americano?"

"Eu diria que não, uma uva-passa judaica. Nem se deu ao trabalho de me dizer o nome. E eu não estou autorizado a perguntar. Como já esclareci, a política oficial da Polícia Tribal aqui é 'eu não sei porra nenhuma'."

"Poxa, Wilfred", diz Berko. "A gente está falando de Naomi."

"Eu entendo. Mas acontece que conheço muito bem o nosso querido Landsman — porra, conheço muito bem os detetives de homicídio e ponto final — para saber que, com ou sem irmã, não se trata de descobrir a verdade. Não se trata de entender a história. Porque vocês e eu, cavalheiros, sabemos que a história é aquela que a gente decidir que é. E, por mais bonitinha e bem-feita que seja, no fim não faz a menor diferença para quem morreu. O que você está querendo, Landsman, é dar o troco àqueles filhos-da-puta. Mas isso não vai acontecer. Você não vai pegá-los. De jeito nenhum, porra."

“Willie, meu chapa”, diz Berko. “De verdade. Não faça isso por ele. Não faça porque a irmã dele, Naomi, era uma puta garota legal.”

Mediante o silêncio que se segue, ele dá um terceiro motivo para que Dick os informe.

“Você está dizendo”, conclui Dick, “que eu devo fazer por você.”

“É isso que eu estou dizendo.”

“Pelo muito que um significou para o outro na primavera da vida.”

“Eu não iria tão longe.”

“Isso me deixa tão comovido, puta que pariu”, diz Dick. Inclina-se e aperta o botão do interfone. “Minty, tire a pele de urso do lixo e traga-a aqui para eu vomitar em cima.” Solta o botão antes que Minty possa responder. “Por você, eu não faço picas, detetive Berko Shemets. Mas como eu gostava muito da sua irmã, Landsman, vou dar no seu cérebro o mesmo nó que aqueles esquilos deram no meu, você que descubra o que ele significa.”

A porta se abre, e eis que entra uma moça larga, mas da metade da altura do chefe, segurando a capa de pele de urso como se fosse uma relíquia. Dick se levanta de um salto, agarra a capa e, fazendo careta como se temesse um contágio, amarra-a ao pescoço com o cordão.

“Ache aquele casaco e o chapéu”, diz espetando o polegar em direção a Landsman. “Qualquer coisa bem fedida, com cheiro de tripa de salmão ou moscatel. Tire o casaco de Marvin Klag, ele desmaiou na A7.”

34.

No verão de 1897, pouco depois de conquistar o monte Santo Eliyah, alguns membros da equipe do alpinista italiano Abruzzi inflamaram os fregueses dos botequins e os telegrafistas da cidadezinha de Yakutat contando que, das vertentes do segundo pico mais alto do Alasca, tinham visto uma cidade no céu. Ruas, casas, torres, árvores, multidões de transeuntes, chaminés soltando fumaça. Uma grande civilização entre as nuvens. Um deles, chamado Thornton, chegou a mostrar uma fotografia; posteriormente, a cidade estampada na borrada placa de Thornton foi identificada como Bristol, Inglaterra, a cerca de quatro mil quilômetros transpolares de distância. Dez anos depois, o explorador Peary torrou uma fortuna na tentativa de chegar a Crocker Land, um país de picos altíssimos que, numa viagem anterior ao norte, ele e seus homens entreviram pairando no céu. *Fata morgana*, foi esse o nome com que se batizou o fenômeno. Uma miragem criada pelas condições meteorológicas, a luz e a imaginação de homens alçados aos patamares do céu.

Meyer Landsman enxerga vacas, vacas leiteiras malhadas de ruivo a vagar feito anjos nas vastas pastagens verdejantes do além-túmulo.

Os três policiais empreenderam a longa viagem de volta a Peril Strait para que Dick os pudesse embevecer com aquela visão dúbia. Durante as duas horas que passaram espremidos na cabine da caminhonete de Dick, eles fumaram e se maltrataram ao sabor dos solavancos da Rodovia Tribal 2. Tornaram a mergulhar em profundos quilômetros de floresta. Na pista, buracos do tamanho de uma banheira. A chuva a arremeter contra o pára-brisa em jorros bárbaros. Atravessaram uma vez mais a aldeia Jims, uma fileira de telhados de aço à beira de um riacho, um emaranhado de casas que lembravam as últimas dez latas de feijão na prateleira de uma mercearia antes da chegada do furacão. Cães, meninos e aros de cesto de basquete, um velhíssimo caminhão carregado de ervas e ramos espinhosos de empetro, uma quimera de veículo e vegetais. Pouco além da igreja portátil da Assembléia de Deus, a rodovia tribal asfaltada dava lugar a areia e pedregulho. Oito quilômetros mais adiante, degenerava-se num mero talho aberto no lodo. Dick lutava com a alavanca do câmbio, xingando-a sem parar enquanto sua enorme GMC singrava as ondas de lama e brita. O freio e o acelerador estavam adaptados a um homem da sua estatura, e ele os manipulava como Horowitz a navegar numa tormenta de Liszt. Cada vez que pisavam numa saliência ou num buraco, uma parte sensível de Landsman era esmagada por um duro tranco de Shemets.

Quando saíram da lama, eles abandonaram a picape e seguiram a pé através de um denso pinheiral. O chão era resvaladiço; a trilha, um esboço indicado por pedaços de fita amarela de isolamento da polícia presos nas árvores. Então, ao cabo de dez minutos de muito chapinharem e se atascarem em meio a um espesso nevoeiro que em certos momentos se transformava em chuva, a senda desembocou numa cerca eletrificada. Pilares de concreto profundamente cravados no chão, arames esticados e uniformes. Uma cerca bem-feita, robusta. Um gesto brutal de judeu em território indígena, um gesto, pelo que sabe Landsman, sem precedente nem licença.

Do outro lado da cerca eletrificada, cintila a *fata morgana*. Capim. Uma pastagem exuberante e lustrosa. Uma centena de vistosas vacas malhadas e de delicada cabeça.

"Vacas", diz Landsman, e a palavra soa como um mugido de incredulidade.

"Devem ser vacas leiteiras", observa Berko.

"São Ayrshire", esclarece Dick. "Eu tirei umas fotos na última vez em que estive aqui. Um professor de agricultura de Davis, Califórnia, as identificou para mim. 'Uma raça escocesa.'" Dick nasala a voz, burlando-se do professor californiano. "'Famosa pela resistência e pela capacidade de vingar em latitudes setentrionais.'"

"Vacas", repete Landsman. Não consegue se livrar da esquisita sensação de deslocamento, de miragem, de estar vendo uma coisa inexistente. Algo que ele, no entanto, conhece, reconhece, uma realidade vagamente recordada de histórias do céu ou do seu próprio passado. Do tempo da "Faculdade Ickes", quando a Corporação do Desenvolvimento do Alasca distribuía tratores, sementes e sacos de adubo aos refugiados vomitados pelos navios, aos judeus do distrito que sonhavam e se desesperavam com as fazendas judaicas. "Vacas no Alasca."

A geração urso polar sofreu duas grandes decepções. A primeira e mais tola deveu-se à total inexistência, no fabuloso Norte, de *icebergs*, ursos polares, morsas, pingüins, tundra, neve em grande quantidade e, acima de tudo, de esquimós. Milhares de estabelecimentos comerciais de Sitka ainda conservam nomes tristes e imaginários como Farmácia Morsa, Perucas e Chinós Esquimó ou Taberna do Urso.

A segunda decepção manifestou-se na música popular da época, como A *gaiola verdejante*. Dois milhões de judeus saíram dos navios e não encontraram nem sinal das onduladas planícies salpicadas de búfalos. Nem um índio de vistoso cocar cavalgando em pêlo. Só mesmo um espinhaço alagado e cinqüenta mil aldeões tlingit já de posse da maior parte das terras planas e aráveis. Nenhum lugar em que se espalhar, crescer ou fazer qualquer outra coisa que não fosse aglomerar-se no abarrotadíssimo estilo de Vilna e Lodz. O sonho colonial de um milhão de judeus apátridas, disseminado pelos filmes, romances baratos e adocicados prospectos informativos da Secretaria do Interior dos Estados Unidos — desvaneceu-se logo na chegada. A intervalos de anos, uma ou outra sociedade utópica adquiria um pedaço de terra que, em alguns sonhadores, evocava um verde pascigo. Eles fundavam colônias, importavam gado, redigiam manifestos. Mas não tardava para que o clima, os mercados e a maldição que marmoreava a existência judia operassem o seu sortilégio. E o sonho pastoril murchava e fenecia.

Landsman sente que está olhando para aquele sonho brilhoso e vicejante. Uma miragem de arcaico otimismo, a esperança no futuro na qual ele foi criado. Aquele futuro, parece-lhe — era a própria *fata morgana*.

"Aquela lá é meio esquisita", diz Berko olhando pelo binóculo que Dick trouxe consigo, e Landsman detecta o puxão em sua voz, um peixe a lhe mordiscar a ponta da linha.

"Dá isso aqui", diz, tomando-lhe o binóculo e levando-o aos olhos. Bem que tenta, mas, para ele, não passam de vaquinhas comuns e correntes.

"Aquela lá, porra. Perto das outras duas, olhando para o lado oposto." Com mão brusca, Berko orienta as lentes, assestando-as para uma vaca cuja pele malhada é de um ruivo mais intenso que o das suas irmãs, de um branco mais ofuscante, e que ostenta uma cabeça mais firme, menos feminina. Como dedos ávidos, seus beiços atacam o capim.

"É, tem alguma coisa diferente", admite Landsman. "Mas o quê?"

"Sei não", diz Berko. Suas palavras parecem um tanto insinceras. "Willie, você tem certeza de que essas vacas pertencem aos nossos judeus misteriosos?"

"A gente viu com os próprios olhos aqueles boiadeiros judeus", responde Dick. "Os do acampamento ou escola ou seja lá o que for. Pastoreando-as. Levando-as por ali, para o *campus*. Tinham até uma espécie de cão pastor mandão para ajudá-los. A gente os seguiu um bom pedaço."

"Eles não viram vocês?"

"Estava escurecendo. Qual é a sua, porra? É claro que eles não nos viram, nós somos índios, puta que pariu. Lá dentro, a uns oitocentos metros daqui, tem um curral de ordenha de última geração. Dois silos. É um empreendimento médio ou pequeno, e todos são indiscutivelmente judeus."

"Mas o que é isso afinal?", diz Landsman. "Um centro de reabilitação ou uma fazenda leiteira? Ou uma base paramilitar que finge ser as duas coisas?"

"Vai ver que os paramilitares gostam de mamar diretamente na teta da vaca", arrisca Dick.

Os três ficam olhando para a vacaria. Landsman resiste ao desejo de se encostar na cerca eletrificada. Dentro dele, há um diabo louco que quer sentir o zumbido da corrente. Dentro dele, há uma corrente que quer sentir o diabo no arame. Algo o incomoda, futuca-o, naquela visão, naquela Crocker Land vacum. Por mais real que pareça, não deixa de ser impossível. Não devia estar lá; nenhum *yid* podia bancar uma propriedade rural tão fantástica. Landsman conheceu ou tratou com muitos dos melhores e dos mais sórdidos judeus da sua geração, os ricaços, os utópicos descabelados, os pretensos visionários, os políticos que modelam as leis em seu torno mecânico. Landsman pensa nos senhores da guerra dos bairros russos com seus estoques de armas, diamantes e ovas de esturjão. Percorre o arquivo mental de reis do contrabando e magnatas do mercado negro, gurus de cultos menores. Homens com influência, conexões, fundos ilimitados. Nenhum deles era capaz de empreender coisa assim, nem mesmo Heskel Shpilman ou Analoty Moskowits, a Besta-fera. Por mais poderoso que seja, cada *yid* do distrito esta preso à trela de 1948. Seu reino se restringe à própria concha. Seu céu é uma abóbada pintada; seu horizonte, uma cerca eletrificada. Eles têm apenas a autonomia de vôo e a liberdade de uma bexiga atada a uma linha.

Entrementes, Berko mexe no nó da gravata de um modo que Landsman não pode senão associar à iminente emergência de uma hipótese.

"Que foi, Berko?"

"Não é uma vaca branca com manchas ruivas", diz ele peremptoriamente. "É uma vaca *ruiva* com manchas brancas."

Empurra o chapéu para trás e contrai os lábios. Recua vários passos, afastando-se da cerca, e arregaça as pernas da calça. Devagar a princípio, começa a avançar rumo à cerca. A seguir, para o horror, o choque e a moderada euforia de Landsman, dá um salto. Seu corpo pesado se despega do chão. Berko estica uma perna e dobra a outra atrás de si. Toda repuxada, a barra da calça revela meias verdes e canelas brancas. Então, com uma rajada de exalação, ele aterrissa do outro lado da cerca. Claudica sob o seu próprio impacto, e eis que adentra o mundo das vacas.

"E agora?", pergunta Landsman.

"Tecnicamente, agora eu tenho de prendê-lo."

As vacas reagem à invasão com queixa e protesto, mas sem muita emoção. Berko se dirige à que o incomoda, vai diretamente em sua direção. Ela recua, mugindo. Ele ergue os braços, abre bem as palmas. Fala-lhe em iídiche, em americano, em tlingit, em bovino antigo e moderno. Circunda-a lentamente, examinando-a de ponta a ponta. Landsman o vê mostrar: esta vaca não é como as outras, em contorno e coloração.

A vaca se submete à inspeção de Berko. Ele põe a mão em seu lombo, e ela aguarda, os cascos separados, os joelhos quase unidos, a cabeça inclinada num ângulo atento, propício a receber conselhos. Berko se agacha e espia a parte de baixo do animal. Passa os dedos pelas costelas, pelo pescoço, chega à nuca, então retorna ao longo do flanco até a armação dos quadris. Ali detém a mão, no centro de uma mancha branca. Leva a outra à boca, molha a ponta dos dedos e, a seguir, esfrega-os em movimento circular na mancha branca da anca do animal. Afasta os dedos, contempla-os, sorri, enruga a testa. Então, com passos pesados, torna a percorrer o pasto e pára junto à cerca, bem em frente a Landsman.

Ergue a mão numa solene paródia da saudação de um índio de tabacaria, e Landsman vê que seus dedos estão tingidos de branco.

"Manchas falsas", diz Berko.

Recua e, tomando impulso, torna a avançar em direção à cerca. Landsman e Dick se afastam, e ele levanta vôo, e o solo estremece com o impacto de seu peso.

"Que cara exibido", resmunga Landsman.

"Sempre foi", diz Dick.

"E aí?", pergunta Landsman. "O que você diz? É uma vaca maquiada?"

"É exatamente isso que eu digo."

"Pintaram manchas brancas numa vaca ruiva."

"Parece que sim."

"Esse fato tem sentido para você?"

"De certo modo", responde Berko. "Em certo contexto. Eu acredito que essa vaca pode ser uma novilha ruiva."

"Ora, qual é?", diz Landsman. "Uma novilha ruiva."

"Só pode ser coisa de judeu", comenta Dick.

"Quando o templo de Jerusalém for restaurado", explica Berko, "e chegar a hora de fazer o sacrifício tradicional para purgar os pecados, a Bíblia diz que é preciso usar um determinado tipo de vaca. Tem de ser uma novilha ruiva, sem máculas. Pura. Acho que elas são raríssimas, as novilhas ruivas puras. Aliás, parece que só existiram nove desde o começo da história. Nada mais fantástico do que achar uma. A mesma coisa que achar um trevo de cinco folhas."

"Quando o *templo* for restaurado", diz Landsman, pensando em Buchbinder, o dentista e seu museu insano. "Quer dizer, quando o Messias chegar?"

"Algumas pessoas", diz Berko devagar, começando a compreender o que Landsman está começando a compreender, "dizem que o Messias vai esperar até que reconstruam o templo. Até que o altar seja restaurado. Sacrifícios de sangue, um sacerdócio, enfim, a ladainha toda."

"Quer dizer que, se vocês arranjarem uma novilha ruiva, por exemplo. E se estiverem com todas as ferramentas prontas, certo? E com esses chapeuzinhos esquisitos e o caralho. E se, ahn, construírem o templo... basicamente, podem *obrigar* o Messias a chegar?"

"Não que eu seja um cara religioso, Deus sabe", intervém Dick. "Mas me sinto forçado a lembrar que o Messias já *chegou*, e foram vocês, seus bastardos de merda, que mataram o filho-da-puta."

Eles ouvem uma voz humana ao longe, amplificada por um alto-falante, falando naquele estranho hebraico do deserto. Ao ouvi-la, Landsman sente o coração saltar no peito e avança um passo em direção à caminhonete.

"Vamos dar o fora", propõe. "Eu passei algum tempo com esses caras e tive a nítida impressão de que eles não são nada bonzinhos."

Quando os três chegam sãos e salvos à picape, Dick liga o motor, mas o mantém em ponto morto, brecado. E, assim, ficam enchendo a cabine de fumaça de cigarro. Landsman fila uma cigarrilha de Dick e é obrigado a reconhecer que está fumando um ótimo exemplar da arte da charutaria.

"Eu só quero dizer uma coisa, Willie", diz Landsman depois de fumar a metade do Nat Sherman. "E quero ver se você me contradiz."

"Vou fazer o possível."

"Quando a gente estava vindo para cá, batendo papo, você falou em certa quantidade de, ahn, do cheiro forte que vem daqui."

"Falei."

"Um fedor de dinheiro, você disse."

"Tem muita grana atrás desses boiadeiros, sem dúvida."

"Mas, logo na primeira vez que eu ouvi falar neste lugar, uma coisa me incomodou. Agora acho que já vi a maior parte do esquema. Desde a placa no atracadouro de hidroavião até essas vaquinhas aí. E essa coisa continua me incomodando."

"O quê?"

"Quer dizer, sinto muito, eu estou pouco me lixando para o dinheiro que eles gastam por aí. Acho muito plausível que, vez por outra, um membro do seu conselho tribal receba propina de um judeu. *Business is business*, um dólar é um dólar e assim por diante. Também ouvi muita gente dizer que o fluxo de dinheiro ilegal, para lá e para cá, por cima da Linha, é o máximo de paz, amor e compreensão a que judeus e índios conseguem chegar."

"Que idílio."

"Obviamente, esses judeus não querem que os outros judeus saibam o que eles andam fazendo por aqui. E o distrito é como uma casa com gente demais e quartos de menos. Todo mundo sabe da vida de todo mundo. Ninguém tem segredo em Sitka, aquilo não passa de um *shtetl* grande. Se você tiver um segredo, o mais sensato é escondê-lo aqui fora."

"Mas."

"Mas, com ou sem fedor, com ou sem segredo, lamento dizer que é simplesmente impossível os tlingits deixarem um punhado de judeus virem para cá e construírem uma coisa dessas em pleno território indígena. Por mais dinheiro judeu que distribuam por aí."

"Você está dizendo que nem mesmo nós, índios, somos tão covardes e corruptos assim. A ponto de dar tamanha colher de chá para o nosso pior inimigo."

"Ou então digamos que nós, judeus, somos os conspiradores mais malignos do mundo e controlamos o planeta lá do nosso quartel-general secreto na face oculta da Lua. Mas até nós temos os nossos limites. Prefere assim?"

"Taí uma coisa que eu não vou discutir."

"Os índios não permitiriam nada disso, a menos que estivessem na expectativa de uma grande recompensa. Grande mesmo. Digamos, tão grande quanto o distrito."

"Digamos", repete Dick com voz tensa.

"Eu imagino que o lado americano de toda essa história deve ter sido o canal usado para dar sumiço no laudo do acidente de Naomi. Mas nenhum judeu pode bancar uma recompensa desse porte."

“O Pingüim”, diz Berko. “Ele mexe os pauzinhos para que o distrito passe para a soberania dos nativos quando a gente for embora. Em troca, os índios ajudam os verbôveres e seus amigos a montarem sua fazenda secreta aqui.”

“Mas o que o Pingüim ganha com isso?”, pergunta Landsman. “E que interesse têm os Estados Unidos nessa história?”

“Agora você está entrando num terreno mais do que tenebroso, irmão Landsman”, diz Dick, engatando a marcha da picape. “Coisa que vai ter de fazer sem a companhia de Wilfred Dick.”

“Lamento dizer isso, primo”, diz Landsman a Berko, pousando a mão em seu ombro. “Mas acho que a gente vai ter de ir ao Sítio do Massacre.”

“Puta que pariu três vezes”, diz Berko em americano.

35.

Quase setenta quilômetros ao sul do limite da cidade de Sitka, uma casa feita de madeira e telhas cinza oscila sobre duas dezenas de estacas fincadas num palude. Um remanso sem nome, infestado de ursos e tendente a certa flatulência de metano. Um cemitério de barcos, cordame, caminhonetes e, mais no fundo, de uma dúzia de caçadores de pele russos e seus soldados-cães aleútes. Numa extremidade do brejo, já bem embrenhada no mato, uma magnífica vivenda comunitária tlingit está sendo demolida pelas amoras-vermelhas e o ginseng. Na outra ponta, estende-se uma praia rochosa coberta por mil pedras pretas nas quais um povo antigo gravou formas animais e estrelas. Foi nessa praia que, em 1854, os tais doze *promyshlennikis* e aleútes comandados por Yevgeny Simonof tiveram um fim sangrento nas mãos de um chefe tlingit chamado Kohklux. Mais de um século depois, a tetraneta do chefe Kohklux, a sra. Pullman, veio a ser a segunda esposa índia de um enxadrista e espião judeu de um metro e sessenta e cinco de altura chamado Hertz Shemets.

No xadrez, assim como no serviço secreto do Estado, o tio Hertz era conhecido pela apurada noção do tempo, o excesso de prudência e a enfadonha meticulosidade na preparação. Lia muito acerca dos adversários, fazia deles um estudo fatal. Procurava o padrão de fragilidade, o complexo não resolvido, o cacoete. Passou vinte e cinco anos empreendendo uma campanha secreta contra o povo do outro lado da Linha, procurando debilitar-lhes o domínio sobre as terras indígenas e, nesse período, chegou a ser uma reconhecida autoridade em sua cultura e história. Aprendeu a saborear o idioma tlingit, com suas vogais de pirulito e consoantes de goma de mascar. Pesquisou profundamente a fragrância e a influência das mulheres tlingits.

Uma vez casado com a sra. Pullman (a qual, que em paz descanse, nunca ninguém chamou de sra. Shemets), interessou-se muito pelo triunfo do tetravô da esposa sobre Simonof. Passava horas na biblioteca de Bronfman examinando atentamente os mapas da era tsarista. Anotou as entrevistas colhidas por missionários metodistas de velhas tlingits de noventa e nove anos que eram meninas de seis quando os martelos de guerra se abateram sobre os duros crânios russos. Descobriu que, no levantamento da USGS de 1949, que demarcou os limites definitivos do distrito de Sitka, o Sítio do Massacre acabou ficando em território tlingit. Muito embora se situe a oeste da Serra de Baranof, o Sítio do Massacre é legalmente nativo, um verde emblema de indianidade encravado no lado judeu da ilha Baranof. Tão logo descobriu esse equívoco, Hertz mandou a madrasta de Berko comprar a terra com dinheiro — como posteriormente documentou Dennis Brennan — subtraído da verba de suborno do programa de contra-informação. Lá construiu sua casa, um tripé pernalta. E, com a morte da sra. Pullman, Hertz Shemets herdou o Sítio do Massacre de Simonof. Declarou-o a mais miserável reserva indígena do mundo e, a si próprio, o mais indigente índio do mundo.

"Bundão de merda", diz Berko, com menos rancor do que Landsman esperava, ao contemplar a paupérrima moradia do pai pelo pára-brisa do Super Sport.

"Quando foi a última vez que você esteve com ele?"

Berko fixa no parceiro uns olhos revirados como à procura de um arquivo interior intitulado "Landsman" em que figure o registro de uma pergunta menos merecedora de resposta. "Me diga uma coisa, Meyer. Se você fosse eu, quando teria estado com ele pela última vez?"

Landsman estaciona o Super Sport atrás do Buick Roadmaster do velho, um calhambeque todo sujo de barro, com painel de falsa madeira e um adesivo de pára-choque a proclamar, em iídiche e americano, O MUNDIALMENTE FAMOSO SÍTIO DO MASSACRE DE SIMONOF E A GENUÍNA VIVENDA COMUNITÁRIA TLINGIT. Embora faça tempo que a atração de beira de estrada esteja extinta, os dizeres no pára-choque continuam nítidos e claros. Ainda há uma dúzia de caixas de adesivos empilhadas na vivenda comunitária.

"Me dá uma dica", pede Landsman.

"Piadas de prepúcio."

"Ah, sei."

"Todas as piadas de prepúcio que já inventaram."

"Eu não sabia que eram tantas", diz Landsman. "Vivendo e aprendendo."

"Vem", diz Berko, saindo do carro. "Vamos acabar logo com isso."

Landsman olha para a carcaça da genuína vivenda comunitária assaltada pelas moitas secas de amoreira e ginseng, uma ruína pintada com cores bregas. Aliás, não há nada de genuíno na comprida habitação. Hertz Shemets a construiu com o auxílio de dois cunhados índios, do sobrinho Meyer e do filho Berko num verão posterior à mudança do último para a rua Adler. Construiu-a por construir, sem pensar na atração de beira de estrada que em vão ele a tentou transformar depois de exonerado. Berko tinha quinze anos naquele verão; e Landsman, vinte. O garoto moldava cada superfície de sua personalidade para conformá-la com os contornos da de Landsman. Dedicou dois sólidos meses à tarefa de aprender a trabalhar com uma serra circular tal como fazia o primo, o *papiros* pendurado nos lábios e a fumaça a lhe entrar nos olhos. Na época, Landsman já estava se preparando para prestar exame na polícia, e, naquele verão, Berko declarou ter idêntica ambição. Se Landsman falasse em ser mosca-varejeira, Berko daria um jeito de aprender a gostar de bosta.

Como a maioria dos policiais, Landsman navega com casco duplo para se resguardar da tragédia, estabilizado contra ondas e tempestades. É com os baixios que tem de se preocupar, com as fissuras capilares, com as pequenas falhas mecânicas. A lembrança daquele verão, por exemplo — ou pensar que, de lá para cá, faz muito tempo que exauriu a paciência de um rapazinho que, antigamente, era capaz de esperar mil anos para passar uma hora com ele alvejando latas em cima da cerca com uma espingarda de chumbo. A vista da vivenda comunitária machuca uma faceta minúscula, mas ainda intacta, do seu coração. Tudo quanto eles fizeram, durante o minuto passado naquele cantinho do mapa, diluído em tufos de amoreira e deslembrança.

"Berko", diz ele enquanto seus passos trituram a lama semicongelada da mais esculhambada reserva indígena do mundo. Segura o braço do primo. "Eu lamento ser o merda que sou."

"Não precisa", diz Berko. "Não é culpa sua."

"Agora eu estou legal. Já voltei", diz Landsman, e no momento as palavras soam verdadeiras aos seus próprios ouvidos. "Não sei o que foi que fez isso comigo. A hipotermia, talvez. Ou ter me metido naquela bruta confusão com Shpilman. Ou, ainda bem, ter largado a bebida. Mas voltei a ser quem eu era."

"Ahn-ahn."

"Você não acha?"

"Claro que acho." Berko podia estar concordando com uma criança ou com uma noz. Podia não estar concordando com nada. "Você está com cara ótima."

"Quanta gentileza."

"Vamos deixar disso por ora, tá? Você topa? A única coisa que eu quero é entrar lá, crivar o velho de perguntas e voltar para casa, para Ester-Malke e para os meninos. Você topa?"

"Topo, Berko. Claro que topo."

"Obrigado."

Avançam por um terreno lamacento e pedregoso. As poças estão recobertas por uma fina película de gelo. Uma escada de história em quadrinhos, desconjuntada, oscilante, leva a uma porta de cedro acinzentado pela intempérie. A porta empenada foi toscamente vedada com grossas tiras de borracha, para proteger do frio.

"Quando você diz que a culpa não é minha...", arrisca Landsman.

"Porra! Eu quero mijar."

"Quer dizer que você acha que eu sou louco. Mentalmente desequilibrado. Incapaz de responder pelos meus atos. Inimputável."

"Eu vou bater na porta."

Ele bate duas vezes, com força suficiente para abalar as dobradiças.

"Sem condições de usar um distintivo de policial", prossegue Landsman, desejando sinceramente poder mudar de assunto. "Em outras palavras."

"Foi a sua ex que tomou essa medida, não eu."

"Mas discordar você não discorda."

"Que diabo eu sei de desequilíbrio mental?", diz Berko. "*Eu* não fui em cana por ter corrido pelado no bosque, a três horas do lugar onde moro, depois de ter arrebentado a cabeça de um sujeito com um estrado de ferro."

Hertz Shemets vem à porta, a barba recém-feita. Está de terno cinza de flanela, camisa branca e gravata caubói vermelho-papoula. Tem cheiro de vitamina B, goma em *spray*, peixe defumado. Está mais magro do que nunca, seco como um homem de pau.

"Garotão", exclama ao ver Landsman, quebrando alguns ossos na mão do sobrinho.

"Que boa aparência, tio Hertz", diz Landsman. Olhando mais de perto, vê que o terno tem certo brilho nos cotovelos e nos joelhos. A gravata apresenta vestígios de uma pretérita refeição de sopa, e seu nó foi dado não no colarinho macio de uma camisa, e sim na gola de um pijama branco apressadamente enfiado na calça. Mas Landsman não é a pessoa mais indicada para criticá-lo. Está com o terno de emergência, tirado de um canto do porta-malas e desembolado, uma coisa preta de mescla de viscose e lã com botões dourados que procuram imitar moedas romanas. Tomou-o emprestado certa vez de um jogador azarado chamado Gluksman, para um enterro de última hora ao qual se esqueceu que pretendia comparecer. Consegue ter aspecto ao mesmo tempo fúnebre e espalhafatoso, está ferozmente amarrotado e cheira ao metrô de Detroit.

"Obrigado pelo aviso", diz o tio Hertz, soltando-lhe a maltratada mão.

"Esse aí estava querendo te fazer uma surpresa", diz Landsman, apontando para Berko com o beiço. "Mas eu sabia que você ia querer sair para matar algum bicho."

O tio Hertz une as mãos e faz uma reverência. Verdadeiro eremita que é, leva muito a sério os deveres de anfitrião. Sendo a caça escassa, tira do *freezer* qualquer coisa bem dura e a coloca no fogão com algumas cenouras, cebolas e um punhado de ervas esmagadas que ele cultiva e pendura num barracão atrás da cabana. Cuida para que não falte gelo ao uísque nem cerveja gelada ao guisado. Acima de tudo, faz questão de se barbear e pôr uma gravata.

O velho o manda entrar, e Landsman obedece, deixando-o ali postado para encarar o filho. Não deixa de observar; afinal, é parte interessada, como todos os judeus desde o momento em que Abraão deitou Isaac naquele topo de morro e desnudou para o céu a sua palpitante caixa torácica. O velho estende a mão e agarra a manga da camisa de lenhador de Berko. Sente o tecido entre os dedos. Berko se submete ao exame com um olhar de genuína dor. Isso deve ser a morte para ele, Landsman não tem a menor dúvida: apresentar-se diante do pai envergando qualquer coisa que não seja a sua mais fina roupa italiana.

"E então, cadê o Grande Boi Azul?", pergunta o velho enfim.

"Sei lá", responde Berko. "Deve estar com os botões do seu pijama."

Berko tenta alisar o amassado que o pai deixou em sua manga. Passa por ele e entra na casa. "Filho-da-puta", diz baixinho; quase baixinho. Pede licença para usar o banheiro.

"Slivovitz", propõe o velho, precipitando-se sobre as garrafas, um horizonte congestionado que é uma verdadeira réplica em miniatura do Shvartsn-Yam numa bandeja preta esmaltada. "Não é?"

"Alka-Seltzer", diz Landsman. Vendo o tio erguer uma sobrancelha, dá de ombros. "Eu arranjei um médico novo. Um índio. Me mandou parar de beber."

"E desde quando você dá bola para médico ou índio?"

"Desde nunca", reconhece ele.

"A automedicação é uma tradição nos Landsman."

"Ser judeu também. Olha só aonde isso nos levou."

"Que época estranha para ser judeu", concorda o velho. Afasta-se do bar e lhe entrega um copo alto com um *yarmulke* de fatia de limão. A seguir, serve uma generosa dose de slivovitz e ergue o copo num brinde, endereçando ao sobrinho uma expressão de alegre crueldade que Landsman conhece bem e na qual há muito deixou de ver alegria.

"A esta época estranha", diz.

Bebe e, quando torna a olhar para o sobrinho, está radiante como quem acaba de contar uma piada que fez toda uma sala cair na gargalhada. Landsman sabe o quanto dói a Hertz ver o barco que ele passou anos e anos remando, com todo o seu engenho e força, derivar cada vez mais perto da catarata da reversão. Ele serve outra dose rápida e a engole sem mostrar o menor prazer. Agora é a vez de Landsman erguer uma sobrancelha.

"Fique com o seu médico", diz o tio Hertz. "Eu fico com o meu."

A cabana do tio Hertz é um cômodo amplo com um mezanino que ocupa três paredes. Toda a decoração e a mobília é de chifre, osso, tendão, pele e couro. Sobe-se ao mezanino por uma escadinha íngreme no fundo, perto da pequena cozinha. Num canto fica a cama do velho, muito bem arrumada. Ao lado, numa mesinha redonda, um tabuleiro de xadrez. As peças são de pau-rosa e bordo. A um dos cavalos brancos de bordo falta a orelha esquerda. Um peão preto de pau-rosa apresenta uma mancha loira no alto. O tabuleiro tem ar desleixado, caótico; um inalador Vick se ergue entre as peças numa das bordas, ameaçando o rei branco em e1.

"Pelo jeito, você está jogando a defesa de Mentholyptus", diz Landsman, girando o tabuleiro para enxergar melhor. "Jogo por correspondência?"

Hertz se aproxima muito dele, exalando um forte hálito de aguardente de ameixa que se sobrepõe a vestígios oleosos e picantes de arenque. Landsman consegue sentir as espinhas do peixe devorado pelo tio. Empurrado, ele acaba derrubando tudo no chão, e com estrondo.

"Nessa jogada você sempre foi mestre", observa Hertz. "É o gambito de Landsman."

"Puta merda, titio, desculpa." Ele se agacha e tenta pegar as peças debaixo da cama do velho.

"Não se preocupe com isso! Não faz mal. Não era um jogo, eu só estava movendo as peças, assim, à toa. Não jogo mais por correspondência. Eu vivo e morro pelo sacrifício. Gosto de confundi-los com alguma combinação maluca e bonita. Difícil de fazer num cartão-postal. Lembra dessas peças?"

Hertz o ajuda a colocá-las na caixa também de bordo e forrada de veludo verde. O inalador, prefere guardá-lo no bolso.

"Não", responde Landsman. Foi ele mesmo que, muitos anos atrás, num acesso de mau humor, executou o gambito de Landsman que custou a orelha ao cavalo branco.

"Como não? Foi você que o deu a ele."

Junto à cama do velho, há cinco livros empilhados no criado-mudo. Uma tradução iídiche de Chandler. Uma biografia em francês do marechal Duchamp. Um ataque manhoso, em brochura, à agenda da Terceira República Russa, o qual foi muito vendido nos Estados Unidos no ano anterior. Um guia prático Peterson de mamíferos marinhos. E um original alemão intitulado *Kampf*, de Emmanuel Lasker.

Ouve-se a descarga no banheiro e, a seguir, o barulho de Berko lavando as mãos.

"De uma hora para outra, todo mundo deu para ler Lasker", comenta Landsman. Pega o livro pesado, preto, com título em relevo, letras douradas, e se surpreende um pouco ao constatar que não tem nada a ver com xadrez. Nenhum diagrama, nenhuma ilustração da rainha ou do cavalo, só páginas e páginas de áspera prosa alemã. "Quer dizer que o homem também era filósofo?"

"Essa é que ele considerava a sua verdadeira vocação. Muito embora fosse um gênio do xadrez e da matemática superior. Lamento dizer que, em filosofia, talvez não fosse tão genial assim. Mas por quê? Quem você viu lendo Emmanuel Lasker? Ninguém mais lê Emmanuel Lasker."

"Agora isso é ainda mais verdadeiro do que há uma semana", diz Berko, saindo do banheiro, enxugando as mãos numa toalha. Gravita com naturalidade até mesa de jantar, um enorme bloco de madeira, que está posta para três. Os pratos são de lata esmaltada; os copos, de plástico, e as facas têm cabo de osso e lâminas temíveis, do tipo apropriado para extrair o fígado ainda palpitante do abdome de um urso. Há um jarro de chá gelado e um bule esmaltado de café. A refeição preparada por Hertz Shemets é copiosa, quente e com toda a aparência de carne de alce.

"*Chili* de alce", diz o velho. "Eu moí a carne no outono passado, guardei-a em sacos a vácuo no *freezer*. Também matei o alce, é claro. Uma fêmea, quinhentos quilos. O *chili* eu fiz hoje, o feijão é dos graúdos, e ainda misturei mais uma lata de feijão comum que estava aí. Só não sabia se ia dar para os três, por isso resolvi esquentar mais umas coisas que estavam no *freezer*. Tem *quiche Lorraine* — de ovo, naturalmente, com tomate e *bacon*; o *bacon* também é de alce. Eu mesmo o defumei."

"Os ovos também são de alce", diz Berko, arremedando com perfeição o tom levemente pomposo do pai.

O velho aponta para uma tigela de vidro repleta de almôndegas uniformes mergulhadas num molho pardo avermelhado. "Almôndegas suecas", diz. "Almôndegas de alce. E também um pouco de rosbife de alce, caso alguém queira um sanduíche. Eu mesmo o assei. E a maionese é feita em casa. Não suporto maionese de vidro."

Eles se sentam para comer com o homem solitário. Outrora, a sala de jantar era uma região plena de vida, a única mesa, naquelas terras divididas, a que índios e judeus se juntavam regulamente para deglutir boa comida sem rancor. Não faltava vinho da Califórnia para beber e sobre o qual receber minuciosas preleções do velho. Sujeitos reservados, caras durões e o esquisito agente especial ou lobista de Washington misturavam-se com escultores de totem, jogadores de xadrez e pescadores nativos. Hertz se sujeitava aos pitos da sra. Pullman. Era o tipo do velho valentão e dominador que optou por se casar com uma mulher que não titubeava em descompô-lo na frente dos amigos. De certo modo, isso fazia com que ele parecesse mais forte.

"Eu dei uns telefonemas", diz o tio Hertz após vários minutos de enxadrística concentração na sua comida. "Quando você ligou dizendo que vinha aqui."

"Deu?", pergunta Berko. "Uns telefonemas?"

"Isso." Hertz tem um jeito de sorrir — ou de produzir um efeito parecido com o sorriso —, erguendo somente o lado direito do lábio superior, e só durante meio segundo, lampejando um incisivo amarelado. É como se lhe tivessem fisgado o lábio com um anzol e estivessem dando um puxão na linha. "Pelo que pude constatar, você andou fazendo besteira, Meyerle. Conduta não profissional. Comportamento excêntrico. Perdeu o distintivo e a arma."

Apesar de tudo, por quarenta anos o tio Hertz foi um agente da lei com uma insígnia federal na carteira. Ainda que disfarce um pouco, a nota de censura é inequívoca. Vira-se para o filho. "E eu não sei que diabo você acha que está fazendo", diz. "A dois meses do vazio. Com dois filhos nas costas e, *mazel tov* e *kaynahora*, o terceiro a caminho."

Berko não se dá ao trabalho de perguntar como o pai ficou sabendo que Ester-Malke está grávida. Isso só serviria para acariciar a vaidade do velho. Limita-se a balançar a cabeça e a comer mais algumas almôndegas de alce. Estão gostosas as almôndegas, úmidas, com um gostinho de alecrim e fumaça.

"Tem razão", diz Berko. "É loucura. E eu não vou dizer que gosto desse búfalo ou que me preocupo com ele — olha só a cara dele, sem distintivo nem arma, incomodando as pessoas e correndo por aí com os joelhos congelados —, mais do que amo a minha mulher e os meus filhos e me preocupo com eles, porque não é verdade. Ou que tenha algum sentido para mim arriscar o futuro deles por causa desse paspalho, porque não tem." Contempla a travessa de almôndegas, seu corpo emite um som cansado, um som iídiche, a meio caminho entre o arroto e a lamentação. "Mas, já que estamos falando em vazio, dizer o quê? Que não é o tipo de circunstância que eu queira enfrentar sem Meyer por perto."

"Está vendo quanta lealdade?", diz o tio Hertz a Landsman. "Eu era assim com o seu pai, que descanse em paz, mas o covarde me largou na mão."

Seu tom de voz aspira à leveza, mas o silêncio que se segue tinge a observação de negros matizes. Eles mastigam a comida, e a vida parece longa e pesada. Hertz se levanta e se serve de mais um trago. Vai até a janela e fica lá, olhando para o céu que é como um mosaico feito de cacos de mil espelhos, cada qual de um tom diferente de cinza. O céu hibernal do sudeste do Alasca é um cinzento Talmude, um comentário inexaurível sobre uma Torá de chuvosas nuvens e luz mortiça. O tio Hertz sempre foi o homem mais competente e autoconfiante que Landsman conheceu na vida, esmerado como um avião de *origami*, uma rápida agulha de papel dobrado com precisão, impermeável à turbulência. Acurado, metódico, desapaixonado. Sempre apresentou sinais de treva, irracionalidade e violência, mas eles ficavam escondidos atrás da muralha de suas misteriosas aventuras indígenas, escondidos do outro lado da Linha, por ele encobertos com cautelosas patadas para trás como as de um animal a esconder as próprias fezes. Mas agora Landsman reencontra uma lembrança dos dias que se seguiram à morte de seu pai: o tio Hertz encolhido como um trapo embolado num canto da cozinha da rua Adler, a camisa para fora, mal abotoada, o cabelo desgrenhado, o conteúdo cada vez mais minguado de uma garrafa de slivovitz, na mesa, a marcar como um barômetro a atmosfera cadente da sua dor.

"Nós também temos um enigma, tio Hertz", diz Landsman. "Por isso viemos."

"Por isso e por causa da maionese", acrescenta Berko.

"Um enigma." O velho dá as costas para a janela, seus olhos novamente duros e atentos. "Eu detesto enigmas."

"Ninguém pediu para você decifrá-lo", retruca Berko.

"Não fale comigo nesse tom, John Urso. Eu não dou a mínima."

"Nesse tom?", diz Berko com a voz desafinada, perdida entre uma meia dúzia de tons, um conjunto de câmara de insolência, ressentimento, sarcasmo, provocação, inocência e surpresa. "*Nesse tom?*"

Landsman lhe endereça um olhar de reprovação — não para lembrá-lo da idade de Hertz e de sua situação na vida, e sim da manifesta inconveniência de brigar com um parente. É uma antiga e muito recorrente expressão facial do tempo dos primeiros e conflituosos anos de Berko com os Landsman. Quando eles estão juntos, nunca demora mais que alguns minutos para que todos retornem ao estado natural, feito um grupo de náufragos numa ilha deserta. Família é isso. E também a tormenta em alto-mar, o navio e a praia desconhecida. E os chapéus, os alambiques de uísque que se fazem com bambu e cocos. E a fogueira que se acende para espantar os bichos.

"A gente está tentando explicar uma coisa", reinicia Landsman. "Uma situação. E essa situação tem uns aspectos que nos fizeram pensar em você."

O tio Hertz serve outra dose de slivovitz, leva-a à mesa e se senta. "Comece do começo", diz.

"O começo é um drogado morto no meu hotel."

"Ah."

"Você já está a par?"

"Ouvi alguma coisa no rádio", diz o velho. "Acho que também li um pouco no jornal." Sempre põe nos jornais a culpa das coisas que sabe. "O filho de Heskel Shpilman. Aquele em que tinham tanta esperança quando ele era menino."

"Foi assassinado", diz Landsman. "Ao contrário do que você talvez tenha lido. E estava escondido quando morreu. Passou a maior parte da vida escondido de um monte de coisas, mas, quando morreu, acho que estava tentando se esconder de uns caras de que ele tinha fugido. Eu consegui rastrear seus movimentos até o aeroporto de Yakovy em abril. Ele apareceu lá no dia em que Naomi morreu."

"Isso tem alguma coisa a ver com Naomi?"

"Os tais caras que estavam procurando Shpilman. E que, ao que tudo indica, o mataram. Em abril, eles contrataram Naomi para levá-lo a uma fazenda que eles administram, uma espécie de centro terapêutico para garotos problemáticos. Em Peril Strait. Mas quando chegou lá, Shpilman entrou em pânico. Quis dar o fora. Pediu ajuda a Naomi, que o ajudou a sair de lá e o trouxe de volta à civilização. A Yakovy. Ela morreu no dia seguinte."

"Peril Strait?", repete o velho. "Então são nativos? Está me dizendo que os *índios* mataram Mendel Shpilman?"

"Não", diz Berko. "Os caras do centro de reabilitação. Num terreno de uns bons quatrocentos hectares ao norte do vilarejo. Parece ter sido construído com dinheiro de judeus americanos. Os caras que dirigem aquilo são *yids*. Ao que parece, aquilo é uma fachada para a verdadeira operação deles."

"Que operação? Uma plantação de maconha?"

"Por exemplo, eles têm um rebanho de vacas leiteiras Ayrshire", conta Berko. "Umas cem cabeças."

"É um exemplo."

"Outro: parece que eles têm uma espécie de campo de treinamento paramilitar. O chefe talvez seja um velho, um judeu. Wilfred Dick esteve lá e o viu. Mas seu rosto não significa nada para Dick. Seja quem for, ele parece ter ligação com os verbôveres ou, pelo menos, com Aryeh Baronshteyn. Mas a gente não sabe que ligação nem por quê."

"Também havia um americano", acrescenta Landsman. "Chegou de avião para uma reunião com Baronshteyn e os outros judeus misteriosos. Todos eles pareciam um tanto contrariados com os americanos. Parece que achavam que não iam ficar muito contentes com eles ou com o modo como administram as coisas."

O velho se levanta da mesa e vai até o armário que separa a sala de jantar do espaço para dormir. Tira um charuto de um umidificador e o rola na palma das mãos. Passa um bom tempo rolando-o, para lá e para cá, até que o charuto desapareça inteiramente de seus pensamentos.

"Eu detesto enigmas", diz por fim.

"Isso a gente já sabe", resmunga Berko.

O tio Hertz passa várias vezes o charuto no nariz, inalando profundamente, de olhos fechados, gozando não só o cheiro, pensa Landsman, como também o frescor da folha lisa na carne de suas narinas.

"A minha primeira pergunta", diz o tio Hertz, abrindo os olhos. "Talvez a única."

Os dois aguardam a pergunta enquanto ele corta a ponta do charuto, encaixa-o entre os lábios finos, move-os para cima e para baixo.

"De que cor eram as vacas?"

36.

“Uma delas era vermelha”, diz Berko devagar, com certa relutância, como se não tivesse visto a moedinha desaparecer, embora estivesse olhando atentamente para as mãos do mágico.

“Toda vermelha?”, indaga o velho. “Do chifre até o rabo?”

“Estava disfarçada. Pintada com um pigmento qualquer. Não posso imaginar por que fariam isso, a menos que ela tenha algo de especial que justifique. Como se fosse, sabe?” Ele estremece. “Imaculada.”

“Oh, pelo amor de Deus”, diz o velho.

“Quem são esses caras, tio Hertz? Você sabe, não sabe?”

“Quem são esses caras?”, repete Hertz Shemets. “São *yids*. *Yids* conspirando. Sei que isso é tautologia.”

Ele parece não se decidir a acender o charuto. Coloca-o na mesa. Torna a pegá-lo. Devolve-o à mesa. Landsman tem a impressão de que esta sopesando um segredo muito bem enrolado na folha de nervuras escuras. Um plano de ação, uma ardilosa troca de peças.

“Muito bem”, diz Hertz enfim, “pois eu menti: mais uma pergunta para vocês. Meyer, talvez você se lembre de um *yid*, do tempo da sua infância, que freqüentava o Clube de Xadrez Einstein. Costumava brincar com você, e você gostava dele. Um *yid* chamado Litvak."

"Outro dia eu estive com o velho Litvak", diz Landsman. "No Einstein."

"Esteve?"

"Ele perdeu a voz."

"É, foi um acidente, a roda esmagou sua garganta. A mulher dele morreu. Foi no bulevar Roosevelt, onde plantaram aquele monte de cerejeiras-negras. A única que não morreu foi a árvore em que eles bateram. A única cerejeira-negra do distrito de Sitka."

"Eu lembro quando plantaram aquelas árvores", diz Landsman. "Para a Feira Mundial."

"Não queira bancar o melancólico", reclama o velho. "Só Deus sabe com quantos judeus melancólicos eu já topei na vida, a começar por mim mesmo. Nunca se vê um índio melancólico."

"É porque eles se escondem quando sabem que a gente vai chegar", diz Berko. "As mulheres e os índios melancólicos. Cala a boca e fale de Litvak."

"Ele trabalhou para mim", diz Hertz. "Durante muitos anos."

Seu tom de voz fica uniforme, e Landsman se surpreende ao ver que o tio está zangado. Como todos os Shemets, Hertz herdou um temperamento exaltado, mas como isso não lhe tinha nenhuma utilidade no trabalho, em dado momento ele o eliminou.

"O velho Litvak era agente federal?", surpreende-se Landsman.

"Não. Não era. Que eu saiba, o homem não era oficialmente remunerado pelo Estado, já que deu baixa honorável no exército dos Estados Unidos há trinta e cinco anos."

"Por que você está tão bravo com ele?", quer saber Berko, observando o pai pela fresta dos olhos.

Hertz tem um sobressalto com a pergunta, tenta dissimulá-lo. "Eu nunca fico bravo", diz. "Só com você, meu filho." Sorri. "Quer dizer que Litvak ainda vai ao Einstein. Eu não sabia. Ele sempre foi mais jogador de baralho que de xadrez. Se dava melhor em jogos em que há blefe. Engano. Dissimulação."

Landsman se lembra da esquisita dupla de rapazes que Litvak lhe apresentou como seus sobrinhos-netos. Um deles estava no bosque de Peril Strait, ele se dá conta, dirigindo o Ford Caudillo com a sombra sentada no banco traseiro. A sombra de um homem que não queria que Landsman lhe visse o rosto.

"Ele estava lá", diz Landsman a Berko. "Em Peril Strait. Era o sujeito misterioso no carro."

"O que Litvak fazia para você?", pergunta Berko. "Durante todos aqueles anos?"

Hertz hesita, olhando ora para Berko, ora para Landsman. "Um monte de coisas. Tudo rigorosamente sem registro. Ele tinha algumas habilidades úteis. O velho Litvak deve ser o homem mais talentoso que eu conheci. Entende de sistemas e controle. É paciente e metódico. Era incrivelmente forte. Um bom piloto, um mecânico bem preparado. Maravilhoso para transmitir conhecimento e orientação. Um professor muito capaz. Um treinador. Merda."

Olha com leve assombro para as duas metades do charuto partido, uma em cada mão. Joga-as no prato com um resto de molho e estende o guardanapo por cima da prova material de sua emoção. "O *yid* me vendeu", diz. "Para um jornalista. Passou anos colhendo provas contra mim e então as entregou a Brennan."

"Por que fez isso?", indaga Berko. "Se ele era seu *yid*?

"Eu juro que não sei responder a essa pergunta." Hertz sacode a cabeça, ele que tanto detesta enigmas, obrigado a passar o resto da vida às voltas com esse. "Dinheiro, talvez, embora eu não tenha detectado nele o menor interesse por dinheiro. Por convicção certamente não foi. Litvak nunca teve convicção nenhuma. Nunca. Nunca teve lealdade, a não ser por seus subordinados. Ele viu o rumo que as coisas iam seguir quando aquela corja tomou o poder em Washington. Viu que eu estava liquidado antes mesmo que eu me desse conta. Deve ter decidido que tinha chegado a hora. Vai ver que cansou de trabalhar para mim, queria ficar com meu emprego. Mesmo depois de se livrarem de mim e de encerrarem suas operações oficiais, os americanos continuaram precisando de um homem em Sitka. E, pelo dinheiro deles, não podiam ter encontrado ninguém melhor que Alter Litvak. Talvez ele simplesmente estivesse farto de perder para mim no xadrez. Pode ser que tenha tido uma chance de me vencer e a aproveitou. Mas *yid* meu Litvak nunca foi. *Status* permanente nunca significou nada para ele. Nem a causa para a qual trabalha agora, tenho certeza."

"A novilha ruiva", diz Berko.

"Essa é a idéia, eu sei", diz Landsman, "mas me explica direitinho. Tudo bem, você arranja uma novilha ruiva, sem nenhuma mancha. E dá um jeito de levá-la para Jerusalém."

"Aí você a mata", prossegue Berko. "E a queima até virar cinza, e faz uma pasta com a cinza, e passa um pouquinho dela nos sacerdotes. Do contrário, eles não podem entrar no santuário, no templo, por estarem impuros." Consulta o pai. "É isso?"

"Mais ou menos."

"Tudo bem, mas tem uma coisa que eu não entendo. Lá não tem — como se chama?", diz Landsman. "Aquela mesquita. Na colina em que ficava o templo?"

"Não é mesquita, Meyerle. É um santuário", diz Hertz. "Qubbat As-Sakhrah. A Cúpula da Rocha. O terceiro lugar mais sagrado do islã. Construída no século VII por Adb-al-Malik, exatamente no lugar dos dois templos judaicos. No lugar em que Abraão ia sacrificar Isaac, em que Jacó viu a escada que subia ao céu. O umbigo do mundo. Sim. Se você quiser reconstruir o templo e reinstituir os antigos rituais para apressar o advento do Messias, precisa resolver o problema da Cúpula da Rocha. Ela está no caminho."

"Bombas", diz Berko com exagerada indiferença. "Explosivos. Essa é a parte de Alter Litvak no pacote."

"Demolições", diz o velho. Pega o copo, mas está vazio. "Sim, nisso o *yid* é especialista."

Landsman afasta a cadeira da mesa e se levanta. Vai pegar o chapéu na porta. "A gente precisa voltar", diz. "Precisa conversar com uma pessoa. Precisa contar tudo a Bina."

Abre o celular, mas não há sinal a uma distância tão grande de Sitka. Vai ao telefone na parede, mas a chamada cai na secretária eletrônica. "Você precisa localizar Alter Litvak", diz ele. "Encontre-o, prenda-o e não o solte mais."

Ao se virar novamente para a mesa, vê pai e filho ainda no mesmo lugar; sem dizer uma palavra. Berko parece fazer uma pergunta profunda a Hertz Shemets. Está com as mãos unidas no colo como um menino bem-comportado, mas nada tem de menino comportado e, se mantém os dedos entrelaçados, é só para impedi-los de fazer mal ou causar dano. Ao cabo de um intervalo que, para Landsman, parece uma eternidade, tio Hertz baixa os olhos.

"A casa de oração de St. Cyril", diz Berko. "A revolta."

"A revolta de St. Cyril", concorda Hertz Shemets.

"Puta que pariu."

"Berko..."

"Puta que pariu! Os índios sempre *disseram* que os judeus a tinham detonado."

"Você precisa entender a pressão sob a qual nós estávamos", diz Hertz. "Na época."

"Oh, eu entendo", diz Berko. "Acredite. O equilíbrio. A linha correta."

"Aqueles judeus, aqueles fanáticos, aquela gente invadindo as regiões disputadas. Eles ameaçavam o *status* do distrito inteiro. Confirmavam os piores temores dos americanos quanto ao que nós íamos fazer se eles nos dessem o *Status* Permanente."

"Ahn-ahn", faz Berko. "E a mamãe? Também ameaçava o distrito?"

Então o tio Hertz fala, ou melhor, o ar lhe sai dos pulmões e passa pelo portão de seus dentes de um modo parecido com a fala humana. Olha para o próprio colo e repete o som, e Landsman percebe que ele está dizendo que lamenta. Falando numa linguagem que nunca foi capaz de aprender.

"Sabe, acho que eu sempre soube disso", diz Berko, levantando-se. Tira o chapéu e o casaco do cabide. "Porque eu nunca fui com a sua cara. Nunca na vida, seu escroto. Vamos embora, Meyer."

Landsman segue o parceiro. Ao passar pela porta, põe-se de lado para que Berko torne a entrar. Este se livra do chapéu e do casaco. Bate na própria cabeça com as duas mãos ao mesmo tempo. A seguir esmigalha uma esfera invisível, mais ou menos do tamanho do crânio do pai, entre as mãos espalmadas.

"Eu passei a vida tentando", diz enfim. "Quer dizer, porra, olha para mim!" Tira o quipá da cabeça e o ergue, contemplando-o com súbito horror, como se fosse uma lâmina de seu coro cabeludo. Atira-o no velho. O solidéu lhe atinge o nariz e cai na pilha com o guardanapo, o charuto fraturado e o resto de molho de alce. "Olha só esta merda!" Agarra a frente da camisa e abre-a com violência, arrancando todos os botões. Expõe o austero e alvo painel de seu *tzitzit* franjado, como o colete à prova de balas mais ordinário do mundo, o seu sagrado Kevlar branco, enfeitado com uma faixa azul. "Eu detesto essa bosta." Arranca o *tzitzit* pela cabeça, livra-se dele com violência, ficando apenas com a camiseta branca. "Todo maldito dia da minha vida, eu acordo de manhã e ponho essa merda e finjo ser uma coisa que não sou. Uma coisa que nunca vou ser. Por *você*."

"Eu nunca te mandei observar a religião", diz o velho sem erguer a vista. "Acho que nunca exigi nada de..."

"Isso não tem nada a ver com *religião*", atalha Berko. "Tem tudo a ver com — puta que pariu — com *pai*."

É por linha materna, naturalmente, que a pessoa se torna judia ou não. E Berko sabe disso. Sabe-o desde o dia em que se mudou para Sitka. Toda vez que se olha no espelho.

"Isso é absurdo", prossegue o velho, um pouco balbuciante, mais para si. "Uma religião de escravos. Amarrar-se. Roupa de servidão. Eu nunca usei essa porcaria na vida."

"Não?"

Desprevenido, Landsman se espanta com a rapidez e a solidez com que Berko se desloca do vão da porta da cabana até a mesa de jantar. Antes que ele consiga entender o que está acontecendo, Berko enfia a veste ritual na cabeça do velho. Prende-a com um braço e, com o outro, enrola repetidamente as franjas nodadas, definindo em finos fios os contornos da cara do pai. É como se estivesse embrulhando uma estátua para o embarque. O velho esperneia, arranha o ar com as unhas.

"Nunca usou, né?", rosna Berko. "Nunca pôs esta bosta na vida! Experimenta o meu! Experimenta o meu, seu filho-da-puta!"

"Pára." Landsman se precipita a socorrer o homem cujo vício pela tática do sacrifício provocou, talvez não previsivelmente, mas diretamente, a morte de Laurie Jo Ursa. "Vamos, Berko. Pára com isso." Segura o braço do parceiro e o afasta. Conseguindo se colocar entre os dois, começa a empurrar o grandalhão em direção à porta.

"Ok." Berko ergue as mãos e deixa o primo empurrá-lo mais um pouco. "Pronto, está bem. Me larga, Meyer."

Landsman o solta e recua. Berko enfia a camiseta na calça e faz menção de abotoar a camisa, mas não sobrou um só botão. Ele desiste. Alisa o negro texugo do cabelo com a mão enorme, curva-se para pegar do chão o chapéu e o casaco e sai. Espiralando-se na neblina, a noite entra na casa de palafita erguida acima da água.

"Precisa de alguma coisa, tio Hertz?", oferece Landsman.

"Eu estou ótimo", diz o velho, a voz fraca, abafada pelo pano. "Obrigado."

"Vai ficar sentado aí, desse jeito?"

O velho não responde. Landsman põe o chapéu e sai.

Os dois acabam de entrar no carro quando ouvem o disparo, um bum que mapeia as montanhas na escuridão, que as ilumina com ecos refletidos, e então se esvanece.

"Puta merda", diz Berko. Está dentro da casa antes mesmo que Landsman chegue à escadinha. Ao entrar correndo, este dá com Berko já agachado ao lado do pai, que assumiu uma estranhíssima atitude no piso junto à cama, um passo de corredor de barreiras, uma perna dobrada junto ao peito e a outra esticada atrás dele. A mão direita ainda segura frouxamente um revólver preto de cano curto; na esquerda, a franja ritual. Berko estende o pai, rola-o para que fique deitado de costas e lhe sente o pulso e a garganta. Há uma manchinha vermelha lustrosa no lado direito da testa do velho, bem acima do canto do olho. Cabelo chamuscado misturado com sangue. A julgar pela aparência, um péssimo tiro.

"Que merda. Que grande merda, velho. Você fodeu com tudo."

"Fodeu com tudo mesmo", concorda Landsman.

"Velho!", grita Berko, então baixa a voz até reduzi-la a uma raspança gutural e murmura alguma coisa, uma ou duas palavras, na língua que ele abandonou.

Os dois estancam o sangramento e cobrem a ferida. Landsman olha à sua volta à procura da bala e acha o buraquinho que ela abriu na parede de madeira compensada.

"Onde ele arranjou isso?", pergunta Landsman, pegando a arma. É uma coisa simples, desgastada nas arestas, um revólver velho. "O 38 Detective Special?"

"Sei lá. Ele tem muitas armas. Gosta de armas. Essa era a única coisa que nós tínhamos em comum."

"Acho que pode ser a arma que Melekh Gaystik usou no café Einstein."

"Eu não me surpreenderia", diz Berko. Ergue o fardo do pai, e os dois o levam até o carro e o estendem no banco traseiro, numa pilha de toalhas. Landsman liga a sirene secreta que deve ter usado apenas duas vezes em cinco anos. Voltam a subir a montanha.

Há um pronto-socorro em Nayeshtat, mas lá morre tanta gente que eles decidem levá-lo até o Geral de Sitka mesmo. No caminho, Berko telefona para a esposa. Explica-lhe, sem muita coerência, que seu pai e um sujeito chamado Alter Litvak foram os responsáveis indiretos pela morte de sua mãe durante o episódio de pior violência entre índios e judeus nos sessenta anos de história do distrito, e que o velho acaba de meter uma bala na cabeça. Conta-lhe que vão deixá-lo no pronto-socorro do Geral de Sitka, porque ele é policial, puta que o pariu, e tem muito que fazer, e o velho que morra se quiser, ele não dá a mínima. Ao que tudo indica, Ester-Malke aceita esse projeto tal como lhe foi apresentado, e Berko desliga o celular. Eles passam dez ou quinze minutos sumidos numa zona sem cobertura telefônica, absolutamente calados, e quando estão se aproximando do limite da cidade, o Shoyfer começa a tocar.

"Não", diz Berko e, a seguir, com mais irritação. "Não." Passa pouco menos de um minuto ouvindo o arrazoado da mulher. Landsman não tem idéia do que ela está dizendo, se pregando o texto sobre conduta profissional, ou a decência, ou o perdão, ou o dever filial que transcende ou precede tudo o mais. No fim, Berko sacode a cabeça. Olha para o velho judeu estirado no banco traseiro. "Está bem." Fecha o aparelho.

"Pode me deixar no hospital", diz com ar derrotado. "Telefona para mim assim que você achar o puto do Litvak."

37.

“Quero falar com Katherine Sweeney”, diz Bina ao telefone. Sweeney, a assistente da promotoria americana, é séria e competente e provavelmente ouvirá o que Bina tem a dizer. Num movimento rápido, Landsman estende a mão e desliga o telefone com a ponta do dedo. Do outro lado da escrivaninha, Bina o encara, pestanejando pesada e vagarosamente. Ele a pegou de surpresa. Proeza rara.

“Essa gente também está metida nisso”, explica Landsman sem tirar o dedo do aparelho.

“Kathy Sweeney metida nisso”, diz ela sem tirar o fone do ouvido.

“Não, acho que não. Duvido.”

“O Ministério Público dos Estados Unidos em Sitka metido nisso?”

“Talvez. Não. Provavelmente não.”

“Mas você está se referindo ao Departamento de Justiça.”

“Estou. Sei lá. Desculpe, Bina. Eu simplesmente não sei até onde a coisa vai.”

A surpresa desaparece; ela dirige a ele um olhar firme, sem piscar. "Está bem. Agora escute. Antes de mais nada, tira esse dedo peludo do meu telefone."

Landsman retira a mão delituosa antes que os raios *laser* dos olhos de Bina lhe decepem o dedo bem na articulação.

"Não se atreva a tocar no meu telefone, Meyer.

"Nunca mais."

"Se o que você me contou for verdade", diz ela, uma professora dirigindo-se a uma classe lotada de debilóides de quatro anos de idade, "eu preciso falar com Kathy Sweeney. Provavelmente, vou ter de falar com o Departamento de Estado. Pode ser que seja obrigada a falar até com o Departamento de Defesa."

"Mas..."

"Porque eu não sei se você sabe, mas *a nossa jurisdição não abrange a Terra Santa*."

"Claro, sem dúvida. Mas escuta. Uma pessoa de peso, muito peso, invadiu o banco de dados da AFA e sumiu com aquele laudo. Gente com não menos peso prometeu ao Conselho Tlingit que eles receberão o distrito de volta se deixarem Litvak implementar o programa de Peril Strait durante algum tempo."

"Foi Dick que disse isso?"

"Foi o que ele sugeriu com muita veemência. E, com o devido respeito à família Lederer, de Boca Raton, tenho certeza de que esse mesmo peso anda despejando cheques no lado clandestino da operação. O campo de treinamento. As armas e a logística. A criação de gado. Eles estão metidos nisso."

"O governo americano."

"É o que eu digo."

"Porque eles acham uma ótima idéia soltar um bando de *yids* malucos na Palestina Árabe para explodirem santuários, seguirem um Messias qualquer e iniciarem a Terceira Guerra Mundial."

"Eles são loucos assim, Bina. Você sabe disso. Talvez *queiram* a Terceira Guerra Mundial. Ou então pretendem lançar uma nova cruzada. Ou acham que, se fizerem uma coisa dessas, Jesus vai voltar. Ou vai ver que não é nada disso, talvez seja tudo por causa do petróleo, sabe, para assegurar o fornecimento de uma vez por todas. Sei lá."

"Conspirações do governo, Meyer."

"Eu sei que parece absurdo."

"Galinhas falantes, Meyer."

"Desculpe."

"Você prometeu."

"Eu sei."

Ela pega o telefone e disca o número da APA.

"Por favor, Bina. Desliga isso."

"Eu já me enfiei num monte de lugares escabrosos com você, Meyer Landsman", diz ela. "Nesse eu não me enfio."

Landsman pensa que não pode culpá-la por isso.

Quando a ligação é transferida para Sweeney, Bina a informa dos rudimentos do relato de Landsman: os verbôveres e um grupo de judeus messiânicos se juntaram e planejam atacar um importante santuário muçulmano na Palestina. Omite os elementos sobrenaturais e completamente especulativos. Omite a morte de Naomi Landsman e a de Mendel Shpilman. Consegue dar à coisa um ar suficientemente exagerado e pouco convincente para que seja crível.

"Vou ver se consigo localizar o tal Litvak", acrescenta. "Está bem, Kathy. Obrigada. Eu sei que é. Tomara que seja mesmo."

Desliga. Pega na escrivaninha o globo com a miniatura do horizonte de Sitka, sacode-o e fica vendo a neve cair. Tudo o mais ela tirou do escritório, o bricabraque, as fotografias. Só o globo com neve e seus diplomas emoldurados na parede. Uma seringueira, uma figueira e uma orquídea rosada com pintinhas brancas num vaso de vidro verde. Tudo continua tão encantador quanto a parte de baixo de um ônibus. Bina está sentada em meio a essas coisas com outro terninho sóbrio, o cabelo puxado para cima e preso com extratores de grampo, elásticos e outros itens úteis da gaveta da escrivaninha.

"Ela não riu", diz Landsman. "Riu?"

"Ela não é desse tipo. Mas não. Quer mais informação. Em todo caso, eu tive a impressão de que não foi a primeira vez que ela ouviu falar em Alter Litvak. Disse que talvez valha a pena indiciá-lo se a gente conseguir encontrá-lo."

"Buchbinder. O doutor Rudolf Buchbinder. Lembra? Estava saindo do Polar-Shtern naquela noite, quando você entrou."

"O dentista lá da rua Ibn Ezra?"

"Ele me contou que ia mudar para Jerusalém. Eu achei que o cara não estava falando coisa com coisa."

"O Instituto Não-sei-das-quantas", recorda ela.

"Com M."

"Miryam."

"Moriah."

Bina liga o computador e acha o Instituto Moriah na lista de números não constantes no catálogo: rua Max Nordau, 822, sétimo andar.

"Oito dois dois", repete Landsman. "Ahn."

"Não é no seu quarteirão?" Ela disca o número que acaba de achar.

"Bem em frente", diz Landsman, meio sem jeito. "O hotel Blackpool."

"Secretária eletrônica", diz ela. Desliga com a ponta do dedo e digita quatro números. "Gelbfish falando."

Providencia para que policiais fardados e à paisana acampanem as portas e entradas do hotel Blackpool. Recoloca o fone no gancho e fica imóvel, contemplando o aparelho.

"Ok", diz Landsman. "Vamos."

Mas Bina não se mexe.

"Sabe, foi bom não ter de viver com toda a sua loucura. Não ter de aturar vinte e quatro horas de landsmania."

"Eu te invejo", diz ele.

"Hertz, Berko, a sua mãe, o seu pai. Vocês todos." Ela acrescenta em americano, "Bando de pirados de merda".

"Eu sei."

"Naomi era a única pessoa sã na família."

"Era o que ela achava de você. Só que costumava dizer 'no mundo'."

Duas batidinhas rápidas na porta. Landsman se levanta, pensando que é Berko.

"Olá", diz em americano o homem à porta. "Acho que ainda não tive o prazer."

"Quem é você?"

"*Mim* ser a sua agência funerária", diz o recém-chegado num iídiche péssimo, mas enérgico.

"O senhor Spade veio supervisionar a transição", explica Bina. "Acho que eu contei que ele estava para chegar, detetive Landsman."

"Creio que sim."

"Detetive Landsman", diz Spade, tendo a bondade de voltar a falar americano. "O famoso."

Não é do tipo golfista barrigudo que Landsman imaginava. Jovem ainda, tem cara lisa, peito e ombros largos. Veste um terno cinza de lã, camisa branca e gravata de bolinhas azuis como estática de vídeo. Seu pescoço é uma massa de cortes de navalha e tufos de barba por raspar. A proeminência de seu pomo-de-adão sugere insondáveis profundezas de seriedade e sinceridade. Traz na lapela um alfinete com forma de peixe estilizado.

"Que tal se nós nos sentarmos um momento com a sua superiora?"

"Tudo bem", concorda Landsman. "Mas eu prefiro continuar de pé."

"Fique à vontade. Mas o que o senhor acha de sairmos daqui do vão da porta?"

Landsman se põe de lado e, com um gesto, convida-o a entrar. Spade fecha a porta.

"Detetive Landsman. Eu tenho motivos para acreditar, considerando que, atualmente, o senhor está em suspensão..."

"Remunerada", completa Landsman.

"... que empreendeu uma investigação desautorizada e ilegal de um caso oficialmente considerado arquivado. Com a ajuda do detetive Berko Shemets, também desautorizado. E, especulando um pouco, bem, eu não me surpreenderia se descobrisse que a senhora também o tem ajudado, inspetora Gelbfish."

"Na verdade, ela não tem sido mais do que uma pedra no sapato", diz Landsman. "Para ser franco. Nem um pingo de ajuda."

"Eu acabo de telefonar para o escritório da APA", diz Bina.

"É mesmo?"

"Pode ser que eles assumam o caso."

"Não diga."

"Está fora da nossa jurisdição. Houve — pode ser que tenha havido — uma ameaça. Contra um alvo estrangeiro. Por parte de habitantes do distrito."

"Hum-hum!" Spade se mostra ao mesmo tempo escandalizado e satisfeito. "Uma ameaça? Fora daqui!"

Um fluido denso e frio inunda o olhar de Bina, qualquer coisa entre mercúrio e lodo. "Eu estou tentando localizar um homem chamado Alter Litvak", diz ela, um grande cansaço a se arrastar nos cantos de sua voz. "Litvak pode estar envolvido com essa ameaça ou não. Em todo caso, quero ver o que ele sabe do assassinato de Mendel Shpilman."

"Hum-hum", faz Spade amigavelmente, um pouco distraído talvez, como uma pessoa fingindo-se interessada nas minúcias da sua vida ao mesmo tempo que navega numa íntima *internet* mental. "Ok, mas, veja, acontece, minha senhora, que... Falando na qualidade de — Como é mesmo que vocês dizem? O homem da, ahn, da agência funerária que fica com o cadáver quando ele é judeu?"

"Chama-se *shomer*", diz Bina.

"Isso. Falando na qualidade de *shomer* local, eu tenho de dizer: não. O que a senhora vai fazer é deixar essa joça e o senhor Litvak em paz."

Bina espera um bom tempo antes de falar. O cansaço na voz parece se espalhar pelos seus ombros, por seu maxilar, pelas linhas de seu rosto. "O senhor está metido nisso, senhor Spade?", pergunta.

"Eu pessoalmente? Não, senhora. A equipe da transição? Hum-hum. A Comissão da Reversão do Alasca? De jeito nenhum. A verdade é que eu não sei muita coisa dessa história. E o que sei, não tenho liberdade de contar. Sou da administração de verbas, inspetora. É isso que eu faço. E devo dizer, com o devido respeito, que a senhora já desperdiçou verba demais nessa questão."

"É a minha verba, senhor Spade", diz Bina. "Nos próximos dois meses, eu posso falar com as testemunhas que quiser. Posso prender quem eu quiser."

"Não se a APA mandá-la sair fora."

O telefone toca.

"Só pode ser a APA", diz Landsman.

Bina atende. "Alô, Kathy." Passa um minuto escutando, balançando a cabeça, sem nada dizer. Então diz "entendo", e desliga o telefone. Sua voz está calma e isenta de emoção. Com um sorriso tenso, baixa a cabeça humildemente, como se estivesse totalmente vencida. Landsman percebe que ela faz o possível para não lhe dirigir o olhar, pois, se o fizer, arrisca desmoronar. E ele sabe o quanto Bina Gelbfish precisa estar injuriada para chegar às lágrimas.

"E eu que tinha arrumado tudo tão direitinho", diz ela.

"E este lugar aqui, eu vou te contar", diz Landsman. "Antes de você chegar, era um caos."

"Eu ia entregar tudo isso ao senhor", diz ela a Spade. "Tudo empacotado. Sem migalhas. Sem fios soltos."

Bina trabalhou com tanto cuidado, acumulou créditos, lambeu as bundas que precisavam ser lambidas. Varreu os estábulos. Amarrou a Delegacia Central de Sitka e se prendeu em cima feito um laço decorativo.

"Eu me livrei até do sofá estragado", diz. "Que diabo está acontecendo aqui, Spade?"

"Sinceramente, eu não sei. E, mesmo que soubesse, diria que não sei."

"O senhor tem ordem de facilitar as coisas do lado de cá."

"Sim, senhora."

"Sendo que o lado de lá é a Palestina."

"Não sei quase nada da Palestina", diz Spade. "Sou de Lubbock. Mas a minha mulher é de Nacogdoches, que fica a uns sessenta quilômetros da Palestina."

Bina se mostra confusa por um momento, mas logo a compreensão parece lhe corar as bochechas como a raiva. "Não me venha com piada", diz. "Não se atreva."

"Não, senhora", diz Spade, e é a sua vez de corar um pouco.

"Eu levo o meu trabalho muito a sério, *senhor* Spade. E é melhor, vou lhe dizer uma coisa, é melhor o senhor me levar muito a sério, porra."

"Sim, senhora."

Bina se levanta da escrivaninha e tira do cabide a parca alaranjada. "Eu vou buscar Alter Litvak. Interrogá-lo. Possivelmente prendê-lo. Se quiser me impedir, tente." Com a parca a ruflar, esbarra em Spade ao passar; este é tomado de surpresa pelo movimento. "Mas, se o senhor tentar me impedir, as coisas não vão ficar nada fáceis do seu lado. Palavra que não."

E sai por um segundo. Pouco depois, torna a enfiar a cabeça na porta, vestindo o deslumbrante casaco alaranjado.

"Ei, *yid*", diz a Landsman. "Um pouco de ajuda não me faria mal."

"Deus seja louvado", diz Landsman.

38.

O Instituto Moriah é o único ocupante do sétimo e último andar do hotel Blackpool. As paredes do corredor ostentam pintura nova, e um imaculado carpete malva forra o piso. No fundo, numa placa de latão ao lado da porta do quarto 707, pequenos caracteres pretos soletram o nome do instituto em americano e iídiche e, abaixo, em caracteres romanos: CENTRO SOL E DOROTHY ZIEGLER. Bina toca a campainha. Erguendo a vista, olha para uma câmera de segurança que olha para eles.

"Você não esqueceu o combinado", diz ela. Não é uma pergunta.

"Eu fico de bico calado."

"Essa é só uma pequena parte dele."

"Eu não estou aqui. Nem existir eu existo."

Bina toca novamente, e, bem no momento que ergue a mão para bater na porta, eis que Buchbinder a abre. Está com outro enorme abrigo de moletom cor de centáurea-azul com manchas verde-claras e salmão, uma calça larga de algodão e uma camiseta da Universidade Bronfman. Traz a cara e as mãos sujas de tinta ou graxa.

"Inspetora Gelbfish", apresenta-se Bina, mostrando-lhe as credenciais. "Delegacia Central de Sitka. Estou à procura de Alter Litvak. Tenho motivos para acreditar que ele está aqui."

Em geral, os dentistas não são lá muito propensos a ardilezas. Buchbinder ruboriza notoriamente, sem dissimulação: estava à espera deles.

"É muito tarde", arrisca. "A não ser que a senhora..."

"Alter Litvak, doutor Buchbinder. Ele está?"

Landsman chega a ver Buchbinder lutar com a mecânica e as trajetórias, com a tesoura de vento da mentira.

"Não. Não está."

"O senhor sabe onde ele se encontra?"

"Não. Não, inspetora, eu não sei."

"Hum-hum. Ok. Alguma possibilidade de que o senhor esteja mentindo para mim, doutor Buchbinder?"

Uma pausa breve, densa. Então ele bate a porta na cara dos dois. Bina esmurra-a com força, seu punho é a cabeça e o bico implacáveis de um pica-pau. Instantes depois, Buchbinder torna a abri-la, enfiando o Shoyfer no bolso do abrigo de moletom. Balança a cabeça; as bochechas, a mandíbula e o brilho de seu olho, tudo arranjado para surtir o efeito simpatia. Alguém deve ter escorrido um pouco de ferro fundido por sua espinha.

"Entrem, por favor", convida. "O senhor Litvak vai recebê-los. Está lá em cima."

"Este não é o último andar?", pergunta Bina.

"Há uma cobertura."

"Onde já se viu pulgueiro ter cobertura?", diz Landsman. Bina o fulmina com o olhar. Ele deve ser invisível, inaudível, um fantasma.

Buchbinder baixa a voz: "Era para o zelador, acho. Mas eu o reformei. Por aqui, por favor, a escada fica no fundo".

As paredes internas foram derrubadas, e Buchbinder os conduz pela galeria do Centro Ziegler. É um espaço frio, escuro, todo pintado de branco, bem diferente da antiga papelaria da rua Ibn Ezra. A luz emerge de uma grade de cubos de vidro ou acrílico colocados no alto dos pedestais acarpetados. Cada cubo expõe seu objeto, uma pá de prata, uma tigela de cobre, uma vestimenta inexplicável, digna de ser usada pelo embaixador Zorvoldian num melodrama de ficção científica. Deve haver mais de cem objetos expostos, muitos de ouro ou pedras preciosas. Cada qual proclama o nome do judeu americano cuja generosidade possibilitou sua construção.

"Você subiu na vida", diz Landsman.

"Pois é, que maravilha, não?", sorri Buchbinder. "Um verdadeiro milagre."

No outro lado do cômodo, uma dúzia de caixotes enfileirados derrama exuberantes e espiraladas aparas de pinho. Uma delicada alça de prata assoma na serragem, com engastes em ouro. No centro da sala, numa mesa baixa e larga, a maquete de uma colina nua, sulcada de pedras, absorve a luz de uma dezena de lâmpadas halógenas. O cimo, onde Isaac ficou esperando que o pai lhe arrancasse do corpo o músculo da vida, é tão plano quanto um jogo americano estendido numa mesa. Em seus flancos, casas de pedra, ruelas de pedra, pequenos ciprestes e oliveiras com penugenta folhagem. Judeuzinhos minúsculos, envoltos em minúsculos *talits* contemplam o vazio no alto do morro, como para ilustrar ou modelar o princípio, pensa Landsman, de que todo judeu tem um Messias pessoal que não chega nunca.

"Cadê o templo?", pergunta Bina, aparentemente sem querer.

Buchbinder deixa escapar um esquisito grunhido, ao mesmo tempo animal e satisfeito. Então, com a ponta do chinelo, aperta um botão no chão. Ouve-se um leve clique e o zumbido de uma ventoinha. A seguir, representado em escala reduzida, eis que o templo erigido por Salomão, destruído pelos babilônios, reconstruído, restaurado pelo mesmo rei da Judéia que condenou Cristo à morte, destruído pelos romanos, arrasado para dar lugar a outra construção erguida pelos abássidas, torna a ocupar o seu devido lugar no umbigo do mundo. A tecnologia que gera a imagem confere ao modelo uma radiância miraculosa. Ele tremula qual uma *fata morgana*. No *design*, o terceiro templo proposto é uma contida ostentação do poder da alvenaria, cubos, pilares e amplas praças. Cá e lá, um monstro sumério esculpido empresta um toque de barbarismo. Esse é o papel que Deus largou na mão dos judeus, pensa Landsman, a promessa que vimos exigindo Dele desde então. A torre que aguarda o rei na derradeira jogada do mundo.

"Só falta o trenzinho elétrico", diz Landsman.

No fundo do espaço, há uma escada estreita, sem corrimão de um lado e rente à parede do outro. Dá numa porta de aço esmaltada de preto. Buchbinder bate de leve.

O rapaz que a abre é um dos sobrinhos-netos do Einstein, o motorista do Caudillo, o garoto ianque gorducho, de ombros largos e nuca rosada.

"Creio que o senhor Litvak está à minha espera", diz Bina jovialmente. "Eu sou a inspetora Gelbfish."

"A senhora tem cinco minutos", diz o rapaz num iídiche funcional. Não tem mais que vinte anos. Tem o olho esquerdo estrábico e mais espinhas do que barba nas bochechas de bebê. "O senhor Litvak é um homem ocupadíssimo."

"E quem é você?"

"Pode me chamar de Micky."

Ela avança diretamente contra ele, apontando o queixo para a carne de sua garganta. "Micky, eu sei que você vai me achar uma pessoa malvada por causa disso, mas acontece que eu estou pouco me lixando para os afazeres do senhor Litvak. Vou falar com ele o tempo que me der na telha. Agora me leve até ele, meu bem, do contrário você é que vai passar um tempão coçando o saco."

Micky endereça a Landsman um olhar que parece dizer: *Que megera*. Landsman finge não entender.

"Com licença, por favor", diz Buchbinder, fazendo uma mesura para cada um. "Eu tenho muito que fazer."

"Vai a algum lugar, doutor?", pergunta Landsman.

"Isso eu já lhe disse", responde o dentista. "Talvez fosse conveniente você anotar as coisas por escrito."

A cobertura do hotel Blackpool nada tem de especial. Uma suíte de dois cômodos. No primeiro, há um sofá-cama, um bar com pia, um frigobar, uma poltrona e sete rapazes de terno escuro e cabelo mal cortado. A cama está arrumada, mas pelo cheiro se percebe que ali dormiram vários jovens, talvez sete. Uma fronha desponta debaixo da almofada como uma barra de camisa saindo pela braguilha.

Os rapazes estão assistindo a um noticiário via satélite num televisor enorme. Na tela, o primeiro-ministro da Manchúria aperta a mão de cinco astronautas manchurianos. A caixa em que o televisor chegou está no chão ao lado de seu antigo conteúdo. Garrafas de refrigerante energético e saquinhos de semente de girassol na mesa de centro, espalhados entre montes de cascas de semente de girassol. Landsman detecta três armas automáticas, duas enfiadas em cinturas, uma numa meia. Talvez a ponta da quarta sob a coxa de um deles. Ninguém se alegra ao ver os policiais. Aliás, os rapazes se mostram emburrados, nervosos. Ansiosos por estar em qualquer outro lugar que não lá.

"Quero ver o mandado." É Gold, o pilantra mexicano de Peril Strait. Levanta-se do sofá e se aproxima. Ao reconhecer Landsman, ergue ao máximo uma sobrancelha única. "Senhora, esse cara não tem direito de entrar aqui. Manda ele embora."

"Calma", diz Bina. "Qual é o seu nome?"

"Esse aí é Gold", diz Landsman.

"Ah, sim. Gold, veja a situação. Vocês são um, dois, três, sete. Nós somos só dois."

"Aliás, eu nem estou aqui", diz Landsman. "É imaginação sua."

"Eu vim falar com Alter Litvak, meu bem, e para isso não preciso de um pedaço de papel. Mesmo que quisesse prendê-lo, o mandado eu podia providenciar depois." Endereça-lhe um sorriso triunfante, um tanto desbotado. "Palavra."

Gold titubeia. Começa a consultar os companheiros para ver o que acham que ele deve fazer, mas um aspecto qualquer desse processo, ou da vida em geral, parece-lhe absurdo. Ele vai até a porta do quarto e bate. Lá dentro, um conjunto de gaitas de fole furadas solta um frágil chiado.

O quarto é tão espartano e arrumado quanto a cabana de Hertz Shemets, com tabuleiro de xadrez e tudo. Sem televisão. Sem rádio. Só uma cadeira, uma prateleira e uma cama-de-vento no canto. A persiana de aço, que chega até o chão, matraqueia ao sabor das rajadas do golfo. Litvak está sentado na cama, os joelhos unidos, um livro aberto no colo, tomando uma espécie de *milk-shake* nutricional enlatado com um canudinho flexível. Quando Bina e Landsman entram, ele pousa a lata na prateleira ao lado do bloco de papel. Marca o livro com uma fita e o fecha. Landsman pode ver que se trata de uma antiga edição em capa dura de Tarrasch, possivelmente *Trezentas partidas de xadrez*. Então Litvak ergue a vista. Seus olhos são duas moedinhas baças. O rosto é um conjunto de ângulos e depressões, uma anotação no couro amarelado do crânio. Ele aguarda como se os dois lá estivessem para lhe mostrar um truque de baralho, sua complicada expressão avoenga parece pronta para se mostrar decepcionada ou fingir-se divertida.

"Eu sou Bina Gelbfish. Meyer Landsman o senhor já conhece."

Eu também conheço você, dizem os olhos do velho.

"O *reb* Litvak não fala", explica Gold. "Aleijão na laringe."

"Entendo." Bina avalia a devastação operada pelo tempo, o ferimento e a física no homem com o qual, dezessete, dezoito anos atrás, ela dançou rumba no casamento de Shegra Sheynnfeld, o primo de Landsman. Deixa de lado seus modos bruscos de *shammes* de saia, mas não os abandona completamente. Nunca os abandona. Coloca-os no coldre, digamos, sem trava de segurança, a mão a flexionar os dedos, apoiada no quadril. "Senhor Litvak, o detetive aqui presente me contou coisas bem esquisitas a seu respeito."

Litvak pega o bloco de papel sobre o qual repousa o ebúrneo charuto de sua Waterman. Abre-o com os dedos de uma mão, apóia-o no joelho, estudando Bina tal como estudava o tabuleiro de xadrez no Clube Einstein, procurando sua abertura, vendo vinte possibilidades, eliminando dezenove. Tira a tampa da caneta. Está na última página. Escreve.

Você não liga para coisas esquisitas

"Não, senhor, não ligo. Está certo. Eu estou na polícia há muitos anos e posso contar nos dedos de uma mão o número de vezes em que as coisas esquisitas que me contam sobre o que aconteceu num caso acabam sendo úteis ou verdadeiras."

Estratégia difícil — preferir explicações simples num mundo cheio de judeus

"Concordo."

Então deve ser duro ser uma policial judia

"Eu gosto", diz Bina simplesmente, com sentimento. "Vou ficar com saudade quando acabar."

Litvak dá de ombros como a sugerir que gostaria de se solidarizar se pudesse. Seus olhos duros, de úmidas bordas vermelhas, resvalam para a porta e, arqueando uma sobrancelha, ele formula uma pergunta a Gold. Este sacode a cabeça. E volta a assistir à televisão.

"Eu sei que não é fácil", diz Bina. "Mas que tal o senhor contar o que sabe de Mendel Shpilman, senhor Litvak?"

"E de Naomi Landsman", acrescenta Landsman.

Se você pensa que eu matei Mendel, está mais desinformada do que ele

"Eu não penso nada", diz Bina.

Sorte sua

"É um dom que eu tenho."

Litvak consulta o relógio e emite um som quebrado que Landsman toma por um suspiro paciente. Estala os dedos e, quando Gold se volta, acena com o bloco de papel totalmente repleto. Gold vai para a sala contígua e volta com um bloco novo. Atravessa o quarto e o entrega a Litvak, com um olhar que propõe dispensar ou liquidar os visitantes incômodos mediante um de seus vários métodos interessantes. Litvak o enxota com um gesto, mandando-o sair porta afora. Então escorrega na cama e dá uma palmada no espaço vago ao seu lado. Bina abre o zíper da parca e se senta. Landsman puxa a cadeira Thonet. Litvak abre o bloco de papel na primeira página.

Todo Messias fracassa, escreve, *no momento em que tenta redimir a si mesmo*

39.

Eles tinham piloto particular, um bom piloto veterano de Cuba chamado Frum, que fazia o trajeto de Sitka. Frum tinha servido sob o comando de Litvak em Matanzas e na sangrenta queda de Santiago. Era ao mesmo tempo fiel e inteiramente desprovido de fé, uma combinação de características muito apreciada por Litvak, que se via obrigado a lutar por todos os lados com a traição às vezes voluntária dos crentes. O piloto Frum só acreditava no que dizia o seu painel de instrumentos. Era sóbrio, meticuloso, competente, sereno, valente. Quando do transporte de um grupo de recrutas a Peril Strait, os garotos saíam do avião de Frum com uma idéia clara do tipo de soldado que queriam ser.

Mandem Frum, escreveu Litvak quando eles receberam do encarregado do caso, o sr. Cashdollar, a notícia de um nascimento miraculoso em Oregon. Frum partiu numa terça-feira. Na quarta — como, diriam os religiosos, podia ser mera casualidade? — Mendel Shpilman irrompeu no quarto dos milagres de Buchbinder, no sétimo andar do hotel Blackpool, dizendo-se disposto a dar sua última bênção e a dá-la a si mesmo. No momento, o piloto Frum se achava a mil e seiscentos quilômetros dali, numa fazenda da região de Corvallis, onde Fligler e Cashdollar, recém-chegados de Washington, estavam tendo problemas para entrar em acordo com o criador do mágico animal ruivo.

Naturalmente, havia outros pilotos disponíveis para levar Shpilman a Peril Strait, mas era gente de fora ou jovens devotos. Em gente de fora nunca se podia confiar, e Litvak receava que Shpilman decepcionasse um rapazinho crente e acabasse dando trela às más línguas. Shpilman estava muito debilitado, segundo o dr. Buchbinder. Mostrava-se agitado e ranzinza, ou sonolento e esmorecido, e pesava apenas cinqüenta e cinco quilos. Definitivamente, não tinha lá muita coisa de Tzaddik Ha-Dor.

Assim, tão em cima da hora, Litvak só se lembrou de uma pessoa em quem depositar as esperanças, aliás, uma figura extremamente ímpia, se bem que discreta, confiável, com a qual ele tinha uma antiga ligação. Primeiro tentou arredar esse nome do pensamento, mas o danado insistia em voltar. Litvak temia tornar a perder Shpilman se vacilassem; o *yid* já tinha quebrado duas vezes a promessa de fazer tratamento com Roboy em Peril Strait. De modo que mandou localizar essa pessoa sem fé e fidedigna para lhe prestar serviço de piloto. Ela aceitou, por mil dólares a mais do que o velho pretendia pagar.

"Uma *mulher*", disse o médico, movendo a torre da rainha, lance que aparentemente não lhe dava nenhuma vantagem visível. Aos olhos cautelosos de Litvak, o dr. Roboy tinha o vício comum a todos os religiosos: era pura estratégia e nada de tática. Inclinava-se a mover as peças por mover, excessivamente concentrado no objetivo para se importar com a seqüência intermédia. "Aqui. Neste lugar."

Estavam no escritório do segundo andar do prédio principal, com vista do estreito, da caótica aldeia índia com suas redes e absurdas passarelas, do braço estendido do novíssimo atracadouro de hidroaviões. Era o escritório de Roboy, com uma escrivaninha no canto para quando Moish Fligler andasse por lá e pudesse ser mantido atrás dela. Alter Litvak preferia abrir mão do luxo de uma escrivaninha, de um escritório, de um lar. Dormia em quartos de hóspedes, em garagens, num sofá qualquer. Sua escrivaninha era a mesa da cozinha; seu escritório, o campo de treinamento, o Clube de Xadrez Einstein, a sala do fundo do Instituto Moriah.

Neste lugar, nós temos homens que são menos machos, escreveu Litvak no bloco de papel, *eu devia tê-la contratado há muito tempo*

Impôs uma troca de bispos, abrindo uma súbita brecha no centro das brancas. Viu que poderia dar mate em quatro jogadas. A perspectiva de vitória era enfadonha. Ele se perguntou se alguma vez na vida gostara do jogo de xadrez. Pegou a caneta e rabiscou um insulto, muito embora, depois de quase cinco anos, soubesse que era impossível irritar Roboy.

Se a gente tivesse cem iguais a ela, agora eu estaria te dando xeque-mate num terraço com vista do monte das Oliveiras.

"Hum", fez o dr. Roboy pegando um peão, observando a cara de Litvak que observava o céu.

O dr. Roboy estava de costas para a janela, um escuro parêntese a envolver o tabuleiro, seu rosto comprido, saliente, flácido com o esforço de pensar no negror do seu futuro enxadrístico imediato. Atrás dele, o céu ocidental era todo geléia e fumaça. Os montes enrugados, dobras verdes que pareciam pretas, e dobras encarnadas que pareciam pretas, e luminosas fissuras azuis de alvíssima neve. Mais a sudoeste, a lua cheia aparecera cedo, nítida e cinzenta como um retrato dela própria de alta definição, em preto-e-branco, grudado no céu.

"Toda vez que você olha pela janela", disse Roboy, "eu penso que eles estão chegando. Prefiro que pare. Isso me deixa nervoso." Tombou seu rei, afastou-se do tabuleiro e, articulação por articulação, foi estralando o corpo enorme de louva-a-deus. "Não dá mais para jogar, desculpe. Você ganhou. Eu estou muito ansioso."

Começou a caminhar de um lado para outro no escritório.

Não sei por que você está tão preocupado, o seu trabalho é fácil

"Fácil?"

Ele tem de redimir Israel, você só precisa redimi-lo

Roboy parou e se virou para encarar Litvak, que acabava de soltar a caneta e começava a guardar as peças no estojo de bordo.

"Trezentos rapazes estão dispostos a morrer por ele", disse com azedume. "Trinta mil verbôveres vão arriscar a vida e a fortuna por esse homem. Abandonando o lar, expondo a família ao perigo. Se outros aderirem, então estaremos falando em milhões. Ainda bem que você consegue fazer piada disso. Ainda bem que não te dá nervosismo olhar para o céu, por essa janela, e ver que ele finalmente está chegando."

Litvak parou de guardar as peças e tornou a olhar pela janela. Mergulhões, gaivotas, uma dezena de imaginosas variações do marreco básico, sem nome em iídiche. De uma hora para outra, qualquer um deles, as asas estendidas no crepúsculo, podia ser tomado por um Piper Super Cub que se avizinhava, chegando em vôo raso do sudoeste. Litvak também estava ficando nervoso de olhar para o céu. Mas aquela, por definição, não era uma empresa que atraísse homens com talento para esperar.

Só espero que ele seja o Tz H-D espero mesmo

"Não, é mentira", disparou Roboy. "Você não dá a mínima. Está metido nisso só pelo risco. Pelo jogo."

Depois do acidente que arrebatou a consorte e a voz de Litvak, foi o dr. Rudolf Buchbinder, o dentista maluco da rua Ibn Ezra, que lhe reconstruiu o maxilar, restaurou-lhe os ossos da face e os dentes com acrílico e titânio. E, quando Litvak ficou viciado em analgésico, o dentista lhe providenciou tratamento com um velho amigo, o dr. Max Roboy. Anos depois, quando Cashdollar pediu ajuda ao seu homem em Sitka, cumprindo a divinamente inspirada missão do presidente dos Estados Unidos, Litvak logo pensou em Buchbinder e Roboy.

Custou-lhe muito mais — sem falar em cada grama de *chutzpah* que ainda restava a Litvak — incluir Heskel Shpilman no plano. Um sem-fim de *pilpul* e disputas por intermédio de Baronshteyn. Obstinada resistência dos carreiristas da Justiça, que — cobertos de razão — viam em Shpilman e Litvak um chefe de gangue e um sicário. Por fim, depois de meses e meses de alarmes falsos e cancelamentos, uma reunião com o balofo nos Banhos da avenida Ringelblum.

Numa manhã de terça-feira, a neve a cair retorcidamente em aguadas espirais, uma camada nova de dez centímetros no chão. Nova demais, cedo demais para que o serviço municipal viesse removê-la. Na esquina da Ringelblum com a Glatshteyn, um vendedor de castanha, neve no guarda-chuva vermelho, chiado e trêmula incandescência no tabuleiro, os sulcos paralelos das rodas do carrinho a emoldurar a lama de suas pegadas na neve. Tudo tão quieto que se podia ouvir o barulho do mecanismo da caixa do semáforo e a vibração do *pager* na cintura do capanga à porta. Uma dupla de capangas, os enormes ursos ruivos incumbidos de guardar as costas do *rebbe* verbôver.

Quando os gorilas Rudashevsky conduziram Litvak porta adentro, subindo a escada de cimento com degraus de vinil e pelo socavão de um corredor que dava na entrada dos banhos, os punhos de suas caras continham um mínimo de luz. Atrocidade, pena, o olhar de um malfeitor, de um torturador, de um sacerdote preparando-se para revelar o deus canibal. O provecto caixa russo em sua gaiola de aço e o atendente corpulento em seu *bunker* de brancas toalhas dobradas eram *yids* sem olhos, ouvira Litvak. Conservavam a cabeça baixa, cegados pelo medo e a discrição. Achavam-se em qualquer outro lugar, tomando café no Polar-Shtern ou ainda em casa, na cama com a esposa. Os banhos nem estavam abertos para o público àquela hora. Não havia ninguém, absolutamente ninguém, e o atendente que empurrou o surrado par de toalhas pelo balcão, para Litvak, era um fantasma entregando o sudário a um morto.

Litvak se despiu e pendurou a roupa em dois ganchos de aço. Sentiu cheiro de água do mar, de cloro, de sovaco, e um maduro vapor salino que, pensando bem, podia vir da fábrica de conserva no térreo. Desnudar-se estava longe de fragilizá-lo, se é que era essa a intenção velada. Suas numerosas cicatrizes, algumas horríveis, em geral surtiam efeito. Ele ouviu o longo assobio de um dos Rudashevsky encarregados do vestiário. O corpo de Litvak era um pergaminho escrito pela dor e a violência, no qual os dois só podiam esperar fazer a mais nua e crua exegese. Litvak tirou o bloco de papel do bolso lateral do paletó pendurado no gancho.

Gostam do que estão vendo?

Os Rudashevsky não foram unânimes na resposta. Um fez que sim; o outro, que não. Trocaram de reação, para a insatisfação dos dois. Então desistiram e o levaram pela embaçada porta de vidro à sala de vapor para o confronto com o corpo que eles tanto protegiam.

Aquele corpo, seu horror e seu esplendor, nu feito um gigantesco globo ocular injetado e desorbitado, Litvak só o tinha visto uma vez, anos antes, com um chapéu Fedora na cabeça e firmemente enrolado, qual um charuto Pinar del Río, num austero sobretudo preto que lhe roçava o bico das finíssimas botas pretas. Eis que agora ele emergia, ponderoso, do vapor, uma laje calcária molhada e recoberta por um negro líquen de pêlos.

Litvak sentiu-se como um avião que, cegado pela neblina, fosse arremessado pelo vento contra a surpresa de um morro. A barriga grávida de elefantes trigêmeos, os peitos pejados e caídos, cada qual guarnecido de uma rosada lentilha mamilar. As coxas, grandes e marmorados filões de *halvah* sovados à mão. Perdido na sombra entre elas, um grosso cordão umbilical de carne cinza-amarronzada.

Litvak assentou a vulnerável armação de seu arcabouço na grade de tijolos quentes em frente ao rabino. Na ocasião em que passou por Shpilman na rua, os olhos do homem se ocultavam na sombra projetada pelo relógio de sol da aba do chapéu. Agora estavam fitos em Litvak e em seu depredado corpo. Uns olhos simpáticos, pensou Litvak, ou então bem treinados pelo dono no uso da simpatia. Liam-lhe as cicatrizes, a boca rubra e encarquilhada no ombro direito, os talhos de veludo vermelho no quadril, o buraco na coxa esquerda, fundo o suficiente para conter meia dose de gim. Transmitiam solidariedade, consideração, gratidão até. A guerra de Cuba tinha ficado notória pela futilidade, a brutalidade e a destruição. Seus veteranos foram enjeitados ao retornar. Ninguém lhes ofereceu perdão, compreensão, uma chance de cura. Pois Heskel Shpilman estava oferecendo as três coisas a Litvak e à sua pele.

"A natureza da sua deficiência", disse o *rebbe*, "me foi explicada juntamente com a substância da sua proposta." Aquela voz donzelesca, abafada pelo vapor e os azulejos de porcelana, parecia emergir de outro lugar que não o peito de bumbo. "Vejo que você trouxe o bloco de papel e a caneta, a despeito das minhas instruções terminantes para que não trouxesse absolutamente nada."

Litvak mostrou os itens proibidos, úmidos de vapor. Chegou a sentir a urdidura e as pregas das páginas do bloco.

"Não vai precisar disso." Os pássaros das mãos de Shpilman se empoleiraram no rochedo da pança, e ele fechou os olhos, privando Litvak de sua simpatia real ou simulada, deixando-o cozinhar no vapor. Litvak sempre detestou o *shvitz*. Mas aquela instalação do velho Harkavy, secular e esquálida, era o único lugar em que o *rebbe* verbôver se dispunha a tratar de negócios privados fora de sua corte, longe de seu *gabay*, de seu mundo. "Eu não pretendo cobrar de você nenhuma outra reação ou indagação."

Litvak fez que sim, disposto a agüentar o tranco. O bom senso lhe dizia que Shpilman não se daria ao trabalho de convocá-lo àquele encontro nudista e unilateral simplesmente para enjeitá-lo. Mas sentia nas entranhas que aquela diligência estava condenada, que Shpilman o chamara à avenida Ringelblum para fulminar a recusa em toda a elefantina autoridade de sua pessoa.

"Fique sabendo, senhor Litvak, que eu estudei a proposta com muita consideração. Procurei acompanhar a sua lógica por todos os ângulos.

"Comecemos pelos nossos amigos sulistas. Se fosse meramente o caso de quererem alguma coisa, um item ou recurso tangível... petróleo, por exemplo. Ou se os instigasse um interesse mais puramente estratégico referente à Rússia ou à Pérsia. Num ou noutro caso, é claro que eles não precisam de nós. Por difícil que seja a conquista da Terra Santa, a nossa presença física, a nossa disposição para a luta, as nossas armas não fazem muita diferença em seu plano de batalha. Eu estudei as suas declarações de apoio à causa judaica na Palestina e a sua teologia e, na medida do possível, com base nos relatórios do rabino Baronshteyn, tentei formar um juízo acerca dos góis e de suas intenções. E só posso concluir que eles são sinceros quando afirmam desejar a restauração da soberania judaica em Jerusalém. Seu raciocínio, as ditas profecias e sentenças apócrifas cuja suposta autoridade alicerça esse desejo, talvez tudo isso me pareça risível. Abominável até. Eu me compadeço dos góis por sua crença pueril no retorno iminente de alguém que, em primeiro lugar, nunca partiu, muito menos chegou. Mas tenho certeza de que eles, por sua vez, se compadecem de nós com o nosso Messias tão tardio. Como fundamento de uma parceria, não se deve desprezar a comiseração mútua.

"Quanto ao seu ângulo nesta questão, é fácil, não? O senhor é um soldado de aluguel. Gosta do desafio e da responsabilidade do generalato. Isso eu entendo. Sim, entendo. O senhor gosta de lutar e gosta de matar, contanto que os mortos não sejam os seus homens. E, atrevo-me a dizer, depois de passar tantos anos com Shemets — e agora por conta própria —, o senhor tem o velho hábito de parecer agradar os americanos.

"Para os verbôveres, o risco é muito grande. Toda a nossa comunidade pode se perder nessa aventura. Varrida do mapa em questão de dias se as suas tropas estiverem mal preparadas ou simplesmente em desvantagem numérica, coisa que não é improvável. Mas, se nós ficarmos aqui, bem, também seremos liquidados. Espalhados pelo vento. Isso os nossos amigos sulistas deixaram bem claro. Eis o 'castigo'. A reversão é o fogo no fundilho, compreende? Uma Jerusalém restaurada seria o balde de água fria. Alguns dos nossos rapazes são favoráveis a opor resistência aqui mesmo, desafiando-os a nos desalojarem. Mas isso é loucura.

"Por outro lado, se nós entrarmos num acordo e vocês forem bem-sucedidos, teremos recuperado um tesouro de valor tão inestimável — refiro-me a Sião, é claro — que basta pensar nisso para que em minha alma se abra uma janela há muito tempo cerrada. Tenho de fechar os olhos para não ficar ofuscado."

Ele levou o dorso da mão esquerda aos olhos. A fina aliança se cravava em seu dedo como a cunha de um machado perdida na carne de uma árvore. Litvak sentiu um latejar na garganta, um polegar a tanger repetidamente a corda mais baixa de uma harpa. Vertigem. Uma sensação de balonismo nos pés e nos braços. Deve ser o calor, pensou. Então inspirou tímidos sopros de ar gostosamente quente.

"Eu estou deslumbrado com essa visão", disse o *rebbe*. "Talvez, à minha maneira, tão ofuscado quanto os evangélicos. Tão precioso é o tesouro. Tão incalculavelmente doce."

Não. Não eram só o calor e o cheiro forte do *shvitz* que faziam o pulso de Litvak zangarrear e sua cabeça girar. Ele teve certeza da sabedoria de suas entranhas: Shpilman estava prestes a recusar a proposta. Mas, à medida que a probabilidade se avizinhava, uma nova possibilidade começava a estonteá-lo, a percorrê-lo todo. Era a emoção de um lance ousadíssimo.

"Mas isso não basta", ia dizendo o *rebbe*. "Eu anseio pelo Messias como não anseio por nada neste mundo." Levantou-se, e sua barriga escorreu pelos quadris e a virilha como leite fervente a transbordar da panela. "Mas tenho medo. Tenho medo do fracasso. Tenho medo do potencial de muita perda de vidas entre os meus *yids* e da destruição total de tudo quanto nós construímos nos últimos sessenta anos. Sobraram onze verbôveres no fim da guerra, Litvak. *Onze*. Eu prometi ao pai da minha mulher, no leito de morte, não deixar que semelhante destruição voltasse a nos suceder.

"E, enfim, sinceramente, receio que isso tudo não passe de uma empreitada de louco. Há numerosos e persuasivos ensinamentos contrários a agir, seja lá como for, para apressar o advento do Messias. Jeremias o condena. Assim como os Juramentos de Salomão. Sim, claro, eu quero ver os meus *yids* assentados numa nova terra com o apoio financeiro dos Estados Unidos, ofertas de assistência e de acesso a todos os novos mercados inimaginavelmente vastos que o seu sucesso nessa operação criaria. E quero o Messias tanto quanto quero mergulhar, depois deste calor, nas águas frias e escuras do *mikvah* na sala ao lado. Mas, Deus me perdoe estas palavras, eu tenho medo. Tanto medo que nem mesmo o gosto do Messias nos lábios me é suficiente. E isso você pode contar lá em Washington. Conte que o *rebbe* verbôver estava com medo." A idéia do medo parecia quase arrebatá-lo pela novidade, como um adolescente pensando na morte ou uma prostituta sonhando a possibilidade de um amor imaculado. "O quê?"

Litvak ergueu o índice direito. Tinha uma coisa, mais uma coisa a oferecer ao *rebbe*. Uma nova cláusula no contrato. Não sabia como entregar tal coisa nem se era possível entregá-la. Mas, quando o *rebbe* se preparava para dar as costas maciças para Jerusalém e para o complicado gigantismo do trato que Litvak passara meses arquitetando, ele sentiu aquilo brotar dentro de si qual uma maestria enxadrística, anotada com dois pontos de exclamação. Apressou-se a abrir o bloco de papel. Rabiscou duas palavras na primeira folha em branco, mas com a pressa e o pavor, calcou a caneta com força excessiva e acabou rasgando o papel úmido

"O que é isso?", perguntou Shpilman. "Tem mais alguma coisa a oferecer?"

Litvak balançou a cabeça, uma vez, duas vezes.

"Algo além de Sião? Do Messias? Uma terra, uma fortuna?"

Litvak se levantou e avançou no ladrilho até se colocar bem ao lado do *rebbe*. Homens nus a ostentarem a história de seu corpo arruinado. Cada qual, à sua maneira, desolado, só. Litvak estendeu a mão e, com a força e a inspiração daquela solidão e com a ponta do dedo, escreveu duas palavras no vapor condensado no branco quadrilátero de um azulejo.

O *rebbe* as leu e ergueu a vista, e elas ressudaram uma vez mais e desapareceram.

"O meu filho", disse o *rebbe*.

É mais do que um jogo, escreveu Litvak no escritório de Peril Strait, quando ele e Roboy estavam aguardando a chegada daquele filho desgarrado e irremissível. *Eu preferia lutar para ganhar um prêmio, por duvidoso que fosse, a esperar para ver com que migalhas iam me alimentar.*

"Presumo que há um credo nisso aí", disse Roboy. "Talvez ainda haja esperança para você."

Em troca de lhes fornecer mão-de-obra, um Messias e financiamento muito além de qualquer sonho, a única coisa que Litvak pediu aos parceiros, clientes, empregados e sócios naquela empreitada foi que não esperassem que ele acreditasse no absurdo em que eles acreditavam. Ali onde os outros enxergavam o fruto dos desígnios divinos numa novilha ruiva recém-nascida, Litvak só via o produto de um milhão de dólares do contribuinte furtivamente gasto em sêmen de touro e fertilização *in vitro*. Na queima daquela vaquinha vermelha, eles viam a purificação de todo Israel e o cumprimento de uma promessa milenar; Litvak via, quando muito, um lance necessário num jogo antiqüíssimo: a sobrevivência dos judeus.

Oh eu não iria tão longe

Ouviu-se uma batida na porta, e Micky Vayner enfiou a cabeça pela fresta.

"Eu vim lembrar o senhor", disse em seu bom hebraico americano.

Litvak ficou com o olhar perdido na cara cor-de-rosa de pálpebras esfoladas e no queixo gordo de bebê.

"Cinco minutos antes do anoitecer. O senhor me pediu para lembrar."

Litvak foi até a janela. O céu estava raiado do rosado, do verde e do cinzento luminoso da pele do salmão. Sem dúvida alguma, viu uma estrela ou planeta lá no alto. Agradeceu a Micky Vayner com um aceno. Então cerrou o estojo de peças de xadrez e prendeu o fecho.

“O que é que tem o anoitecer?”, quis saber Roboy. Voltou-se para Micky Vayner. “Hoje é o quê?”

Micky Vayner deu de ombros; pelo que sabia, era, no calendário lunar, um dia comum e corrente do mês de nisã. Embora, como seus companheiros, tivesse sido educado para acreditar no predestinado restabelecimento do reino bíblico da Judéia e no destino de Jerusalém de eterna capital dos judeus, ele, em sua observância, não era mais rigoroso nem virtuoso que os demais. Em Peril Strait, os jovens judeus americanos observavam os feriados importantes, e em geral, obedeciam às leis dietéticas. Andavam de quipá e *tzitzit*, mas conservavam o asseio militar da barba. Procuravam não trabalhar nem treinar no shabat, mas não incondicionalmente. Depois de quarenta anos na função de guerreiro secular, Litvak engolia aquilo. Mesmo na esteira do acidente, com o desaparecimento da sua Sora, com o vento a uivar no buraco que ela deixou em sua vida, com uma sede de significado e uma fome de sentido e um cálice vazio e um prato estéril, Alter Litvak não podia ocupar um lugar entre homens verdadeiramente religiosos. Nunca se sentiria bem, por exemplo, entre os urubus. Aliás, não aturava os urubus e, desde o encontro nos banhos, reduziu ao mínimo os contatos com os verbôveres, que se preparavam secretamente para a viagem à Palestina.

Hoje não é nada, escreveu antes de guardar o bloco no bolso e sair do escritório. *Me chame quando eles chegarem*

Em seu quarto, Litvak tirou a dentadura e a jogou com um tinido de dado no copo de vidro. Desamarrou as botas e se sentou pesadamente na cama-de-vento. Sempre que ia a Peril Strait, dormia naquele quartinho — na planta original, figurava como despensa — no fundo do corredor do escritório de Roboy. Sua roupa ficava pendurada num cabide atrás da porta; suas coisas, enfiadas debaixo da cama.

Encostou-se na fria parede de bloco pintado e olhou para a parede acima da prateleira de aço em que estava o copo com a dentadura. Não havia janela, de modo que Litvak imaginou uma estrela da manhã. Um cometa. Uma lua cheia. O céu adquirindo pouco a pouco a cor de um fuzil. E um avião chegando, rasante, do sudoeste, com o homem que, em seu plano, era ao mesmo tempo prisioneiro e dinamite, torre e alçapão, centro do alvo e dardo.

Litvak se levantou devagar, deixando escapar um grunhido de dor. Tinha parafusos nos quadris, que doíam; seus joelhos latejavam e gongavam como os pedais de um piano velho. Havia um constante arranhar de arame nas articulações de sua mandíbula. Ele passou a língua nas regiões vazias da boca com aquela textura sebenta de massa de vidraceiro. Estava acostumado à dor e à fratura, mas, desde o acidente, seu corpo parecia já não lhe pertencer. Era uma coisa serrada e pregada a partir de pedaços emprestados. Uma gaiola feita de lascas de pau e espetada num poste, na qual sua alma abanava qual um morcego foragido. Tinha nascido, como todo judeu, no mundo errado, no país errado, na época errada, e agora também vivia no corpo errado. No fim, talvez fosse justamente essa sensação de engano, esse punho no ventre judaico, que ligava Alter Litvak à causa dos *yids* que dele tinham feito o seu general.

Aproximou-se da prateleira de aço chumbada na parede sob a janela imaginária. Ao lado do copo que encerrava a prova do gênio de Buchbinder, havia um segundo copo. Este continha alguns gramas de parafina endurecida em torno a um pedaço de mecha branca. Litvak comprara aquela vela numa mercearia, menos de um ano depois do desastre, com a intenção de acendê-la no aniversário da morte da esposa. Agora tinham se passado vários desses aniversários, e Litvak desenvolvera uma bizarra tradição. Todo ano, levava a vela *yahrzeit* para fora, ficava olhando para ela e pensando em acendê-la. Imaginava o tímido bruxuleio da chama. Figurava-se deitado na escuridão com a luz da vela memorial a bailar sobre sua cabeça, espalhando *alefbeys* de sombras no teto do quartinho. Fantasiava o copo esvaziado ao cabo de vinte e quatro horas, o pavio consumido, a parafina comburida, o disco de metal afogado no fundo da lia cerosa. E, depois disso... mas aqui a imaginação tendia a lhe falhar.

Litvak vasculhou os bolsos da calça em busca do isqueiro, só para se dar a opção, a chance de descobrir, se conseguisse chegar a tanto, o que significava pôr fogo na memória da esposa. O isqueiro era um Zippo de aço com a insígnia dos Rangers gravada em gastas linhas pretas num lado e, no outro, profundamente amassado no lugar em que havia impedido que um pedaço do carro ou da estrada ou da cerejeira-negra vazasse o coração de Litvak. Por causa da garganta, ele parou de fumar; o isqueiro era apenas um hábito, um suvenir da sua sobrevivência, um irônico amuleto que nunca deixava a sua cabeceira ou a sua calça. Mas agora não estava em nenhum dos dois lugares. Litvak apalpou o corpo com o atrapalhado método dos velhos. Retrocedeu no dia até chegar à manhã, quando, como em todas as manhãs, tinha posto o isqueiro no bolso. Não tinha? De pronto, não conseguia se lembrar de haver pegado o Zippo naquela manhã, ou de tê-lo guardado na prateleira de aço na noite anterior quando foi dormir. Talvez esse esquecimento já durasse dias. Ele podia estar em Sitka, no quarto do fundo do hotel Blackpool. Podia estar em qualquer lugar. Litvak se agachou, tirou a maleta de baixo da cama e a revirou, o coração disparado. Nada do isqueiro. Tampouco fósforos. Só mesmo uma vela num copo de vidro e um homem que não sabia como acendê-la mesmo que tivesse uma fonte de fogo. Litvak se voltou para a porta no momento em que ouviu alguém se aproximar. Uma leve batida. Ele enfiou a vela *yahrzeit* no bolso lateral do paletó.

"*Reb* Litvak", disse Micky Vayner. "Eles chegaram, senhor."

Litvak pôs a dentadura e enfiou a camisa na calça.

Eu quero todo mundo no alojamento não quero que ninguém o veja

"Ele não está pronto", disse Micky Vayner com incerteza, louco para se livrar da ansiedade. Não conhecia, nunca tinha visto Mendel Shpilman. Só ouvira histórias de remotos milagres na infância e talvez tivesse sentido uma lufada do cheiro de podre que às vezes ficava no ar quando se mencionava o nome de Shpilman.

Ele está meio doente mas nós vamos curá-lo

Não fazia parte da doutrina deles nem era necessário ao sucesso do plano de Litvak que Micky Vayner ou qualquer judeu de Peril Strait acreditasse que Mendel Shpilman era o Tzaddik Ha-Dor. Um Messias que chega de fato não faz bem a ninguém. Uma esperança realizada já é meia decepção.

"Nós sabemos que ele é apenas um homem", disse Micky Vayner com reverência. "Todo mundo sabe, *reb* Litvak. Um homem e nada mais, e isto que nós estamos fazendo é muito maior do que qualquer homem."

Não é com o homem que eu estou preocupado, escreveu Litvak. *Todo mundo para o alojamento*

Já no atracadouro de hidroavião, enquanto observava Naomi Landsman auxiliar Mendel Shpilman a sair da cabine do Super Cub, Litvak chegou a pensar que, se não soubesse quem eram, ele os tomaria por antigos amantes. Notou uma brusca familiaridade na maneira como ela lhe segurou o braço, arrumou o colarinho de sua camisa na lapela do amarrotado paletó listrado, pinçou um pedaço de celofane de seu cabelo. Fitou o rosto dele, só o dele, quando Shpilman olhou para Roboy e Litvak; ela era meiga como um engenheiro à procura de fissuras, de fadiga no material. Na opinião de Litvak, era inconcebível que os dois tivessem ficado tão íntimos em pouco menos de três horas. Três horas. Foi esse o tempo necessário para que ela jungisse seu destino ao dele.

"Bem-vindo", disse o dr. Roboy, postando-se ao lado de uma cadeira de rodas, a gravata sacudida pela brisa. Gold e Turteltoyb, um garoto de Sitka, saltaram do avião para o atracadouro, sendo Turteltoyb suficientemente pesado para fazê-lo tocar como um telefone batido. A água lambia as estacas. O ar cheirava a redes podres e a poças salobras no fundo de velhos barcos. Já quase escurecia, e todos pareciam vagamente esverdeados à luz dos holofotes nos postes, com exceção de Shpilman, que parecia branco como uma pluma e tão insignificante quanto. "Seja muito bem-vindo."

"Não precisava me mandar avião", disse Shpilman. Tinha uma voz sarcástica, teatral, a dicção estudada, excelente, com um ligeiro frêmito da pesarosa Ucrânia. "Eu posso perfeitamente viajar sozinho."

"Sim, bem..."

"Visão de raio X. Corpo à prova de bala. Tudo enfim. Para quem é essa cadeira de rodas, *para mim*?"

Estirou os braços, posicionou os pés meticulosamente lado a lado, examinou-se devagar, mostrando-se pronto para se chocar com o que encontrasse. Um terno listrado que mal lhe servia, sem chapéu, a gravata frouxa, parte da camisa para fora, um quê adolescente no desgrenhado cabelo ruivo. Era impossível detectar naquele corpo esguio e frágil, naquele rosto sonolento, a menor semelhança com o pai monstruoso. Ou talvez alguma, ao redor dos olhos. Shpilman virou-se para a piloto, fingindo-se surpreso, magoado até, com o fato de que ele tinha chegado ao ponto de precisar de cadeira de rodas. Mas Litvak percebeu que assumia tal atitude para dissimular sua surpresa e mágoa reais com sua situação.

"Você disse que eu estava com boa aparência, senhorita Landsman", disse Shpilman, provocando-a, solicitando-a, interpelando-a.

"Você está lindo, rapaz", respondeu a moça. Estava com o jeans enfiado nas botas pretas de cano alto, camisa branca de homem e um velho blusão de tiro ao alvo da Delegacia Central de Sitka com a palavra LANDSMAN escrita no bolso. "Fabuloso."

"Ah, é mentira, mentirosa."

"Para mim, você tem cara de três mil e quinhentos dólares, Shpilman", disse a piloto Landsman sem maldade. "Que mais eu posso querer?"

"Eu não preciso de cadeira de rodas, doutor", disse Shpilman sem repreensão em seu tom de voz. "Mas obrigado por pensar em mim."

"Está pronto, Mendel?", perguntou o dr. Roboy à sua maneira gentil e sentenciosa.

"Eu preciso estar pronto?", disse Mendel. "Se for assim, é melhor deixar para daqui a algumas semanas."

As palavras saíram da garganta de Litvak como uma espécie de turbilhão verbal, um confusa mescla de pedregulho e ventania, não solicitada. Um barulho medonho, como uma massa compacta de borracha em chamas a mergulhar num balde de gelo.

"Você não precisa estar pronto", disse Litvak. "Basta que esteja *aqui*."

Todos ficaram chocados, horrorizados, até mesmo Gold, que era capaz de ler, satisfeito, um gibi à luz de um homem pegando fogo. Shpilman voltou-se devagar, um sorriso preso num canto da boca, como um bebê carregado no quadril.

"Alter Litvak, presumo", disse, estendendo a mão, carregando o sobrolho para ele, fingindo-se valentão e viril de um modo que zombava da valentia e da virilidade, assim como da sua própria e relativa falta de ambas as qualidades. "Que aperto de mão, *oy*, parece de pedra."

Seu aperto de mão era suave, quente, não muito seco, um eterno escolar. Qualquer coisa dentro de Litvak rechaçou aquilo, o calor e a maciez daquela mão. Ele mesmo estava horrorizado com o eco de pterossauro da sua voz, com o fato de ter falado afinal. Horrorizado por perceber que alguma coisa havia em Mendel Shpilman — em sua cara rechonchuda e em seu terno surrado, em seu sorriso de menino-prodígio e em sua brava tentativa de dissimular o fato de que estava morrendo de medo — que o tinha levado a falar pela primeira vez em anos. Litvak sabia que o carisma era um atributo real, embora indefinível, um fogo químico que alguns homens semi-afortunados irradiavam. Como todo fogo ou talento, era amoral, alheio à bondade ou à maldade, ao poder, à utilidade cu à força. Ao apertar a mão febril de Shpilman, sentiu o quanto sua tática era boa. Se Roboy conseguisse reerguê-lo e fazê-lo voltar a funcionar, Shpilman poderia inspirar e liderar não só algumas centenas de crentes armados ou trinta mil velhacos de chapéu preto à procura de um novo mocó, e sim toda uma nação perdida e errante. O plano de Litvak ia dar certo porque Mendel Shpilman tinha alguma coisa capaz de fazer um homem de laringe devastada querer falar. Era justamente essa coisa em Shpilman que alguma coisa em Litvak repudiava. Ele teve vontade de esmagar aquela mão de escolar, vontade de lhe quebrar os ossos.

"E aí, *yid*?", disse a jovem Landsman a Litvak. "Quanto tempo, hein."

Litvak fez que sim e lhe apertou a mão. Como sempre, estava dividido entre o impulso natural a admirar a competente praticante de um ofício difícil e a suspeita de que aquela moça era lésbica, uma categoria humana quase por princípio impossível de compreender.

Litvak escreveu no bloco e o entregou a Roboy.

"É tarde", disse Roboy. "E está escuro. Vamos instalá-la lá em cima esta noite."

Ela passou um bom tempo como que pensando em rejeitar o convite. Depois fez que sim. "Boa idéia", disse.

No pé da escada comprida e sinuosa, Shpilman parou para observar os detalhes da subida e a plataforma do elevador inclinado, e foi como se tivesse sido atacado por um súbito mal-estar — um choque antecipado, um repentino acesso de percepção de tudo quanto dele se esperava a partir daquele momento. Com certo teatralismo, deixou-se cair na cadeira de rodas de Roboy.

"Eu esqueci a minha capa em casa."

Quando chegaram ao alto, continuou na cadeira de rodas e permitiu que Landsman o conduzisse até o prédio principal. A tensão da viagem, ou do passo que ele finalmente acabava de dar, ou da queda do nível de heroína na corrente sanguínea começava a se manifestar. Mas quando chegaram ao quarto, no andar térreo, que haviam preparado para ele — uma cama, uma escrivaninha, uma cadeira e um belo jogo de xadrez inglês —, Shpilman se recompôs. Enfiando a mão no bolso do amarrotado terno, tirou uma caixa de papelão preta e amarelo-clara.

"*Nu*, acho que um *mazel tov* vem a calhar, não?", disse, distribuindo meia dúzia de vistosos charutos Cohiba. O cheiro deles, mesmo apagados e a um metro de suas narinas, bastou para sussurrar a Litvak promessas de um merecido repouso, de lençóis limpos, de água quente, de mulheres morenas, do sereno resultado de batalhas ferozes. "Me contaram que é menina."

De início, ninguém entendeu o que ele estava querendo dizer; a seguir, todos riram, com exceção de Litvak e Turteltoyb, cujas bochechas ficaram cor de *borscht*. Turteltoyb sabia, como todos, que Shpilman não devia ser informado de nenhum detalhe do plano, inclusive da novilha recém-nascida, sem que Litvak desse ordem para tanto.

Com um safanão, este arrebatou o charuto da mão macia de Shpilman. Olhou feio para Turteltoyb, mal conseguindo enxergá-lo através do encarnado molho de sua própria raiva. A certeza que tivera lá embaixo, no atracadouro, de que Shpilman serviria a suas necessidades, ficou abruptamente virada de ponta-cabeça. Um homem como Shpilman, um talento como Shpilman, jamais serviria a ninguém; só podia ser servido, acima de tudo por aquele que o comandasse. Não admirava que o pobre coitado tivesse passado tanto tempo escondido.

Fora

Eles leram essa mensagem e saíram do quarto, um a um; Landsman, que foi a última, fez questão de perguntar onde ia dormir e de dizer claramente a Mendel que o viria visitar na manhã seguinte. No momento, Litvak chegou a pensar, vagamente, que talvez estivesse planejando um encontro amoroso, mas a certeza de que a moça era sapatão cancelou a idéia antes que ele tivesse tido tempo de considerar mais o assunto. Não lhe ocorreu que a judia, em sua disposição para qualquer aventura, já estava lançando as bases da ousada fuga que Mendel ainda não decidira tentar. Ela riscou um fósforo, acendeu o charuto. E saiu tranqüilamente.

"Não se zangue com o rapaz, *reb* Litvak", disse Shpilman quando ficaram a sós. "As pessoas têm lá o seu modo de me contar as coisas. Mas acho que você já reparou nisso. Por favor, aceite um charuto. Vamos. É muito bom."

Shpilman pegou o Cohiba que Litvak lhe havia arrebatado da mão e, como este não o aceitasse nem o recusasse, levou-o até a boca do velho e o colocou delicadamente entre seus lábios. O charuto lá ficou, exalando seu cheiro de caldo, de rolha, de prosópis, um aroma delicioso que despertava antigos desejos. Ouviu-se um clique, um ruído áspero, e então Litvak se inclinou, admirado, e encostou a ponta do Cohiba na chama do seu próprio isqueiro Zippo. Teve o momentâneo choque de um milagre. Depois sorriu e agradeceu com um gesto, sentindo uma espécie de alívio regozijante com a tardia chegada de uma explicação lógica: ele devia ter deixado o isqueiro em Sitka, onde Gold ou Turteltoyb o encontraram e o trouxeram no vôo a Peril Strait. Shpilman o pedira emprestado e, com seus instintos de drogado, guardou-o no bolso depois de acender um *papiros*. Sim, que bom.

O charuto ardeu com um leve crepitar e brilhou. Quando Litvak tornou a olhar para a brasa, Shpilman o estava encarando com aqueles estranhos olhos mosaicos, raiados de dourado e verde. Ótimo, disse Litvak consigo. Um charuto excelente.

"Vá em frente", disse Shpilman, colocando o Zippo na mão de Litvak. "Vamos, *Reb* Litvak. Acenda a vela. Não precisa de nenhuma oração. Não precisa fazer nem sentir nada. É só acendê-la. Vamos."

Quando a lógica desapareceu do mundo, para nunca mais voltar inteiramente, Shpilman enfiou a mão no bolso do paletó de Litvak e tirou o copo com a cera e o pavio. Para esse truque, Litvak não conseguiu imaginar nenhuma explicação. Pegou a vela e a colocou na mesa. Com um movimento do polegar, acendeu o isqueiro. Sentiu no ombro o calor intenso da mão de Shpilman. O punho que lhe agarrava o coração começou a relaxar como devia ser no dia em que ele finalmente pusesse os pés no lar em que estava fadado a viver. Foi uma sensação pavorosa. Litvak abriu a boca.

"Não", disse com uma voz que, para a sua surpresa, tinha em si uma nota de humanidade.

Fechou o isqueiro e afastou a mão de Shpilman com tanta violência que este perdeu o equilíbrio, tropeçou e bateu a cabeça na prateleira de metal. A força do safanão fez com que a vela caísse no chão de ladrilho. O copo se partiu em três pedaços grandes. O cilindro de cera, em dois.

"Não quero", coaxou Litvak. "Não estou pronto."

Mas quando olhou para Shpilman, estendido no chão, atordoado, o sangue a escorrer do corte na têmpora direita, entendeu que já era tarde demais.

40.

Assim que Litvak solta a caneta, instaura-se uma grande confusão lá fora: um meio insulto, vidro estilhaçado, pulmões bufando. Então Berko Shemets entra no quarto como que a passeio. Traz a cabeça de Gold aninhada debaixo do braço qual um belo assado; o resto de Gold vem junto, arrastado. Os calcanhares do *ganef* lavram fundos sulcos no carpete. Berko bate a porta atrás de si. Vem com o *sholem* em punho, o qual procura Alter Litvak com a febre com que a agulha magnética da bússola procura o norte. Está com o sangue de Hertz mapeado na camisa de caçador e no *jeans*. O chapéu empurrado para trás faz com que sua cara pareça só sobrancelhas e branco dos olhos. A cabeça de Gold assume um tom oracular na dobra do seu braço.

"Você há de cagar sangue e pus", entoa Gold. "Há de ter mais feridas que Jó."

O revólver de Berko traça uma curva para dar uma olhada no cérebro do jovem *yid* e em seu frágil conteúdo. Gold pára de lutar, e a arma retoma a monocular inspeção do peito de Alter Litvak.

"Berko", diz Landsman. "Você pirou?"

Berko ergue o olhar como se fosse um pesado fardo. Fitando o parceiro, abre os lábios, fecha-os, respira fundo. Parece querer expressar algo importante, um nome, uma fórmula mágica, uma equação capaz de vergar o tempo ou desembaraçar as cordas do mundo. Ou talvez esteja tentando evitar que ele próprio se desembarace.

"Esse *yid*", diz, e prossegue em tom mais baixo, a voz um pouco rouca, "a minha mãe."

Landsman deve ter visto uma fotografia de Laurie Jo Urso. Consegue evocar uma vaga lembrança de uma lisa franja preta, uns óculos rosados, um sorriso insolente. Mas a mulher nem chega a ser um fantasma para ele. Berko contava histórias da vida nas terras *indianer*. Basquete, caçadas de foca, bebedeiras e tios, relatos de Willie Dick, o caso de uma orelha humana na mesa. Mas Landsman não se lembra de nenhuma história da mãe do seu parceiro. Imagina sempre ter sabido que Berko decerto pagou um alto preço de se virar do avesso como se virou, alguma heróica façanha de deslembrança. Simplesmente nunca lhe ocorreu pensar nisso como uma perda. Uma falta de imaginação, pecado maior num *shammes* do que se meter num lugar perigoso sem cobertura. Ou talvez fosse o mesmo pecado com forma diferente.

"Sem dúvida", concorda Landsman, avançando um passo em direção ao parceiro. "Um bandido. Merece levar chumbo."

"Você tem dois filhos pequenos, Berko", diz Bina no tom mais neutro de que é capaz. "Tem Ester-Malke. Tem um futuro que não pode jogar fora."

"Tem nada", diz Gold, ou tenta dizer. Berko aperta mais a gravata, e Gold se cala, tentando virar o corpo para ganhar apoio nos pés.

Sem tirar os olhos de Berko, Litvak rabisca alguma coisa na capa do bloco de papel.

"O que é isso?", pergunta Berko. "O que ele disse?"

Nenhum judeu tem futuro aqui

"É, é", diz Landsman. "Isso a gente já ouviu dizer."

Arrebata a caneta e o bloco das mãos de Litvak. Abre-o na última página e escreve em americano: NÃO SEJA IDIOTA! VOCÊ ESTÁ AGINDO COMO EU! Arranca a folha e joga a caneta e o bloco na cara de Litvak. Segura o papel diante de Berko de modo que ele possa ler. É um argumento bastante persuasivo. Berko solta Gold bem no momento em que o *yid* está ficando totalmente roxo. O pobre coitado despenca no chão, esforçando-se para respirar. A arma oscila na mão de Berko.

"Ele matou a sua *irmã*, Meyer."

"Não sei se foi ele", diz Landsman. Vira-se para Litvak. "Foi você?"

O velho sacode a cabeça e se apressa a escrever no bloco, mas, antes que termine, ouve-se uma ruidosa comemoração na sala contígua. O sincero, mas acanhado, grito de rapazes assistindo a algo fantástico na televisão. Marcaram um gol. Uma jogadora de vôlei de praia perdeu o sutiã. Um instante depois, Landsman ouve a comemoração ecoar, seu som como que levado pela janela aberta da cobertura por um vento longínquo, o Harkavy, o Nachtasyl. Litvak sorri e pousa o bloco e a caneta com estranha determinação, como se já não tivesse nada a dizer. Como se toda a sua confissão tivesse conduzido a esse momento único — ou por ele tivesse sido viabilizada. Gold se arrasta até a porta, abre-a e, cambaleante, vai para o outro cômodo. Bina se aproxima de Berko e estende a mão. Pouco depois, ele lhe entrega o revólver.

Na sala externa da cobertura, os jovens devotos se abraçam e saltitam dentro do terno. Deixam o *yarmulke* cair da cabeça. Estão com o rosto banhado de lágrimas.

No telão do televisor, Landsman vê pela primeira vez a imagem que em breve estará estampada na primeira página de todos os jornais do mundo. Em toda a cidade, mãos pias vão recortá-la e grudá-la na porta da rua e na janela da frente. Vão emoldurá-la e pendurá-la atrás do balcão das lojas. Um espertalhão, inevitavelmente, há de ampliá-la num pôster de sessenta por noventa. A colina de Jerusalém, povoada de ruelas e casas. A ampla meseta vazia de paralelepípedos. A endentada queixada de dentes queimados. A magnífica coluna de fumaça preta. E, abaixo, a legenda em letras azuis: ENFIM! Esses cartazes serão vendidos nas papelarias por algo entre dez e 12,95 dólares.

"Santo Deus. O que eles estão fazendo? O que fizeram?"

Muita coisa choca Landsman na imagem na tela do televisor, porém a mais chocante de todas é simplesmente o fato de um objeto a treze mil quilômetros de distância sofrer a influência dos judeus de Sitka. Coisa que parece transgredir uma lei da física emocional que ele compreende. O tempo-espaço de Sitka é um fenômeno curvilíneo; um *yid* podia estender a mão em qualquer direção contanto que conseguisse acabar dando uma palmadinha em suas próprias costas.

"E Mendel?", pergunta.

"Acho que eles tinham ido longe demais para parar", diz Bina. "Acho que simplesmente foram em frente sem ele."

É perverso, mas, por um motivo qualquer, a idéia faz com que Landsman se entristeça por Mendel. Daqui por diante, tudo e todos seguirão adiante sem ele.

Bina passa alguns minutos observando os rapazes em sua alegria, de braços cruzados, o rosto inalterável, a não ser no canto dos olhos.

O modo como ela os olha traz à memória de Landsman uma festa de noivado a que foram juntos anos atrás, de um amigo de Bina. O rapaz ia ficar noivo de uma mexicana, e, numa espécie de piada, o tema da festa era o Cinco de Maio. Penduraram um pingüim de papel machê numa árvore no quintal. As crianças vendadas, armadas de vara, puseram-se a dar bordoadas no pingüim até arrebentá-lo. Desferiram pauladas com ferocidade, e então os doces caíram em profusão. Era apenas um punhado de balas *toffee*, de hortelã, de caramelo, daquelas que se podia incumbir qualquer tia-avó de trazer na bolsa. Mas quando as guloseimas começaram a chover do céu, a criançada se precipitou com alegria bestial. E Bina ficou observando a cena de braços cruzados e com uma prega no canto dos olhos.

Ela devolve o *sholem* a Berko e tira o seu do coldre.

"Calem a boca", diz, e então em americano: "Bico calado, porra!".

Alguns rapazes tiram o Shoyfer do bolso e tentam telefonar, mas todo mundo em Sitka deve estar fazendo a mesma coisa. Um mostra ao outro a mensagem de erro que recebe na tela do celular. A rede está congestionada. Bina vai até o televisor e dá um chute no fio. O plugue salta da tomada. O televisor suspira.

Um escuro combustível parece escoar do tanque dos rapazes quando o televisor apaga.

"Vocês estão presos", diz Bina delicadamente, agora que conta com a atenção dos garotos. "Todos com as mãos na parede. Meyer."

Landsman os apalpa um por um, agachando-se como um alfaiate a tirar a medida da costura interna da perna de uma calça. Dos seis enfileirados na parede, confisca oito armas curtas e duas valiosas facas de caça. À medida que termina, manda cada um se sentar. Na terceira revista, recupera a Beretta que Berko lhe emprestou quando ele ia a Yakovy. Landsman a exibe.

"Que gracinha", diz Berko, mantendo apontado seu *sholem* cano longo.

Quando Landsman conclui o trabalho, os jovens ortodoxos se sentam, três no sofá, dois num par de poltronas, um numa cadeira de jantar tirada de um nicho. De uma hora para outra, sentadinhos no lugar, todos ficam parecendo muito jovens e perdidos. Eles são a arraia-miúda. Os que ficaram. Em uníssono, voltam o rosto corado para a porta do quarto de Litvak em busca de orientação. A porta está fechada. Bina abre-a, escancara-a com a ponta do pé. Passa uns cinco segundos olhando para dentro.

"Meyer. Berko."

A persiana matraqueia ao vento. A porta do banheiro está aberta; o banheiro, às escuras. Alter Litvak sumiu.

Eles procuram no armário. Procuram no chuveiro. Bina se aproxima da ruidosa persiana e a abre até o alto. A porta corrediça de vidro está suficientemente aberta para dar passagem a um invasor ou a um fujão. Os três saem ao telhado e olham à sua volta. Procuram atrás da unidade de ar-condicionado, ao redor da caixa-d'água e debaixo do encerado que esconde uma pilha de cadeiras dobráveis. Olham por cima das cornijas. Nenhum esmigalhado retrato de Litvak traçado na superfície do estacionamento. Tornam a entrar na cobertura do Blackpool.

No centro da cama-de-vento estão a caneta e o bloco de Litvak e um muito usado Zippo de metal cinzento. Landsman pega o bloco e lê as últimas palavras nele escritas pelo velho.

Eu não a matei ela era boa gente

"Eles o levaram embora", diz Bina. "Aqueles filhos-da-puta. Aqueles seus amigos escrotos, os *rangers* do exército dos Estados Unidos."

Liga para os homens que estão lá embaixo de olho nas portas do hotel. Nenhum deles viu ninguém sair nem nada de anormal; por exemplo, nenhuma esquadra de guerreiros de cara-pintada descendo de um Black Hawk em cordas de rapel.

"Filhos-da-puta", repete ela, desta vez em americano e com mais furor. "Ianques cretinos biscaterianos pentelhocostais do caralho."

"Virgem Maria, olha a boca, moça!"

"É mesmo, calma aí, dona."

Uns americanos de terno, não tantos assim, mas demasiados e muito agrupados para que Landsman os possa contar com exatidão, uns seis, quem sabe, dispuseram os ombros no vão da porta da sala externa. Grandalhões, bem nutridos, amantes da profissão. Um deles, de cabelo branco-dourado, está com uma vistosa japona verde-oliva e um sorriso amarelo nos lábios. Landsman quase não o reconhece sem o pulôver de pingüim.

"Ok, pessoal", diz o homem que só pode ser Cashdollar. "Vamos ver se a gente se acalma um pouco."

"FBI", arrisca Berko.

"Chegou perto", diz Cashdollar.

41.

Landsman passa as vinte e quatro horas seguintes coçando o saco no zumbido de uma sala branquíssima, com um carpete branco leitoso, no sétimo andar do Edifício Federal Harold Ickes, na rua Seward.

Divididos em duplas, seis homens com codinomes variegados de infelizes tripulantes de filme de submarino revezam-se na sala em turnos de quatro horas. Um deles é negro; outro, latino; e os demais, fluidos gigantes rosados com corte de cabelo que ocupa o asseado espaço entre o astronauta e o chefe de escoteiros pedófilo. Meninos crescidos, mascadores de chiclete de boas maneiras e com sorrisos beatíficos. Às vezes, Landsman fareja em todos eles o coração diesel de policial, mas nem por isso deixa de ficar confuso com os penduricalhos de seu *glamour* sulista e cortês. Apesar da cortina de fumaça das respostas ou comentários insolentes que Landsman faz questão de disparar, eles o fazem sentir-se um calhambeque, uma lata velha.

Ninguém o ameaça nem tenta intimidá-lo. Todos o tratam pela patente, tomando o cuidado de pronunciar seu nome do modo que ele prefere. Quando ele se mostra arrogante, desrespeitoso ou evasivo, os americanos reagem com tolerância e equilíbrio de professor primário. Mas quando Landsman se atreve a formular uma pergunta, eis que chove um silêncio extintor pior do que mil galões de água jogados de um avião. Os americanos nada dizem sobre o paradeiro ou a situação do detetive Shemets nem da inspetora Gelbfish. Tampouco têm o que dizer acerca do sumiço de Alter Litvak, e parecem nunca ter ouvido falar em Mendel Shpilman ou Naomi Landsman. Querem saber o que Landsman sabe ou pensa que sabe do envolvimento dos Estados Unidos com o ataque ao Qubbat As-Sakhrah e dos perpetradores, comandantes, aliados e vítimas da incursão. E não querem que ele saiba o que eles sabem, se é que sabem alguma coisa. São tão treinados em seu ofício que já estão bem entrados no segundo turno quando Landsman se dá conta de que lhe estão fazendo, repetidamente, as mesmíssimas vinte e poucas perguntas, invertendo-as, reformulando-as, voltando a elas pelos mais bizarros ângulos. Suas indagações são como os movimentos básicos das seis diferentes peças de xadrez, infinitamente recombinados até se igualarem em número com os neurônios no cérebro.

A intervalos regulares, servem-lhe um café asqueroso e uma série de folhados, cada vez mais duros, de abacaxi e cereja. A certa altura, mostram-lhe uma sala de repouso e o convidam a tomar posse do sofá. Rodopiando, o café e o folhado entram e saem da sala caiada de seu cérebro enquanto ele fecha os olhos e finge dormir. Então chega a hora de voltar ao constante ruído branco das paredes, do tampo de mesa laminado, do chiado do vinil sob sua bunda.

"Detetive Landsman."

Ele abre os olhos e dá com uma confusão de tecido preto sobre marrom. Sente o pômulo entorpecido pela pressão do tampo da mesa. Ergue a cabeça, deixando uma poça de saliva. Um viscoso filamento que liga seu lábio ao tampo da mesa logo se parte.

"Ugh", faz Cashdollar. Tirando um pacotinho de Kleenex do bolso direito do suéter, coloca-o na mesa e empurra-o em direção a Landsman, passando por uma caixa aberta de folhados. Está de suéter novo, um cardigã cor de ouro velho com frente de camurça café, botões de couro, cotoveleiras de camurça. Sentado com o corpo aprumado numa cadeira de metal, exibe a gravata ajeitada, as bochechas lisas, os olhos azuis suavizados pelas charmosas rugas de piloto de jato. Tem o cabelo preciso, dourado como o papel metálico do maço de Broadway. Sorri sem entusiasmo nem crueldade. Landsman enxuga o rosto e a sujeira que fez na mesa enquanto cochilava.

"Está com fome? Quer beber alguma coisa?"

Landsman diz que aceita um copo d'água. Cashdollar tira uma garrafinha de água mineral do bolso do cardigã. Deita-a no tampo da mesa e faz com que role até ele. Embora não seja jovem, há um não-sei-quê infantil no modo como faz pontaria com a garrafa e, com um movimento do corpo, lança-a ao seu destino. Landsman a destampa e toma um gole. A verdade é que não gosta de água mineral.

"Eu trabalhei para um homem", diz Cashdollar. "O homem que ocupou o meu posto antes de mim. Ele tinha uma coleção de frases feitas que gostava de introduzir nas conversas. É uma espécie de característica comum às pessoas que fazem o que eu faço. A gente tende a gostar dos nossos lemas. *Chibolets*. Esse é a palavra hebraica, sabe. Juízes, capítulo 12. Tem certeza de que não está com fome? Eu posso arranjar um saco de *chips*. Um macarrão instantâneo. Temos microondas."

"Não, obrigado", diz Landsman. "Muito bem. *Chibolets*."

"Esse homem, o meu predecessor, dizia: 'Todos nós contamos uma história, Cashdollar. Isso é o que fazemos'." A voz que ele adota para citar o ex-superior é mais forte, não tão informal quanto o seu tom fanhoso. Mais pomposa. "'Conte uma história a eles, Cashdollar. É só isso que os pobres otários querem.' Só que ele não dizia 'otários'."

"Pessoas que fazem o que eu faço", repete Landsman. "O que quer dizer isso? Patrocinar ataques terroristas contra lugares sagrados muçulmanos? Ressuscitar as cruzadas mais uma vez? Matar mulheres inocentes que nunca fizeram nada além de pilotar seu aviãozinho e de vez em quando tentar ajudar alguém a sair de uma fria? Meter bala na cabeça de drogados indefesos? Desculpe, eu esqueço o que é isso que vocês fazem, vocês com os seus *chibolets*."

"Em primeiro lugar, detetive, nós não tivemos nada a ver com a morte de Menashe Shpilman." Ele pronuncia o nome hebraico de Shpilman, "Men-ashy". "Eu fiquei tão chocado e intrigado quanto qualquer um. Não conhecia o sujeito, mas sei que era um indivíduo notável com uma capacidade notável, e a nossa situação piorou muito sem ele. Quer um cigarro?" Oferece um maço fechado de Winston. "Vamos. Eu sei que você gosta de fumar. Tome." Tira uma cartela de fósforos e a desliza na mesa junto com o Winston.

"Agora, quanto à sua irmã, ei, escute. Eu lamento muito o que aconteceu. Lamento mesmo. Por inútil que seja, e eu sei que é inútil, peço sinceras desculpas pelo que aconteceu. Foi uma decisão errada tomada pelo homem que me precedeu nesta tarefa, o sujeito de que falei há pouco. Ele pagou por isso. Não com a vida, é claro." Cashdollar expõe os dentões quadrados. "Talvez você preferisse que sim. Mas ele pagou. Ele errou. Errou em muita coisa. Por isso, hum-hum, eu sinto muito." Sacode delicadamente a cabeça. "Mas nós não estamos contando uma história."

"Não?"

"Hum-hum. A história, detetive Landsman, é que está nos contando. Assim como tem nos contado desde o começo. Nós somos parte da história. Você. Eu."

A cartela de fósforos é de um estabelecimento de Washington chamado Frutos do Mar Hogate's, na 9ª Avenida com a Maine. O mesmo restaurante, se não lhe falha a memória, em frente ao qual o congressista Anthony Dimond, o principal adversário da Lei de Colonização do Alasca, foi atropelado por um táxi quando estava perseguindo um pobre vagabundo na rua.

Landsman risca um fósforo.

"Jesus?", pergunta, erguendo os olhos vesgos por cima da chama.

"Jesus também."

"Eu curto Jesus."

"Que bom. Eu também. E Jesus não gostava de matar, de magoar as pessoas, não gosta de destruição. Eu sei disso. O Qubbat As-Sakhrah era uma bela obra de arquitetura, e o islamismo é uma religião venerável e, à parte o fato de ser completamente errado nos fundamentos, eu não tenho nada contra o islamismo em si. Queria que existisse um meio de fazer esse trabalho sem precisar empreender tais ações. Mas às vezes não existe. E Jesus sabia disso. 'Mas, qualquer um que escandalize um destes pequeninos que crêem em mim, melhor será que lhe pendurem ao pescoço uma pesada mó de azenha e o precipitem nas profundezas do mar.' Certo? Quer dizer, são as palavras do próprio Jesus. O homem sabia ser duro quando necessário."

"Ele era porreta", sugere Landsman.

"Sim, era. Agora, pode ser que você não acredite nisso, mas o fim dos tempos está chegando. E eu, por exemplo, estou ansioso para que chegue. Mas, para que isso aconteça, Jerusalém e a Terra Santa precisam voltar a pertencer aos judeus. É o que dizem as Escrituras. Infelizmente, é impossível chegar a tanto sem um pouco de derramamento de sangue, lamentavelmente. Sem certa quantidade de destruição. É exatamente isso que está escrito, sabe? Mas eu estou tentando com muito empenho, ao contrário do meu predecessor imediato, reduzir isso tudo ao mínimo absoluto. Por Jesus, pela minha própria alma e por todos nós. Fazer as coisas funcionarem sem dificuldade. Manter essa operação até que tudo fique em ordem por lá. Estabelecer alguns fatos no território."

"E não quer que ninguém saiba que vocês estão atrás disso. O pessoal que faz o que você faz."

"Ora, mas é o nosso próprio *modus operandi*, não sei se você sabe o que eu quero dizer."

"E quer que eu fique de bico fechado."

"Eu sei que é pedir muito."

"Só até vocês consumarem esses fatos em Jerusalém. Mandarem uns árabes para fora e uns verbôveres para dentro. Mudarem o nome de algumas ruas."

"Só até a gente conseguir pôr um pouco daquela velha e boa massa crítica em movimento. Endireitar alguns narizes que isso tudo entortou. E então trabalhar, sabe. Cumprir o que está escrito."

Landsman toma um gole de água mineral. Está morna e com gosto de bolso de cardigã. "Eu quero a minha arma e o meu distintivo", diz. "Isso que eu quero."

"Eu adoro a polícia", diz Cashdollar sem muito entusiasmo. "Adoro." Tapa a boca com a mão e inspira contemplativamente pelas narinas. Tem unhas bem tratadas, mas a do polegar está roída. "Isto aqui vai ficar horrivelmente índio, meu caro. Cá entre nós. Você pode até receber a arma e o distintivo de volta, mas não vai ficar muito tempo com eles. A Polícia Tribal não está disposta a empregar muitos judeus para policiar e proteger."

"Pode ser que não. Mas vai empregar Berko."

"Não vai empregar ninguém que não tenha o papel."

"Ah, sim", diz Landsman. "Essa é a outra coisa que eu quero."

"Você está falando em muita papelada, detetive Landsman."

"E você precisa de um bico muito calado."

"É verdade, preciso."

Cashdollar passa um ou dois segundos examinando-o, e Landsman compreende, por certo brilho atento em seus olhos, que há uma arma escondida no corpo daquele homem e que ele está com cócegas no dedo de tanta vontade de empunhá-la. Há maneiras mais diretas de calar a boca de Landsman do que comprá-lo com uma arma e alguns documentos. Cashdollar se levanta e, cuidadosamente, recoloca a cadeira no lugar debaixo da mesa. Faz menção de levar o polegar aos dentes, mas pensa duas vezes.

"Pode devolver o meu Kleenex?"

Landsman atira-lhe o pacote, mas erra, e Cashdollar não consegue pegá-lo. Os lenços caem na caixa de folheados azedos, aterrissando numa mancha brilhante de geléia. A raiva abre no plácido olhar de Cashdollar uma fissura pela qual se vêem as banidas sombras de monstros e aversões. *A última coisa que ele quer*, recorda Landsman, *é encrenca*. Cashdollar pinça um Kleenex e o usa para limpar o pacote, então guarda o resto na segurança do seu bolso direito. Abotoa o último botão do cardigã, e o breve puxão da lã à altura da cintura dá a Landsman um relance do volume do *sholem*.

"O seu parceiro", diz Cashdollar, "tem muito a perder. Muito mesmo. A sua ex-esposa também. Talvez esteja na hora de você chegar à mesma conclusão quanto a sua pessoa."

Landsman pensa nas coisas que ainda tem a perder: um chapéu *porkpie*. Um jogo de xadrez de viagem e uma fotografia

Polaroid de um Messias morto. Um mapa da cidade de Sitka, profano, *ad hoc*, enciclopédico, com locais de crimes, bocas de fumo e cerejeiras impressos nas teias de seu cérebro. Neblina de inverno que amortalha o coração, tardes de verão que se estendem interminavelmente como os bate-bocas dos judeus. Fantasmas da Rússia imperial traçados na cúpula em forma de cebola da Catedral de St. Michael, e de Varsóvia no balançar e oscilar de um violinista de café. Canais, barcos de pesca, ilhas, vira-latas sem dono, fábricas de enlatados, leiterias. A portada de neon do cine Baranof refletida no asfalto molhado, as cores a escorrerem feito aquarela quando a gente sai de uma sessão de *No coração das trevas* de Welles a que assistiu pela terceira vez nos braços da garota dos seus sonhos.

"Foda-se o que está escrito", dispara Landsman. "Sabe de uma coisa?" De súbito, ele se sente farto de *ganefs* e profetas, de armas, de sacrifícios e do infinito peso gangsterístico de Deus. Farto de ouvir falar na Terra Prometida e no inevitável derramamento de sangue necessário à sua redenção. "Eu cago para o que está escrito. Cago para a promessa de um idiota de sandálias que ficou famoso graças à sua disposição a degolar o próprio filho por conta de uma idéia maluca. Cago para as novilhas ruivas, para os patriarcas e para os gafanhotos. Um feixe de ossos velhos na areia. A minha pátria fica no meu chapéu. Fica na bolsa da minha ex-mulher."

Senta-se. Acende outro cigarro.

"Você que se dane", conclui Landsman. "E Jesus que se dane também, ele não passava de um cagão."

"Tranca essa matraca, Landsman", diz Cashdollar em voz baixa, simulando o giro de uma chave no buraco de sua boca.

42.

Ao sair do Edifício Ickes e pôr o chapéu na cabeça, Landsman sente que o mundo está à deriva. A noite é uma coisa fria e viscosa que se condensa nas mangas de seu sobretudo. A praça Korczak, um tanque de alva cerração, aqui e acolá, com as pegadas das lâmpadas de sódio. Meio cego e congelado até os ossos, ele segue trôpego pela rua Monastir, entra na Berlevi e segue até a Max Nordau com um alquebramento nas costas, uma dor de cabeça e um lancinante latejar na dignidade. O espaço recentemente ocupado por sua mente chia como o nevoeiro em seus ouvidos, murmura qual uma pilha de tubos fluorescentes. Ele sente que sofre de *tinnitus* da alma.

Quando Landsman finalmente vence o caminho e entra no saguão do Zamenhof, Tenenboym lhe entrega duas cartas. Uma é da corregedoria, notificando-o de que a audiência de avaliação da sua conduta na morte de Zilberblat e Flederman está marcada para o dia seguinte às nove horas da manhã. A outra é um comunicado do novo proprietário do hotel. Um tal sr. Robin Navin, do Grupo Hoteleiro Joyce/Generali, escreve para informá-lo de que, nos próximos meses, ocorrerão empolgantes mudanças no Zamenhof, que passará a ser conhecido como Luxington Parc Sitka. Parte do entusiasmo geral se deve ao fato de que o contrato mensal de Landsman foi efetivamente cancelado no dia 1º de dezembro. Todos os escaninhos atrás do balcão contêm compridos envelopes brancos de papel vergê cerrados com lacres de cera. A única exceção é o escaninho com a placa número 208. Nesse não há nada.

"Soube o que aconteceu?", pergunta Tenenboym quando Landsman retorna de sua viagem epistolar ao futuro garboso e gentil do hotel Zamenhof.

"Vi na televisão", responde ele, embora a lembrança lhe pareça de segunda mão, enevoada, um constructo implantado mediante a inquirição persistente dos interrogadores.

"Primeiro disseram que era um engano", prossegue Tenenboym, o palito de dentes dourado a sorrir no canto da boca. "Árabes fazendo bombas num túnel debaixo do Monte do Templo. Disseram que foi de propósito. Uns em guerra com os outros."

"Sunitas e xiitas?"

"Pode ser. Um deles se distraiu com um lançador de foguetes."

"Sírios e egípcios?"

"Sei lá. O presidente apareceu dizendo que talvez fosse preciso intervir. Que a cidade era sagrada para todo o mundo."

"Isso não durou muito."

A outra única correspondência no escaninho é um cartão-postal anunciando um fabuloso desconto para quem comprar título de sócio vitalício de uma academia de ginástica que Landsman freqüentou durante alguns meses depois do divórcio. Na época, sugeriram que o exercício ia melhorar seu estado de espírito. Foi uma boa sugestão. Ele não lembra se valeu a pena ou não. O cartão mostra um judeu gordo à esquerda e um judeu magro à direita. O da esquerda é descorado, insone, esclerosado, desalinhado, tem bochechas feito duas colheres cheias de creme azedo e uns olhinhos brilhantes e malignos. Esbelto e bronzeado, o da direita traz a barba bem aparada e se mostra relaxado e muito dono de si. É bem parecido com os rapazes de Litvak. O judeu do futuro, pensa Landsman. Mas o cartão-postal não hesita em asseverar que o da esquerda e o da direita são a mesmíssima pessoa.

"Você viu o pessoal aí nos bairros?", pergunta Tenenboym, o palito dourado a clicar no pré-molar. "Na televisão?"

Landsman sacode a cabeça. "Deve ter sido uma festança."

"Põe festança nisso. Com direito a desmaios. Gritos. Um orgasmo coletivo."

"Corta essa, Tenenboym, eu estou de estômago vazio."

"Louvores aos árabes por se massacrarem entre si. Louvores à memória de Maomé."

"Coisa cruel, não?"

"Um daqueles urubus apareceu declarando que ia mudar para a Terra de Israel, arranjar um bom lugar onde ficar quando o Messias aparecer." Tira o palito da boca e examina a ponta em busca de um sinal de tesouro, então recoloca-o, decepcionado. "Se me perguntarem, eu mando pôr esses malucos num avião bem grande e despejar toda a merda lá: um ano negro para eles."

"É isso que você faria, Tenenboym?"

"Eu mesmo iria no avião."

Landsman torna a enfiar a carta do Grupo Hoteleiro Joyce/Generali no envelope e o deixa no balcão, diante de Tenenboym. "Joga isso fora para mim, tá?"

"Você ainda tem trinta dias, detetive. Acaba encontrando alguma coisa."

"Pode crer. A gente vai encontrar alguma coisa."

"A menos que a coisa encontre a gente primeiro, certo?"

"E você?", pergunta Landsman. "Eles vão te manter no emprego?"

"A minha situação ainda está sendo examinada."

"Não deixa de ser esperançoso."

"Ou desesperador."

"Uma coisa ou outra."

Landsman sobe ao quinto andar de *elevatoro*. Vai pelo corredor, segurando o sobretudo no gancho do dedo por cima do ombro, afrouxando o nó da gravata com a outra mão. A porta do quarto cantarola sua lírica simples: cinco-zero-cinco. Não significa nada. Luzes na neblina. Três algarismos arábicos. Inventados na Índia, aliás, como o jogo de xadrez, mas disseminado pelos árabes. Sunitas, xiitas. Sírios, egípcios. Ele se pergunta quanto tempo as várias facções em guerra, na Palestina, tardarão a perceber que nenhuma foi responsável pelo ataque. Um dia ou dois, uma semana talvez. O suficiente para que se instaure a confusão terminal, Litvak leve seus garotos para lá, Cashdollar mande apoio aéreo. A notícia seguinte: Tenenboym exercendo o cargo de gerente noturno do Jerusalém Luxington Parc.

Landsman vai para a cama e tira do bolso o joguinho de xadrez. Sua atenção acompanha as linhas de força, pula de casa em casa no encalço do assassino de Mendel Shpilman e Naomi Landsman. Ele descobre, para sua surpresa e alívio, que já sabe quem é o assassino: o físico nascido na Suíça, portador do Prêmio Nobel e jogador de xadrez medíocre Albert Einstein. Einstein com seu cabelo branco como neblina, um larguíssimo abrigo de moletom e olhos como túneis que chegam às profundezas do próprio tempo. Landsman persegue Albert Einstein no gelo branco leitoso, branco calcário, saltitando de casa em casa escura pelo tabuleiro relativista da culpabilidade e da expiação, pelo país imaginário dos pingüins e esquimós que os judeus nunca lograram herdar cabalmente.

Seu sonho faz o movimento do cavalo, e, com fervor característico, sua irmãzinha Naomi começa a lhe explicar a famosa prova einsteiniana do Eterno Retorno do judeu, o qual pode ser mensurado em termos do Eterno Exílio do judeu, prova essa que o grande homem deduziu a partir da observação da trepidação da asa de um avião e da flutuação de uma escura flor de fumaça subindo do flanco de uma montanha de gelo. O sonho de Landsman parteja outro lento sonho de *iceberg*, e o gelo murmura com fluorescência. Em certo ponto, o murmúrio que assola Landsman e seu povo desde a aurora do tempo, que alguns, em sua demência, confundiram com a voz de Deus, fica preso na janela do 505 como a luz dentro de um *iceberg*.

Landsman abre os olhos. Nas frestas da veneziana, o clarão do dia zumbe feito uma mosca presa. Naomi está morta outra vez, e o imbecil do Einstein é inocente de todas as malfeitorias no caso Shpilman. Landsman não sabe absolutamente nada. Sente uma dor no abdômen que, no primeiro momento, toma por tristeza, mas logo constata que o que está sentindo é fome mesmo. Um desejo, aliás, de repolho recheado. Consulta o Shoyfer para saber as horas, mas a bateria está descarregada. O gerente diurno informa, quando Landsman telefona para a recepção, que são nove e meia da manhã de quinta-feira. Repolho recheado! Toda noite de quarta-feira é noite da Romênia no Vorsht, e a sra. Kalushiner sempre tem um resto na manhã seguinte. A morcega velha serve o melhor *sarmali* de Sitka. Ao mesmo tempo leve e denso, a pimenta a predominar sobre o agridoce, tudo untado de creme azedo fresco, enfeitado com raminhos de dill também fresquíssimo. Ele faz a barba, veste o mesmo terno em petição de miséria e põe a gravata pendurada na maçaneta. Está pronto para consumir o próprio peso em *sarmali*. Mas, ao chegar ao térreo, bate os olhos no relógio sobre os escaninhos de correspondência e percebe que está nove minutos atrasado para a audiência na corregedoria.

Quando passa pelo corredor do módulo da Administração e entra na sala 102, escorregando mais que cachorro em ladrilho encerado, está vinte e dois minutos atrasado. Não encontra senão uma comprida mesa de fórmica e cinco cadeiras, uma para cada membro da corregedoria. Sua superior hierárquica se acha sentada na borda da mesa, balançando as pernas cruzadas, o bico pontiagudo dos sapatos apontado diretamente para o coração de Landsman. As cinco cadeiras de couro de espaldar alto estão vazias.

A aparência de Bina é das piores, diabólica até. O *tailleur* marrom-gaivota todo amassado e desabotoado. O cabelo parece ter sido amarrado para trás com um canudinho de refrigerante. Faz tempo que se livrou da meia-calça: pernas nuas e salpicadas de sardas claras. Landsman recorda com estranho prazer sua maneira de jogar fora um par de meias desfiadas, rasgando-as até que virassem um pompom de raiva antes de atirá-las na lata de lixo.

"Pára de olhar para as minhas pernas", diz ela. "Pode parar, Meyer. Olha para a minha cara."

Landsman obedece, olhando diretamente para os buracos de seu olhar de cano duplo. "Eu perdi a hora", diz. "Desculpe. Eles me trancafiaram por vinte e quatro horas, e quando..."

"Eles me retiveram por trinta e uma horas", atalha Bina. "Eu acabo de sair de lá."

"Então eu que me foda com as minhas lamúrias, para começar."

"Para começar."

"Como foi com você?"

"Eles me trataram bem", responde ela com cínico amargor. "Eu entreguei os pontos. Contei tudo."

"Eu também."

"Pois é", diz Bina, abrangendo a sala com um gesto, as mãos viradas para cima, como se acabasse de fazer uma coisa sumir. Seu tom jocoso não é um bom sinal. "Sabe de uma coisa?"

"Eu morri", arrisca Landsman. "A corregedoria me deu um banho de cal viva e me enterrou."

"A verdade é que eu recebi uma ligação no meu celular hoje cedo, nesta sala, às oito e cinqüenta e cinco. Depois de ter bancado a palhaça e gritado até perder a voz para que me deixassem sair do Edifício Federal para poder vir aqui e sentar naquela cadeira, atrás de você, a tempo e pronta para me levantar e defender o meu detetive.

"Hum."

"A audiência foi cancelada."

Bina pega a bolsa, vasculha-a e tira uma arma. Acrescenta-a à bateria formada por seu olhar de espingarda e o bico pontiagudo dos sapatos. Uma M-39 serrada. Uma etiqueta de manilha pende de um barbante amarrado no cano. Ela a joga em direção à cabeça de Landsman. Ele consegue apanhar a arma, mas deixa cair a carteira com o distintivo que segue logo atrás. Depois vem um saquinho com o carregador de Landsman. Mais uma breve busca na bolsa resulta num formulário de aspecto criminoso e seus triplicados comparsas. "Quando você for seguir adiante e quebrar a cara neste DOD-2255, detetive Landsman, estará reinvestido, com vencimentos integrais e benefícios, na qualidade de membro ativo da Polícia Distrital, Delegacia Central de Sitka."

"Eu vou trabalhar outra vez."

"Mais... quanto mesmo? Mais cinco semanas. Divirta-se."

Landsman sopesa o seu *sholem* como um herói shakespeariano a contemplar uma caveira. "Eu devia ter pedido um milhão de dólares", diz. "Aposto que ele dava."

"Maldito seja aquele cara", rosna Bina. "Malditos sejam todos aqueles caras. Eu sempre soube que eles estavam lá. Lá em Washington. Pairando sobre a nossa cabeça. Manipulando os cordéis. Definindo a agenda. É claro que eu sabia. Todo mundo sabia. Nós fomos criados sabendo disso, certo? Somos tolerados aqui. Meros hóspedes. Mas eles nos esqueceram durante tanto tempo. Nos deixaram ao deus-dará. Era fácil a gente se iludir. Acreditar que tinha um pouco de autonomia, só um pouquinho, sem nenhum exagero. Eu pensei que trabalhasse para *todo o mundo*. Você sabe. Servindo o público. Defendendo a lei. Mas, na verdade, trabalhava só para Cashdollar."

"Você acha que eu devia ter sido exonerado, não acha?"

"Não, Meyer."

"Eu sei que às vezes passo um pouco os limites. Atrás das minhas intuições. A própria rotina do porra-louca."

"Você pensa que eu estou brava porque eles te devolveram o distintivo e a arma?"

"Não, nem tanto, não. Mas o cancelamento da audiência. Eu sei que você gosta das coisas feitas nos conformes, dentro das normas."

"Eu gosto mesmo das coisas dentro das normas", diz ela com voz tensa. "Acredito nas normas."

"Eu sei disso."

"Se você e eu tivéssemos ficado dentro das normas mais um pouco", diz Bina, e algo perigoso parece brotar entre eles. "Você e as suas intuições, um ano negro para elas."

Então ele quer lhe contar: a história que há três anos conta para si. Que, quando Django foi arrancado do corpo dela, Landsman deteve o médico no corredor da sala de cirurgia. Bina mandara perguntar ao bom médico se havia uma utilidade, um objetivo ou estudo à disposição do qual se podiam colocar os ossos e os órgãos em formação.

"A minha mulher queria saber", ele começou a dizer, mas vacilou.

"Se havia algum defeito visível?", atalhou o médico. "Não. Nada. O bebê parecia normal." Reparou, tarde demais, na expressão de horror que desabrochava na fisionomia de Landsman. "Claro, isso não significa que não houvesse nada de errado."

"Claro."

Nunca voltou a ver aquele médico. O destino último daquele corpinho, do pequeno Landsman sacrificado ao deus das suas próprias obscuras intuições, era uma coisa que ele nunca teve ânimo nem coragem de investigar.

"Eu também fiz acordo com ele, Meyer", diz Bina antes que ele faça a confissão. "O mesmo acordo de merda. Em troca do meu silêncio."

"Para você continuar na polícia?

"Não. Para *você* continuar."

"Obrigado", diz Landsman. "Muito obrigado, Bina. Eu fico agradecido."

Ela mergulha o rosto entre as mãos e massageia as têmporas. "Eu também fico agradecida", diz. "Por você ter me lembrado da grande avacalhação que é isto aqui."

"Foi um prazer", diz ele. "Que bom que eu ajudei."

"Aquele merda de Cashdollar. O cabelo dele não se mexe. É como se estivesse soldado na cabeça."

"Ele disse que não teve nada a ver com Naomi", diz Landsman. Faz uma pausa e morde o lábio. "Disse que foi o cara que estava no lugar dele antes."

Tenta manter a cabeça erguida enquanto fala, mas não tarda a se surpreender olhando para as costuras dos sapatos. Bina estende a mão, hesita, então lhe aperta o ombro. Passa dois segundos completos com a mão nele, o suficiente para abrir uma ou duas fissuras em Landsman.

"Também negou envolvimento com Shpilman. Mas eu esqueci de perguntar de Litvak." Landsman ergue a vista, e ela retira a mão. "Cashdollar te contou aonde o levaram? Será que ele está indo para Jerusalém?"

"Tentou bancar o misterioso quanto a isso, mas acho que ele não sabe. Eu o ouvi dizer a não sei quem, no celular, que iam chamar uma equipe de criminalística de Seattle para examinar o quarto do Blackpool. Talvez fosse uma coisa que Cashdollar queria que eu ouvisse. Mas tenho de dizer que todos eles parecem desnorteados com o nosso amigo Alter Litvak. Parecem não ter a menor idéia do seu paradeiro. Vai ver que ele pegou a grana e fugiu. A esta altura, deve estar a caminho de Madagascar."

"Talvez", diz Landsman e, a seguir, mais devagar, "talvez."

"Deus me livre, estou sentindo a chegada de mais uma intuição."

"Você disse que estava agradecida."

"Sim, mas foi de modo ambíguo e irônico."

"Olha, eu bem que precisava de uma mãozinha. Quero dar mais uma olhada no quarto de Litvak."

"É impossível entrar no Blackpool. O prédio todo está submetido a uma espécie de isolamento federal."

"Acontece que eu não quero entrar no Blackpool. Quero ir por baixo dele."

"Por baixo?"

"Ouvi dizer que há uns, bem, uns túneis lá embaixo."

"Túneis."

"Os túneis de Varsóvia, é assim que são chamados, ouvi dizer."

"Você precisa de uma mãozinha para segurar a sua", diz ela. "Num túnel fundo, escuro, sujo e velho."

"Só no sentido metafórico."

43.

No alto da escada, Bina tira da enorme bolsa uma lanterna-chaveiro e a entrega a Landsman. A lanterninha anuncia ou, possivelmente, alegoriza o serviço de uma agência funerária de Yakovy. Depois ela empurra para o lado alguns dossiês, uma pilha de processos, uma escova de cabelo de madeira, um bumerangue mumificado que outrora deve ter sido uma banana num saco plástico, um exemplar da *People*, e acaba achando um apetrecho feito de tiras de couro, que sugere um brinquedo sexual sadomasoquista, dotado de uma espécie de lata redonda. Enfia a cabeça no meio dessa coisa e envolve o cabelo nas tiras negras. Quando ergue o corpo e vira a cabeça, uma lente prateada se acende e se apaga, atingindo o rosto de Landsman. Ele chega a sentir a escuridão iminente, chega a sentir a própria palavra "túnel" cavar-lhe a caixa torácica.

Eles descem a escada e chegam à sala de achados e perdidos. A fuinha empalhada lhes endereça um olhar hostil quando passam. A corda que serve de trinco da porta do alçapão pende solta. Landsman tenta recordar se tornou a enganchá-la no prego antes de sua inglória retirada na noite de quinta-feira. Fica ali, esquadrinhando a memória, e enfim desiste.

"Eu vou na frente", diz Bina.

Pondo-se de quatro com os joelhos nus, ela se enfia no espaço exíguo. Landsman continua onde está. O pulso latejante, a língua seca, todo o sistema vegetativo envolvido na enfadonha história de sua fobia, mas o radiorreceptor de que todo judeu é dotado para receber as transmissões do Messias ressoa ante o panorama da bunda de Bina, seu longo e bem traçado arco é uma espécie de letra alfabética mágica, uma runa com o poder de remover a laje de pedra sob a qual Landsman sepultou seu desejo por ela. Lancina-o a consciência de que, por poderoso que seja o sortilégio do qual ainda é prisioneiro, ele nunca mais será autorizado a, milagre dos milagres, mordê-la. Mas a bela visão não tarda a desaparecer nas trevas com o resto de Bina, e Landsman fica encalhado. Balbucia consigo, argumenta consigo, desafia-se a ir atrás dela, e então Bina diz: "Entra aqui", e ele obedece.

Com a ponta dos dedos, ela segura a curva do disco de madeira compensada, ergue-o e o passa para Landsman; em seu rosto a refletir a luz da lanterna dele, estampa-se uma solenidade travessa que há anos ele não via. Quando eram meninos, Landsman podia subir ao quarto dela à noite, esgueirando-se pela janela, para lá dormir, e essa era a cara que Bina fazia ao subir a guilhotina.

"É uma *escada*!", diz. "Meyer, você não desceu por ela? Quando esteve aqui naquela noite?"

"Bom, não, eu estava meio... na verdade, eu não..."

"Sim, já sei", diz ela com delicadeza. "Tudo bem."

Bina vai descendo degrau de aço por degrau de aço, e, uma vez mais, Landsman a segue. Ouve-a grunhir ao saltar, ouve o metálico arrastar de seus sapatos. Então despenca na escuridão. Bina o segura e quase consegue mantê-lo de pé. A lâmpada em sua testa esparrama luz aqui, ali, acolá, traçando um apressado esboço do túnel.

Trata-se de outro cano de alumínio que se estende perpendicularmente àquele por onde os dois acabam de descer. Quando endireita o corpo, Landsman esbarra o chapéu em seu arco. O túnel termina bem atrás deles, numa cortina de terra úmida e preta, e dali segue em linha reta por baixo da rua Max Nordau, em direção ao Blackpool. O ar é frio e planetário, com um matiz de ferro. Alguém pôs ali um piso de madeira compensada, e, à medida que eles avançam com ruído, as lanternas iluminam marcas de botas que lá pisaram.

Quando calculam que estão atravessando a rua Max Nordau, eles dão com outro cano que vai de leste a oeste, ligando o túnel em que estavam a toda uma rede subterrânea construída como abrigo de futuros ataques. Túneis que levavam a túneis, depósitos, *bunkers*.

Landsman pensa na horda de *yids* que chegaram com seu pai, os que, ao invés de combalidos pelo sofrimento e o horror, ficaram até mais determinados. Ex-*partisans*, combatentes da resistência, guerrilheiros comunistas, sabotadores sionistas de esquerda — a ralé, como os designavam os jornais do Sul — que apareceram em Sitka depois da guerra, a alma vulcanizada. Judeus esses que, tal como Hertz Shemets, travaram com os Ursos Polares a sua danada batalha pelo controle do distrito. Eles sabiam, aqueles homens ousados e devastados, como sabiam qual era o gosto da própria língua, que seus salvadores um dia os trairiam. Embrenharam-se naquela terra selvagem que nunca tinha visto um judeu e começaram a se preparar para o dia em que viriam agrupá-los, mandá-los pegar mala e cuia, obrigá-los a se defender. Então, um por um, aqueles homens e mulheres astutos, raivosos, foram cooptados, assassinados, engordados, jogados uns contra os outros ou domados pelo tio Hertz e suas intermináveis operações.

"Nem todos", pondera Bina, sua voz, como a de Landsman, a ricochetear nas paredes do túnel. "Alguns simplesmente se deram bem aqui. Começaram a esquecer um pouco. Sentiramse em casa."

"Acho que é sempre assim. O Egito. A Espanha. A Alemanha."

Eles seguem as pranchas de compensado até outro cano que se abre no alto, também equipado com degraus.

"Você vai na frente", diz Bina. "Para variar, eu é que vou ficar olhando a sua bunda."

Landsman se pendura no degrau mais baixo e vai subindo. Uma réstia de fraca luz passa por uma rachadura ou buraco na tampa que cobre a extremidade do cano. Ele empurra a tampa e ela resiste, uma grossa folha de madeira compensada que não se mexe nem cede. Ele a pressiona com o ombro.

"Qual é o problema?", pergunta Bina, de baixo de seus pés, a luz da lanterna a gingar nos olhos dele.

"Não abre. Deve ter alguma coisa em cima. Ou então..."

Landsman tateia à procura do buraco, e sua mão resvala em algo frio e rígido. Ele retrocede, então seu tato detecta a presença de uma barra de ferro, um cabo bem esticado. Acende a lanterna. Um fio encapado, amarrado e passando pelo buraquinho pelo lado de cima, depois bem esticado e atado ao último degrau da escada.

"O que é, Meyer? O que eles fizeram?"

"Amarraram a tampa quando saíram para que ninguém os seguisse aqui embaixo. Amarraram com um fio bem comprido."

44.

Soprando do continente, um vento *ganef* veio saquear o tesouro de neblina e chuva de Sitka e não deixou senão teias de aranha e uma luzidia moedinha num cofre azul anil. Às 12h03, o sol está alto. Ao declinar, mancha os paralelepípedos e o estuque da *platz* de uma vibração luminosa, cor de violino, que só uma pedra não acharia pungente. Landsman, o esconjurado, pode até ser um *shammes*, mas de pedra ele não é.

A caminho da ilha Verbov na 25ª Avenida, ele e Bina sentem em cada esquina o aroma penetrante do *tzimmes* fervente que em toda parte se cozinha. Nessa ilha, com a mistura de regozijo e pavor, o cheiro fica mais intenso do que em qualquer outro lugar. Cartazes e faixas anunciam a iminente proclamação do reino de Davi e exortam os fiéis a se preparar para o retorno a Eretz Yisroel. Muitos desses anúncios parecem espontâneos, escorridos caracteres traçados com *spray* em lençóis e folhas de papel de embrulho. Nas ruas transversais, multidões de mulheres e comerciantes discutem aos berros, tentando aviltar ou inflacionar o preço das malas, do sabão concentrado, do protetor solar, das baterias, das barras de proteína, das peças de lã leve. No fundo das ruelas, imagina Landsman, nos porões e nos vãos, um mercado mais discreto arde como fogo abafado: drogas de prescrição obrigatória, ouro, armas automáticas. Eles passam por grupos compactos de gênios de esquina tecendo comentários acerca de quais famílias devem receber quais contratos quando chegarem à Terra Santa, qual dos meliantes vai tocar o jogo, o contrabando de cigarros, o tráfico de armas. Pela primeira vez desde que Gaystick ganhou o campeonato, desde a Feira Mundial, talvez pela primeira vez em sessenta anos — pelo menos é o que parece a Landsman — está acontecendo realmente alguma coisa no distrito de Sitka. Que coisa é essa ainda resta saber, nem mesmo o mais erudito dos *rebbes* de calçada tem idéia.

Mas, ao chegar ao centro da ilha, à réplica fiel do coração perdido da antiga Verbov, eles não vêem o menor sinal do fim do exílio, da desmedida alta de preços, da revolução messiânica. Na extremidade mais estreita da praça, a residência do *rebbe* verbôver conserva a aparência sólida e eterna de uma casa de sonho. Como uma transferência bancária, a fumaça sobe de sua esplêndida chaminé para logo ser atocaiada pelo vento. Sombrios, os Rudashevskys matinais estão em seu posto, e na cumeeira acha-se empoleirado o galo preto, o casaco a se sacudir ao vento, o bandolim semi-automático em punho. Na praça, as mulheres descrevem o ordinário circuito cotidiano, empurrando carrinhos de bebê com meninos e meninas pequenos demais para ir à escola. Vez por outra, param para tecer e desemaranhar as madeixas de respiração que as enovelam. Pedaços de jornal, folhas e poeira executam improvisados jogos de *dreidl* nas entradas arqueadas das casas. Um par de homens de casaco comprido passa curvado pela ventania a caminho da casa do *rebbe*, os *peót* a balançarem. Pela primeira vez, a queixa tradicional, equivalente a um credo ou pelo menos a uma filosofia, do judeu de Sitka — *Ninguém dá a mínima para a gente, enfurnada aqui entre Hoonah e Hotzeplotz* — revela-se para Landsman uma verdadeira bênção nos últimos sessenta anos, não a aflição que todos supunham em seu remanso de geografia e história.

"Quem mais há de querer viver neste galinheiro?", pergunta Bina, ecoando-lhe o pensamento à sua maneira, fechando até acima do queixo o zíper da parca alaranjada. Bate a porta do carro de Landsman e intercambia olhares rituais com um aglomerado de mulheres do outro lado da ruela da oficina do perito em demarcação. "Este lugar é como um olho de vidro, uma perna de pau, coisa que não se pode empenhar."

Em frente ao sombrio celeiro, o aprendiz atormenta um trapo com um cabo de vassoura. O trapo está embebido num solvente com odor psicotrópico, o rapaz ficou exilado em três irremíveis ilhas de graxa de automóvel no cimento. Cutuca e acaricia o trapo com a ponta do cabo de vassoura. Quando repara em Bina, seu rosto é tomado por uma mistura de pavor e reverência. Se ela fosse o próprio Messias de parca alaranjada chegando para redimi-lo, a expressão do pobre-diabo seria mais ou menos a mesma. Seu olhar fica preso nela, e então ele tem de desviá-lo com um cuidado brutal, como quem tira a língua de um corrimão congelado.

"O *reb* Zimbalist?", pergunta Landsman.

"Está aí", responde o aprendiz, apontando com o beiço para a porta da oficina. "Mas está muito ocupado."

"Ocupado como você?"

O rapazinho dá mais um erradio cutucão no trapo. "Eu estava estorvando." Faz a citação com um floreado de autocomiseração, depois aponta um pômulo para Bina sem envolver no gesto nenhuma outra parte do rosto. "Ela não pode entrar", diz com firmeza. "Não é conveniente."

"Está vendo isto aqui, meu amor?", Bina dá uma carteirada. "Eu sou como dinheiro. Sempre conveniente."

O aprendiz recua um passo, e o cabo de vassoura desaparece às suas costas como se, de algum modo, pudesse incriminá-lo. "Vocês vieram prender o *reb* Itzik?", pergunta.

"Não", diz Landsman, dando um passo em direção ao rapaz, "por que a gente ia fazer uma coisa dessas?"

Uma característica de qualquer aprendiz de *yeshiva* é sempre saber contornar uma pergunta.

"Como é que eu vou saber?", diz ele. "Diga uma coisa, por favor, se eu fosse um advogado engravatado, estaria aqui fora, para lá e para cá, com um trapo na ponta de um cabo de vassoura?"

No interior da oficina, Zimbalist e sua equipe estão reunidos em torno à mesa grande com o mapa, uma dúzia de judeus corpulentos de macacão amarelo, todos de queixo coberto pelos enredados rolos da barba. A presença de uma mulher no recinto os perturba feito uma mosca varejeira. Zimbalist é o último a tirar os olhos do problema estendido na mesa à sua frente. Ao ver quem veio trazer a mais recente e espinhosa pergunta ao perito em demarcação, balança a cabeça e grunhe com um quê de repreensão, como se Landsman e Bina tivessem chegado atrasados à reunião.

"Bom dia, cavalheiros", diz Bina com voz estranhamente aflautada e tranqüila naquele grande celeiro masculino. "Eu sou a inspetora Gelbfish."

"Bom dia", diz o perito em demarcação.

Seu rosto anguloso e descarnado é tão ilegível quanto uma lâmina ou uma caveira. Com mãos hábeis, Zimbalist enrola a planta ou mapa, ata-o com um barbante e se vira para guardá-lo na estante, onde ele desaparece entre mil companheiros. Seus movimentos são os de um velho para quem a pressa é um vício olvidado. O passo é trôpego, mas suas mãos são ágeis e precisas.

“Terminado o almoço”, diz à equipe, embora não se veja o menor vestígio de comida.

Os homens hesitam, formando um *eruv* irregular ao redor do perito em demarcação, prontos para protegê-lo da encrenca profana que entre eles se apresenta com um par de distintivos.

“Acho melhor os rapazes ficarem”, diz Landsman. “Pode ser que a gente precise conversar com eles também.”

“Vão esperar nos furgões”, ordena-lhes Zimbalist. “Vocês estão estorvando.”

Eles começam a atravessar a zona de material rumo à garagem. Um dos empregados se volta, cofiando, com dúvida, o rolo da barba.

“Já que o almoço terminou, *reb* Zimbalist, tudo bem se a gente jantar agora?”

“Jantem e tomem o café-da-manhã também”, responde o velho. “Vocês vão passar a noite inteira no batente.”

“Muito trabalho?”, pergunta Bina.

“Está brincando? Eles vão levar anos para recolher toda essa bagunça. Eu tenho de alugar um caminhão-contêiner.”

Vai até a chaleira elétrica e começa a preparar três copos. “*Nu*, Landsman, eu ouvi dizer que você perdeu o uso desse distintivo durante algum tempo”, diz.

“Você ouve dizer muita coisa, não?”

“Eu ouço o que ouço.”

“Nunca ouviu dizer que o pessoal andou cavando túneis por baixo de Undershtat para o caso de os americanos se voltarem contra nós e decidirem encenar uma *ação*?”

“Eu diria que tenho uma vaga lembrança disso. Agora que você tocou no assunto.”

“Por acaso você não possui uma planta desses túneis? Mostrando por onde passam, onde se cruzam etc.?”

O velho continua de costas para eles, abrindo os envelopes que contêm os saquinhos de chá. "Se não tivesse", diz, "que diabo de perito em demarcação eu seria?"

"Neste caso, se, por um motivo qualquer, quisesse, por exemplo, fazer alguém entrar ou sair do subsolo do hotel Blackpool, na rua Max Nordau, sem ser visto. Você conseguiria?"

"Por que eu ia querer fazer uma coisa dessas?", contesta Zimbalist. "Eu não poria nem o *chihuahua* da minha sogra naquele pulgueiro."

Desliga a chaleira da tomada antes que a água ferva e mergulha os saquinhos de chá um-dois-três. Coloca os copos numa bandeja com um pote de geléia e três colherinhas, e eles se sentam à escrivaninha no canto. É com relutância que os saquinhos de chá entregam sua cor à água morna. Landsman distribui *papiros* e os acende. Dos furgões chegam os gritos dos homens, ou as risadas, ele não sabe ao certo.

Bina passeia pela oficina, admirando a massa e a variedade de fios, pisando com cautela para evitar um pedaço solto de alambrado, de borracha cinzenta com uma rubra ponta de cobre.

"Você nunca cometeu um erro?", pergunta ao perito em demarcação. "Dizer a um freguês que ele pode carregar num lugar em que não pode? Traçar uma linha onde não há necessidade de linha nenhuma?"

"Eu não me atrevo a cometer erros. Carregar coisas no shabat é uma violação grave. Se as pessoas começarem a achar que os meus mapas não merecem confiança, eu estou liquidado."

"Nós ainda não temos a impressão digital balística da arma que matou Mendel Shpilman", diz Bina com cuidado. "Mas você viu a ferida, Meyer."

"Vi."

"Parecia ter sido feita por uma Glock, digamos, ou por uma TEC-9 ou outra automática qualquer?"

"Na minha modesta opinião, não", responde Landsman.

"Você passou um bom e precioso tempo na companhia da equipe de Litvak e suas armas de fogo."

"E adorei cada minuto."

"Viu algo na caixa de brinquedos deles que não fosse uma automática?"

"Não. Não, inspetora, não vi."

"O que isso prova?", diz Zimbalist, acomodando o delicado traseiro na almofada inflável em forma de *donut*. "Ou melhor, por que eu me importaria com isso?"

"À parte o seu interesse geral, pessoal, em ver justiça feita nesse caso, é claro", diz Bina.

"À parte isso", concorda o velho.

"Detetive Landsman, você acha que Alter Litvak matou ou mandou matar Shpilman?"

Landsman olha diretamente para a cara do perito em demarcação e diz: "Não. Ele não faria isso. Além de precisar de Mendel, o *yid* estava começando a *acreditar* nele".

Zimbalist pestaneja e passa o dedo na asa do nariz, analisando o que acaba de ouvir, como se fosse o rumor de um córrego recém-nascido que o obrigará a redesenhar um de seus mapas.

"Essa eu não engulo", conclui. "Qualquer outro. Qualquer um. Menos esse *yid*."

Landsman nem pensa em discutir. Zimbalist pega seu copo de chá. Uma veia de ferrugem se retorce na água como vidro colorido numa bolinha de gude.

"O que você faria se uma coisa que você vive dizendo que é uma das linhas do seu mapa", indaga Bina, "fosse na verdade uma dobra, por exemplo? Um fio de cabelo. Um rabisco. Algo assim. Você contaria a alguém? Ia procurar o *rebbe*? Reconheceria que cometeu um erro?"

"Isso não aconteceria nunca."

"Mas se acontecesse. Você conseguiria conviver consigo mesmo?"

"Inspetora Gelbfish, se você mandasse um inocente passar muitos anos na cadeia, o resto da vida, conseguiria conviver consigo mesma?"

"Isso acontece a toda hora", diz Bina. "Mas eu estou aqui."

"Ora essa", diz o perito. "Então eu acho que você sabe como eu me sinto. Aliás, uso o termo 'inocente' de maneira muito ampla."

"Eu também", diz Bina. "Sem dúvida nenhuma."

"Em toda a minha vida, eu só conheci um homem que podia ser descrito por essa palavra."

"Então você está mais adiantado que eu."

"Do que eu também", diz Landsman, sentindo saudade de Mendel Shpilman como se eles tivessem sido grandes amigos durante anos. "Lamento muito dizer."

"Sabe o que andam dizendo?", pergunta Zimbalist. "Esses gênios entre os quais eu moro? Andam dizendo que Mendel vai voltar. Que tudo vai acontecer exatamente como está escrito. Que, quando chegarem a Jerusalém, Mendel vai estar lá, à espera deles. Pronto para governar Israel."

Começam a escorrer lágrimas nas encovadas bochechas do perito em demarcação. Passado algum tempo, Bina tira um lenço da bolsa, limpo e passado. Zimbalist o aceita e o observa por um momento. Depois sopra um grande *tekiah* com seu nariz de *shofar*.

"Eu gostaria muito de voltar a vê-lo", diz. "Reconheço que gostaria."

Bina pendura a pesadíssima bolsa no ombro. "Junte as suas coisas, caro Zimbalist."

O velho se sobressalta. Move os lábios como se estivesse tentando acender um cigarro invisível. Pega uma tira de couro cru que está na escrivaninha, dá-lhe um nó e torna a pousá-la. Logo volta a pegá-la e desfaz o nó. "Minhas coisas", diz enfim. "Quer dizer que eu estou preso?"

"Não. Mas quero que você venha conversar mais um pouco com a gente. Pode chamar o seu advogado se quiser."

"O meu advogado."

"Eu acho que você tirou Alter Litvak do seu quarto de hotel. Acho que fez alguma coisa com ele, congelou-o, matou-o talvez. Quero descobrir."

"Você não tem prova nenhuma", defende-se Zimbalist. "Está é jogando verde."

"Ela tem uma pequena prova", diz Landsman.

"De mais ou menos um metro", completa Bina. "Você consegue enforcar um homem com um metro de corda, senhor Zimbalist?"

O perito sacode a cabeça, meio irritado, com irreverência, tendo já recuperado a pose e a compostura. "Vocês estão perdendo o meu tempo e o de vocês", diz. "Eu tenho uma quantidade enorme de trabalho a fazer. E vocês mesmos admitem, com base em sua própria teoria, que não encontraram quem matou Mendele. Portanto, com o devido respeito, por que não se ocupam disso e me deixam em paz? Voltem quando tiverem prendido o suposto verdadeiro assassino, e eu lhes conto o que sei de Litvak, que, no momento, aliás, é oficialmente e para sempre nada."

"A coisa não funciona assim", diz Landsman.

"Tudo bem", diz Bina.

"Tudo bem!", diz Zimbalist.

Landsman olha para Bina. "Tudo bem?"

"A gente prende quem matou Mendel Shpilman", diz ela, "você nos dá a informação. Informação *útil* sobre o desaparecimento de Litvak. Se ele ainda estiver vivo, você nos entrega Litvak."

"Fechado", concorda o perito em demarcação. Estende a garra direita, toda manchas e nós, e Bina a aperta.

Embasbacado, Landsman se levanta e aperta a mão do perito em demarcação. Depois segue a ex para fora da oficina e para dentro do dia declinante, e seu choque se intensifica quando ele percebe que Bina está chorando. Ao contrário das de Zimbalist, as dela são lágrimas de fúria.

"Não acredito que eu *tenha feito* isso", diz ela, servindo-se de um lenço do seu infindável estoque. "É o tipo da coisa que *você* faria."

"As pessoas que eu conheço vivem tendo esse problema", diz Landsman. "De repente, acabam agindo como eu."

"Nós somos agentes da lei. Nós defendemos a lei."

"Sempre dentro dos conformes. Por assim dizer."

"Vá à merda."

"Quer voltar lá e prendê-lo?", pergunta Landsman. "A gente pode. A gente tem o fio lá do túnel. Pode prendê-lo. Para começar."

Bina sacode a cabeça. O aprendiz, no seu mapa de manchas, observa-os, puxa para cima o fundilho da calça de sarja preta e escuta tudo. Landsman decide que é melhor tirá-la de lá. Pela primeira vez em três anos, enlaça-a com o braço e a conduz até o Super Sport, depois o contorna até o outro lado e se instala ao volante.

"A lei", diz ela. "Eu já nem sei que lei é essa. Agora só estou compensando a merda toda."

Ficam em silêncio, e Landsman se engalfinha com o perpétuo problema dos detetives: ser obrigado a afirmar o óbvio.

"Eu até que gosto dessa nova Bina despirocada e confusa", diz. "Mas é bom frisar que nós não temos nenhuma pista real no caso Shpilman. Nenhuma testemunha. Nenhum suspeito."

"Pois é. Neste caso, é melhor você e o seu parceiro tratarem de arrumar um suspeito, puta que pariu", retruca ela. "Não acha?"

"Sim, senhora."

"Vamos embora."

Ele liga o motor, engata a marcha do Super Sport.

"Espera", diz Bina. "O que é isso?"

Do outro lado da praça, um quatro por quatro grande e preto vira a esquina do lado leste da casa do *rebbe* e pára. Saem dois Rudashevsky. Um deles dá a volta para abrir o porta-malas do veículo. O outro aguarda no pé da escadinha lateral, as mãos frouxamente entrelaçadas às costas. Pouco depois, mais dois Rudashevsky saem da casa, carregando várias centenas de metros cúbicos de luxuosa bagagem pintada à mão. Às pressas e sem muita consideração pelas leis da geometria espacial, os quatro Rudashevsky enfiam todos os baús e malas na traseira do quatro por quatro.

Quando eles concluem a tarefa, um considerável pedaço da casa se desprende e cai em seus braços, envergando um esplêndido casaco castanho de alpaca. O *rebbe* verbôver não olha para cima, nem para trás, nem à sua volta, não olha para o mundo que ele reconstruiu e agora vai abandonar. Limita-se a deixar que os Rudashevsky nele façam o seu *quantum* de *origami*, dobrando-o com suas bengalas no banco traseiro da quatro por quatro. O *yid* simplesmente se une à bagagem e vai embora.

Cinqüenta e cinco segundos depois, eis que um segundo quatro por quatro estaciona, e duas mulheres de vestido comprido e cabeça coberta, trazendo numerosa bagagem e algumas crianças, são levadas ao banco traseiro. Nos onze minutos seguintes, o processo se repete com mulheres, crianças e novas quatro por quatro pretas.

"Tomara que o avião deles seja grande", diz Landsman.

"Eu não a vi", diz Bina. "Você a viu?"

"Acho que não. E também não vi Shprintzl, a fofa."

Meio segundo depois, o Shoyfer de Bina toca.

"Gelbfish. Sim. Eu estava intrigada mesmo. Sei. Entendo." Ela desliga o celular. "Vá para o fundo da casa", diz. "Ela já viu o seu carro."

Landsman entra com o Super Sport num beco estreito e num pátio atrás da casa do *rebbe*. Fora o carro, nada na cena pareceria estranho cem anos atrás. Calçamento de pedra, paredes de alvenaria, vitrais, uma comprida galeria revestida de madeira.

"Ela vai sair?"

Bina não responde e, ao cabo de um instante, uma porta azul de madeira se abre numa ala baixa da casa altíssima. A ala fica num ângulo enviesado em relação ao resto do prédio e se inclina com pitoresca precisão. Batsheva Shpilman continua mais ou menos vestida para enterro, a cabeça e o rosto envoltos num longo véu liso. Não atravessa o espaço de dois metros e pouco que a separa do automóvel; simplesmente fica postada no vão da porta, a fiel corpulência de Shprintzl Rudashevsky a pairar na sombra às suas costas.

Bina abre a janela do seu lado. "A senhora não vai embora?", pergunta.

"Vocês o capturaram?"

Bina não banca a palhaça. Limita-se a sacudir a cabeça.

"Então eu não vou."

"Pode ser que demore um pouco. Pode ser que demore mais do que o tempo que nos resta."

"Espero que não", diz a mãe de Mendel Shpilman. "O tal Zimbalist vai mandar seus idiotas de pijama amarelo numerarem cada pedra da casa para que seja desmontada e depois remontada em Jerusalém. Se eu ainda estiver aqui dentro de quinze dias, vou dormir na garagem de Shprintzl."

“Será uma grande honra”, diz uma sombra que pode ser um asno falante com voz muito grave ou Shprintzl Rudashevsky atrás da mulher do *rebbe*.

“Nós vamos pegá-lo”, diz Bina. “Isso o detetive Landsman jurou.”

“Nós sabemos o que valem as promessas dele”, diz a sra. Shpilman. “Você também.”

“Ei!”, exclama Landsman, mas ela já deu as costas e voltou a se internar no prediozinho enviesado do qual saiu.

“Tudo bem”, diz Bina, unindo as mãos. “Vamos começar. O que a gente faz agora?”

Landsman dá várias pancadas no volante, pensando no valor das suas promessas. Nunca foi infiel a Bina. Mas não tem dúvida de que a sua falta de fé destruiu o casamento. Não fé em Deus ou em Bina e em seu caráter, mas no preceito fundamental segundo o qual tudo quanto lhes acontecesse, a partir do momento em que se conheceram, bom ou ruim, seria predestinado. A insensata fé do coiote, capaz de nos manter sempre em frente enquanto continuarmos a acreditar.

“Eu passei o dia todo sonhando com repolho recheado”, responde.

45.

Do verão de 1986 à primavera de 1988, quando eles finalmente atropelaram os desejos dos pais de Bina e foram morar juntos, Landsman entrava e saía furtivamente da casa dos Gelbfish para fazer amor com ela. Toda noite, a menos que estivessem brigados e, às vezes, mesmo quando estavam brigados, ele subia pela calha e pulava a janela do quarto de Bina para se instalar em sua cama estreita. Pouco antes do amanhecer, ela o mandava embora.

Nesta noite, ele demorou muito mais e despendeu muito mais esforço do que sua vaidade gostaria de admitir. Quando estava na metade da escalada, pouco acima da sala de jantar do sr. Oysher, perdeu o sapato esquerdo e ficou pendurado, livre e miraculosamente, sobre o negro vazio do quintal dos Gelbfish. No alto, as estrelas, a Ursa, a Serpente, trocaram de lugar com a azálea e com os destroços do *sukkoh* dos vizinhos. Ao buscar um ponto de apoio, Landsman rasgou a perna da calça na braçadeira de alumínio, velha inimiga na peleja pelo controle da calha. As preliminares entre os amantes começaram com Bina secando o corte na canela de Landsman com um lenço. Aquela canela toda manchada e sardenta, com sua estranha florescência de pêlos pretos da meia-idade.

Ficaram deitados de lado, um casal de *yids* a caminho da velhice, unidos como as páginas de um álbum. As omoplatas de Bina cravadas no peito de Landsman. As rótulas deste encaixadas nos seus macios e úmidos jarretes. Os lábios dele podiam soprar de leve a cavidade da orelha dela. E uma parte de Landsman, que durante muito tempo foi o símbolo e o sítio da sua solidão, encontrou abrigo no bojo da superior hierárquica, com a qual ele foi casado por doze anos. Muito embora sua residência dentro dela tenha se tornado precária. Um bom espirro era capaz de expulsá-lo.

"O tempo todo", diz Bina. "Dois anos."

"O tempo todo."

"Nem uma única vez."

"Nem uma."

"Não se sentiu sozinho?"

"Muito."

"E triste?"

"Tristíssimo. Mas nunca triste ou sozinho a ponto de me iludir com a idéia de que trepar com uma judia qualquer fosse me fazer sentir melhor."

"Na verdade, transar por transar só serve para piorar as coisas", diz ela.

"Você fala por experiência."

"Eu transei com dois caras em Yakovy. Se é isso que você quer saber."

"É esquisito", diz Landsman depois de pensar um pouco. "Mas acho que não quero."

"Dois ou três."

"Não pedi nenhuma prestação de contas."

"Então, *nu*", diz ela, "quer dizer que você ficou na bronha mesmo?"

"Com uma disciplina que você acharia surpreendente num *yid* caótico como eu."

"E agora?"

"Agora? Agora é uma loucura. Para não falar no desconforto. Além disso, acho que a minha perna ainda está sangrando."

"Eu quero saber", diz ela, "se você está se sentindo *sozinho* agora."

"Está brincando? Comprimido aqui que nem sardinha em lata?"

Landsman mergulha o nariz na lixa densa e macia do cabelo de Bina e respira fundo. Uvas, vinagre, um toque de sal do suor de sua nuca.

"Que cheiro tem?"

"Tem cheiro de vermelho", diz ele.

"Mentira."

"Cheira à Romênia."

"Você é que tem cheiro de romeno", diz Bina. "Com pernas horrivelmente peludas."

"Eu envelheci."

"Eu também."

"Já nem posso subir escada. Meu cabelo está caindo."

"A minha bunda virou um mapa topográfico."

Landsman confirma essa informação com os dedos. Saliências e depressões, vez por outra, uma espinha em alto-relevo. Passa os braços por baixo e por cima da cintura da ex-mulher e a envolve para pegar um seio em cada mão. No começo, não consegue se recordar da forma ou estado anterior e se assusta um pouco. Fica sem termos de comparação. Mas logo decide que eles continuam sendo os mesmos de sempre, cabem perfeitamente em sua mão espalmada, formados de uma misteriosa combinação de gravidade com elasticidade.

"Pela calha eu não desço", diz ele. "Nem que a vaca tussa."

"Eu já disse que você pode usar a escada. A calha foi idéia sua."

"Tudo foi idéia minha. Sempre foi idéia minha."

"Isso eu não sei", diz ela.

Passam um longo tempo calados. Landsman sente a pele ao seu lado encher-se lentamente de escuro vinho. Minutos depois, Bina começa a roncar. É inegável que seu ronco não mudou em dois anos. Tem um zumbido de dupla vibração, um baixo contínuo de canto difônico mongol de mamangava. Tem a lenta grandiosidade da respiração de uma baleia. Landsman começa a derivar na superfície da cama e da respiração de Bina. Nos braços dela, na sua fragrância envolta em lençóis — um cheiro forte, mas agradável, como de luvas de couro novas —, ele se sente a salvo pela primeira vez em séculos. Letárgico e satisfeito. Pois é, Landsman, pensa. Eis o cheiro e eis na sua barriga a mão pela qual você negociou toda uma existência de silêncio.

Ele se senta, totalmente desperto e sentindo-se odioso, derrotado, mais indigno que nunca da doce pelica da mulher em seus braços. Sim, tudo bem, Landsman compreende, para o inferno com esse remorso: não fez a escolha certa, e sim a única possível. Compreende que encobrir os maus atos dos caras lá de cima é uma necessidade que os *nozzes* transformaram em virtude desde a alvorada do ofício de policial. Compreende que, se resolvesse contar o que sabe a quem quer que fosse, por exemplo, a Dennis Brennan, os caras lá de cima achariam um meio de silenciá-lo, dessa vez nos seus próprios termos. Assim sendo, por que seu coração se debate como um passarinho nas grades da caixa torácica? Por que, de uma hora para outra, a cama cheirosa de Bina é como uma meia molhada, uma cueca entrando no rego, um terno de lã numa tarde quente? A gente faz acordo, fatura o que dá para faturar e segue adiante. Assunto encerrado. Assim, homens distantes, num país ensolarado, são levados a se massacrar entre si para que, enquanto eles estão de costas, seu país ensolarado seja empurrado e cercado. Assim ficou selado o destino do distrito de Sitka. Assim, o assassino de Mendel Shpilman, seja ele quem for, anda solto por aí. Assim, assim o quê?

Landsman sai da cama. O mal-estar se aglomera como um corisco ao redor do tabuleiro de xadrez no bolso de seu casaco. Ele o abre, contempla-o e pensa: eu deixei escapar alguma coisa naquele quarto. Não, não deixou escapar nada; mas, mesmo que tenha deixado, agora já desapareceu. Só que ele não deixou escapar nada no quarto. Mas é bem possível que tenha deixado.

Seus pensamentos são uma agulha de tatuagem a pintar um ás de espadas. São um tornado que volta a se abater sobre o mesmo maldito trailer esfacelado. Estreitam-se e se obscurecem até se converterem num pequenino círculo preto, o orifício na nuca de Mendel Shpilman.

Ele recria a cena na imaginação, tal como a viu na noite em que Tenenboym bateu na sua porta. O sardento firmamento daquelas costas pálidas. A cueca branca. A máscara partida dos olhos. A mão direita pendendo da cama e roçando o chão com os dedos. O tabuleiro de xadrez no criado-mudo.

Landsman põe o tabuleiro no criado-mudo de Bina, à luz baça do abajur, um artefato de porcelana com uma margarida enorme no verde da cúpula. As brancas voltadas para a parede. As pretas — Shpilman, Landsman —, para o centro do quarto.

Talvez seja o contexto ao mesmo tempo familiar e inusitado, a cabeceira pintada da cama, o abajur de margarida, as margaridas do papel de parede, a cômoda em cuja primeira gaveta ela costumava guardar o diafragma. Ou talvez sejam os resquícios de endorfina em sua corrente sanguínea. Mas, quando Landsman olha fixamente para o tabuleiro de xadrez, pela primeira vez na vida sente-se bem olhando fixamente para um tabuleiro de xadrez. Sente prazer, aliás. Estar ali, movendo mentalmente as peças, parece retardar ou pelo menos deslocar a agulha que pinta o ponto preto em seu cérebro. Ele enfoca o avanço em b8. E se você trocasse esse peão por um bispo, uma torre, uma dama, um cavalo?

Landsman pega uma cadeira para tomar o lugar das brancas, para se sentar e jogar uma amigável partida imaginária com Shpilman. À escrivaninha, no canto do quarto de Bina, há uma cadeira pintada de modo a combinar com a cama verde-margarida. Quase no mesmo lugar em que a escrivaninha desmontável ficaria em relação à cama no quarto de Shpilman no Zamenhof. Landsman se senta na cadeira verde, os olhos fitos no tabuleiro.

Um cavalo, decide. E então as pretas têm de tirar o peão de d7 — mas ir aonde? Ele se acomoda para jogar até o fim, não por alimentar a vã esperança de assim chegar ao assassino, mas porque, de súbito, precisa realmente jogar a partida até o fim. E então, como se o assento estivesse preparado para dar choque elétrico, Landsman se levanta de um salto. Num brusco movimento, ergue a cadeira com uma mão. Quatro marcas redondas no carpete branco, fracas, mas perceptíveis.

Até aqui, ele sempre presumiu que Shpilman, como disseram todos os funcionários da recepção, nunca recebesse visita, que o jogo que lá ficara era uma espécie de paciência enxadrística jogada de memória, tirada das páginas de *Trezentas partidas de xadrez*, talvez contra si próprio. Mas, se Shpilman tivesse recebido, sim, um visitante, talvez este tenha puxado uma cadeira para se sentar em frente ao adversário. No lado oposto do tabuleiro de papelão de sua vítima. E a cadeira do jogador fantasma há de ter deixado marcas no carpete. Sem dúvida, agora já desapareceram espontaneamente ou por efeito do aspirador de pó. Mas pode ser que apareçam numa das fotografias de Shpringer guardadas numa sala qualquer do laboratório de criminalística.

Landsman veste a calça, abotoa a camisa, dá o nó na gravata. Pega o casaco na porta e, com os sapatos na mão, ajeita a coberta de Bina. Quando ele se inclina para apagar o abajur, um retângulo de papel cai do bolso do casaco. É o cartão-postal que recebeu da academia de ginástica que freqüentava: a oferta, válida para os próximos dois meses, do título de sócio-vitalício. Ele examina o lado brilhante do cartão com o tal judeu encantado. Antes; depois. Gordo; magro. Comece aqui; termine ali. Inteligente; feliz. Caos; ordem. Exílio; pátria. Antes, um caprichado diagrama num livro, hachurado cuidadosamente nas casas pretas e anotado como uma página do Talmude; depois, um velho e estragado tabuleiro com um inalador Vick em b8.

Então Landsman a sente. Uma mão pesa sobre a sua, dois graus mais quente que o normal. Uma aceleração, um desdobramento como de estandarte em seus pensamentos. Antes e depois. O contato de Mendel Shpilman, úmido, elétrico, a lhe transmitir uma espécie de estranha bênção. E depois nada além do ar frio do quarto da infância de Bina Gelbfish. A vagina em flor de O'Keeffe na parede. O Shnapish de pelúcia caído na prateleira de livros ao lado do relógio de pulso e dos cigarros de Bina. E Bina, sentada na cama, apoiada nos cotovelos, observando-o mais ou menos como observou os garotos atacarem aquela desditada *pinãta* de pingüim.

"Você continua com essa mania de murmurar", diz ela. "Quando está pensando. Como Oscar Peterson, só que sem piano."

"Merda", diz Landsman.

"O que foi, Meyer?"

"Bina!" É Guryeh Gelbfish, a velha marmota sibilante lá fora no corredor. Um pavor antigo se apossa momentaneamente de Landsman. "Quem é que está aí com você?"

"Ninguém, pai, vai dormir!" Ela repete num cochicho: "O quê, Meyer?".

Landsman se senta na beira da cama. Antes; depois. A exaltação de desvendar a verdade; a seguir, o arrependimento sem fim de desvendar a verdade.

"Eu sei que tipo de arma matou Mendel Shpilman", diz.

"Tudo bem", diz Bina.

"Não era uma partida de xadrez", prossegue Landsman depois de algum tempo. "No tabuleiro do quarto de Shpilman. Era um *problema*. Agora é evidente, eu devia ter percebido, a disposição era tão esquisita. Alguém visitou Shpilman naquela noite, e Shpilman apresentou um problema a essa pessoa. Um problema armadilha." Landsman movimenta as peças do jogo de xadrez de bolso, segurando-as com firmeza, com estabilidade na mão. "As brancas estão todas preparadas para promover o peão, está vendo? E ele quer promovê-lo a um cavalo. É a chamada subpromoção, pois, normalmente, qualquer um prefere a dama. Com um cavalo aqui, há três possibilidades de dar xeque-mate, pensa ele. Mas é um erro, porque deixa para as pretas — que eram Mendel — um meio de prolongar o jogo. Se estivesse com as brancas, você tinha de deixar de lado a coisa óbvia. Simplesmente fazer um movimento bobo com o bispo, aqui em c2. Nem ia reparar no começo. Mas, depois dessa jogada, qualquer movimento das pretas leva ao xeque-mate. Ele não pode se mover sem se arrebentar. Não há boas jogadas."

"Não há boas jogadas", repete Bina.

"Isso é o que chamam de *Zugzwang*. 'Jogada forçada.' Quer dizer que seria melhor para as pretas se ele pudesse 'passar', pular a sua vez."

"Mas ninguém pode 'passar', pode? Temos que fazer alguma coisa, não é?"

"Sim, sim", diz Landsman. "Mesmo sabendo que isso só serve para te levar a tomar um xeque-mate."

Landsman nota que a coisa está começando a ter sentido para ela, não como indício ou prova ou problema de xadrez, mas como parte da história de um crime. Um crime cometido contra um homem que se viu sem nenhuma jogada que prestasse.

"O que você faria?", pergunta ela, incapaz de se livrar de um leve assombro com aquela evidência da agilidade mental de Landsman. "Que solução daria?"

"Eu a *vi*, aliás", diz ele. "Mas, na ocasião, não percebi que estava vendo. Foi uma imagem 'posterior' — aliás, a imagem errada — com relação à imagem 'anterior' no quarto de Shpilman. Um tabuleiro em que as brancas tinham três cavalos. Acontece que os jogos de xadrez não vêm com três cavalos brancos. De modo que às vezes é preciso usar outra coisa para substituir a peça que a gente não tem."

"Uma moedinha? Ou uma bala de revólver?"

"Qualquer coisa que a pessoa tiver no bolso", responde Landsman. "Por exemplo, um inalador Vick."

46.

"Você nunca progrediu no xadrez, Meyerle, porque não tinha tanto horror a perder, esse foi o motivo."

Tendo saído do hospital com uma ferida medonha e impregnado do cheiro de caldo de cebola e de sabonete de violeta do Geral de Sitka, Hertz Shemets está deitado no sofá da sala de estar do filho, as finas canelas a assomarem do pijama como dois espaguetes crus. Ester-Malke toma posse da vasta poltrona de couro de Berko, restando a Bina e a Landsman assentos mais modestos: uma cadeira dobrável e o banquinho de couro da poltrona. Ester-Malke se mostra sonolenta e confusa, envolta no roupão de banho, a mão esquerda a mexer numa coisa, no bolso, que Landsman calcula que seja o teste de gravidez da semana passada. A blusa de Bina está fora da calça, seu cabelo é um caos; mais parece um arbusto espevitado, uma espécie de cerca-viva ornamental. A cara de Landsman, no espelho da parede, é uma mistura de sombras e descamação. Só mesmo Berko Shemets podia parecer desperto nesse começo de manhã, empoleirado na mesinha de centro junto ao sofá, metido num pijama cinza-rinoceronte, passado com vincos e tudo e com as mangas dobradas, as iniciais bordadas no bolso num fio de lã cinza-camundongo. De cabelo penteado, a face eternamente isenta de barba ou navalha.

"Acontece que eu prefiro perder", diz Landsman. "Para ser franco. Quando começo a ganhar, fico desconfiado."

"Pois eu detesto. Mais do que tudo, detestava perder para o seu pai." A voz do tio Hertz é um amargo coaxo, a voz de sua própria tia-avó a chamar do além-túmulo ou do rio Vístula. Está sedento, cansado, arrependido e com dor, pois recusou qualquer medicamento mais forte que aspirina. O interior de sua cabeça deu para ressoar como o capô amassado de um carro. "Mas perder para Alter Litvak. Era quase tão ruim quanto."

As pálpebras do velho palpitam, depois se fecham. Bina bate palmas, uma-duas, e ele abre os olhos de supetão.

"Fale, Hertz. Antes que você fique com sono ou entre em coma ou coisa que o valha. Você conhecia Shpilman."

"É", admite ele. Suas machucadas pálpebras, coberta de pequeninas veias, têm um lustro de ametista na asa de uma borboleta. "Eu o conhecia."

"Onde o conheceu? No Einstein?"

O tio Hertz começa a fazer que sim, mas logo inclina a cabeça para o lado, mudando de idéia. "Eu o conheci quando ele era menino. Mas não o reconheci. Depois tornei a me encontrar com ele. Não era gordo. Magro. Um drogado. Começou a aparecer no Einstein, ganhando no xadrez o dinheiro para a droga. Eu o via lá. Frank. Não era o enxadrista comum e corrente. De vez em quando, sei lá, eu perdia cinco ou dez dólares para ele."

"E isso você detestava?", pergunta Ester-Malke. Embora não saiba absolutamente nada de Shpilman, parece prever ou adivinhar a resposta.

"Não", diz seu sogro. "Curiosamente, eu não ligava."

"Você gostava dele."

Hertz lambe os lábios, aparentando sentir dor, pondo a língua para fora. Berko se levanta e pega um copo plástico na mesinha. Aproxima-o da boca do pai, e o gelo tilinta no copo. Ajuda-o a beber a metade sem entornar o líquido. O velho não agradece. Passa um bom tempo em silêncio. Pode-se ouvir a água correr dentro dele.

"Quinta-feira passada", diz Bina. Estala os dedos. "Vamos. Você esteve no quarto dele. No Zamenhof."

"Estive. Ele me convidou. Me pediu para levar a arma de Melekh Gaystick. Queria vê-la. Não sei como soube que estava comigo, eu não lhe contei. Parecia saber muita coisa a meu respeito que eu nunca disse a ninguém. E me contou a história. Que Litvak o estava pressionando para que voltasse a bancar o Tzaddik, para atrair os urubus. Que ele andava escondido de Litvak, mas estava farto de se esconder. Tinha passado a vida inteira se escondendo. Por isso acabou deixando Litvak encontrá-lo outra vez, mas se arrependeu no ato. Não sabia o que fazer. Não queria continuar se drogando. Não queria parar. Não queria ser o que ele não era, não sabia ser o que era. Por isso me pediu ajuda."

"Que ajuda?"

Hertz comprime os lábios, dá de ombros, e seu olhar resvala até um canto escuro da sala. Tem quase oitenta anos e, até agora, jamais confessou o que quer que fosse.

"Ele me mostrou aquela porcaria de problema, o xeque-mate em duas. Disse que o tinha arranjado com um russo. Que, se eu conseguisse resolvê-lo, ia entender como ele se sentia."

"*Zugzwang*", diz Bina.

"O que é isso?", pergunta Ester-Malke.

"É quando a gente não tem nenhuma jogada que sirva", explica Bina. "Mas é obrigada a jogar."

"Ah", faz Ester-Malke, revirando os olhos. "*Xadrez*."

"Eu passei dias enlouquecido com aquilo", prossegue Hertz. "E continuo sem conseguir dar xeque-mate em menos de três jogadas."

"Bispo para c2", diz Landsman. "Ponto de exclamação."

O velho leva um intervalo de tempo, que Landsman acha longuíssimo, pensando nisso, de olhos fechados; por fim, faz que sim.

"*Zugzwang*", diz.

"Por quê, velho? Por que Shpilman ia achar que você faria isso por ele?", indaga Berko. "Os dois mal se conheciam."

"Ele me conhecia. Me conhecia muito bem, não sei como. Sabia que eu detestava perder. Que não podia deixar Litvak levar a cabo a sua loucura. Não podia. Tudo a que eu dediquei a minha vida." Hertz deve estar com um gosto amargo na boca; faz uma careta. "E agora vejam o que aconteceu. Eles fizeram."

"Você entrou pelo túnel?", pergunta Meyer. "No hotel?"

"Que túnel? Eu entrei pela porta da rua. Não sei se você reparou, Meyerle, mas o prédio em que você mora não é precisamente de alta segurança."

Dois ou três longos minutos se passam. Lá fora, no terraço fechado, Goldy e Pinky balbuciam, xingam e martelam na cama feito gnomos em sua forja nas profundezas da Terra.

"Eu o ajudei a tomar o pico", diz Hertz enfim. "Esperei até que perdesse os sentidos. Completamente. Então peguei a arma de Gaystick. Embrulhei-a no travesseiro. O 38 Detective Special de Gaystick. Virei o garoto de bruços. Um tiro na nuca. Foi rápido. Ele não sentiu nada."

O velho torna a lamber os lábios, e Berko se apressa a lhe dar mais água gelada.

"Pena que você não tenha conseguido fazer um trabalho tão bom consigo mesmo", diz Berko.

"Eu achei que estava fazendo a coisa certa, que aquilo deteria Litvak." Hertz parece queixoso, infantil. "Mas os filhos-da-puta seguiram em frente e resolveram tentar mesmo sem ele."

Ester-Malke tira a tampa de um pote de nozes mistas que está sobre a mesinha ao lado do sofá e enfia um punhado na boca. "Não pensem que eu não estou completamente perturbada e horrorizada com tudo isso, amigos", diz, levantando-se. "Mas sou uma mulher cansada, enfrentando o primeiro trimestre de gravidez, e vou para a cama."

"Eu prefiro ficar aqui, amor", diz Berko. E acrescenta: "Vai que ele está fingindo só para tentar roubar o televisor quando a gente for dormir".

"Não se preocupe", diz Bina. "Ele já está preso."

Landsman se aproxima do sofá e fica observando o peito do velho subir e descer. O rosto de Hertz tem as cavidades e as facetas de uma ponta de lança flocada.

"Ele é um homem mau", diz Landsman. "Sempre foi."

"Sim, mas isso ele compensou sendo um pai terrível." Berko passa um bom tempo encarando o velho com ternura e desprezo. Com a atadura na cabeça, ele parece um *swami* desvairado. "O que você vai fazer?"

"Nada, o que você quer que eu faça?"

"Sei lá, você está com aquele cacoete. Parece que vai fazer alguma coisa."

"O quê?"

"É o que eu estou perguntando."

"Eu não vou fazer porra nenhuma. O que eu posso fazer?"

Ester-Malke conduz Bina e Landsman pelo corredor até a porta da rua. Landsman põe o chapéu de *porkpie*.

"Pronto", diz ela.

"Pronto", dizem Bina e Landsman.

"Pelo que eu vejo, vocês vão embora juntos."

"Podemos ir separados se você quiser", diz Landsman. "Eu posso ir pela escada e Bina de elevador."

"Landsman, eu vou te falar uma coisa", diz Ester-Malke. "Toda essa gente sublevada na televisão na Síria, em Bagdá, no Egito? Em Londres? Incendiando carros. Pondo fogo nas embaixadas. Em Yakovy, você viu o que aconteceu, eles começaram a dançar, aqueles maníacos de merda, ficaram tão contentes com essa loucura que um andar inteiro acabou desmoronando no apartamento de baixo. Duas meninas que estavam dormindo morreram esmagadas na cama. Essa é a desgraça que nos aguarda daqui por diante. Carros em chamas e danças homicidas. Não sei onde este bebê vai nascer. O meu sogro assassino e suicida está dormindo na minha sala de visitas. Ao mesmo tempo, eu estou captando uma vibração esquisitíssima em vocês dois. Por isso, tenho de dizer que, se você e Bina estão com planos de voltar a ficar juntos, desculpem, mas não me faltava mais nada."

Landsman reflete sobre o que acaba de ouvir. Qualquer milagre parece possível. Que os judeus peguem a trouxa e se mudem para a Terra Prometida a fim de regozijar em gigantescos vinhedos e arrojar a barba ao vento do deserto. Que o templo seja reconstruído rapidamente e hoje mesmo. Que a guerra cesse. Que a paz, a abundância e a justiça sejam universais, e o ser humano presencie o convívio pacífico de leões e cordeiros. Que todo homem seja um rabino; toda mulher, um livro sagrado, e que todos os ternos venham com duas calças. A semente de Meyer, agora mesmo, pode estar percorrendo as trevas rumo à redenção, forçando a membrana que separa o legado dos *yids* que o engendraram da herança dos *yids* cujos erros, aflições, esperanças e calamidades contribuíram para o advento de Bina Gelbfish.

"Talvez seja melhor eu ir pela escada", diz Landsman.

"Isso mesmo, vai firme, Meyer", diz Bina.

Mas, quando ele finalmente termina a longa descida, dá com ela no térreo, à sua espera.

"Por que tanta demora?"

"Eu tive de parar uma ou duas vezes no caminho."

"Você precisa parar de fumar. Parar outra vez."

"Preciso mesmo. Vou parar." Ele pega o maço de Broadway, quinze ainda para serem acesos, e o atira na lata de lixo do saguão como uma moeda a levar um desejo a uma fonte. Está se sentindo um pouco zonzo, um pouco trágico. Está pronto para o grande gesto, o erro operístico. Maníaco provavelmente é a palavra certa. "Mas não foi bem isso que me atrasou."

"Você está muito machucado. Não vai dizer que não. Circulando por aí, todo durão e machão, quando, na verdade, devia estar no hospital, porra." Ela lhe segura a traquéia com os dedos das duas mãos, pronta, como sempre, para asfixiar a vida de Landsman a fim de mostrar o quanto gosta dele. "Está muito machucado, idiota?"

"Só na alma, meu bem", diz Meyer. Embora ache possível que a bala de Rafi Zilberblat tenha arranhado mais do que sua cabeça. "Eu tive de parar uma ou duas vezes, só isso. Para pensar. Ou não pensar, sei lá. E tentar *respirar*, sabe, só por dez segundos, não mais do que isso, e sentir o fedor desse plano diabólico pelo qual ninguém vai pagar; não sei, me sinto meio sufocado."

Landsman afunda no sofá cujas almofadas cor de hematoma soltam um forte cheiro — típico de Sitka — de bolor, cigarro, uma complicada salinidade que, em parte, é mar aberto, em parte, suor no forro de um Fedora de lã. O saguão do Dnyeper é todo de veludo encarnado e crosta dourada, cartões-postais ampliados e coloridos à mão dos grandes balneários do mar Negro em eras tsaristas. Damas com cachorrinhos em alamedas banhadas de sol. Grandes hotéis que nunca admitiram um judeu.

"É uma pedra na minha barriga, esse trato que a gente fez", resmunga Landsman. "Uma pedra."

Bina revira os olhos, as mãos nos quadris, olha para a porta. Depois se acerca, joga a bolsa no chão e se senta ao lado dele. Quantas vezes pode ficar farta dele, indaga, e mesmo assim não ser demais.

"Não acredito que você tenha mesmo concordado com aquilo", diz.

"Eu sei."

"Eu é que devia ser a dedo-duro nesta história."

"Como assim?"

"A lambe-botas."

"Isso me mata."

"Meyer, se eu não puder contar com você para mandar esses religiosos hipócritas à puta que o pariu, para que vou precisar da sua presença?"

Então ele tenta explicar as considerações que o levaram a fazer a sua versão pessoal do acordo. Cita coisinhas miúdas — as fábricas de enlatados, os violinistas, a fachada do cine Baranof — que o faziam pensar sentimentalmente em Sitka enquanto ele estava negociando com Cashdollar.

"Você e o seu maldito *No coração das trevas*", dispara Bina. "Nunca mais vou assistir a esse filme." Encolhe a boca até formar um bico. "Você esqueceu uma coisa, seu merda. Na sua listinha. Acho que ficou faltando um item."

"Bina."

"Você não me colocou na sua lista. E espero que saiba que você estava no alto da minha, puta que pariu."

"Não é possível", diz Landsman. "Como ia ser possível?"

"Por que não?"

"Você sabe muito bem por quê. Eu falhei. Não correspondi às suas expectativas. Sinto que fiquei muito aquém das suas expectativas."

“Como assim?”

“Por causa do que eu fiz você fazer. Com Django. Nem sei como consegue olhar para a minha cara.”

“*Me* fez fazer? Você acha que me *fez* matar o meu filho?”

“Não, Bina, eu...”

“Vou te contar uma coisa, Meyer.” Ela lhe agarra a mão, cravando as unhas em sua pele. “O dia em que *você* chegar a ter todo esse controle sobre o meu comportamento vai ser quando te perguntarem: ela vai ser enterrada num caixão de pinho ou com a mortalha branca lisa?” Bina solta-lhe a mão, mas logo torna a pegá-la e acaricia as pequenas meias-luas que deixou esculpidas em sua carne. “Oh, meu Deus, desculpe. Meyer, eu lamento.”

É claro que Landsman também lamenta. Já pediu desculpas várias vezes, sozinho e na presença de outros, oralmente e por escrito, formalmente em frases comedidas e em descontrolados espasmos: *Desculpe, eu lamento muito, perdão*. Pediu desculpas pela sua loucura, pelo seu comportamento errático, pelas suas depressões e bebedeiras, pelos anos a fio de exaltação e desespero. Pediu desculpas por tê-la abandonado e por lhe ter suplicado que o aceitasse de volta, e por ter arrombado a porta do seu apartamento quando ela se recusou. Ele se humilhou, rasgou as vestes e se arrastou aos seus pés. Na maior parte das vezes, Bina, mulher boa e preocupada que é, ofereceu as palavras que Landsman queria ouvir. Ele lhe suplicou chuva, e ela enviou frios aguaceiros. Mas o que ele realmente exige é uma inundação que apague sua sordidez da face da Terra. Isso ou a bênção de um *yid* que nunca mais há de abençoar ninguém.

“Está bem”, diz Landsman.

Ela se levanta, vai até a lata de lixo do saguão e pega o maço de Broadoway. Tira do bolso do casaco um amassado Zippo com a insígnia do 75º Regimento Ranger e acende um *papiros* para cada um.

"Nós fizemos o que achamos que era certo na época, Meyer. Tínhamos alguns fatos. Sabíamos quais eram os nossos limites. Em tese era uma escolha. Mas nenhum de nós tinha escolha. Só tinha, sei lá, três fatos de merda e um mapa dos nossos limites. As coisas com que sabíamos que não podíamos lidar." Tira o Shoyfer da bolsa e o entrega a ele. "Tudo bem, e agora mesmo, já que você está me perguntando, e eu acho que está, você também não tem escolha."

Os dois ficam ali, segurando o celular, então ela o abre, digita um número e o coloca em sua mão. Landsman o leva ao ouvido.

"Dennis Brennan", diz o chefe e único ocupante da sucursal de Sitka daquele importante jornal americano.

"Brennan. Aqui é Meyer Landsman."

Landsman vacila uma vez mais. Cobre o fone do celular com o polegar.

"Manda ele vir para cá com aquele cabeção de bagre para ver a gente prender o seu tio por homicídio", ordena Bina. "Diz que ele tem vinte minutos."

Landsman tenta cotejar o destino de Berko, de seu tio Hertz, de Bina, dos judeus, dos árabes, da totalidade deste planeta desgraçado e sem-teto com a promessa que fez à sra. Shpilman e a si mesmo, muito embora tenha perdido a fé no destino e nas promessas.

"Eu não precisava ter esperado você arrastar a sua lamentável carcaça escada abaixo", diz Bina. "Você sabe disso. Podia simplesmente ter saído por essa maldita porta e fim de papo."

"É mesmo, por que não fez isso?"

"Porque eu te conheço, Meyer. Vi muito bem o que estava passando pela sua cabeça, lá em cima, enquanto escutava Hertz. Vi que você precisava dizer uma coisa." Bina torna a empurrar o telefone, aproximando-o dos seus lábios, e neles roça os dela. "Portanto manda brasa e *fala* de uma vez. Eu cansei de esperar."

Há dias que Landsman pensa que perdeu sua chance com Mendel Shpilman, que em seu exílio no hotel Zamenhof, sem nem perceber, queimou o seu único cartucho numa coisa como a redenção. Mas não há Messias em Sitka. Landsman não tem lar nem futuro nem destino, a não ser Bina. A terra a eles prometida era delimitada apenas pelas franjas de sua tenda nupcial, pelos cantos arrebitados da carteirinha de uma associação internacional cujos membros levam seu patrimônio numa bolsa enorme, seu mundo na ponta da língua.

"Brennan", diz Landsman. "Eu tenho uma matéria para você."

Nota do autor

Agradeço a ajuda das seguintes pessoas, obras, sites, instituições e estabelecimentos:

A MacDowell Colony, Peterborough, New Hampshire; Davia Nelson; Susie Tempkins Buell; Margaret Grade e a equipe do Manka's Inverness Lodge, Inverness, Califórnia; Philip Pavel e a equipe do Chateau Marmont, Los Angeles, Califórnia; Bonnie Pietila e seus companheiros de Springfield; Paul Hamburg, bibliotecário da Judaica Collections, University of California; Ari Y. Kelman; Todd Hasak-Lowy; Roman Skaskiw; a Alaska State Library, Juneau, Alasca; Dee Longebaugh, Observatory Books, Juneau, Alasca; Jake Bassett do Oakland Police Department; Mary Evans; Sally Willcox, Matthew Snydler e David Colden; Devin McIntyre; Kristina Larsen, Lisa Eglinton e Carmen Dario; Elizabeth Gaffney, Kenneth Turan, Jonathan Lethem; Christopher Potter; Jonathan Burnham; Michael McKenzie; Scott Rudin; Leonard Waldman, Robert Chabon e Sharon Chabon; Sophie, Zeke, Ida-Rose e Abraham Chabon e sua mãe; *The Messiah Texts*, Raphael Patai; *Modern English-Yiddish Yiddish-English Dictionary*, Uriel Weinreich; *Our Gang*, Jenna Joselit; *The Meaning of Yiddish*,

Benjamin Harshav; *Blessings, Curses, Hopes and Fears: Psycho-Ostensive Expressions in Yiddish*, Benjamin Matisoff; *English-Yiddish Dictionary*, Alexander Harkavy; *American Klezmer*, Mark Slobin; *Against Culture: Development, Politics, and Religion in Indian Alaska*, Kirk Dombrowski; *Will the Time Ever Come? A Tlingit Source Book*, Andrew Hope III e Thomas F. Thornton, ed.; *The Chess Artist*, J. C. Hallamn; *The Pleasures of Chess Lore*, Fred Reinfeld, ed.; Mendele (http://shakti.trincoll. edu/~mendele/index.utf-8.hmt); Chessville (www.chessville.com); *Eruv in Modern Metropolitan Areas*, Yosef Gavriel Bechhofer (http://www.aishdas.org/baistefila/eruvp1.htm); Yiddish Dictionary Online (www.yiddish dictionaryonline.com); e Courtney Hodell, editor e redentor deste romance.

A associação Hands of Esau foi fundada por Jerome Charyn, seu grande diretor e presidente vitalício que me autorizou a citá-la; o *Zugzwang* de Mendel Shpilman foi concebido pelo *reb* Vladimir Nabokov e é apresentado em seu *Speak, Memory*.

O romance foi escrito em computadores Macintosh, usando Devonthink Pro e Nisus Writer Express.

Glossário

Alefbeys: alfabeto.

Alenu: nome da oração de encerramento dos serviços religiosos.

Bashert: eleita, prometida, predestinada.

Bik: touro, boi forte. Usado aqui no sentido de guarda-costas, segurança, brutamontes.

Blintzes: pequenos pastéis adocicados

Bulgars: rodas, círculos

Chupa: dossel matrimonial.

Chutzpah: ousadia, atrevimento.

Dreidl: pião com faces contendo letras hebraicas.

Dybbuk: alma penada, espírito errante de alguém falecido que adentra o corpo de uma pessoa viva.

Elul: último mês do ano, conforme o calendário civil hebraico.

Eruv: literalmente "mistura, mescla intercalação", especialmente de alimentos e terras. Existe um tratado rabínico chamado *Eruvin*, que trata da delimitação de áreas e terrenos, que é o sentido adotado no texto.

Feh!: interjeição de nojo.

Fohrspiel: apresentação, recepção.

Freylechs: prazeres, divertimentos, alegrias.

Gabay: encarregado de organizar os cultos religiosos na sinagoga.
Ganef, plural *ganefs*: ladrão.
Haskamá: concordância, autorização, aval.
Haskomos, plural de *haskamá* em iídiche: acordos, contratos, documentos.
Hatzeplatz: os fundos dos fundos, o fim-do-mundo, o último dos lugares.
Hose: calça.
Kaddish: é a oração dos enlutados, que costuma ser rezada também a cada ano na data de falecimento do parente. Como costuma ser dita muitas vezes em voz baixa ou a meia-voz, é aqui utilizado no sentido de "ladainha", algo que se repete automaticamente.
Kaynahora: literalmente: nada de mau-olhado; expressão utilizada no sentido de "benza Deus".
Kibetz: comunidade.
Kibetzer: pessoa que trabalha em alguma atividade comunitária.
Klezmer, plural *klezmerim*: estilo de música típica judaica da Europa Oriental, onde costuma se sobressair o som da clarineta.
Kosher: de acordo os preceitos alimentares judaicos.
Koyenim: sacerdotes.
Kreplach: pequeno pastel ou panqueca salgada.
Kugel: literalmente "bola". Refere-se a pratos alimentares de forma arredondada, tais como bolo, pudim, bolo de carne, almôndegas etc.
Latke: panqueca de batata servida geralmente na festa de Hanucá. Aqui é usado como denominação irônica para policiais novatos ou de graduação hierárquica inferior.
Luftmensches: literalmente "homens de ar". Usado no sentido de fanfarrões, pessoas que só dizem asneiras, conversas vazias.
Mazel: sorte.
Mazel tov: boa sorte. Usado também no sentido de "parabéns", "congratulações" etc.
Mikvah: pequena piscina para banhos rituais.
Momzer: bastardo. Utilizado pejorativamente como no inglês, ou como "filho-da-puta" em português.
Noch Amol: literalmente, "mais uma vez".
Noz, plural *nozzes*: policial, detetive, investigador.
Nu: e então?, e aí?

Oy vey!: interjeição comum de lamentação.

Papiros: cigarro.

Parshat Chayei Sarah: a Torá hebraica, o Pentateuco, costuma ser dividida em Parashot, a serem lidas uma por semana, completando-se o ciclo em um ano. *Chayei Sarah* é o nome de uma dessas divisões e trata da vida da matriarca Sarah.

Patch tanz: dança de tambores.

Peót: cachos laterais, mantidos pelos judeus religiosos.

Pessach: Páscoa judaica, comemora a libertação dos judeus do Egito.

Pilpul: discussão estéril.

Pisher: literalmente "mijão". Usado como idiota, bobão, imbecil.

Platz: praça, lugar.

Purimshpiel: peça de Purim, festividade judaica na qual se comemora a salvação dos judeus persas durante o exílio babilônico; a heroína é a Rainha Esther. É hábito fazer-se uma encenação do episódio e vestir-se com fantasias dos personagens.

Pushke: caixinha de madeira ou de lata, utilizada para pedir contribuições em dinheiro.

Rav: tratamento a rabinos.

Reb: tratamento respeitoso.

Rebbe: rabino, líder espiritual e comunitário.

Rebbetzin: esposa do *rebbe*.

Reshus harabim: literalmente "propriedade pública"; trata-se de um tema de análise e discussão rabínica.

Shabat: dia de descanso judaico.

Shammes, plural *shammeses*: toma-conta, guarda, bedel; é o nome que geralmente se dá ao homem encarregado de tomar conta, guardar conta da sinagoga, cuidando também para que os utensílios rituais estejam sempre em bom estado e disponíveis. Aqui é utilizado como policial.

Shavuos: festa judaica, comemorativa do recebimento dos Dez Mandamentos.

Shaydl: embalagem, caixa. Aqui usado como "aparência".

Sheygets: esquisitão, sujeito estranho.

Shivah: período de sete dias de luto após o falecimento de algum parente próximo.

Shkotz: doido, sem miolos, irresponsável.

Shlemiel: desajeitado, simplório.

Shlosser: pessoa que fecha, tranca, encerra, "liquida"; aqui usado no sentido de "liquidar" uma situação.

Shmaltz: gordura de galinha. Resfriada, forma uma gelatina muito apreciada pelos judeus da Europa Oriental.

Shmone Esre: oração rezada em pé, três vezes ao dia.

Shochet: magarefe ritual, encarregado de abater os animais segundo os preceitos alimentares do judaísmo.

Shofar: chifre de carneiro tocado ritualmente em algumas cerimônias judaicas, especialmente no Rosh-Hashná, Ano Novo.

Sholem: refere-se a *shalom* – paz; é aqui utilizada como expressão irônica referindo-se a uma arma, mais especificamente revólver ou pistola.

Shomer: vigia, guarda, não necessariamente da força policial.

Shoyfer: originário de *shofar*; é aqui usado como nome de telefone celular.

Shtarker: de *shtark* – forte; homem mal-encarado, brigão, gângster.

Shtekeleh: tipo de biscoito.

Shtetl: aldeia da Europa Oriental.

Shtinker: fedido, fedorento. Usado para referir-se a pessoas desagradáveis, pegajosas.

Shul: casa de estudos e orações.

Shvitz: literalmente "suor". Termo que se usa para designar uma sauna.

Smicha: aval, benção.

Sukkoh: cabana, caramanchão, que os judeus observantes constroem na festa de Sucot, que relembra as cabanas construídas pelos hebreus no deserto após a saída do Egito.

Tefillin: filactérios. Paramentos rituais de couro e pergaminho usados pelos homens judeus nas orações matinais.

Tekiah: um dos toques do *shofar*.

Tzaddik Ha-Dor: literalmente "o justo da geração". Deriva da crença de que em toda geração de judeus nasce um homem totalmente puro e justo para acelerar a vinda do Messias.

Tzimmes: cozido à base de legumes e verduras.

Tzitzit: franjas de algodão, confeccionadas conforme os preceitos da Torá, que os judeus religiosos vestem, geralmente sob a camisa.

Verbôver: originário de Verbov. O sufixo *er* indica origem ou pertinência a determinado grupo, geralmente proveniente de determinada cidade ou aldeia. Essa denominação de origem acaba sendo a própria denominação do grupo, ou seita ou escola. Teremos adiante no texto, por exemplo, gêrerers, shtrakenzers e viznitzers.

Yahrzeit: aniversário de falecimento de uma pessoa.

Yarmulke: solidéu. Como *quipá* ou *kapele*.

Yekkes: nome dado pelos judeus da Europa Oriental aos judeus alemães. É uma referência ao fato de os judeus alemães vestirem paletós curtos, em contraste com os capotes longos comumente usados na Europa Oriental.

Yeshivá: seminário rabínico.

Yid: judeu, em iídiche. A própria palavra *iídiche* (*yidish*) significa "judaico".

Zwischenzug: jogada de transição.

ESTA OBRA FOI COMPOSTA EM ELECTRA PELO ACQUA ESTÚDIO E IMPRESSA EM OFSETE PELA GRÁFICA BARTIRA SOBRE PAPEL PÓLEN SOFT DA SUZANO PAPEL E CELULOSE PARA A EDITORA SCHWARCZ EM FEVEREIRO DE 2009